KB121047

킨

Kindred

by Octavia E. Butler

킨

KINDRED

I

옥타비아 버틀러_ 이수현 옮김

친구이자 좋은 자극제인

빅토리아 로즈에게

KINDRED

차 례

프롤로그

Prologue

나는 집으로 돌아오는 마지막 여행에서 팔 하나를 잃었다. 왼팔이었다.

그리고 일 년에 가까운 인생과, 사라지기 전까지만 해도 그렇게 귀한 줄 몰랐던 편안함과 안전의 많은 부분을 잃었다. 케빈은 경찰에서 풀려나자 병원에 와서 내 곁에 머물렀다. 그이마저 잃은 것은 아니었다.

하지만 케빈은 내가 경찰에게 그이는 감옥에 있을 사람이 아니라고 설득한 다음에야 올 수 있었다. 그러기까지 시간이 꽤 걸렸다. 경찰은 그림자처럼 불쑥불쑥 내 침대 옆에 나타나서 쉽게 이해하기 힘든 질문들을 던졌다.

"팔은 어쩌다가 다쳤습니까? 누가 한 짓입니까?" 그들이 쓴 다쳤다는 표현에 주의가 쏠렸다. 마치 내가 팔을 긁히기라도 했다는 듯한 표현이었다. 내가 팔이 없어진 줄도 모른다고 생각했을까?

내 귀에 내 속삭임이 들렸다. "사고, 사고였어요."

경찰은 케빈에 대해 묻기 시작했다. 처음에는 무슨 말인지 이해가 가지 않았고, 달리 주의를 기울이지도 않았다. 그러나 시간이 지나서 되짚어보자 문득 이 사람들이 내가 팔을 '다친' 것을 케빈 탓으로 돌리려 한다는 사실을 깨달을 수 있었다.

"아니에요." 나는 베개 위에서 힘없이 고개를 저었다. "케빈이 아니에요. 그이가 여기 있나요? 볼 수 있을까요?"

"그럼 누굽니까?" 그들은 끈질겼다.

약기운과 아득한 통증을 떨치고 제대로 생각을 해보려 했지만, 솔직하게 설명할 말이 없었다. 적어도 그들이 믿을 만한 설명은 없었다.

"사고였어요. 케빈이 아니라 내 잘못이에요. 제발 그이를 만나게 해줘요."

나는 흐릿하게 보이는 경찰들의 모습이 사라질 때까지 이 말만 되풀이했다. 그리고 어느 날 깨어나자 침대 옆에 앉아서 졸고 있는 케빈이 보였다. 잠시 케빈이 온 지 얼마나 됐을까 생각했지만, 그건 중요하지 않았다. 케빈이 왔다는 점이 중요했다. 나는 마음을 놓고 다시 잠들었다.

나는 마침내 조리 있게 말을 꺼내고, 케빈의 말을 제대로 알아들을 수 있겠다는 기분으로 깨어났다. 팔이 이상하게 쑤신다는 점만 빼면 편안하기까지 했다…… 아니, 팔이 있던 자리가 말이다. 나는 고개를 들어 빈자리를…… 잘려나간 그루터기를 보려고 했다.

그때 케빈이 일어서서 양손으로 내 얼굴을 잡고 자기 쪽으로 돌렸다.

케빈은 아무 말도 하지 않았다. 그는 잠시 후에 다시 앉아서 내 손을 잡았고, 계속 잡고 있었다.

반대쪽 손을 들어 올려 케빈을 만질 수 있을 것만 같았다. 손이 분명히 하나 더 있다는 기분이 들었다. 나는 다시 한 번 그쪽을 보려 했고, 이번에는 케빈도 말리지 않았다. 어쨌든 머리로만 알고 있는 사실을 제대로 받아들이려면 내 눈으로 보아야 했다.

나는 잠시 후에 다시 누워서 눈을 감았다. "팔꿈치 위네."

"그래야 했어."

"알아. 익숙해지려는 것뿐이야." 나는 눈을 뜨고 케빈을 보았다. 그리고 이전에 찾아온 방문자들을 생각했다.

"나 때문에 당신이 곤란해진 거야?"

"내가?"

"경찰이 왔었어. 나한테 이런 짓을 한 사람이 당신이라고 생각하더라."

"아, 그거. 부보안관들이야. 당신이 비명을 지르기 시작했을 때 이웃사람들이 불렀어. 한동안 나를 구금해놓고 질문을 했지…… 그걸 그렇게 표현하더라고! 하지만 당신의 설득 덕분에 풀려났어."

"다행이야. 사고라고 말했거든. 내 잘못이라고."

"당신 잘못으로 일어난 일이 아냐."

"그건 논란의 여지가 좀 있지. 어쨌든 당신 잘못은 확실히 아니잖아. 당신 아직도 곤란한 상황이야?"

"그렇지는 않을 거야. 그자들은 내가 했다고 믿고 있지만, 증인도 없고 당신 말도 있으니까…… 게다가 내가 어떻게 그런…… 일을 할 수 있었는지도 알아내지 못할걸."

나는 눈을 감고 어떻게 그런 일이 일어났는지 떠올렸다. 그 고통을 기억했다.

"괜찮아?" 케빈이 물었다.

"응. 당신이 경찰에게 뭐라고 했는지 알고 싶어."

"사실대로 말했어." 케빈은 말을 잇는 대신 내 손을 만지작거렸다. 눈을 떠 보니 그는 나를 바라보고 있었다.

나는 가만히 말했다. "부보안관들에게 사실대로 말했다면 당신은 지금 갇혀 있을걸. 감옥이 아니라 정신병원에."

케빈은 미소 지었다. "최대한 사실대로 말했어. 침실에 있다가 당신 비명 소리를 들었다고 했지. 무슨 일인가 싶어서 거실로 뛰어갔는데 당신이 벽에 난 구멍 같은 곳에서 팔을 빼내려고 발버둥치고 있었다고. 도와주려고 가봤지만, 가서 보니 당신 팔은 어디에 낀 게 아니라 어찌된 일인지는 몰라도 벽 속에 짓이겨져 있었다고."

"짓이겨지지는 않았는데."

"알아. 하지만 그렇게 말하는 게 좋겠더라고. 내 무지함을 보여주기 위해서라도 말이야. 어차피 그 부분만 틀린 것도 아니잖아…… 그자들은 어떻게 그런 일이 일어날 수 있는지 말해달라고 했어. 나는 모른다고 했지. 계속 모르겠다고만 했어. 그리고 하늘에 맹세코, 다나, 정말로 모르겠어."

나는 속삭였다. "나도 그래. 나도."

강

The River

문제는 1976년 6월보다 훨씬 오래전에 시작되었지만, 내가 기억하는 날짜는 6월 9일이다. 그날은 내 스물여섯 번째 생일이었다. 또 그날은 내가 루퍼스를 만난 날, 루퍼스가 처음으로 나를 부른 날이기도 했다.

케빈과 나는 생일을 기념할 계획이 딱히 없었다. 둘 다 너무 지쳐 있었다. 우리는 바로 전날에 로스앤젤레스의 아파트를 떠나 앨터디너에서 몇 마일 떨어진 우리 집으로 이사한 참이었다. 그것만으로도 생일 기념으로 족했다. 우리는 짐을 다 풀지도 않은 상태였다. 아니, 내가 아직 짐을 다 풀지 않았다고 해야겠다. 케빈은 자기 작업실을 정리한 다음에 일손을 놓더니, 그 안에 틀어박혔다. 타자기 소리가 들리지 않는 걸 보면 빈둥거리거나 생각을 하고 있는 모양이었다. 케빈이 거실로 나왔을 때 나는 거실의 커다란 책장 한쪽에 책을 정리하고 있었다. 우선은 소설책만. 책이 너무 많아서 어떤 방식으로든 정리순서를 정해야 했다.

"무슨 일이야?" 내가 물었다.

"아무것도." 케빈은 내 근처로 오더니 바닥에 앉았다. "그냥 내 비딱한 성미와 싸우고 있어. 당신도 알지. 어제 이사하다가 크리스마스 단편 아이디어가 여섯 개는 떠올랐거든."

"그런데 막상 쓰려고 하니 하나도 떠오르지 않는구나?"

"하나도." 케빈은 책을 한 권 집어들고 펼쳐서 몇 장을 넘겼다. 나는 다른 책을 집어들고 그 책으로 케빈의 어깨를 톡톡 두들겼다. 놀라서 고개를 드는 케빈 앞으로 비소설 한 무더기를 밀었다. 그는 달갑지 않은 눈으로 책 더미를 노려보았다.

"젠장, 내가 왜 나왔을까?"

"아이디어를 더 얻으려던 거겠지. 원래 바쁠 때 생각이 더 잘 나는 법이잖아."

케빈은 나를 노려보았지만 나는 그 눈빛에 겉보기만큼 악의가 담겨 있지 않다는 사실을 잘 알았다. 케빈은 눈동자색이 거의 없어보일 만큼 옅어서, 본인의 기분과는 상관없이 늘 냉담하고 화나 보이는 편이었다. 그는 그 점을 이용해서 사람들에게 겁을 주었다. 낯선 사람들에게 말이다. 나는 씩 웃고는 하던 일로 돌아갔다. 잠시 후 케빈은 비소설 무더기를 다른 책장으로 가져가서 선반에 얹기 시작했다.

케빈에게 책이 꽉 찬 상자를 하나 더 밀어주느라 허리를 굽혔다가 펴는데 현기증이 나면서 속이 울렁거렸다. 방 안이 흐릿해지고 주위가 어두워지는 느낌이었다. 나는 책장을 붙잡고 무슨 일일까 생각하다가 결국 무릎을 꿇고 말았다. 케빈이 놀란 소리를 내더니 물었다. "왜 그래?"

고개를 들었지만 케빈에게 초점을 맞출 수 없었다. "뭔가 잘못됐어." 나는 숨을 헐떡이며 말했다.

케빈이 다가오는 소리가 들렸고, 흐릿하게 회색 바지와 파란색 셔츠가 보였다. 그리고, 케빈은 나에게 손을 내밀다가 그대로 사라져버렸다.

집도, 책도, 전부 다 사라졌다. 나는 난데없이 야외에서, 나무가 자란 흙바닥에 무릎을 꿇고 있었다. 숲 가장자리, 녹지였다. 앞에는 넓고 잔잔한 강이 흐르고, 그 강 한가운데에서 어린아이 하나가 허우적거리고 비명을 지르며…….

빠져 죽기 직전이었다!

나는 위기에 처한 아이에게 반응했다. 질문은 나중에도 할 수 있었다. 내가 지금 어디에 있는지, 무슨 일이 일어났는지는 나중 일이었다. 우선은 아이를 도와야 했다.

나는 강으로 달려 내려갔고, 옷을 입은 채 물속에 뛰어들어 아이에게 헤엄쳐갔다. 내가 다가갔을 때 아이는 의식이 없었다. 빨간 머리의 어린 소년은 얼굴을 아래로 하고 떠 있었다. 나는 아이를 뒤집고, 머리가 물속으로 가라앉지 않도록 잘 잡아서 끌고나왔다. 물가에 빨간 머리 여자가 기다리고 있었다. 아니, 기다리고 있다기보다는 물가를 이리저리 뛰어다니면서 울고 있었다. 그 여자는 내가 물에서 나오는 모습을 보고 뛰어와서 아이를 받아들더니, 물가까지 마저 걸으면서 아이를 여기저기 더듬었다.

"숨을 안 쉬어!" 여자가 비명을 질렀다.

인공호흡을 해야 했다. 본 적도, 들은 적도 있었지만 직접 해본 적은 없었다. 지금이 시도해볼 때였다. 여자는 쓸모 있는 일을 할 만한 상태가 아니었고, 주변에 달리 보이는 사람도 없었다. 나는 물가에 다다르자 아이를 빼앗았다. 아이는 기껏해야 네다섯 살이었고, 몸집이 별로 크지 않았다.

아이를 눕히고 고개를 뒤로 젖힌 다음, 인공호흡을 시작했다. 숨을 불어넣으면서 아이의 가슴이 움직이는 걸 보았다. 그런데 느닷없이 여자가 나를 때리기 시작했다.

"네가 내 아들을 죽였어!" 여자는 비명을 질렀다. "네가 내 아들을 죽였어!"

나는 몸을 돌리고 나를 공격하는 주먹을 붙잡았다. "그만둬요!" 목소리에 최대한 권위를 실어서 외쳤다. "살아 있어요!" 살아 있을까? 알 수 없었다. 신이시여, 제발 이 아이를 살려주소서. "아이는 살아 있어요. 내가 돕게 해줘요." 나는 나보다 몸집이 조금 작아서 다행이라고 생각하며 여자를 밀어내고, 그 여자의 아들에게 다시 주의를 돌렸다. 숨을 불어넣는 사이사이 멍하니 나를 보는 여자의 모습이 보였다. 여자는 내 옆에 무릎을 꿇고 울었다.

아이는 몇 분 후에 스스로 숨을 쉬기 시작했다. 기침을 하고 컥컥거리고 구역질을 하고 엄마를 불렀다. 그렇게 할 수 있다는 것은 무사하다는 뜻이었다. 나는 머리가 어질어질했지만 마음이 놓여서 물러났다. 내가 해낸 것이다!

"살아 있어!" 여자가 아이를 숨 막히게 붙들고 외쳤다. "오, 루퍼스, 아가……."

루퍼스라니. 이 잘생긴 아이에게 어울리지 않는 추한 이름이었다.

루퍼스는 자기를 안고 있는 사람이 어머니라는 사실을 알자 바싹 달라붙어서 목 놓아 울었다. 어쨌든 목소리에 문제는 없었다. 그때 갑자기 다른 목소리가 들려왔다.

"대체 무슨 일이야?" 화가 난 남자 목소리였다.

깜짝 놀라 몸을 돌리자 평생 처음 보는 긴 총신이 내려다보였다. 철컥 하는 금속성이 들렸고, 나는 아이의 목숨을 구한 대가로 총을 맞는다는 생각에 딱 얼어붙었다. 죽은 목숨이었다.

말을 하려고 했지만 갑자기 목소리가 나오지 않았다. 속이 메스껍고 현기증이 났다. 시야가 흐려져서 총도, 총을 든 남자의 얼굴도 제대로 볼 수 없었다. 여자가 날카롭게 무슨 말을 했지만, 심한 메스꺼움과 공포 때문에 무슨 말인지 알아들을 수 없었다.

그러다 남자도, 여자도, 아이도, 총도 사라졌다. 나는 다시 우리 집 거실에, 몇 분 전 쓰러진 곳에서 1미터도 떨어지지 않은 자리에 무릎을 꿇고 앉아 있었다. 나는 집에 돌아와 있었다. 온통 젖고 진흙투성이였지만 무사했다. 방 저편에 케빈이 얼어붙은 사람처럼 서서 내가 있던 자리를 노려보고 있었다. 얼마나 오랫동안 저러고 있었을까?

"케빈?"

케빈은 몸을 획 돌려 나를 보았다. "이게 대체 무슨…… 어떻게 거기 가 있지?" 그는 속삭이듯 말했다.

"나도 모르겠어."

"다나, 당신……." 케빈은 다가와서 내가 진짜인지 잘 모르겠다는 듯 조심스럽게 나를 건드렸다. 그러더니 내 어깨를 잡고 꽉 끌어안았다. "어떻게 된 거야?"

나는 케빈의 팔을 풀어보려고 손을 뻗었지만, 그는 놓아주지 않았다. 그는 내 옆에 무릎을 꿇었다.

"말해!" 케빈이 요구했다.

"나도 무슨 말을 해야 할지 모르겠어. 아프니까 놓아줘."

그는 겨우 손을 놓고, 이제야 나를 알아보았다는 듯한 눈으로 바라보았다. "당신 괜찮아?"

"아니." 나는 고개를 숙이고 잠시 눈을 감았다. 나는 두려움에 덜덜 떨고 있었다. 채 가시지 않은 두려움으로 온몸에 힘이 빠졌다. 몸을 웅크리고 진정하려고 애썼다. 위협은 사라졌지만, 심하게 떨리는 몸을 어떻게 할 수 없었다.

케빈이 일어서더니 어딘가에서 커다란 수건을 가져와 내 어깨에 둘렀다. 덕분에 마음이 조금 편해졌다. 나는 몸 주위로 수건을 당겼다. 루퍼스의 엄마에게 주먹으로 맞은 등과 어깨가 아팠다. 생각보다 세게 때린 모양이었고, 케빈의 포옹으로 더 아파졌다.

우리는 그렇게, 나는 수건을 두르고 케빈은 나에게 팔을 두른 채 바닥에 같이 앉아 있었다. 케빈이 함께 있다는 사실만으로도 마음이 편안해졌다. 잠시 후 떨림이 멈췄다.

"이제 말해봐." 케빈이 말했다.

"뭘?"

"전부 다. 무슨 일이 일어난 거지? 어떻게…… 어떻게 그런 거야?"

나는 벙어리가 되어 생각을 가다듬으려 애쓰면서 머리를 겨누던 소총을 다시 떠올렸다. 평생 그렇게 공포에 질려본 적이 없었다. 그렇게 죽음이 가깝다고 느껴본 적이 없었다.

강 **19**

"다나." 케빈이 가만히 말했다. 그의 목소리를 듣자 나와 조금 전의 기억 사이에 거리가 벌어지는 느낌이었다. 그래도 여전히…….

"무슨 말을 해야 할지 모르겠어. 완전히 미친 소리야."

"어쩌다가 젖었는지부터 시작해봐."

나는 고개를 끄덕였다. "강이 있었어. 숲 속을 뚫고 흐르는 강이었어. 그 강에 남자아이가 하나가 빠져 있었어. 내가 그 아이를 구했어. 그래서 젖었지." 나는 머뭇거리면서 생각을 하고, 상황을 이해하려 했다. 내가 겪은 일이 이해되지는 않았지만, 최소한 조리 있게 말할 수는 있었다.

나는 케빈을 보았다. 그는 조심스럽게 중립적인 표정을 유지하고 기다렸다. 조금 더 침착을 되찾은 나는 케빈을 위해 처음으로 돌아가서, 어지러움을 느꼈을 때부터 일어난 일을 낱낱이 기억해냈다. 심지어 내가 당시엔 몰랐던 부분까지 되살려냈다. 예를 들어 강 근처에 있던 숲은 소나무 숲이었고, 나무는 다 곧고 키가 컸으며 거의 꼭대기쯤에 가지와 잎이 달려 있었다. 루퍼스를 보기 전, 그 짧은 시간에 나무를 보았다니 놀라웠다. 그리고 루퍼스의 엄마에 대해서도 더 기억해냈다. 그 여자가 입고 있던 옷. 목부터 발까지 덮는 검은색 긴 드레스였다. 진흙투성이 강가에서 입기에는 어리석은 옷차림이었다. 그 여자는 남부 말투로 말했다. 그리고 잊을 수 없는 그 길고 무서운 총이 있었다.

케빈은 끼어들지 않고 내 말에 귀를 기울였다. 이야기를 마치자 그는 수건 가장자리를 쥐고 내 다리에 묻은 진흙을 닦았다. "이 진흙은 다른 곳에서 온 게 분명해."

"내 말을 못 믿겠어?"

케빈은 진흙을 잠시 바라보다가 내 얼굴을 보았다. "당신이 얼마 동안 없어졌는지 알아?"

"몇 분 정도. 길지 않았지."

"몇 초였어. 당신이 사라졌다가 나타나서 내 이름을 부를 때까지 기껏해야 십 초에서 십오 초밖에 흐르지 않았어."

"아니, 아니야……." 나는 천천히 고개를 저었다. "그 모든 게 몇 초 만에 일어날 순 없어."

케빈은 아무 말도 하지 않았다.

"실제 일어난 일이야! 내가 거기에 있었어!" 나는 잠시 말을 멈췄다가, 심호흡을 하며 천천히 말했다. "좋아. 당신이 나한테 이런 이야기를 했다면 나 역시 못 믿었을지 모르지. 하지만 당신 말마따나 이 진흙이 다른 곳에서 온 건 분명하잖아."

"그래."

"당신이 본 건 어땠어? 무슨 일이 일어났다고 생각해?"

케빈은 얼굴을 약간 찌푸리더니 고개를 저었다. "당신이 사라졌지." 억지로 말을 밀어내는 느낌이었다. "조금 전까지만 해도 손이 닿는 곳에 있었는데, 갑자기 사라졌어. 믿을 수 없었지. 난 그 자리에 멍하니 서 있었어. 그러다가 당신이 방 반대쪽에서 다시 나타났지."

"그걸 믿어?"

케빈은 어깨를 으쓱였다. "일어난 일이니까. 내 눈으로 본 거니까. 당신이 사라졌다가 다시 나타났어. 이건 사실이야."

"물에 젖은 데다 진흙투성이였고 죽도록 겁먹은 채로 다시 나타났지."

"그래."

"난 내가 무엇을 보고 무슨 일을 했는지 알아. 나에게는 그게 사실이야. 당신이 본 것보다 더 괴상하지도 않아."

"어떻게 생각해야 할지 모르겠어."

"우리가 어떻게 생각하는지가 중요할까?"

"무슨 뜻이야?"

"글쎄…… 한번 일어난 일이야. 그런 일이 또 일어난다면?"

"아니, 아니야. 그럴 리가……."

"당신은 몰라!" 나는 다시 몸을 떨기 시작했다. "무슨 일이든 이제 충분해! 난 죽을 뻔했단 말이야!"

"진정해. 무슨 일이 일어나든, 다시 겁에 질려서 좋을 일은 하나도 없어."

나는 초조하게 몸을 움직여 주위를 둘러보았다. "다시 일어날 수도 있다는…… 언제든 다시 일어날 수 있다는 기분이 들어. 여기가 안전한 것 같지 않아."

"괜히 겁먹어서 그래."

"아니야!" 나는 고개를 돌려 케빈을 노려보았다가, 케빈이 너무 걱정스러운 표정이어서 다시 눈을 돌리고 말았다. 잠깐이지만 케빈이 내가 다시 사라질까봐 걱정하는 것인지, 아니면 내 정신 상태를 걱정하는 것인지 궁금했다. 케빈은 아직도 내 이야기를 믿지 않고 있었다. "당신 말이 맞을지도 몰라. 아니, 당신 말이 맞았으면 좋겠어. 지금 난 강도나 강간 피해자와 비슷한지도 몰라. 살아남기는 했는데 더는 안전하다고 느끼지 못하는 거지." 나는 어깨를 으쓱였다. "나에게 일어난 일을 무엇이라고 불러야 할지는 몰라도, 이제는 안전하다는 기분이 들지 않아."

케빈은 한없이 상냥한 목소리로 말했다. "또 그런 일이 일어난다면, 그리고 그게 정말로 일어나는 일이라면 아이 아버지도 당신에게 고마워해야 한다는 걸 알겠지. 그러니 당신을 해치지 않을 거야."

"그건 모르는 일이야. 무슨 일이 일어날지 모른다고." 나는 비틀거리면서 일어섰다. "맙소사, 나한테 적당히 맞장구를 쳐준다고 당신을 비난할 수도 없지." 나는 혹시 부인하려나 싶어서 잠시 말을 멈췄지만, 케빈은 그러지 않았다. "나도 이젠 스스로를 적당히 달래는 기분이 드니까."

"무슨 소리야?"

"모르겠어. 전부 다 실제로 일어난 일인데, 실제로 일어났다
는 걸 알면서도 그 일이 점점 실감이 안 나. 텔레비전에서 봤거
나 어딘가에서 읽은 일 같아. 내가 간접적으로 겪은 일처럼."

"아니면…… 꿈처럼?"

나는 케빈을 내려다보았다. "환각이라고 하고 싶은 거겠지."

"그래."

"아니야! 이게 어떤 상황인지 알아. 알 수 있어. 너무 무서워
서 거리를 두고 있는 거야. 그건 진짜였어."

"그렇다면 계속 거리를 둬." 케빈이 일어서서 진흙 묻은 수
건을 받아들었다. "진짜였든 아니든 간에 당신에게는 그게 최
선일 테니. 잊어버려."

불

The Fire

ⅰ

잊어보려 했다.

나는 샤워를 하며 진흙과 불쾌한 강물을 씻어내고, 깨끗한 옷으로 갈아입고, 머리를 빗었다……

"훨씬 낫네." 케빈이 나를 보고 말했다.

그러나 나아지지 않았다.

루퍼스와 그 부모는 아직도 케빈이 원하는 것처럼 완전히 정리되어 '꿈'이 되지 않았다. 그들은 그림자처럼 곁에 남아서 나를 위협했다. 그들은 자기들만의 림보˙를 만들어 그 안에 나를 잡아두었다. 나는 샤워를 하면서도 언제 현기증이 다시 찾아올지 몰라 두려웠고, 그러다 쓰러져 타일에 머리가 깨지거

˙ 지옥의 가장자리. 연옥이라고도 한다.

나, 그 강으로 돌아가 벌거벗은 몸으로 낯선 사람들 사이에 서 있게 될까 봐 무서웠다. 아니면 벌거벗고 무방비한 상태로 어딘가 다른 곳에서 나타날지도 몰랐다.

그래서 정말 급하게 씻었다.

그리고 거실 책장 앞으로 돌아갔지만, 책은 케빈이 거의 다 꽂은 후였다.

"오늘 짐 정리는 생각하지 마." 케빈이 말했다. "나가서 뭘 좀 먹자."

"나가서?"

"그래. 뭘 먹고 싶어? 당신 생일인데 아주 근사한 곳으로 가야지."

"여기서 먹어."

"하지만……."

"여기 있고 싶어, 정말로. 어디에도 가고 싶지 않아."

"왜 그래?"

나는 심호흡을 하고 대답했다. "내일. 내일 가자." 내일이면 나아지겠지. 오늘 일어난 일과 나 사이에 하룻밤의 잠만큼 거리를 두게 될 테니까. 그리고 또 다른 일이 일어나지 않는다면 조금은 쉴 수 있을 테고.

"집에서 잠깐 나가는 편이 좋지 않을까." 케빈이 그녀에게 말했다.

"싫어."

"다나……."

"싫다니까!" 할 수만 있다면 그날 밤에는 그 무엇도 나를 집 밖으로 끌어내지 못하게 할 작정이었다.

케빈은 잠시 나를 바라보더니 전화기로 가서 배달음식점에 닭과 새우 요리를 주문했다. 아마 내 모습도 기분만큼 겁에 질려 있었으리라.

그러나 집에 있어도 소용없었다. 음식이 도착해 식사를 하고, 마음이 한결 진정되자 부엌이 흐릿해지기 시작했다.

다시 한 번 불빛이 어두워지며 속이 울렁거리는 현기증이 일었다. 나는 식탁에서 몸을 밀어냈지만, 일어서려고는 하지 않았다. 일어설 수 없었다.

"다나?"

나는 대답하지 않았다.

"또 그래?"

"그런가 봐." 나는 의자에서 떨어지지 않으려 애쓰면서 꼼짝 않고 앉아 있었다. 바닥이 멀어지는 느낌이었다. 버티려고 식탁으로 손을 뻗었지만, 식탁은 손이 닿기 전에 사라졌다. 멀어졌던 바닥이 까매지더니, 리놀륨 타일이 카펫 덮인 나무 바닥으로 변했다.

그리고 내 몸을 지탱하고 있던 의자가 사라졌다.

2

현기증이 가셨을 때, 나는 짧은 암녹색 캐노피가 덮인 작은 침대에 앉아 있었다. 옆에 있는 작은 나무 탁자에는 낡고 오래된 주머니칼, 구슬 몇 개, 그리고 불붙은 양초가 꽂힌 금속 촛대가 놓여 있었다. 앞에 빨간 머리 소년이 보였다. 루퍼스일까?

소년은 나를 등지고 있었고 아직은 내 존재를 몰랐다. 한 손에는 나무 막대기를 들었는데, 막대기 끝이 새까맣게 타서 연기를 피우고 있었다. 막대기에 붙은 불은 창문 커튼에 옮겨붙은 모양이었다. 아이는 화염이 두꺼운 천을 먹어치우고 올라가는 모습을 지켜보고 서 있었다.

잠시 동안은 나도 지켜보기만 했다. 그러다가 퍼뜩 정신을 차리고 소년을 밀어낸 다음, 아직 타지 않은 커튼 위쪽을 잡고 당겼다. 커튼이 떨어지면서 불을 일부 덮어서 껐고, 반쯤 열린 창문이 드러났다. 나는 잽싸게 커튼을 집어들어 창밖으로 던져버렸다.

소년은 나를 쳐다보더니 창가로 달려가서 밖을 내다보았다. 나도 불타는 천이 베란다 지붕 위나 벽 옆에 떨어지지 않기를 바라며 밖을 내다보았다. 그제야 방 안에 있는 벽난로가 눈에 들어왔다. 너무 늦었다. 진작 봤더라면 안전하게 난로 안에 던져넣고 타게 둘 수도 있었는데.

밖은 어두웠다. 집에서는 아직 해가 지지 않은 시간이었는데, 여기는 캄캄했다. 나는 한 층 아래에서 타고 있는 커튼을 볼 수 있었다. 그 불빛 덕분에 겨우 커튼이 땅바닥에 떨어졌고, 제일 가까운 벽에서도 어느 정도 거리가 있다는 사실만 확인할 수 있었다. 내 성급한 행동은 아무런 해도 끼치지 않았다. 나는 두 번째로 말썽을 막았다는 사실을 알고 집으로 돌아갈 수 있었다.

나는 집으로 돌아가기를 기다렸다.

첫 번째 여행은 아이가 안전해지자마자 끝났다. 딱 나를 보호할 수 있는 시점에서 끝난 것이다. 하지만 기다리는 동안, 나는 그런 행운이 언제나 따르지는 않으리라는 점을 깨달았다.

현기증은 일어나지 않았다. 방은 흐릿해지지 않았고, 부인할 수 없는 현실로 남아 있었다. 나는 어떻게 해야 할지 몰라 주위를 둘러보았다. 집에서부터 나를 따라왔던 두려움에 확 불이 붙었다. 이번에는 집에 돌아가지 못한다면 어쩌지? 여기에서 오도 가도 못하게 된다면? 여기가 어디인지는 몰라도 나에겐 돈이 없었고, 집으로 돌아갈 방법도 몰랐다.

나는 진정하려고 안간힘을 쓰며 어둠 속을 응시했다. 그러나 바깥에 도시 불빛이 하나도 없다는 사실은 진정하는 데 도움이 되지 않았다. 불빛이 전혀 없었다. 그래도 일단 눈앞의 위험은 없었다. 그리고 이곳이 어디인지는 몰라도 아이가 같

이 있었다. 어린아이라면 내 질문에 어른보다 선뜻 답해줄지
도 모른다.

나는 소년을 보았다. 소년은 두려움 없이, 호기심이 담긴 눈
으로 나를 마주 보았다. 루퍼스가 아니었다. 이제는 알 수 있
었다. 똑같은 빨간 머리였고 똑같이 호리호리했지만 키가 더
컸고 서너 살은 더 많았다. 불장난을 하면 안 된다는 정도는
알 만한 나이라는 생각이 들었다. 아이가 자기 방 커튼에 불을
지르지만 않았어도 나는 아직 집에 있을지도 모른다.

나는 다가가서 아이의 손에서 막대기를 빼앗아 벽난로에 던
져넣었다. "이런 막대기는 너를 때릴 때나 쓰는 거야. 네가 집
을 다 태워버리기 전에 말이야."

나는 말을 뱉자마자 후회했다. 나에게는 그 아이의 도움이
필요했다. 그렇다 해도, 그 아이는 나를 엄청난 곤경에 밀어넣
었지 않은가!

소년은 놀라서 비틀비틀 뒤로 물러섰다. "나한테 손대면 아
빠한테 이를 거야!" 확실한 남부 억양이었다. 나는 생각을 미
처 차단하지 못하고 내가 남부 어딘가에 있는 걸까 머리를 굴
렸다. 집에서 3-4천 킬로미터는 떨어진 셈이었다.

남부 지방이라면 두세 시간 시차가 있으니 바깥의 어둠도
설명할 수 있었다. 그러나 여기가 어디든 간에 아이의 아버지
를 만나는 일만은 피하고 싶었다. 그는 주거침입죄로 나를 감

옥에 처넣을 수도 있고, 총으로 쏘아버릴 수도 있었다. 나는 그 점이 특히 걱정스러웠다. 다른 것에 대해서는 아이에게 들을 수 있으리라.

아이에게 다 들어야 했다. 내가 이곳에 발이 묶인 신세라면, 가능한 모든 것을 알아내야 했다. 나를 쏠 수도 있는 남자의 집에 머무는 것은 위험했지만, 아무것도 모른 채 밖을 헤매는 건 더 위험했다. 소년과 나는 목소리를 낮추고 이야기를 나눴다.

"아버지 걱정은 하지 마." 나는 부드럽게 말했다. "너희 아버지가 저 타버린 커튼을 보면 네가 해야 할 말이 많을 테니까."

소년은 한풀 꺾인 눈치였다. 어깨를 축 늘어뜨리더니 고개를 돌려 벽난로 안을 들여다보았다. "그런데 누구야? 여기에서 뭘 하고 있어?" 소년이 물었다.

그러니까 아이 역시 모르고 있었…… 정말로 알고 있으리라 기대하지는 않았지만 말이다. 그런데도 아이는 놀라울 정도로 나를 편하게 받아들였다. 나라면 그 나이 때 내 침실에 낯선 사람이 불쑥 나타났다면 그렇게 침착하지 못했을 것이다. 아니, 진작에 침실을 뛰쳐나갔을 것이다. 아이가 나처럼 겁이 많았다면 진작에 나를 죽음에 몰아넣었을지도 몰랐다.

"네 이름은 뭐지?" 나는 물었다.

"루퍼스."

나는 잠시 동안 소년을 멍하니 보기만 했다. "루퍼스라고?"

"그래. 왜, 문제 있어?"

나야말로 무엇이 문제인지, 무슨 일이 벌어지고 있는지 알고 싶었다. "난 괜찮아. 저기…… 루퍼스, 나 좀 볼래. 혹시 전에 날 본 적이 있니?"

"아니."

올바른 답이었다. 합당한 답이었다. 나도 똑같은 이름과 너무나 익숙한 얼굴을 외면하고 그 답을 받아들이려 했다. 그러나 내가 강에서 끌어낸 아이의 나이에 서너 살만 더하면 지금 이 소년이 될 것 같았다.

"혹시 물에 빠져 죽을 뻔했을 때를 기억할 수 있니?" 나는 바보가 된 기분으로 물었다.

루퍼스는 얼굴을 찌푸리더니 좀 더 조심스럽게 나를 살폈다.

"지금보다 어렸지. 다섯 살쯤이었나. 기억해?"

"강에서?" 그 말은 스스로도 완전히 믿지 못한다는 듯이 낮고 자신 없게 나왔다.

"기억하는구나. 정말 너였구나."

"물에 빠졌던 건…… 기억해. 그런데……?"

"네가 날 봤을지는 모르겠다. 게다가 오래전 일일 테니까…… 너에게는."

"아니, 이제 기억나. 봤어."

나는 아무 말도 하지 않았다. 소년의 말이 믿기지 않았다.

내가 그런 대답을 듣고 싶어한다고 여기고 그렇게 말하는지도 모른다. 그러나 소년이 거짓말을 할 이유는 없었다. 그는 나를 두려워하지도 않았다.

"그래서 아는 사람 같았구나." 소년이 말했다. "기억 못 했어. 그렇게 봐서 더 그랬나. 엄마한테 말했더니 그런 식으로는 정말로 봤을 리가 없다고 했어."

"어떤 식?"

"음…… 눈을 감은 채로."

"눈을……." 나는 말문이 막혔다. 아이는 거짓말을 하는 게 아니라, 꿈을 꾸고 있었다.

"진짜야!" 아이는 큰 소리로 우기다가 자제하고 다시 속삭였다. "구멍 속에 발을 디뎠을 때 봤어."

"구멍이라니?"

"강에서 말이야. 물속을 걷고 있었는데 구멍이 있었어. 나는 구멍으로 떨어졌고, 바닥을 찾을 수 없었어. 당신이 방 안에 있는 모습을 봤어. 방이 일부 보였는데, 사방이 책이었어. 아빠 서재보다 더 많았어. 당신이 남자처럼 바지를 입었고…… 응, 지금도 그러네. 나는 당신이 남자인 줄 알았어."

"그거 참 고맙구나."

"하지만 이번에는 그냥 바지를 입은 여자처럼 보여."

나는 한숨을 쉬었다. "좋아, 그 부분은 신경 쓰지 말자. 내가 너를 강에서 꺼내준 사람이라는 사실을 알아보기만 한다면 야……."

"그랬어? 하긴, 분명히 그럴 줄 알았어."

나는 혼란을 느끼고 하던 말을 멈췄다. "네가 기억하는 줄 알았는데."

"본 기억은 나지. 물에 빠졌다가 잠깐 멈추고 당신을 본 것 같았다가, 다시 물에 빠져서 죽을 뻔 했어. 그다음에는 엄마랑 아빠가 있었어."

"그리고 아빠의 총도 있었겠지." 나는 씁쓸하게 말했다. "네 아버지가 날 죽일 뻔했어."

"아빠도 당신이 남자라고 생각했어. 당신이 엄마랑 나를 해치려 한다고 생각한 거야. 엄마 말로는 아빠한테 쏘지 말라고 말하고 있었는데 갑자기 당신이 없어졌대."

"그랬지." 나는 아마 그 여자 눈앞에서 사라졌을 것이다. 어떻게 생각했을까?

루퍼스가 말을 이었다. "그래서 엄마한테 그 사람이 어디로 갔냐고 물었더니 화를 내면서 모른댔어. 나중에 다시 물어봤더니 날 때렸어. 엄마는 절대 날 안 때리는데 말이야."

나는 루퍼스가 나에게도 같은 질문을 할 줄 알고 기다렸지만, 루퍼스는 말하지 않고 눈으로만 물었다. 나는 대답할 길을 찾아서 머릿속을 헤집었다.

"루퍼스, 너는 내가 어디로 갔다고 생각했니?"

루퍼스는 한숨을 내쉬고 실망한 투로 말했다. "당신도 말해주지 않는구나."

"아니, 말할 거야. 내가 할 수 있는 만큼은. 하지만 먼저 대답해주렴. 내가 어디로 갔다고 생각했는지 말해봐."

루퍼스는 말을 할까 말까 마음을 정해야 했는지, 한참 만에 대답했다. "그 방으로 돌아간 줄 알았어. 책이 쌓인 방."

"그건 네 짐작이야? 아니면 날 다시 봤어?"

"보지는 못했어. 내 생각이 맞아? 그리로 돌아갔어?"

"그래. 그렇게 집에 돌아가는 바람에 내 남편도 너희 부모님만큼이나 겁에 질렸지."

"하지만 거기까지 어떻게 갔어? 여기엔 어떻게 왔고?"

"이렇게." 나는 손가락을 딱 튕겼다.

"그건 대답이 아니잖아."

"내가 내놓을 수 있는 대답은 이것뿐이란다. 난 집에 있었는데, 갑자기 여기로 와서 널 구했어. 어떻게 된 일인지는 몰라. 어떻게 그런 식으로 이동하는지…… 언제 그런 일이 일어나는지도. 내 마음대로 되지 않아."

"그럼 누구 마음이야?"

"모르겠어. 아무도 아닐지도." 루퍼스에게 자기가 통제할 수 있다는 생각을 심어주고 싶지는 않았다. 정말로 루퍼스에게 달린 일이라면 더더욱.

"하지만…… 어떻게 하는 건데? 엄마가 뭘 봤기에 말해주지 않는 건데?"

"아마 내 남편이 본 것과 같은 광경이었겠지. 너에게 왔을 때 내가 그 자리에서 사라졌다고 했어. 그냥 사라져버렸다고. 그리고 잠시 후에 다시 나타났다고."

루퍼스는 생각해보더니 말했다. "사라져? 연기처럼?" 그러더니 겁먹은 얼굴이 되었다. "유령처럼?"

"연기처럼. 하지만 내가 유령이라는 생각은 하지 마. 유령 같은 건 없어."

"아빠도 그렇게 말하긴 해."

"그 말씀이 옳아."

"하지만 엄마는 옛날에 한 번 봤대."

나는 내 의견을 말하지 않고 접어두기로 했다. 아무래도 루퍼스의 어머니는…… 게다가 어쩌면 내가 그 유령일지도 모른다. 내가 사라지는 모습을 보고 뭔가 설명을 찾아야 했을 테니까. 훨씬 현실적인 그 남편은 그 일을 어떻게 설명했을지 궁금했다. 하지만 중요한 일은 아니었다. 지금 나에게는 루퍼스를 진정시키는 일이 중요했다.

"너에겐 도움이 필요했고, 나는 널 도우러 왔어. 두 번이나. 그런데도 나를 무서워해야 할까?"

"아니." 루퍼스는 나를 한참 쳐다보더니 다가와서 머뭇머뭇 손을 뻗었고, 그을음에 더러워진 손으로 나를 건드렸다.

"봐. 나는 너와 마찬가지로 살아 있는 사람이야."

루퍼스는 고개를 끄덕였다. "그럴 줄 알았어. 당신이 한 일들을 보면…… 그렇잖아. 엄마도 당신을 만졌다고 했고."

"확실히 그랬지." 나는 그 여자의 필사적인 주먹질에 멍이 든 어깨를 문질렀다. 아픔 때문에 잠시 머릿속이 혼란스러워졌다. 그 여자의 주먹질이 나에게는 겨우 몇 시간 전 일이라는 점을 떠올릴 수밖에 없었다. 그런데 아이는 그때로부터 몇 살이나 나이가 들었다. 그렇다면 사실상 나의 여행은 거리뿐만 아니라 시간까지 가로지른다는 뜻이다. 또 한 가지 사실. 내 여행의 중심은 그 아이였다. 어쩌면 여행의 이유일지도. 루퍼스는 내가 자기에게 끌려오기 전에 거실에 있는 나를 보았다. 그 부분은 지어낼 수 없었다. 하지만 내 쪽에서는 아무것도 보지 못했고, 메스꺼움과 혼미함을 빼면 아무런 느낌도 받지 못했다.

"엄마는 당신이 날 강에서 꺼낸 다음에 〈열왕기〉에 나오는 것 같은 짓을 했댔어."

"뭐?"

"엘리야가 죽은 소년의 입에 숨을 불어넣자 소년이 다시 살아난 부분 말이야. 엄마는 당신이 나한테 하는 짓을 보고 막으려고 했댔어. 전에는 한 번도 본 적이 없는 검둥이nigger였으니까. 그러다가 〈열왕기〉가 생각났대."

나는 침대에 앉아서 루퍼스를 건너다보았지만, 그 눈빛에서는 흥미와 되살아난 흥분밖에 읽을 수 없었다. "어머니가 날 두고 뭐라고 했다고?" 나는 물었다.

"그냥 못 보던 검둥이였다고. 엄마 아빠 둘 다 당신을 본 적이 없었어."

"자기 아들 목숨을 구해준 사람한테 그런 표현을 쓰다니 어처구니가 없구나."

루퍼스는 얼굴을 찌푸렸다. "왜?"

나는 루퍼스를 노려보았다.

"뭐가 잘못됐어? 왜 화가 났어?"

"너희 어머니는 언제나 흑인을 검둥이라고 부르니, 루피?"

"당연하지. 손님이 없으면 그래. 왜 안 되는데?"

천진난만하게 묻는 말에 도리어 내가 혼란스러워졌다. 루퍼스가 정말로 자기가 무슨 말을 하는지 모르거나, 할리우드에 진출할 만한 연기력이 있거나 둘 중 하나였다. 어느 쪽이든 계속 나에게 그런 말을 쓰게 둘 수는 없었다.

"나는 흑인 여성이야, 루피. 나를 이름이 아닌 다른 말로 부른다면 흑인 여성이라고 해야 해."

"그렇지만······."

"난 널 도와줬어. 내가 불을 꺼줬지, 안 그러니?"

"그래."

"그렇다면 내가 원하는 호칭으로 부르는 정도의 예의는 갖춰주렴."

루퍼스는 나를 빤히 바라보기만 했다.

나는 조금 더 부드럽게 말했다. "이제 말해봐, 커튼에 불이 붙었을 때도 내가 보였어? 그러니까, 물에 빠졌을 때처럼?"

루퍼스가 기분을 바꾸는 데 잠시 시간이 걸렸다. "내 눈에는 불밖에 보이지 않았어." 루퍼스는 불가에 놓인 낡은 의자에 앉아서 나를 쳐다보았다. "갑자기 나타나기 전까지는 당신을 보지 못했어. 하지만 정말 무서웠어…… 물에 빠졌을 때와 비슷했지만…… 달리 비슷한 일이 또 떠오르진 않아. 나 때문에 집이 다 타버리는 줄 알았어. 나도 죽을 줄 알았고."

나는 고개를 끄덕였다. "제때 나갈 수만 있었다면 죽지는 않았겠지. 하지만 네 부모님이 이 집에서 주무신다면, 그분들한테까지 불길이 번졌을 수도 있어."

루퍼스는 벽난로 안을 들여다보았다. "예전에 마구간을 태워버린 적이 있어. 아빠한테 네로를 돌려받고 싶었어. 네로는 내가 좋아하는 말이야. 그런데 아빠는 네로를 윈덤 목사님한테 팔아버렸어. 윈덤 목사님이 돈을 많이 준다는 이유만으로 말이야. 아빠는 지금도 돈이 많은데. 어쨌든 난 화가 나서 마구간을 태워버렸어."

나는 고개를 절레절레 흔들었다. 이 소년은 이미 복수에 대해 나보다 더 잘 알고 있었다. 이대로 크면 도대체 어떤 남자가 될까? "이번에는 왜 불을 질렀지? 또 다른 일로 아버지에게 복수하려고?" 나는 물었다.

"날 때렸어. 볼래?" 루퍼스는 몸을 돌리고 셔츠를 올려서 기다란 열십자 모양으로 빨갛게 부푼 자국을 보여주었다. 오래된 상처 자국들도 볼 수 있었다. 최소한 한 번 이상, 이번보다 더 심하게 맞아서 생긴 흉터였다.

"하느님 맙소사……!"

"내가 아빠 책상에서 돈을 훔쳤대. 난 아니라고 했거든." 루퍼스는 어깨를 으쓱였다. "그랬더니 내가 자기를 거짓말쟁이 취급했다면서 때렸어."

"그것도 여러 번이구나."

"기껏해야 1달러밖에 안 꺼냈는데." 루퍼스는 셔츠를 내리고 나를 마주 보았다.

나는 무슨 말을 해야 할지 몰랐다. 루퍼스가 성장해서 감옥에나 가지 않으면 다행이었다. 그것도 무사히 성장할 때 이야기였다. 그는 계속해서 말했다. "내가 집을 태워버리면 아빠 돈이 다 없어지겠지 생각했어. 다 잃어버려야 해. 아빠는 돈 생각밖에 안 해." 루퍼스는 어깨를 으쓱였다. "그러다가 마구간 일이랑, 마구간에 불을 질렀다가 아빠한테 채찍으로 맞은 기억이 났어. 엄마가 말리지 않았으면 아빠가 날 죽였을 거래. 이번에는 진짜로 죽이지 않을까 무서워져서, 불을 끄고 싶었어. 하지만 끌 수 없었어. 끄는 방법을 몰랐어."

그래서 나를 부른 것이다. 이제는 확실해졌다. 루퍼스는 감당하기 힘든 곤경에 빠지면 나를 끌어당기는 모양이었다. 어떻게 했는지는 몰랐다. 본인은 자기가 그렇게 한다는 사실조차 모르는 모양이었다. 알았다면, 그리고 자기 마음대로 나를 부를 수 있었다면, 나는 맞고 있는 루퍼스와 때리는 아버지 사이에 나타났을지도 모른다. 그럴 때 무슨 일이 일어날지는 상상도 가지 않았다. 그 아버지와의 만남은 한 번으로 족했다. 루퍼스에게 들은 바로도 그랬다. "아버지가 널 채찍으로 때렸다고 했니, 루퍼스?"

"응. 검둥이와 말에게 쓰는 채찍이었지."

나는 순간 멈칫했다. "누구……에게 쓴다고?"

루퍼스는 조심스레 나를 보았다. "당신한테 한 말은 아니야."

나는 그 말을 무시했다. "내가 아니어도 흑인이라고 불러야 해. 하지만…… 너희 아버지가 흑인들에게 채찍질을 한다고?"

"필요할 때는. 그렇지만 엄마는 무슨 짓을 했든 간에 날 그렇게 때린 건 잔인하고 창피한 일이라고 했어. 그래서 그 후에 날 데리고 볼티모어에 있는 메이 이모네 집으로 갔는데, 아빠가 와서 날 데리고 왔어. 엄마도 나중에 집에 돌아왔고."

나는 잠시 동안 채찍과 '검둥이'에 대해 잊고 말았다. 볼티모어라니. 메릴랜드에 있는 볼티모어 말인가? "지금 우린 볼티모어에서 멀리 떨어져 있니, 루퍼스?"

"만 건너편이야."

"그래도…… 아직 메릴랜드지, 그렇지?" 메릴랜드라면 친척들이 있었다. 내가 그들을 필요로 한다면, 그리고 그들에게 연락할 수만 있다면 나를 도와줄 것이다. 그러나 어쩐지 내가 아는 누군가에게 연락을 할 수 있을지 모르겠다는 생각이 들기 시작했다. 천천히 새로운 두려움이 자라나고 있었다.

"당연히 메릴랜드지. 어떻게 그걸 모를 수 있어?" 루퍼스가 말했다.

"날짜는?"

"몰라."

"연도는? 연도만 말해!"

루퍼스는 흘긋 문 쪽을 보았다가 잽싸게 내게 시선을 돌렸다. 나는 내가 아무것도 모른다는 점과 갑자기 흥분하는 모습이 루퍼스를 불안하게 만들었음을 깨달았다. 나는 애써 차분하게 말했다. "어서, 루퍼스, 몇 년도인지는 알 거 아니야. 응?"

"1……815년."

"언제라고?"

"1815년."

나는 가만히 앉아서 심호흡을 하면서 마음을 가라앉혔다. 나는 루퍼스의 말을 믿었다. 정말로 믿었다. 별로 놀라지도 않았다. 내가 시간을 가로질러 여행했다는 사실은 진작에 받아들였다. 이제는 집에서 내 생각보다 더 멀리 왔다는 사실을 알았다. 그리고 비로소 왜 루퍼스의 아버지가 말들만이 아니라 '검둥이'들에게도 채찍질을 하는지 알았다.

눈을 들어 보니 루퍼스가 의자에서 일어나서 나에게 다가와 있었다.

"왜 그래? 자꾸 이상하게 구네."

"아무것도 아니야, 루피. 난 괜찮아." 아니, 괜찮지 않았다. 어떻게 해야 하나? 왜 나는 집으로 돌아가지 못했나? 오랫동안 머물러야 한다면 이 집은 나에게 치명적인 곳이 될 수도 있었다. "여기는 대농장이니?" 나는 물었다.

"와일린 농장이지. 우리 아빠가 톰 와일린이야."

"와일린……." 그 이름은 어떤 기억의 방아쇠를 당겼다. 몇 년 동안이나 떠올리지도 않은 기억이었다. "루퍼스, 혹시 너희 집안 이름 철자를 W-e-y-l-i-n이라고 쓰니?"

"아마 그럴걸."

나는 인내심을 잃고 루퍼스에게 얼굴을 찌푸렸다. 그 나이면 자기 이름 철자 정도는 알아야 할 게 아닌가. 이렇게 흔치 않은 이름이라 해도 말이다.

"맞아." 루퍼스는 얼른 다시 말했다.

"그리고…… 이 근처에 앨리스라는 흑인 여자애가 있어? 아마 노예 소녀일 텐데." 소녀의 성은 확실히 떠오르지 않았다. 기억이 파편적으로 돌아왔다.

"그럼. 앨리스는 내 친구야."

"그래?" 나는 내 손을 노려보며 생각을 하려고 했다. 불가능한 일 한 가지에 겨우 익숙해지면 말도 안 되는 일이 또 일어났다.

"그렇지만 노예는 아니야. 자유민이지. 걔 엄마처럼 자유민으로 태어났어."

"오? 그렇다면 아마……." 나는 앞서나간 생각에 상황을 짜맞추는 가운데 말꼬리를 흐렸다. 메릴랜드 주도 맞고, 시대도 맞고, 흔치 않은 앨리스라는 이름의 소녀도 있다…….

"그렇다면 뭐?" 루퍼스가 재촉했다.

그래, 그렇다면…… 내가 완전히 미친 게 아니라면, 내가 들어본 적도 없을 만큼 완벽한 환각 속에 빠진 게 아니라면, 내 앞에 있는 아이가 현실의 사람이고 사실대로 말하고 있다면, 그렇다면 이 아이는 내 조상일지도 모른다.

그는 아마 내 고고고고조부쯤 될 테지만, 그의 딸이 화려하게 조각한 나무 상자에 담긴 커다란 성경책을 사서 그 안에 족보를 기록하기 시작한 덕분에 아직까지 우리 집안사람들의 기억 속에 희미하게 살아 있었다. 그 성경책은 지금도 삼촌이 보관하고 있었다.

헤이거 할머니. 헤이거 와일린, 1831년 탄생. 그 이름이 맨 처음에 적혔다. 그리고 그분은 자기 부모 이름으로 루퍼스 와일린과 앨리스 그린 어쩌고 와일린을 적었다.

"루퍼스, 앨리스의 성이 뭐지?"

"그린우드. 그런데 무슨 말을 하려던 거야? 그렇다면 뭔데?"

"아무것도 아니야. 그저 내가…… 그 아이 가족 누군가를 알지도 모른다고 생각했어."

"그래서, 알아?"

"모르겠구나. 지금 생각한 사람을 본 지가 워낙 오래되어서." 어설픈 거짓말. 그래도 진실보다는 나았다. 루퍼스가 어리기는 해도 내가 사실대로 말한다면 제정신인지 의심할 게 분명했다.

앨리스 그린우드. 그녀는 어떻게 이 소년과 결혼한 걸까? 아니, 그게 결혼이기는 했을까? 왜 우리 집안사람들은 아무도 루퍼스 와일린이 백인이라고 말하지 않은 걸까? 알고 있었다면 말이다. 아마 몰랐겠지. 헤이거 와일린 블레이크는 1880년에 사망했다. 내가 아는 가족 중에 누구든 태어나기 훨씬 전이었다. 헤이거 할머니의 인생에 대한 정보 대부분은 할머니와 함께 죽었으리라. 최소한 나에게 전해지기 전에는 사라졌다. 남은 물건은 성경책 하나뿐이었다.

헤이거 할머니는 조심스러운 글씨로 성경책 안을 채웠다. 올리버 블레이크와 결혼했다는 기록이 있었고, 일곱 자식의 이름이 있었고, 그 자식들의 결혼 기록과 손자 손녀들의 이름이 있었다…… 그 후에는 다른 누군가가 기록을 이어받았다. 수많은 친척들의 이름이 적혔다. 내가 전혀 몰랐고, 영영 모를 수밖에 없는…….

아니, 과연 그럴까?

나는 헤이거의 아버지가 될 소년을 바라보았다. 내 친척 누군가를 떠올릴 만한 구석은 없었다. 그 모습을 보자 혼란스러웠다. 그러나 분명히 이 소년이 그 루퍼스여야 했다. 그와 나 사이에 어떤 연결 고리가 있어야 했다. 정말로 혈연관계만으로 내가 그에게 두 번이나 끌려온 일을 설명할 수 있다고 생각하지는 않았다. 그럴 수는 없었다. 그러나 그 밖에 다른 설명도 있을 수 없었다. 우리 둘 사이에는 무엇인가가 있었다. 낯설고 이름조차 없는 무엇인가가. 혈연관계에서 비롯되었을 수도 있고, 아닐 수도 있는 이상한 무엇인가가 우리를 하나로 묶고 있었다. 어쨌든 이제 나는 루퍼스를 구할 수 있었음을 기뻐할 만한 특별한 이유가 생겼다. 그를 구하지 못했다면 나에게,

내 어머니 집안에 무슨 일이 생겼을까?

그래서 내가 여기 온 걸까? 사고뭉치 꼬마가 살아남게 지키기 위해서만이 아니라, 우리 집안과 나 자신의 생존을 위해서?

다시 한 번 생각하지만, 루퍼스가 물에 빠져 죽었다면 어떻게 되었을까? 내가 없었으면 빠져 죽었을까? 아니면 루퍼스의 어머니가 어떻게든 구해냈을까? 루퍼스의 아버지가 제때 도착해서 구했을까? 어쨌든 누군가는 구했어야 했다. 루퍼스의 목숨이 자각도 없는 후손의 행동에 달려 있을 수는 없었다. 내가 어떻게 행동했든 살아남아서 헤이거를 낳아야 했다. 그렇지 않으면 내가 존재할 수 없으니까. 그래야 이치에 맞았다.

하지만 내 마음이 편해질 만큼 말이 되지는 않았다. 다시 곤경에 빠진 루퍼스를 보았을 때 시험 삼아 무시해볼 만큼은 아니었다. 어떤 아이이든 곤경에 빠진 모습을 보고 무시할 수는 없겠지만, 루퍼스에게는 특별한 보살핌이 필요했다. 내가 살려면, 다른 사람들이 살려면 이 아이가 살아야 했다. 감히 시간 패러독스를 시험해볼 수는 없었다.

루퍼스는 나를 자세히 살피면서 말했다. "그러고 보니 앨리스네 엄마랑 조금 닮았네. 드레스를 입고 올림머리를 하면 더 비슷하겠어." 루퍼스는 친구처럼 내 옆에 앉았다.

"그런데 왜 너희 어머니는 나를 그 사람으로 착각하지 않았을까."

"그렇게 입고 있으니 당연하지! 말했잖아. 처음에는 당신이 남자인 줄 알았다니까. 아빠도 그랬고."

"아." 이제는 이해하기가 조금 쉬워졌다.

"혹시 앨리스랑 친척 아니야?"

"내가 아는 한은 아니야." 나는 거짓말을 하고 황급히 화제를 바꿨다. "루퍼스, 이 집에 노예가 있니?"

루퍼스는 고개를 끄덕였다. "서른여덟이 있어. 아빠 말로는." 루퍼스는 맨발을 끌어 올려 침대 위에 책상다리를 하고 앉아서 나를 마주 보았다. 여전히 흥미진진하다는 눈빛이었다. "당신은 노예가 아니지?"

"응."

"그럴 줄 알았어. 당신은 제대로 말하지도, 제대로 입지도, 제대로 행동하지도 않아. 그렇다고 도망노예 같지도 않고."

"도망노예는 아니야."

"그리고 날 '주인님'이라고 부르지도 않지."

놀랍게도 나는 소리 내어 웃고 말았다. "주인님?"

"원래는 그래야 해." 루퍼스는 아주 진지했다. "게다가 나보고 검둥이가 아니라 흑인이라고 부르라고까지 하고 말이야."

루퍼스의 진지한 태도에 웃음이 멈췄다. 그러고 보면 웃길 게 무엇인가? 아마 루퍼스 말이 맞을 터였다. 분명히 이 시대의 나는 그에게 경칭을 써야 하리라. 하지만 '주인님'이라니?

루퍼스는 계속 주장했다. "그렇게 말해야 한다니까. 아니면 '작은 주인님'이나 '도련님'…… 앨리스처럼 '루퍼스 씨'라고 하든가. 그래야 해."

"그렇게는 못해." 나는 고개를 저었다. "상황이 훨씬 더 나빠진다면 모를까."

루퍼스는 내 팔을 움켜잡고 속삭였다. "안 돼! 그렇게 하지 않으면, 우리 아빠가 듣기라도 하면 진짜 곤란해질 거야."

그 '아빠'가 내가 그냥 하는 말을 듣기만 해도 곤란해질 터였다. 그러나 루퍼스는 나를 걱정하고, 심지어 나 때문에 무서워하고 있었다. 루퍼스의 아버지는 아무래도 공포를 불러일으키는 남자 같았다. "알았어. 혹시 다른 사람이 오면 '루퍼스 씨'라고 부를게. 그러면 되겠지?" 다른 사람이 온다면, 난 살아남기만 해도 다행이리라.

"그래." 루퍼스는 안심한 얼굴로 말했다. "내 등에는 아직도 아빠가 채찍으로 때린 흉터가 남아 있어."

"봤어." 이 집에서 나가야 할 시간이었다. 대화를 나누고 상황을 파악하고 집으로 돌아갈 희망을 품어보는 건 이 정도로 충분했다. 루퍼스를 보호하기 위해 나를 이용하는 알 수 없는 힘이 나까지 보호해주지 않는 것은 분명했다. 이 집 밖으로 나가서 해가 뜨기 전에 안전한 곳으로 가야 했다. 여기에 나에게 안전한 곳이 있다면 말이지만…… 나는 앨리스의 부모가 어떻게 살았을지, 어떻게 살아남았을지 궁금했다.

"이봐!" 루퍼스가 불쑥 말했다.

나는 소스라쳐서 루퍼스를 보았다. 그리고 루퍼스가 계속 말을 하고 있었는데 내가 듣지 못했음을 깨달았다.

"이름이 뭐냐니까. 이름을 말해주지 않았어."

겨우 그거였나? "에다나. 사람들은 대부분 다나라고 불러."

"설마!" 루퍼스는 조용히 말했다. 그는 내가 유령이라고 생각했을 때와 같은 눈으로 나를 응시했다.

"뭐가 잘못됐니?"

"아무것도 아니야. 다만…… 음, 당신이 여기 오기 전에 내가 당신 모습을 봤는지 알고 싶어했지? 강에서처럼 말이야. 음, 보지는 못했지만 듣기는 한 것 같아."

"어떻게? 언제?"

"어떻게인지는 몰라. 당신은 여기에 없었어. 하지만 커튼에 불이 붙고 겁에 질렸을 때 어떤 남자 목소리를 들었어. '다나? 또 그래?'라고 했어. 그러더니 누군가가 속삭였어. '그런가 봐.' 아마 당신이었겠지. 당신 목소리를 들었어!"

나는 내 침대를 그리워하고, 답이 없는 질문들이 끝나기를 간절히 바라면서 지친 한숨을 내쉬었다. 루퍼스는 어떻게 시공간을 넘어서 케빈과 나의 대화를 들었을까? 나는 몰랐다. 그런 문제에 신경 쓸 시간도 없었다. 더 급한 문제들이 있었다.

"그 남자는 누구였어?" 루퍼스가 물었다.

"내 남편." 나는 한 손으로 얼굴을 문질렀다. "루퍼스, 난 너희 아버지가 깨기 전에 이 집에서 나가야 해. 아무도 깨우지 않고 아래층으로 내려갈 수 있게 안내해줄래?"

"어디로 가게?"

"모르겠어. 하지만 여기에 있을 순 없어." 나는 루퍼스가 나를 얼마나 도울 수 있을지, 실제로 얼마나 도울지 생각하느라 잠시 멈칫했다. "난 집에서 멀리 와 있고, 언제 돌아갈 수 있는지도 몰라. 내가 갈 만한 곳이 있을까?"

루퍼스는 책상다리를 풀고 머리를 긁적였다. "밖으로 나가서 아침까지 숨어 있다가 나와서 아빠한테 여기에서 일을 해도 되냐고 물어볼 수 있어. 아빠가 가끔 검둥이 자유민도 고용하거든."

"그래? 네가 흑인 자유민이라면 네 아버지 밑에서 일하고 싶을까?"

루퍼스는 내 눈을 피하고 고개를 저었다. "아니겠지. 아빠는 꽤 성질이 더러울 때가 있으니까."

"달리 내가 갈 수 있는 곳이 있을까?"

루퍼스는 조금 더 생각해보더니 말했다. "시내에 가서 일자리를 찾을 수도 있어."

"그 도시 이름이 뭐지?"

"이스턴."

"멀어?"

"그렇게 멀진 않아. 가끔 아빠가 통행증을 주면 거기까지 걸어가는 검둥이들이 있어. 아니면……."

"아니면?"

"앨리스네 어머니가 더 가까운 곳에 살아. 그리로 가면 어디에서 일을 구하는 게 제일 좋은지 들을 수 있을 거야. 어쩌면 그 집에 같이 있을 수도 있겠다. 그러면 나도 당신이 집에 가기 전에 또 볼 수 있을 테고."

나는 루퍼스가 나를 다시 보고 싶어한다는 사실에 놀랐다. 나는 어렸을 때 이후로 아이들과 접촉이 별로 없었다. 어쨌든 나도 이 아이가 마음에 들기는 했다. 주위 환경이 그에게 도저히 좋아할 수 없는 면을 새겨두기는 했지만, 남북전쟁 이전의 남부에서 이보다 훨씬 지독한 사람의 손에 떨어질 수도 있었다. 훨씬 지독한 인간의 후손일 수도 있었다.

"앨리스의 어머니는 어디 살아?" 내가 물었다.

"숲 속에 살아. 나가자. 가는 길을 알려줄게."

루퍼스는 촛대를 들고 방문으로 향했다. 루퍼스가 움직이자 방 안 그림자들이 으스스하게 일렁였다. 나는 문득 루퍼스가 나를 배신하기란 얼마나 쉬운지를 깨달았다. 문을 열고 뛰어가서 소리를 지르면 그만이었다.

그러나 루퍼스는 문을 살짝 열고 밖을 내다보더니 몸을 돌리고 내게 손짓을 했다. 겁을 먹었지만 그 덕분에 조심성을 잃지 않을 정도였고, 신이 나고 들뜬 얼굴이었다. 나는 마음을 놓고 얼른 그 뒤를 따랐다. 루퍼스는 즐기고 있었다. 모험을 하고 있었다. 사실 루퍼스는 자기 아버지의 집에서 들키지 않고 침입자를 탈출시키면서 다시 한 번 불장난을 하는 셈이었다. 들킨다면 우리 둘 다 채찍질을 당할 터였다.

아래층으로 내려간 우리는 크고 육중한 문을 소리 없이 열고 바깥 어둠 속으로 걸어나갔다. 거의 암흑이었다. 반달이 떠 있었고, 무수한 별이 밤하늘을 밝혔다. 집에서는 그런 하늘을 본 적이 없었다. 루퍼스는 바로 나에게 친구 집으로 가는 길을 알려주려 했지만, 나는 루퍼스를 막았다. 먼저 해야 할 일이 있었다.

"커튼이 어디로 떨어졌지? 그리로 데려가주렴, 루퍼스."

그는 내 요구대로 모퉁이를 돌아 집 옆으로 안내했다. 땅에 떨어진 커튼은 아직도 연기를 피우고 있었다.

"이걸 없애버릴 수 있다면, 네 어머니가 아버지에게 말하지 않고 새 커튼을 달아주실 수 있을까?" 내가 말했다.

"그럴걸. 어차피 둘이 서로 말도 별로 안 해."

남은 커튼 조각은 대부분 차갑게 식어 있었다. 나는 다시 불붙을 위험이 남아있는 불그스름한 부분을 밟아 문질렀다. 그러고는 타지 않은 큰 조각을 찾아 펼쳐놓고, 재와 뒤섞인 흙과 작은 조각들을 주워 담았다. 루퍼스도 말없이 거들었다. 나는 그 천을 돌돌 말아서 루퍼스에게 내밀었다.

"이대로 벽난로에 집어넣어. 다 타는지 보고 나서 자. 그리고 루퍼스…… 다른 건 태우지 마."

내 말에 루퍼스는 부끄러운 듯 아래를 보았다. "안 그래."

"좋아. 네 아버지를 약 올릴 만한 더 안전한 방법이 있을 거야. 자, 앨리스의 집은 어느 쪽이지?"

3

루퍼스는 길을 일러주더니 고요하고 서늘한 어둠 속에 나만 남겨두고 가버렸다. 잠시 저택 옆에 서 있으려니 무섭고 외로웠다. 그제야 루퍼스가 함께 있어서 얼마나 위안이 되었는지 알 것 같았다. 나는 겨우 마음을 다잡고 밭과 저택을 가르는 넓은 풀밭을 가로질러 걷기 시작했다. 주위에 흩어진 나무들과 컴컴한 건물들이 보였다. 저택에서는 거의 보이지 않는 한쪽 구석에 작은 건물들이 한 줄로 늘어서 있었다. 노예들이 사는 숙소 같았다. 그중 어느 집 주위에서 움직이는 사람 그림자를 본 나는 순간적으로 아름드리 큰 나무 뒤에 딱 멈춰 섰다.

그 형체는 오두막집 두 곳 사이로 소리 없이 사라졌다. 나만큼 이나 밤에 움직이는 모습을 들키지 않으려 애쓰는 노예였다.

나는 밭을 빙 둘러갔다. 어둠 속에서 허리 높이까지 자란 농 작물의 정체를 알아볼 생각은 없었다. 루퍼스는 자기가 이용 하는 지름길을 일러주면서 도로를 따라가는 조금 더 먼 길도 있다고 했다. 하지만 나는 도로를 피할 수 있어 기뻤다. 이곳 에서 백인 어른과 마주치는 건 집에서 강도를 만나는 것보다 더 무서웠다.

마침내 숲이 나타났다. 달빛 비치는 들판을 지나고 나니 숲 이 단단한 어둠의 벽처럼 보였다. 나는 그 앞에 서서 몇 초 동 안 차라리 도로를 택하는 편이 나았던 건 아닐까 생각했다.

그때 개 짖는 소리가, 별로 멀지 않은 곳에서 들려왔고 갑작 스러운 공포에 사로잡힌 나는 새로 자란 어린 나무들을 헤치 고 숲 속으로 뛰어들었다. 나는 가시덤불, 옻나무, 뱀을 생각했 다…… 생각했지만, 멈추지는 않았다. 들개 떼가 그보다 더 나 빠 보였다. 아니 혹시 도망노예를 추적하는 데 쓰던 길들인 개 떼라면…….

숲은 생각만큼 캄캄하지는 않았다. 눈이 어둠에 익고 나자 조금씩 주위를 볼 수 있었다. 키 크고 어슴푸레한 나무들이 보였다. 사방이 나무였다. 걷다 보니 내가 계속 올바른 방향으 로 가고 있는지 어떻게 알 수 있을까 의문이 들었다. 그것으로 충분했다. 아직 내가 '반대' 방향을 제대로 알고 있기를 빌며 방향을 돌려 다시 들판으로 향했다. 나는 뼛속까지 도시 여자였다.

무사히 들판으로 돌아가서 루퍼스가 도로가 있다고 한 왼쪽으로 방향을 꺾었다. 나는 도로를 찾아냈고, 그 길을 따라가면서 개 짖는 소리가 들리나 귀를 기울였다. 이제는 밤새 몇 마리와 벌레들만이 정적을 깨뜨리고 있었다. 귀뚜라미, 올빼미, 그 밖에 이름을 모르는 다른 새들. 불안을 가라앉히려고 애쓰고 집에 가게 해달라고 기도하면서 길가에 붙어서 걸었다.

무엇인가가 내 다리를 스치고 달려갔다. 나는 비명도 나오지 않을 만큼 겁에 질려서 얼어붙었다가, 잠시 후에야 내가 겁을 먹은 상대가 작은 동물에 불과했음을 깨달았다. 여우 아니면 토끼였을 것이다. 몸이 조금씩 흔들렸다. 현기증이 날 정도였다. 제발 현기증이 더 심해지고 이동이 일어나기를 간절히 빌며 쪼그리고 앉았다……. 나는 눈을 감았다. 그리고 눈을 다시 떴을 때, 흙길과 나무들은 여전히 그 자리에 있었다. 나는 맥없이 일어서서 다시 걷기 시작했다.

한참을 걷다 보니 혹시 내가 오두막집을 보지 못하고 지나친 건 아닐까 하는 생각이 들었다. 그때 소리가 들렸다. 이번에는 새소리도, 짐승 소리도 아니었다. 처음에는 무슨 소리인지 판단할 수 없었다. 하지만 무슨 소리든 간에 가까워지고 있는 것만은 분명했다. 어이없을 정도로 긴 시간이 지나서야 겨우 그것이 길을 따라 천천히 내 쪽으로 다가오는 말발굽 소리라는 사실을 깨달았다.

나는 아슬아슬한 순간에 덤불 속으로 뛰어들었다.

말을 탄 사람들이 나를 보았을까 생각하며, 가만히 엎드린 채로 부들부들 떨면서 귀를 기울였다. 이제는 천천히 움직이는 어두운 그림자들을 볼 수 있었다. 그 방향으로 계속 가면 나를 지나쳐서 와일린 농장까지 가게 될 터였다. 그리고 혹시 나를 보았다면 그 길에 나를 포로로 끌고 갈 수도 있었다. 이곳에서 흑인은 자유민이라는 사실을 증명하지 못하는 한, 그러니까 자유민이라는 증서를 가지고 있지 않은 한 노예로 간주되었다. 증명서 없는 흑인은 어느 백인이나 잡을 수 있는 사냥감이었다.

그들은 백인이었다. 가까이 오자 달빛으로 알 수 있었다. 가까이 온 그들은 방향을 돌려 나에게서 얼마 떨어지지 않은 숲속으로 들어갔다. 나는 그들이 다 지나갈 때까지 꼼짝하지 않고 지켜보며 기다렸다. 한밤중에 유유히 말을 타고 나온 백인 남자 여덟 명. 그린우드네 오두막집이 있는 숲 속으로 들어간 백인 남자 여덟 명⋯⋯.

나는 잠시 주저하다가 일어나서 그들을 따라갔다. 조심조심 나무에서 나무로 이동했다. 그들이 무섭기도 했고, 다른 사람들이 있어서 안심이 되기도 했다. 나에게 위험할 수 있는 사람들이기는 해도 이상한 소리가 들리고 미지의 것들이 돌아다니는 어두운 숲만큼 위협적이지는 않았다.

내 생각대로 그 남자들은 달빛을 받고 있는 숲 속 공터에 자리한 작은 통나무집으로 나를 이끌었다. 루퍼스는 도로를 따라가면 그린우드네 집에 갈 수 있다고만 했지, 도로에서 보이지 않는 숲 속에 있다는 말은 해주지 않았다. 어쩌면 이 집이 아닐 수도 있었다. 어쩌면 이 집은 다른 사람 집일 수도 있었다. 반쯤은 그랬으면 싶기도 했다. 이 집에 사는 사람들이 흑인이라면 곤경에 처한 것이 거의 확실했으니 말이다.

네 명이 말에서 내리더니 문을 두드리고 찼다. 아무도 대답하지 않자 두 명이 문을 부수려 들었다. 부딪치는 남자들의 어깨가 부서질 것 같은 육중한 문이었다. 그러나 문을 잠근 빗장은 그만큼 묵직하지 못한 모양이었다. 나무 쪼개지는 소리가 나더니 문이 안으로 열렸다. 네 남자가 뛰어들었고, 잠시 후집 안에서 세 사람이 밀려나왔다. 팽개쳐졌다는 표현이 더 맞겠다. 셋 중에서 남자와 여자는 말에서 내려서 기다리고 있었던 남자들에게 붙들렸다. 나머지 한 명은 밝은 색 긴 옷을 입은 여자아이였는데, 남자들이 무시한 덕분에 땅에 엎어졌다가 기어서 벗어날 수 있었다. 아이는 공터 가장자리 덤불 속에 엎드린 나에게서 몇 미터 떨어지지 않은 곳으로 기어왔다.

공터에서는 대화가 오갔고, 나는 먼 거리와 익숙하지 않은 억양에 적응하여 그들의 말을 몇 마디씩 알아듣기 시작했다.

"통행증이 없군. 몰래 빠져나온 놈이야." 한 명이 말했다.

"아닙니다, 나리." 집 안에서 끌려나온 사람이 변론에 나섰다. 확실히 흑인이 백인에게 하는 말이었다. "통행증이 있었습니다. 통행증이……."

백인 하나가 흑인 남자의 얼굴을 때렸다. 그는 다른 두 명에게 붙들린 채 두 사람 사이에 축 늘어졌다. 다시 대화가 오갔다.

"통행증을 받았다면 어디 있나?"

"모르겠습니다. 오다가 떨어뜨린 게 분명합니다."

그들은 남자를 내 근처에 있는 나무로 끌고 왔다. 나는 공포로 뻣뻣하게 굳어서 바닥에 납작 엎드렸다. 조금만 운이 나쁘면 백인 하나가 나를 보거나, 어둠 속에서 미처 보지 못하고 밟을 판이었다.

그들은 흑인 남자에게 강제로 나무를 끌어안게 하더니 팔을 풀지 못하게 양손을 묶었다. 남자는 침대에서 끌려나왔는지 알몸이었다. 아직 통나무집 옆에 서 있는 여자를 보니 용케 무엇인가를 몸에 두르고 있었다. 아마 담요였으리라. 내가 보는 동안 백인 하나가 여자에게서 담요를 벗겨냈다. 여자가 뭐라고 말을 했는데, 워낙 조용히 말해서 나에게는 항의하는 느낌밖에 전해지지 않았다.

"입 닥쳐!" 담요를 빼앗은 남자가 말했다. 그는 담요를 땅바닥에 팽개쳤다. "네가 뭐라고 생각하는 거냐?"

다른 남자 하나가 합세했다. "너한테 우리가 보지 못한 부분이 있기나 해?"

왁자한 웃음소리가 터져나왔다.

"더 좋은 구경도 많이 했지." 다른 누군가가 덧붙였다.

외설스러운 상소리가 오가고 웃음소리가 더 이어졌다.

그때쯤 남자는 나무에 단단히 묶였다. 백인 한 명이 말로 가서 채찍을 가져왔다. 그는 즐거움을 만끽하듯 채찍을 허공에 한 번 휘두른 다음, 흑인 남자의 등에 내리쳤다. 남자의 몸이 경련을 일으켰지만, 숨 막히는 소리를 냈을 뿐 큰 소리를 지르지는 않았다. 그는 몇 대를 더 맞도록 아무 비명도 지르지 않았으나 나는 그의 거칠고 빠른 숨소리를 들을 수 있었다.

그 뒤에서 아이는 엄마 다리에 매달려서 엉엉 울고 있었지만, 여자는 남편과 마찬가지로 조용했다. 그녀는 아이를 꽉 붙잡고 선 채 고개를 숙이고 매질을 외면하고 있었다.

그러다가 남자의 결의가 깨어졌다. 그는 신음했다. 그의 의지에 반하여 낮고 고통스러운 소리가 새어나오더니, 결국에는 비명을 지르기 시작했다.

나는 말 그대로 그의 땀 냄새를 맡을 수 있었고, 너덜너덜한 숨소리와 비명소리와 채찍이 떨어지는 소리 하나하나를 들을 수 있었다. 비명소리가 이어지고 또 이어지는 가운데 남자의 몸이 튀고, 경련하고, 밧줄 속에서 뒤틀리는 모습을 볼 수 있었다. 속이 울렁거렸다. 나는 엎드린 자리에서 움직이지 않고 아무 소리도 내지 않기 위해 온 힘을 다해야 했다. 저들은 왜 멈추지 않는 걸까!

"제발, 나리." 남자가 애원했다. "제발 살려주십시오, 나리, 제발……."

나는 눈을 감고 온몸을 긴장시키며 욕지기를 눌렀다.

텔레비전과 영화에서 사람들이 맞는 모습을 본 적은 있었다. 그들의 등에 흘러내리는 지나치게 붉은 가짜 피를 보고, 철저히 연습한 비명소리를 들은 적은 있었다. 그러나 맞는 사람 근처에 엎드려서 그들의 땀 냄새를 맡거나, 자기 가족들 앞에서 창피를 당하며 매달리고 비는 소리를 들은 적은 없었다. 아마 나는 가까이에서 울고 있는 그 아이만큼도 현실에 대비하고 있지 않았을 것이다. 사실 그 아이와 거의 똑같이 반응하고 있었다. 내 얼굴도 눈물범벅이었다. 그리고 머릿속으로 이 생각 저 생각을 넘나들며 채찍질 소리를 지우려 애쓰고 있었다. 어느 시점엔가는 그런 비겁함이 쓸모 있는 정보를 가져다주기까지 했다. 전쟁 전의 남부에서 밤에 말을 타고 다니며 문을 부수고 들어가서 흑인들을 때리고 고문하던 백인들을 부르던 이름.

순찰대였다. 표면상으로는 노예들 사이에 질서를 유지하던 젊은 백인 무리. 순찰대. 큐클럭스클랜Ku Klux Klan의 조상.

남자의 비명소리가 멎었다.

잠시 후에 고개를 들어 보니 순찰대원들이 남자의 결박을 풀고 있었다. 남자는 밧줄이 풀리고 나서도 나무에 기대어 있었는데, 순찰대원 하나가 거칠게 돌려세우고 몸 앞으로 손목을 묶었다. 그러더니 밧줄 끝을 쥔 채로 말에 올라앉아서 포로를 질질 끌다시피 하며 달려갔다. 나머지 순찰대원도 말에 올라서 그 뒤를 따랐다. 낮은 목소리로 여자와 대화하던 남자 하나만 빼고 말이다. 아무래도 대화는 남자가 원하는 방향으로 흐르지 않은 모양이었다. 그는 여자의 얼굴을, 정확히 그녀의 남편이 맞았던 곳과 같은 자리를 때리고 말에 올랐다. 여자는 땅에 쓰러졌다. 순찰대원은 그녀를 내버려두고 말을 달려 나머지를 따라갔다.

순찰대와 비틀거리는 포로는 다시 도로로 향했다. 그들은 비스듬히 와일린 저택을 향하고 있었다. 그들이 정확히 왔던 길로 돌아갔다면 나를 타넘고 가거나, 내가 숨은 곳에서 뛰쳐나가게 만들었을 것이다. 나는 운이 좋았다. 그리고 그렇게 가까이에 숨다니 멍청하기도 했다. 나는 잡혀간 흑인 남자가 톰 와일린 소유의 노예일지 궁금했다. 그렇다면 루퍼스가 그의 자식인 앨리스와 친한 것도 설명될지 모른다. 물론 이 아이가 앨리스라면, 여기가 내가 찾던 그 집이라면······ 그러나 맞든 틀리든 의식을 잃고 쓰러진 여자에게는 도움이 필요했다. 나는 일어서서 그쪽으로 걸어갔다.

여자 옆에 무릎을 꿇고 있던 아이가 펄쩍 뛰어 일어나더니 도망치려 했다.

"앨리스!" 나는 부드럽게 아이의 이름을 불렀다.

아이는 멈춰 서서 어둠 속에 있는 나를 응시했다. 그러니까 이 아이가 앨리스였다. 이 사람들이 내 친척, 내 조상이었다. 그리고 여기가 나의 피난처였다.

4

"난 친구야, 앨리스." 나는 무릎을 꿇고 앉아서 의식 잃은 여자의 머리를 좀 더 편하게 볼 수 있는 위치로 돌리며 말했다. 앨리스는 확신이 없는 얼굴로 나를 지켜보더니 작게 속삭이듯 말했다.

"죽었어요?"

나는 눈을 들었다. 루퍼스보다 더 어린아이였다. 검은 피부에 몸은 호리호리하고 키가 작았다. 앨리스는 소매로 콧물을 훔치고 훌쩍거렸다.

"아니야, 죽지 않았어. 집 안에 물 있니?"

"네."

"가서 좀 가져올래?"

앨리스는 집 안으로 달려 들어갔다가 몇 초 후에 호리병박 국자에 물을 담아 나왔다. 나는 아이 엄마의 얼굴을 살짝 적시고, 코와 입가에 묻은 피를 닦아주었다. 그녀는 내 또래로 보였고, 자기 딸처럼…… 아니 정확히는 나처럼 호리호리했다. 그리고 나처럼 뼈가 가늘어서, 이 시대에 살아남기에는 약해 보였다. 그래도 그녀는 살아남았다. 고통스러웠을지 몰라도 말이다. 어쩌면 나에게도 살아남을 방법을 가르쳐줄 수 있을지 모른다.

그녀는 서서히 의식을 회복했고 처음에는 신음하다가 나중에는 소리를 질렀다. "앨리스! 앨리스!"

"엄마?" 아이가 망설이듯 대답했다.

여자는 눈을 번쩍 뜨더니 나를 올려다보았다. "당신 대체 누구야?"

"친구예요. 원래는 도움을 청하러 왔는데, 당장은 내가 도와야 할 상황이네요. 일어날 수 있겠다 싶으면 내가 안까지 부축할게요."

"누구냐니까!" 그녀의 목소리가 딱딱해졌다.

"내 이름은 다나예요. 자유민이죠."

나는 그녀 옆에 무릎을 꿇고 있었고, 내 블라우스와 바지와 신발을 훑는 그녀의 눈빛을 볼 수 있었다. 마침 짐을 풀고 일을 하느라 낡은 데저트부츠를 신고 있었다. 그녀는 나를 찬찬히 보고 판단을 내렸다.

"도망자라는 뜻이겠지."

"순찰대는 그렇게 이야기하겠죠. 증명서가 없으니까. 하지만 난 자유민이에요. 자유민으로 태어났고, 자유민으로 살 작정이에요."

"당신 때문에 나까지 곤란해지겠어!"

"오늘 밤에는 아니죠. 오늘 밤 몫의 재난은 이미 겪었잖아요." 나는 멈칫하고 입술을 깨문 다음에 가만히 말했다. "제발 날 쫓아내지 말아요."

여자는 몇 초 동안 아무 말도 하지 않았다. 나는 그녀가 딸을 흘긋 보더니 자기 얼굴을 만져보고 입가에 묻은 피를 닦는 모습을 보았다. "쫓아낼 생각은 아니었어." 그녀는 부드럽게 말했다.

"고마워요."

그녀를 일으켜서 집 안까지 부축했다. 피난처였다. 몇 시간의 평화였다. 내일 밤에는 이 여자가 생각하는 대로 도망자처럼 행동해야 할지도 모른다. 어쩌면 이 여자에게 북부로 가는 제일 빠르고 안전한 길을 배워야 할지도 모른다.

통나무집 안은 사그라드는 벽난로 불을 빼면 캄캄했지만, 여자는 어려움 없이 자기 침대를 찾아갔다.

"앨리스!" 여자가 외쳤다.

"여기 있어요, 엄마."

"장작 좀 넣어라."

나는 아이가 그 말대로 하는 모습을 지켜보았다. 긴 잠옷이 뜨거운 석탄 근처에 위험하게 늘어졌다. 루퍼스의 친구도 불을 다루는 모습은 루퍼스만큼 부주의했다.

루퍼스. 그 이름을 떠올리자 모든 두려움과 혼란과 집에 가고 싶은 마음이 한꺼번에 되돌아왔다. 내가 정말 평온을 얻자고 북부 어느 주까지 가야 하는 걸까? 그래서 얻는 건 어떤 평온일까? 노예제를 허용하는 남부보다는 북부가 흑인들에게 낫다지만, 많이 좋다고는 할 수 없었다.

"여기엔 왜 왔지? 누가 보내서?" 여자가 물었다.

나는 찌푸린 얼굴로 불 속을 들여다보았다. 뒤에서 여자가 옷을 걸치는지 부스럭거리는 소리가 들렸다. "그 아이……." 나는 가만히 말했다. "루퍼스 와일린요."

부스럭거리던 소리가 그쳤다. 잠시 정적이 흘렀다. 루퍼스에 대한 언급에 위험 부담이 있다는 사실을 알고 있었다. 어쩌면 어리석은 일일지도 모른다. 내가 왜 말했는지 나도 궁금했다. "루퍼스 말고는 아무도 몰라요." 나는 말을 이었다.

앨리스가 집어넣은 작은 장작 주위로 불길이 피어오르기 시작했다. 장작이 탁탁 갈라지고 불똥 튀기는 소리만이 정적을 메웠다. 문득 앨리스가 말했다. "루퍼스 씨는 말하지 않을 거예요." 앨리스는 어깨를 으쓱였다. "절대 아무 말도 안 해요."

내가 위험을 감수한 이유가 그 말 속에 있었다. 지금까지는 생각지 못했지만, 루퍼스가 하지 말아야 할 말을 하는 아이라면 앨리스의 어머니도 알 테고, 그러면 나를 숨겨주거나 보내버리거나 결정할 수 있을 터였다. 나는 그녀가 뭐라고 할지 기다렸다.

"아버지 쪽은 당신을 못 본 게 확실해?" 그녀는 그렇게 물었다. 그 말은 그녀도 앨리스와 같은 생각이라는 뜻, 루퍼스는 괜찮다는 뜻이었다. 톰 와일린은 채찍으로 아들에게 자기가 아는 것 이상의 흔적을 남겨놓았는지도 모른다.

"아버지 쪽이 봤다면 내가 여기 있겠어요?" 내가 물었다.

"아니겠지."

나는 고개를 돌려 여자를 보았다. 그녀는 앨리스가 입은 옷과 비슷한 긴 하얀색 드레스를 입고 침대 가장자리에 앉아서 나를 관찰하고 있었다. 내 옆에는 두껍고 반질반질한 널빤지로 만든 탁자와 쪼개진 통나무 한 부분으로 만든 긴 의자가 있었다. 나는 의자에 앉아서 물었다. "톰 와일린이 당신 남편의 소유주인가요?"

여자는 서글프게 고개를 끄덕였다. "봤어?"

"네."

"오면 안 되는 거였는데. 내가 오지 말라고 했는데……."

"정말로 통행증이 있었나요?"

여자는 쓰디쓴 웃음을 터뜨렸다. "아니. 받을 수도 없을걸. 나를 보러 오기 위한 통행증은 어림도 없지. 와일린 씨는 그이 보고 농장 안에서 새 마누라를 고르랬어. 그러면 그이의 자식들도 다 자기 것이 되니까."

나는 앨리스를 보았다. 여자도 내 시선을 따라 앨리스를 보았다. "내 자식은 절대로 그 사람 것이 되지 않아." 그녀는 덤덤하게 말했다.

의아했다. 이곳에서 그들은 너무나 연약해 보였다. 순찰대의 방문은 이번이 처음도, 마지막도 아닐 터였다. 이런 곳에서 어떻게 확신을 할 수 있을까. 그리고 역사가 있었다. 루퍼스와 앨리스는 어떻게든 함께 있게 될 것이다.

"어디에서 왔지?" 여자가 불쑥 물었다. "말하는 거 보니까 여기 출신은 아닌데."

새로운 화제에 놀란 나머지 로스앤젤레스라고 대답할 뻔했다. "뉴욕이에요." 나는 차분하게 거짓말을 했다. 1815년에 캘리포니아는 멀리 떨어진 스페인 식민지에 불과했다. 그나마도 이 여자는 들어보지도 못했을지 몰랐다.

"먼 곳이네." 여자가 말했다.

"남편이 거기 있어요." 그런 거짓말은 어디에서 나왔을까? 그리고 나는 지금 무슨 수를 써도 닿지 않을 만큼 먼 곳에 있는 케빈에 대한 간절한 마음을 담아 그 말을 했다.

여자가 다가오더니 가만히 서서 나를 내려다보았다. 크고, 곧고, 음울하고, 몇 살은 더 많아 보였다.

"잡혀온 거야?" 그녀가 물었다.

"네." 어떻게 보면 납치당했다고도 할 수 있었다.

"남편도 잡혀오지 않은 건 확실해?"

"나만요. 확실해요."

"그리고 이제 당신은 돌아간다는 거군."

"그래요!" 격렬하게, 희망을 담아서. "그래요!" 거짓과 진실이 뒤섞였다.

정적이 흘렀다. 여자는 딸을 보고 다시 나를 보았다. "내일 밤까지 여기 있다가, 당신이 갈 만한 곳이 있어. 그들이라면 음식도 챙겨줄 거고…… 아!" 그녀는 미안한 표정을 지었다. "배가 고프겠네. 내가 뭐라도……."

"아니, 배고프지 않아요. 피곤할 뿐이지."

"그럼 침대에 들어가. 앨리스, 너도. 우리가 다 누워도 충분하니까…… 지금은." 그녀는 아이에게 가더니 앨리스가 밖에서 묻혀온 흙을 털어내기 시작했다. 나는 그녀가 잠깐 눈을 감왔다가 문을 흘긋 보는 모습을 보았다. "다나…… 이름이 다나 랬지?"

"네."

"담요를 깜박했어. 밖에 두고 왔네. 아까…… 두고 왔어."

"가져올게요." 나는 문으로 가서 밖을 보았다. 담요는 순찰 대원이 던진 자리에, 그러니까 집에서 멀지 않은 땅바닥에 놓여 있었다. 그리로 가서 담요를 집으려는데, 손을 뻗는 순간 누군가가 나를 움켜잡더니 몸을 빙글 돌렸다. 나는 느닷없이 젊은 백인을 마주 보게 되었다. 커다란 얼굴에 머리털은 검었고, 땅딸막한 체형에 키는 나보다 15센티미터 정도 컸다.

"이건 또 뭐야……?" 남자는 침을 튀기며 말했다. "너…… 네가 아니잖아." 그는 확신이 서지 않는다는 듯 나를 노려보았다. 아무래도 내가 잠시 혼란을 줄 만큼은 앨리스의 어머니와 닮은 모양이었다. "넌 누구야? 여기서 뭐 하는 거냐?"

뭘 하냐고? 그는 빠져나가려는 내 노력은 느껴지지도 않는다는 듯 수월하게 나를 붙들고 있었다. "전 여기 살아요." 거짓말을 했다. "당신은 여기에서 뭐하는 거죠?" 나는 화난 목소리로 말하면 내 말을 더 믿을 거라고 생각했다.

그러나 그는 한 손으로 나를 붙잡고 다른 손으로 세게 때렸다. 그러고는 아주 부드럽게 말했다. "예의가 하나도 없구나, 검둥아. 내가 좀 가르쳐야겠다!"

나는 아무 말도 하지 않았다. 맞은 충격으로 귀가 웅웅거렸지만 남자의 말은 들렸다. "자매인가. 쌍둥이래도 믿겠군."

남자가 생각을 하는 편이 좋아 보였기에 나는 계속 침묵을 지켰다. 어쨌든 침묵이 제일 안전한 길 같았다.

"여동생은 사내놈같이 입었군!" 남자의 얼굴에 웃음기가 떠올랐다. "도망자 동생이라. 네년 값은 얼마나 되려나."

나는 공포에 빠졌다. 그 남자에게 잡혀 있다는 사실만으로도 충분히 나빴다. 그런데 나를 도망노예로 넘길 작정이라니…… 남자의 팔에 손톱을 박고 팔꿈치에서 손목까지 살을 찢었다.

남자는 놀라고 아파서 손아귀 힘을 살짝 풀었고 그 틈에 몸을 비틀어 벗어났다.

남자의 고함소리를 들었고, 나를 쫓아오는 소리도 들었다. 아무 생각 없이 오두막집 문으로 달려간 나는 앞을 가로막고 선 앨리스의 어머니와 마주쳤다.

"이리로 들어오지 마." 그녀는 속삭였다. "제발 이리로 들어오지 마."

들어갈 기회도 없었다. 남자가 나를 붙잡더니 뒤로 확 끌어당겨서 땅바닥에 팽개쳤다. 남자는 나를 걷어차려 했지만, 얼른 옆으로 몸을 굴려 일어났다. 공포가, 나에게 있는 줄도 몰랐던 속도와 민첩함을 일깨웠다.

나는 다시 한 번 도망쳤다. 이번에는 숲으로 달렸다. 어디로 가고 있는지도 몰랐지만, 뒤에서 들리는 남자의 소리 때문에 지그재그로 달렸다. 이제는 길을 잃을 수 있는 더 어둡고 빽빽한 숲이 간절했다.

남자가 달려들어 거칠게 나를 쓰러뜨렸다. 처음에는 정신이 아득해서 남자가 주먹질을 시작했는데도 움직이거나 방어할 수 없었다. 그런 식으로 맞아보기는 처음이었다. 정신을 잃지 않고 그렇게 심한 벌을 받아낼 수 있으리라고 생각해본 적도 없었다.

엉금엉금 기어서 도망치려고 하자 남자가 나를 다시 끌어당겼다. 밀어내려고 해봤지만 느껴지지도 않는 모양이었다. 그래도 어느 순간엔가 남자의 주의를 끌기는 했다. 남자는 나를 꼼짝 못하게 눕혀놓고 나에게 몸을 바짝 기울였다. 나는 양손을 그의 얼굴로 올리고 손가락으로 눈을 반쯤 가렸다. 바로 그 순간, 남자를 막을 수 있고 불구로 만들 수 있다는 사실을, 이 원시적인 시대에서라면 파멸시킬 수도 있음을 알았다.

그의 눈.

손가락을 조금만 움직여서 부드러운 조직에 찔러넣으면 그만이었다. 그러면 그의 눈을 후벼내고 그가 나에게 준 것보다 더한 고통을 줄 수 있었다.

하지만 그럴 수 없었다. 생각만 해도 속이 울렁거렸고, 내

손은 그 자리에 그대로 얼어붙었다. 해야만 했다! 그러나 할
수 없었다…….

남자는 얼굴에서 내 손을 쳐내고 몸을 뒤로 물렸다. 나는 어
리석기 그지없는 나를 저주했다. 기회는 사라졌고, 아무것도
하지 못했다. 나의 결벽은 다른 시대에 속한 것이었건만, 그
시대의 예민함을 버리지 못했다. 가장 효과적인 방법으로 내
몸을 지킬 배짱이 없었던 탓에 노예로 팔려갈 판이었다. 노예
로! 게다가 그보다 먼저 직면한 위협도 있었다.

남자가 매질을 멈추었다. 이제 그는 그저 나를 꽉 붙잡고 내
려다보고만 있었다. 내가 그의 얼굴에 남긴 손톱자국 몇 개를
볼 수 있었다. 얕고 무의미한 상처였다. 남자는 상처 위로 손
을 문지르고 손에 묻은 피를 보더니 나를 다시 보았다.

"이 값을 톡톡히 치르게 될 건 알지?" 남자가 말했다.

나는 아무 말도 하지 않았다. 치러야 할 것이 있다면 그 상
처가 아니라 나의 어리석음에 대한 대가였다.

"네년도 언니만큼 잘하겠지. 그년을 보려고 돌아왔지만 뭐
너도 비슷하게 생겼으니까."

그 말을 듣자 남자의 정체를 알 수 있었다. 순찰대원이었다.
아마 앨리스의 어머니를 때렸던 그 남자이리라. 그는 손을 뻗
어 내 블라우스를 뜯어냈다. 단추가 사방으로 날아갔지만 나
는 움직이지 않았다. 나는 그 남자가 무슨 짓을 할지 알고 있

었다. 그는 나 못지않은 어리석음을 보여주고 있었다. 다시 한 번 그를 파멸시킬 수 있는 기회를 주고 있었다. 거의 마음이 놓일 정도였다.

그는 내 브래지어를 뜯어냈고, 나는 움직일 태세를 갖췄다. 딱 한 번만 빨리 돌진하면 될 것이다. 그런데 갑자기, 아무 이유도 없이 남자가 몸을 일으키더니 주먹을 들어 올리고 나를 다시 때리려 했다. 나는 고개를 홱 틀었고, 그자의 주먹이 내 턱을 스치는 순간, 무엇인가 딱딱한 것에 머리를 부딪혔다.

새로운 통증은 나의 결의를 박살냈고, 나는 다시 기어서 도 망쳤다. 겨우 몇 센티미터나 움직였을까, 남자가 다시 나를 잡아 눌렀다. 그러나 그 짧은 움직임만으로도 머리를 부딪친 물건이 묵직한 나무토막이라는 사실을 알기에는 충분했다. 나뭇가지였는지도 모르겠다. 어쨌든 나는 양손으로 그걸 움켜쥐고 온 힘을 다해서 남자의 머리에 내리쳤다.

남자는 내 몸 위로 쓰러졌다.

가만히 누워서 숨을 헐떡이며 일어나서 도망칠 힘을 회복하려 했다. 남자가 타고 온 말이 어딘가에 있을 것이다. 그 말을 찾을 수 있다면…….

무거운 남자의 몸 아래에서 빠져나와서 몸을 일으켰다. 반쯤 일어섰을 때 정신을 잃고 다시 쓰러지고 있음을 느꼈다. 나는 나무를 붙잡고 의식을 잃지 않으려고 안간힘을 썼다. 남자가 의식을 차리고 근처에 있는 나를 본다면 죽이고 말 것이다. 분명히 죽일 것이다! 그렇지만 나무를 계속 잡고 있을 수 없었다. 나는 별빛 하나 없는 깊은 어둠 속으로 천천히 떨어졌다.

5

고통이 나를 다시 의식세계로 끌어냈다. 처음에는 고통밖에 알 수 없었다. 온몸 구석구석이 아팠다. 그러다가 눈앞에 흐릿하게 얼굴이, 남자 얼굴이 보였고 나는 겁에 질렸다.

나는 허우적거리면서 그 남자를 걷어차고, 나에게 뻗어온 손을 할퀴고, 물어뜯으려 하고, 눈을 찌르려 했다. 이제는 기꺼이 그럴 수 있었다. 무슨 짓이든 할 수 있었다.

"다나!"

나는 얼어붙었다. 내 이름? 내 이름을 아는 순찰대원이 있을 리가 없었다.

"다나, 제발 날 좀 봐!"

케빈이었다! 케빈의 목소리였다! 시선을 위로 올리고 겨우 그에게 초점을 맞추었다. 나는 집에 와 있었다. 내 침대에 누워 있었다. 피와 흙투성이였지만 무사히, 무사히!

케빈은 내 위로 반쯤 엎드려서 나를 붙잡고 있었다. 내 피와 자기 피가 묻어서 꼴이 엉망이었다. 내가 할퀸 자국이 보였다. 눈 바로 옆이었다.

"케빈, 미안해!"

"괜찮아?"

"응. 다…… 당신을 순찰대원으로 오해했어."

"순…… 뭐?"

"순찰…… 나중에 말해줄게. 세상에, 아프고 너무 피곤해. 하지만 상관없어. 집에 왔으니까."

"이번에는 이삼 분쯤 사라졌어. 난 어떻게 생각해야 할지 몰랐어. 당신이 다시 돌아와서 얼마나 다행인지 몰라."

"이삼 분이었다고?"

"거의 삼 분을 다 채웠지. 시계를 보고 있었거든. 그보다 길지는 않았어."

나는 아픔과 피로감 속에서 눈을 감았다. 그냥 나에게만 더 길게 느껴진 것이 아니었다. 나는 몇 시간 동안 그곳에 가 있었고 그 점을 확실히 알았다. 그러나 그 부분을 두고 논쟁할 힘이 없었다. 아무 논쟁도 할 수 없었다. 목숨을 걸고 싸운다고 생각했을 때 솟아올랐던 힘은 이제 사라졌다.

"당신을 병원에 데려가야겠어. 어떻게 설명해야 할지 모르겠지만 당신에겐 도움이 필요해."

"안 돼."

그는 일어서서 나를 안아들었다.

"안 돼, 케빈. 제발."

"두려워하지 마. 내가 같이 있을게."

"아니야. 기껏해야 몇 대 맞은 것뿐이야. 난 괜찮을 거야." 필요해지니 갑자기 힘이 다시 돌아왔다. "케빈, 난 첫 번째에도, 두 번째에도 이 집에서 사라졌어. 그리고 여기로 돌아왔지. 내가 병원에서 사라졌다가 병원으로 돌아가면 어떻게 될까?"

"아무 일 없을 거야." 말은 그렇게 해도 케빈은 움직임을 멈췄다. "당신이 떠나거나 돌아오는 모습을 본다고 해도 자기 눈을 믿지 않을 거야. 감히 누구에게 말하지도 않을 거고."

"제발 부탁이야. 그냥 자게 해줘. 나에게 정말 필요한 건 휴식뿐이야. 긁히고 멍든 상처는 나을 거야. 괜찮아질 거야."

그는 마지못해 나를 다시 침대로 안고 가서 내려놓았다. "당신에게는 어느 정도 시간이었어?"

"몇 시간. 하지만 나쁜 경험은 마지막에만 있었어."

"누가 이런 짓을 한 거야?"

"순찰대원. 그놈은…… 내가 도망자라고 생각했어." 나는 얼굴을 찌푸렸다. "난 자야 해, 케빈. 아침에는 좀 더 제대로 설명할게. 약속해." 목소리가 질질 끌렸다.

"다나!"

나는 깜짝 놀라서 다시 케빈에게 초점을 맞추려 했다.

"그놈이 당신을 강간했어?"

나는 한숨을 쉬었다. "아니. 내가 막대기로 때려서 쓰러뜨렸어. 자게 해줘."

"잠깐만……."

케빈에게서 멀어지는 느낌이었다. 계속 귀를 기울이고 이해하려고 하기가 힘들어진 상태였다. 대답하기도 너무 힘들었다.

나는 다시 한숨을 내쉬고 눈을 감았다. 케빈이 일어서서 나가는 소리, 어딘가에서 물 흐르는 소리가 들렸다. 그리고 나는 잠들었다.

6

다음 날 해가 뜨기 전에 깨어나니 몸이 깨끗했다. 나는 케빈과 결혼한 후 한 번도 입은 적이 없고, 6월에 입은 적도 없는 낡은 플란넬 잠옷을 입고 있었다. 한쪽 옆에는 바지, 블라우스, 속옷, 스웨터, 신발, 그리고 이제까지 본 것 중에 제일 커다란 스위치나이프*가 든 캔버스 가방이 놓여 있었다. 그 가방은 내 허리에 묶인 줄과 연결되어 있었다. 반대쪽 옆에서는 케빈이

---

* 버튼을 누르면 칼날이 튀어나오는 작은 칼.

자고 있었는데, 내가 입을 맞추자 바로 깨어났다.

"아직 여기에 있군." 케빈은 안도감을 드러내며 말하고 나를 끌어안았다. 덕분에 멍든 자리들을 고통스럽게 떠올려야 했다. 케빈도 상처가 기억났는지 나를 놓아주고 불을 켰다. "기분은 어때?"

"괜찮아." 일어나 앉은 나는 침대 밖으로 나가서 잠시 동안 서 보였다. 그런 다음 다시 이불 속으로 기어들어갔다. "낫고 있어."

"다행이야. 쉬었고 몸도 낫고 있으니 이제 도대체 무슨 일이 있었는지 말해줄 수 있겠지. 그리고 순찰대원이라는 건 뭐야? 나는 고속도로 순찰대밖에 떠오르지 않는데."

나는 예전에 읽은 내용을 돌이켰다. "순찰대원은…… 백인이었어. 보통 젊고, 가난한 경우가 많았고, 주정뱅이일 때도 있었지. 순찰대는 흑인들이 말을 잘 듣게 하는 남자들이었어."

"뭐라고?"

"순찰대원은 노예들이 밤에 있어야 할 곳에 있는지 확인했고, 제자리를 벗어난 노예를 벌했어. 돈을 받고 도망노예를 추적하기도 했지. 가끔은 그냥 소동을 일으키고, 맞서 싸울 수 없는 사람들을 위협하면서 즐거움을 누리기도 했어."

케빈은 한쪽 팔을 괴고 나를 내려다보았다. "무슨 말을 하는 거야? 어디에 가 있었어?"

"메릴랜드에. 내가 루퍼스 말을 제대로 이해했다면, 동부 해안 어딘가였을 거야."

"메릴랜드라고! 5천 킬로미터나 떨어진 곳을 몇…… 몇 분 만에?"

"5천 킬로미터 정도가 아니야. 아니, 거리가 문제가 아니었어." 나는 특히 아픈 멍 자국에 압력이 가지 않게 몸을 움직였다. "다 이야기할게."

나는 첫 여행에서 그랬듯이 케빈을 위해 시시콜콜히 기억을 되살렸다. 이번에도 케빈은 끼어들지 않고 귀를 기울이다가 이야기를 끝내자 그저 고개만 저었다.

"갈수록 미치겠군." 케빈이 중얼거렸다.

"나에게는 그렇지도 않아."

케빈은 나를 곁눈질했다.

"나한테는 점점 더 믿을 만해져. 나도 마음에 들지는 않아. 그 속에 있고 싶지도 않아. 어떻게 이런 일이 일어날 수 있는지 이해는 안 되지만, 일어나고 있는 게 사실이야. 아니라고 하기에는 너무 아파. 그리고…… 맙소사, 내 조상들이란 말이야!"

"어쩌면."

"케빈, 당신에게 그 오래된 성경책을 보여줄 수도 있어."

"당신은 그 성경책을 이미 봤어. 그 사람들에 대해서도 알고 있었어. 이름도 알고, 메릴랜드에 살았다는 사실도 알고……."

"그래서 그게 뭘 증명하는데! 내가 환각 속에서 조상들 이름을 짜 맞췄다고? 당신에게 지금 느끼는 통증을 나눠주고 싶네. 여전히 아픈 걸 보면 아직도 환각 속에 있는 걸 테니까."

케빈은 내 가슴 위로 한쪽 팔을 뻗어서 멍들지 않은 자리에 내려놓았다. 그리고 잠시 후에 말했다. "정말로 한 세기를 넘고 5천 킬로미터를 지나 죽은 조상들을 봤다고 믿어?"

나는 언짢은 기분으로 몸을 움직였다. "그래." 나는 속삭였다. "내 말이 어떻게 들리건, 당신이 어떻게 생각하건 상관없이 일어난 일이야. 그리고 당신의 비웃음은 내가 사태를 처리하는 데 아무 도움이 안 돼."

"비웃지 않아."

"내 조상들이었어. 지옥에 떨어질 기생충 순찰대원조차도 나와 앨리스의 어머니가 닮았다는 걸 알아봤어."

케빈은 아무 말도 하지 않았다.

"말해두는데…… 난 감히 그 애들이 내 조상이 아니라는 식으로 행동할 수 없어. 내가 막을 수만 있다면 그 애들에게 어떤 일도 일어나지 않게 할 거야. 남자애나 여자애나 다."

"조상이 아니라 해도 어차피 그럴 거잖아."

"케빈, 제발 좀 진지하게 받아들여!"

"그러고 있어. 당신을 돕기 위해 할 수 있는 일이 있다면 뭐든 할 거야."

"그럼 내 말을 믿어!"

케빈은 한숨을 내쉬었다. "방금 당신이 말한 대로야."

"뭐?"

"난 감히 당신 말을 믿지 않는다는 식으로 행동할 수 없어. 어쨌든 당신이 여기서 사라질 때는 어딘가로 가겠지. 그곳이 당신이 생각하는 곳이라면, 그러니까 전쟁 전의 남부라면 우리는 그곳에 가 있는 동안 당신을 지킬 방법을 찾아야 해."

마음이 놓인 나는 그에게 더 몸을 붙였다. 케빈이 아무리 마지못해 받아들인다 해도 나는 그 정도에 만족했다. 그는 갑자기 나의 닻, 나를 이 세상에 묶어주는 끈이 되었다. 그가 확고한 내 편이 되어주는 일이 나에게 얼마나 절실한지, 케빈은 몰랐을 것이다.

"그곳에서 흑인 여자가, 아니 남자라 해도 안전할 수 있을지 모르겠어. 하지만 당신에게 뭔가 생각이 있다면 기쁘게 들을게." 나는 말했다.

케빈은 몇 초 동안 아무 말도 하지 않았다. 그러더니 내 몸 너머에 있는 캔버스 가방에 손을 넣어 스위치블레이드를 꺼냈다. "이게 도움이 될지도 몰라. 당신이 쓸 수만 있다면."

"그 칼은 나도 봤어."

"쓸 수 있겠어?"

"쓸 마음이 있느냐는 거겠지."

"그것도 그렇고."

"응. 어젯밤까지만 해도 확신하지 못했지만, 지금은, 그래. 쓸 수 있어."

케빈은 일어나서 잠시 방을 나갔다가 나무 자 두 개를 들고 돌아왔다. "해봐."

나는 허리에 묶인 줄을 풀고 일어섰다. 몸을 움직이자 근육이 아팠다. 절뚝거리며 케빈에게 다가가서 나무 자를 하나 받아들고 보다가, 비틀거리면서 얼굴을 문지르고는, 케빈이 말하려고 입을 여는 순간 느닷없이 자로 그의 배를 찔렀다.

"이렇게." 내가 말했다.

케빈은 얼굴을 찌푸렸다.

"케빈, 내가 공정한 싸움에 휘말릴 일은 없어."

케빈은 아무 말도 하지 않았다.

"이해하겠어? 난 기회를 잡을 때까지는 불쌍하고 멍청하고 겁먹은 검둥이야. 내 방식대로 하면 그들은 칼을 보지도 못할 거야. 그리고 봤을 때는 너무 늦었겠지."

케빈은 고개를 절레절레 흔들었다. "당신에게 내가 모르는 모습이 또 있나?"

나는 어깨를 으쓱이고 침대에 다시 누웠다. "영화로 이 시대의 폭력을 그만큼 봤으면 몇 가지는 배울 만도 하지."

"그 말을 들으니 기쁘군."

"그래도 별로 소용은 없어."

케빈은 내가 누운 자리 옆에 앉았다. "무슨 뜻이야?"

"루퍼스 주위 사람들 대부분은 실제 폭력에 대해서 오늘날 어떤 각본가도 따라갈 수 없을 만큼 많이 알거든."

"그건…… 논쟁할 여지가 있는 말이군."

"도저히 내가 그곳에서 살아남을 수 있다고 확신 못 하겠어. 칼이 아니라 총이 있다고 해도 말야."

케빈은 숨을 깊이 들이마셨다. "이봐, 그곳에 또 끌려간다면 살아남으려고 노력하는 것 말고 달리 수가 있겠어? 순순히 죽어줄 수는 없잖아."

"아, 날 죽이진 않을 거야. 놈들이 하는 짓에 저항할 만큼 멍청하지만 않다면…… 강간하고, 도망노예로 감옥에 처넣었다가 주인이 찾으러 오지 않는다는 점이 확실해지면 제일 높은 값을 부르는 작자에게 팔아넘기겠지." 나는 이마를 문질렀다. "차라리 그런 내용을 읽지 않았으면 좋았을걸."

"하지만 꼭 그렇게 된다는 보장은 없어. 자유로운 흑인도 있었잖아. 당신은 자유민 행세를 할 수 있을 거야."

"자유민 흑인에게는 신분을 증명하는 서류가 있었어."

"당신도 서류를 가지면 돼. 우리가 위조해서……."

"뭘 위조할지 안다면 말이지. 우리에게 필요한 건 자유 증서인데, 난 그게 어떻게 생겼는지 몰라. 그런 게 있었다는 글만 읽었지. 실제로 본 적은 없어."

케빈은 일어서서 거실로 나갔다. 잠시 후에 돌아온 그는 침대 위에 책을 한가득 쏟아놓았다. "흑인 역사를 다룬 책은 다 가져왔어. 어디 뒤져보자고."

총 열 권이었다. 우리는 목차를 확인했고, 몇 권은 확실히 하기 위해 책장을 일일이 넘기기도 했다. 아무 성과도 없었다. 사실 책에서 무엇인가 건지리라 생각하지는 않았다. 다 읽어보지는 않았어도 훑어본 적은 있는 책들이었다.

"도서관에 가야겠어. 오늘 문 열자마자 가는 거야." 케빈이 말했다.

"내가 도서관이 열릴 때까지 여기에 있다면 말이지."

케빈은 책을 바닥에 내려놓고 다시 이불 속으로 들어왔다. 그러더니 누운 채로 나를 보고 얼굴을 찌푸렸다. "앨리스의 아버지가 갖고 있어야 했다는 통행증은 어때?"

"통행증은…… 그건 이 노예는 어느 시간에 집이 아닌 다른 곳에 있어도 된다고 허락하는 종이에 불과해."

"그냥 쪽지라는 말로 들리는군."

"실제로 그래…… 바로 그거야! 몇몇 주에서 노예에게 읽고 쓰기를 가르치는 것이 불법이었던 이유도 직접 통행증을 써서 도망칠 수도 있어서였어. 실제로 그렇게 도망친 사람도 있었고." 나는 일어나 케빈의 작업실로 가서 책상에 놓인 작은 메모장과 새 펜, 그리고 책장에 꽂힌 커다란 지도책을 가져왔다.

"메릴랜드 지도를 뜯어야겠어." 나는 침대로 가서 말했다.

"얼마든지. 도로 지도도 있으면 좋았겠지. 지도에 그려진 도로는 그 시절에 없었겠지만, 그래도 어떤 길이 제일 편한지 정도는 알아낼 수 있을지도 모르는데."

"이 지도에도 주요 고속도로는 나와. 하천도 많이 나오고. 1815년에는 다리가 많이 놓이지 않았을지도 몰라." 나는 지도를 자세히 들여다보다가 다시 일어났다.

"이번엔 뭐야?" 케빈이 물었다.

"백과사전. 펜실베이니아 증기철도가 반도를 관통하는 길고 멋진 노선을 언제 깔았는지 찾아보고 싶어. 기차를 타려면 델라웨어에 들어가야겠지만, 탈 수만 있다면 곧바로 펜실베이니아까지 갈 수 있을 거야."

"그건 잊어버려. 1815년이면 철도가 깔리기엔 너무 일러."

그래도 나는 찾아보았고, 펜실베이니아 증기철도는 1846년까지 생기지도 않았음을 알게 되었다. 나는 침대로 돌아가서 펜과 지도와 메모장을 가방 안에 쑤셔넣었다.

"끈으로 다시 몸에 묶어." 케빈이 말했다.

나는 말없이 그 말에 따랐다.

"우리가 뭔가 놓쳤는지도 모른다는 생각이 들어. 집으로 돌아오는 건 당신 생각보다 간단할지도 몰라."

"집으로? 여기로?"

"여기로. 돌아오기를 통제하는 거."

"내가 할 수 있는 게 아냐."

"그렇지 않을지도 몰라. 도로를 걷다가 앞에 토끼인지 뭔지가 스쳐 지나갔을 때 어땠는지 기억해?"

"응."

"당신은 겁을 먹었지."

"공포에 질렸지. 잠깐이었지만 그게…… 모르겠어, 뭔가 위험한 거라고 생각했거든."

"그리고 당신은 겁을 먹은 나머지 현기증이 나자 집으로 돌아오나 보다 생각했지. 보통 겁먹으면 현기증이 나?"

"아니."

"이번에도 그랬던 것 같지 않아. 최소한 정상적인 방식으로는 아니야. 난 당신 생각이 옳았다고 봐. 당신은 거의 집으로 돌아올 뻔했어. 공포 덕분에."

"하지만…… 하지만 난 그곳에 있는 내내 겁에 질려 있었어. 그리고 순찰대원에게 두들겨 맞았을 때는 정신이 반쯤 나갈 정도로 겁이 났어. 그런데도 그놈을 때려눕히고 내 몸을 빼낼 때까지 집에 오지 못했어."

"썩 도움이 되지는 않았군."

"그래."

"하지만 봐, 그 순찰대원 놈과의 싸움이 정말 끝났어? 당신은 그놈이 정신을 잃은 당신을 보면 죽일까 봐 무서웠다고 했잖아."

"죽였을 거야, 보복으로. 난 그놈에게 맞서 싸웠고 심지어 상처까지 입혔어. 그놈이 날 무사히 보내줬을 리가 없어."

"당신 말이 맞을지도 몰라."

"내 말이 맞아."

"당신이 그렇게 믿었다는 부분이 중요해."

"케빈……."

"잠깐, 내 말 들어봐. 당신은 목숨이 위험하다고, 순찰대원에게 죽을 거라고 믿었지. 그리고 지난번에 루퍼스의 아버지가 소총을 겨누는 모습을 보았을 때도 목숨이 위험하다고 믿었어."

"그랬지."

"그리고 그 짐승이 지나갔을 때, 그때도 당신은 그걸 위험한 대상으로 오해했어."

"하지만 제때 그 녀석을 보았지. 시커먼 그림자뿐이었지만 작고 무해한 동물이라는 정도는 알아볼 수 있었어. 이제 당신이 무슨 말을 하려는지 알겠어."

"그 짐승이 뱀이었다면 더 좋았을지도 몰라. 그랬다면 당신에게 닥친 위험, 아니면 위험하다는 믿음 덕분에 순찰대를 만나기도 전에 집으로 돌아올 수 있었겠지."

"그럼…… 루퍼스가 느끼는 죽음의 공포가 나를 불러가고, 내가 느끼는 죽음의 공포는 나를 집으로 데려온다는 거네."

"그런 것 같아."

"이건 별로 도움이 되지 않아."

"도움이 될 수도 있어."

"생각해봐, 케빈. 내가 무서워한 대상이 사실은 위험하지 않다면, 그러니까 뱀이 아니라 토끼라면 난 그 자리에 남게 돼. 그리고 정말 위험한 거라면 집에 오기 전에 죽을 수도 있어. 집에 오려면 시간이 걸린단 말이야. 어지러움과 울렁거림을 견뎌야 하고……."

"몇 초 정도지."

"뭔가가 날 죽이려고 할 때는 단 몇 초가 중요해. 도끼가 떨어지기 전에 집에 올 수도 있다는 희망을 품고 위험에 몸을 던질 수는 없어. 그리고 우연히 말썽에 휘말린다면, 집에 돌아오기만 기다리면서 손 놓고 있을 수도 없어. 그러다가 갈기갈기 찢긴 몸으로 집에 올 수도 있잖아."

"그래…… 무슨 말인지 알겠어."

나는 한숨을 내쉬었다. "그러니 생각하면 할수록, 그런 곳에 몇 번 더 갔다가 살아남을 수나 있을지 자신이 없어져. 잘못될 수 있는 경우의 수가 너무 많아."

"그러지 마! 다나, 당신 조상들은 그 시대를 살아냈어. 당신 같은 이점 없이도 살아남았다고. 당신이 그 사람들보다 못한 게 뭐야."

"어떤 면에서는 못하지."

"어떤 면?"

"강인함. 인내심. 살아남기 위해서 내 조상들은 내가 도저히 견딜 수 없는 일들을 참아내야 했어. 난 도저히 그럴 수 없어. 내 말이 무슨 뜻인지 알지?"

"아니, 난 몰라." 케빈은 짜증을 내며 말했다. "당신 자꾸 생각을 그런 식으로 몰고 가다가 까딱하면 자멸하는 수가 있어."

"아, 하지만 난 지금 자멸에 대해 말하고 있는 거야, 케빈. 자살하는 꼴이거나, 아니면 더 나쁠 수도 있지. 예를 들어볼까. 어젯밤에 내 손에 당신이 준 칼이 있었다면 그걸 순찰대원에게 썼을 거야. 그놈을 죽였겠지. 그러면 즉각적인 위험은 끝이 났을 테고 나는 집으로 돌아오지 못했을 거야. 그런데 그놈의 동료들에게 잡혔다면 난 죽었을 거야. 그놈들이 나를 잡지 못했다면 앨리스의 어머니에게 갔겠지. 어차피 그리로 갔을지도 몰라. 그러니까 내가 죽거나, 아니면 다른 죄 없는 사람을 죽이는 셈이 됐을 거야."

"하지만 그 순찰대원은……." 케빈은 말하다 말고 나를 보았다. "무슨 말인지 알겠어."

"잘됐네."

긴 침묵이 흘렀다. 케빈은 나를 더 가까이 끌어당겼다. "내가 그 순찰대원처럼 생겼어?"

"아니."

"그러면 당신이 돌아올 만한 사람으로 보여?"

"내가 돌아오려면 당신이 여기에 있어야 해. 그 점은 이미 확실히 알았어."

그는 생각에 잠긴 눈으로 오랫동안 나를 바라보았다. "집에 돌아오기만 해줘." 그는 한참 만에 말했다. "나도 당신이 여기에 있어야 해."

추락

The Fall

i

처음 만났을 때 케빈은 나만큼이나 외로웠고 그곳에 어울리지도 않았지만, 나보다 잘 대처하고 있었다. 그는 그곳에서 탈출하기 직전이었다.

나는 비정규 임시직 알선소에서 마련해준 일을 하고 있었다. 알선소에 정기적으로 드나들던 우리는 그곳을 노예시장이라고 불렀다. 사실 노예제와는 정반대였다. 알선소 운영자는 사람들이 제안받은 일을 하러 나타나건 말건 신경 쓰지 않았다. 어차피 언제나 일자리보다 일자리 찾는 사람이 더 많았다. 일을 구하고 싶다면, 아침 6시쯤 알선소에 가서 이름을 적고 앉아서 기다리면 된다. 술 몇 병 더 사려고 일하는 중독자, 사회보장 지원금에 푼돈이라도 보태보려는 애 딸린 가난한 여자, 처음으로 일거리를 얻으려고 나온 아이, 이미 직장을 여러

번 잃은 노인, 그리고 끊임없이 혼자 떠들어대고 어차피 구두
도 한쪽밖에 신지 않아서 고용될 일이 없는 가난한 미치광이
길거리 노파가 당신과 함께 대기할 것이다.

앉아서 기다리고 또 기다리다 보면 파견 담당이 일자리로
보내거나, 집으로 돌려보낸다. 집으로 간다는 것은 돈을 못 번
다는 의미였다. 오븐에 감자나 또 한 알 집어넣어야 했다. 아
니면 자포자기하여 알선소에서 조금 떨어진 가게에서 피를 팔
았다. 그런 짓은 나도 한 번밖에 하지 않았다.

뽑혀 나간다는 것은 그쪽에서 필요로 하는 시간만큼의 최저
임금(세금 제외)을 받는다는 뜻이었다. 바닥을 쓸고, 봉투를 채
우고, 재고 조사를 하고, 접시를 닦고, 감자칩을 정리하고(정말
이다!), 화장실을 청소하고, 제품에 가격표를 붙이고…… 시키
는 일은 무엇이든 했다. 거의 언제나 생각 없이 할 수 있는 일
이었고, 대부분의 고용주들 눈에는 그 일을 하는 사람들도 생
각이 없어 보였을 것이다. 몇 시간, 며칠, 몇 주 동안만 빌리는,
사람 아닌 사람이었다. 아무래도 상관없었다.

나는 일을 하고, 집에 가고, 밥을 먹고 몇 시간 동안 잤다. 그
리고 겨우 일어나서 글을 썼다. 새벽 1시나 2시쯤에는 완전히
깨어나서 생생한 상태로 열심히 소설을 썼다. 낮에는 작은 각
성제 통을 들고 다녔다. 각성제 덕분에 계속 깨어 있었지만 완
전히 깬 상태는 아니었다. 케빈이 나에게 처음 건넨 말도 "왜

하루 종일 좀비 같은 몰골로 돌아다녀요?"였다.

그는 알선소에서 파견된 사람들이 재고조사를 하러 간 자동차 부품 창고에서 정규직으로 일하는 몇 사람 중 하나였다. 나는 너트, 볼트, 휠캡, 크롬 부착물과 정체 모를 부품이 잔뜩 쌓인 선반들 사이를 돌아다니면서 다른 사람들의 작업을 점검하고 있었다. 나는 매일 꼬박꼬박 나타나서 숫자를 셀 수 있었고, 그래서 감독관은 좀비든 아니든 내가 다른 사람들을 점검할 수 있다고 판단했다. 그 생각이 옳았다. 사람들은 거하게 술을 마시고 나와서, 명확하게 50개가 들어 있다고 표기된 용기에서 부품 5개씩을 셌다.

"좀비?" 나는 짧은 검은색 전선이 담긴 트레이에서 눈을 들어 케빈을 보면서 되물었다.

"하루 종일 자면서 걷는 사람 같아요. 뭔가에 취하기라도 했어요?" 그가 말했다.

그는 재고조사 보조 아니면 그 비슷한 밑바닥 직종이었다. 그는 나에게 아무 권한도 없었고, 나는 그에게 아무 설명도 할 필요가 없었다.

"내가 맡은 일은 제대로 해요." 나는 조용히 말했다. 나는 전선을 다시 상자에 집어넣은 뒤 수를 세고, 재고표를 수정하고, 머리글자로 서명을 하고, 다음 선반으로 넘어갔다.

"버즈에게 들으니 작가라면서요." 간 줄 알았던 목소리가 말했다.

"이봐요, 당신이 계속 말을 걸면 이걸 셀 수가 없어요." 나는 대형 나사가 가득 찬 트레이를 빼냈다. 한 상자에 25개씩 들어 있었다.

"좀 쉬어요."

"어제 알선소에서 집으로 보내버린 남자 봤어요? 그 사람은 휴식시간을 너무 많이 갖게 됐죠. 안타깝지만 난 이 일이 필요해요."

"그래서, 당신 작가예요?"

"버즈가 생각하기에는 농담거리죠. 버즈는 책을 읽기만 해도 이상한 사람이라고 생각하니까. 게다가……." 나는 씁쓸하게 덧붙였다. "어떤 작가가 노예시장에서 일하겠어요?"

"방세와 햄버거 값을 벌기 위해서겠지요. 나도 같은 이유로 창고 일을 하고 있으니까요."

나는 그제야 조금 정신을 차리고 그를 제대로 보았다. 그는 독특하게 생긴 백인으로, 얼굴은 젊고 팽팽했지만 머리는 완전히 잿빛이었고 눈동자는 색이 옅어서 거의 투명해 보였다. 근육질에 체격이 좋았지만 172센티미터인 나와 키가 비슷해서 그 기묘한 눈동자를 똑바로 들여다볼 수 있었다. 나는 흠칫 놀라 눈을 피하며 그 눈에서 본 것이 정말로 분노였나 생각했다. 어쩌면 그는 창고에서 나보다 중요한 직책인지도 모른다.

권한이 있는 사람…….

"당신, 작가예요?" 내가 물었다.

"지금은요." 그는 그렇게 대답하고 미소 지었다. "이제 막 책을 한 권 팔았죠. 금요일이면 여기와도 영원히 안녕이에요."

나는 질투와 좌절이 섞인 끔찍한 기분으로 그를 바라보았다. "축하해요."

그는 여전히 미소 띤 얼굴로 말했다. "곧 점심시간인데, 같이 먹죠. 당신이 어떤 글을 쓰는지 듣고 싶어요."

그 말만 하고 그는 가버렸다. 내가 좋다고도 싫다고도 하지 않았는데 벌써 가버렸다.

"어이!" 뒤에서 다른 목소리가 속삭였다. 버즈였다. 맨 정신일 때는 알선소의 광대였지만, 와인을 마시면 넋이 나가 멍하니 앉아 있기만 해서 지진아처럼 보였다. 실제로는 아니었지만 말이다. 버즈는 무슨 일에든 관심이 없었고, 자기 자신에 대해서도 마찬가지였다. 그는 술을 마시는 데 돈을 다 쓰고 누더기 차림으로 돌아다녔다. 목욕도 하지 않았다. "어이, 너희 둘이 뭉쳐서 책이라도 쓰는 거야?" 버즈는 나를 곁눈질하며 물었다.

"꺼져." 나는 최대한 얕게 숨을 쉬며 말했다.

"둘이 같이 푸르노그래피poor-nography나 쓰면 되겠네!" 버즈는 낄낄거리면서 나갔다.

조금 뒤, 점심식사 공간으로 쓰이는 창고 구석, 거기에 놓인 원형의 녹슨 금속 테이블에서 나는 새로 생긴 작가 친구에 대해 좀 더 알게 되었다. 그의 이름은 케빈 프랭클린이고, 책을 출간한 작가일 뿐 아니라 페이퍼백이 많이 팔리기도 했다. 그는 다음 책을 쓰는 동안, 벌어놓은 돈으로 살 수 있었다. 이 쓰레기 같은 일을 때려치울 수 있었다. 어쩌면 영원히…….

"왜 안 먹어요?" 그는 말을 멈추고 숨을 돌리면서 물었다. 창고는 컴튼에 새로 지은 공장 지대에 있었고, 어지간한 커피 숍이나 핫도그 가게와는 워낙 멀어서 아무도 나가서 먹을 생각을 하지 않았다. 도시락을 싸오는 사람들을 빼면 다들 푸드 트럭에서 점심을 사왔다. 내 앞에는 창고 일꾼이라면 누구나 공짜로 받을 수 있는 연한 커피 한 잔뿐이었다.

"다이어트 중이에요." 내가 말했다.

그는 잠시 나를 바라보더니 일어나서 손짓을 했다. "가요."

"어딜요?"

"트럭에요. 아직 있다면."

"잠깐만요, 당신이 이럴 필요가……."

"나도 그런 다이어트 해봤어요."

"난 괜찮아요." 나는 당황해서 거짓말을 했다. "먹고 싶은 것도 없고요."

그는 나를 앉은 자리에 내버려두고 트럭에 가서 햄버거와 우유, 작은 애플파이를 들고 돌아왔다.

"먹어요. 나도 아직 돈을 함부로 낭비할 만큼 부자는 아니니까, 먹어요."

스스로도 놀랐지만, 나는 그 음식을 먹었다. 먹을 생각은 없었다. 나는 카페인 과민이었고 성격이 고약했으며 얼마든지 그의 돈을 낭비할 수 있었다. 이미 그런 일에 돈을 쓰지 말라고도 하지 않았던가. 그런데도 나는 먹었다.

버즈가 가만히 다가와서 낮은 목소리로 말했다. "어이, 포르노!" 그리고 가버렸다.

"뭐라고요?" 케빈이 말했다.

"아무것도 아니에요." 내가 말했다. "버즈는 미쳤어요. 그리고, 점심 고마워요."

"얼마든지요. 이제 말해봐요, 어떤 글을 쓰죠?"

"이제까지는 단편만 썼어요. 하지만 장편을 쓰고 있어요."

"당연한 수순이죠. 팔린 작품도 있어요?"

"몇 편. 아무도 들어본 적 없는 작은 잡지에요. 돈 대신 잡지를 몇 권 주는 곳들이었죠."

그는 고개를 설레설레 저었다. "굶어 죽겠군요."

"아뇨. 그냥 조금 더 이러다가 삼촌과 숙모가 옳았다고 믿게 되겠죠."

"무슨 말이요? 경리나 했어야 했다는 말?"

나는 큰 소리로 웃고 스스로에게 다시 놀랐다. 음식 덕분인지 기운이 났다. "경리 생각은 하지 않으셨지만, 그거라면 찬성하셨겠네요. 정신이 제대로 들었다고 하실 만한 직업이죠. 그분들은 내가 간호사나 비서, 아니면 어머니처럼 교사가 되길 원했어요. 가장 좋은 길은 교사였죠."

"그랬겠지요." 그는 한숨을 내쉬었다. "나는 기술자가 되려고 했어요."

"그게 좀 더 나은 것 같은데요."

"나한테는 아니에요."

"어쨌든 당신은 자신의 선택이 옳았다는 걸 증명했잖아요."

그는 어깨를 으쓱였을 뿐 아무 말도 하지 않았다. 나와 마찬가지로 그 역시 부모님을 잃었다는 이야기는 나중에야 들을 수 있었다. 그분들은 몇 년 전에 자동차 사고로 돌아가셨고 그때까지는 아들이 정신을 차리고 기술자가 될지도 모른다는 희망을 품고 있었다고 했다.

"외삼촌 부부는 저보고 그렇게 원한다면 남는 시간에 글을 쓰면 되지 않느냐고 하셨죠. 일단 현실적인 미래를 위해, 두 분에게 지원을 받으려면 현명한 방법을 택해야 했어요. 그래서 간호학교에 갔다가 비서학을 전공했다가 초등교육으로 옮겨갔죠. 그걸 이 년 만에 다 했어요. 엉망진창이었죠. 나도 엉망이었고."

"그래서 어떻게 했어요? 낙제했어요?" 케빈이 물었다.

파이 조각이 목에 걸렸다. "그럴 리가요! 언제나 성적은 좋았어요. 단지 그 성적이 나에게 아무 의미도 없었을 뿐이에요. 계속 공부할 만한 재미를 찾을 수 없었어요. 결국 일자리를 얻어서 집을 떠났고, 학교도 그만뒀어요. 그래도 돈이 생기면 UCLA에서 공개강좌를 들어요. 글쓰기 강좌요."

"그때 얻은 일이 이거예요?"

"아뇨, 한동안은 항공우주 회사에서 일했어요. 단순 타이피스트에 불과했지만, 말을 잘해서 회사 홍보실에 들어갔죠. 사보에 글을 쓰고 보도자료도 내보냈어요. 쓸 수 있다는 걸 보여주자 좋아하더군요. 타이피스트 월급으로 작가를 쓰는 셈이었으니까요."

"그만하면 남아서 위로 올라갈 수 있었을 것 같은데요."

"그럴 생각이었어요. 평범한 사무원 일은 참을 수 없었지만 그 직장은 좋았죠. 그런데 일 년쯤 지나서 부서 전체를 없애버렸어요."

케빈은 소리 내어 웃었지만, 공감하는 듯한 웃음소리였다.

커피 자판기에서 돌아온 버즈가 중얼거렸다. "초콜릿과 바닐라 포르노네!"

나는 격분해서 눈을 감았다. 버즈는 늘 그랬다. 웃기지도 않은 '농담'으로 시작해서 죽도록 밀어붙이는 것이다. "맙소사,

저치가 차라리 취해서 입을 다물었으면 좋겠네요!"

"취하면 입을 다무나요?" 케빈이 물었다.

나는 고개를 끄덕였다. "달리 입을 다물게 할 방법이 없죠."

"신경 쓰지 말아요. 이번에는 나도 뭐라고 하는지 잘 들었거든요."

종소리가 삼십 분의 점심시간이 끝났음을 알렸고, 케빈은 씩 웃었다. 기묘한 눈동자를 싹 잊게 하는 웃음이었다. 그리고 케빈은 일어나서 가버렸다.

하지만 그는 다시 왔다. 일주일 내내 휴식시간마다, 점심시간마다 찾아왔다. 알선소에서 일당을 받아 점심을 사 먹고 집주인에게 몇 달러를 줄 정도의 돈이 생겼지만, 그래도 나는 케빈을 보고 케빈과 대화하는 시간을 고대했다. 그는 장편을 세 권 쓰고 출간했으며, 가족 말고 그중 한 권이라도 읽은 사람을 만난 적이 없다고 했다. 책 세 권으로 번 돈이 워낙 적어서 그는 이 창고 일처럼 생각 없이 하는 일을 계속해야 했고, 그러면서 글을 계속 썼다. 제정신이 박힌 사람들의 충고를 무시하고, 철없이 말이다. 그는 나와 비슷했다. 소설 쓰기를 계속 시도할 만큼 미친, 나와 동종의 영혼이었다. 그리고 마침내…….

"내가 더 미쳤죠. 당신보다 나이가 많잖아요. 실패를 인정하고 꿈꾸기를 그만둘 나이도 됐다고들 했어요."

그는 일찌감치 머리가 세어버린 서른넷이었다. 내가 스물두 살밖에 되지 않았다는 사실을 알고 놀라기도 했다.

"그보다는 더 들어 보이는데요." 그는 요령 없이 그렇게 말했다.

"당신도 마찬가지예요." 나는 중얼거렸다.

그는 웃음을 터뜨렸다. "미안해요. 그래도 당신한테는 좋아 보이는데요, 뭘."

무엇이 좋아 보인다는 것인지는 알 수 없었지만, 케빈이 좋아하니 나도 기뻤다. 그의 호오는 나에게 점점 더 중요해졌다. 알선소에서 일하는 여자 하나는 전형적인 노예시장 사람다운 솔직함을 드러내며 그와 내가 이제까지 자기가 본 '가장 괴상한 한 쌍'이라고 말했다.

나는 그다지 부드럽지 않은 태도로 당신이 뭘 봤느냐고, 그리고 어쨌든 당신이 알 바 아니라고 말했다. 하지만 그 후부터 나는 케빈과 나를 한 쌍으로 생각했다. 기분 좋은 생각이었다.

나의 창고 파견 근무가 끝나는 날, 그의 창고 근무도 끝났다. 버즈의 짝짓기 덕분에 우리는 일주일을 같이 보냈다.

그리고 마지막 날에 케빈이 말했다. "저기, 연극 좋아해요?"

"연극이요? 그럼요. 고등학교에 다닐 때 몇 편 쓰기도 했어요. 일인극으로요. 한심했죠."

"나도 그런 짓을 했죠." 그는 주머니에서 무엇인가를 꺼내어 나에게 내밀었다. 표였다. 막 로스앤젤레스에 건너온 인기

연극표 두 장이었다. 아마 그때 내 눈은 반짝거렸을 것이다.

"같이 일하지 않는다는 이유만으로 당신을 놓치고 싶지는 않아요. 내일 저녁 어때요?" 케빈이 말했다.

"내일 저녁, 좋아요." 나는 받아들였다.

멋진 저녁이었다. 연극이 끝난 뒤 나는 케빈을 집으로 데려 갔고, 밤은 저녁보다 더 좋았다. 다음 날 아침, 지치고 만족한 채 침대에 같이 누워 몇 시간을 보내는 사이, 불현듯 내가 아 직 진짜 외로움이 무엇인지 몰랐음을 깨달았다. 케빈이 가고 나자 전보다 훨씬 더 외로웠다.

2

나는 위조할 만한 자유 증서를 찾으러 도서관에 가는 케빈 을 따라가지 않기로 했다. 내가 탄 차가 움직이고 있을 때 루 퍼스가 부르면 무슨 일이 일어날지 걱정스러웠다. 계속 움직 이는 상태로, 그러나 내 몸을 보호해줄 자동차는 없이 그 시대 에 도착하게 될까? 아니면 움직임 없이 안전하게 도착하지만, 돌아올 때 어려움을 겪을까? 집이 아니라 통행량 많은 길 한 가운데로 돌아올지도 모르니 말이다.

답을 알아내고 싶지는 않았다. 그래서 케빈이 도서관에 갈 준비를 하는 동안 나는 옷을 다 갖춰 입고 침대에 앉아서 캔버스 가방에 빗과 솔과 비누를 쑤셔넣고 있었다. 다시 가게 되면 루퍼스의 시대에 더 오래 갇힐까 봐 겁이 났다. 첫 번째 여행은 몇 분밖에 걸리지 않았고, 두 번째 여행에는 몇 시간이 걸렸다. 다음에는 얼마나 있게 될까? 며칠?

케빈이 나간다고 말하러 들어왔다. 케빈이 나를 혼자 두고 나가지 않았으면 싶었지만, 이미 오전 반나절밖에 안 지난 것 치고는 충분히 징징거렸다고 생각했다. 나는 두려움을 숨겼다…… 적어도 나는 그렇게 생각했다.

"당신 괜찮아? 별로 좋아 보이지 않는데." 케빈이 물었다.

맞고 나서 처음으로 거울을 들여다본 참이었고, 내 생각에도 얼굴이 좋아 보이지는 않았다. 나는 케빈을 안심시키려고 입을 열었지만, 말을 꺼내기도 전에 무엇인가가 잘못되었음을 깨달았다. 방이 어두워지면서 빙빙 돌고 있었다.

"아, 안 돼." 나는 신음하며 속을 뒤집는 현기증 속에서 눈을 감았다. 그리고 캔버스 가방을 끌어안고 기다렸다.

느닷없이 케빈이 옆에서 나를 안았다. 나는 케빈을 밀어내려 했다. 이유는 알 수 없었지만 케빈 때문에 겁이 났다. 놓으라고 소리를 질렀다.

그러다가 주위 벽과 몸 아래 침대가 사라졌다. 나는 나무 밑에 뻗어 있었다. 케빈은 나를 끌어안은 채 옆에 누워 있었다.

우리 사이에는 캔버스 가방이 있었다.

"하느님 맙소사!" 나는 일어나 앉으면서 중얼거렸다. 케빈도 일어나 앉더니 미친 듯이 주위를 둘러보았다. 우리는 다시 숲 속에 와 있었는데, 이번에는 낮이었다. 첫 번째 여행에서 기억했던 풍경과 흡사했지만, 이번에는 강이 보이지 않았다.

"정말이었군." 케빈이 말했다. "정말이었어!"

나는 케빈의 손을 잡고, 그 친숙한 느낌이 좋아서 꽉 쥐었다. 그래도 케빈이 집에 있었으면 좋겠다는 마음은 그대로였다. 이곳에서 케빈은 어떤 자유 증서보다 더 좋은 보호막이 되어줄 수 있겠지만, 나는 케빈이 이곳에 있는 게 싫었다. 이곳이 나를 통하지 않고 케빈을 건드리는 것 자체가 싫었다. 그러나 이제는 너무 늦었다.

나는 분명히 근처에 있을 루퍼스를 찾아 주위를 둘러보았다. 있었다. 그리고 루퍼스를 발견한 순간, 이번에는 루퍼스를 위기에서 구해내기에는 너무 늦었음을 알았다.

루퍼스는 땅바닥에 누워서 양손으로 한쪽 다리를 붙잡고 몸을 작은 공처럼 말고 있었다. 그 옆에는 열두 살쯤 된 흑인 소년이 있었다. 루퍼스의 관심은 오직 자기 다리에 쏠려 있었지만, 흑인 소년은 우리를 보았다. 우리가 허공에서 나타나는 장면도 보았을지 모른다. 그래서 지금 그렇게 겁먹은 표정을 짓고 있는지도 모른다.

나는 일어서서 루퍼스에게 다가갔다. 처음에 루퍼스는 나를 보지 못했다. 고통에 일그러진 얼굴은 때와 눈물로 얼룩져 있었지만, 소리 내어 울지는 않았다. 나이는 옆에 있는 흑인 소년과 비슷한 열두 살쯤으로 보였다.

"루퍼스."

루퍼스는 흠칫 놀라서 나를 올려다보았다. "다나?"

"그래." 나는 루퍼스 쪽에서는 몇 년이 지났을 텐데도 나를 알아본다는 사실에 놀랐다.

"당신을 봤어. 침대에 앉아 있었지. 떨어질 때 봤어."

"그냥 나를 보기만 한 게 아니지." 내가 말했다.

"난 떨어졌어. 내 다리……."

"누구세요?" 다른 소년이 물었다.

"괜찮아, 나이절." 루퍼스가 말했다. "내가 말했던 그 사람이야. 그때 불을 꺼준 사람."

나이절은 나를 쳐다보고 다시 루퍼스를 보았다. "저 사람이 다리도 고칠 수 있어요?"

루퍼스는 그러냐고 묻는 듯한 얼굴로 나를 보았다.

"그건 무리일 거야. 그래도 어디 보여줘봐." 나는 루퍼스의 손을 치우고 최대한 부드럽게 바지를 걷어올렸다. 루퍼스의 다리는 색이 변하고 부어올라 있었다. "발가락을 움직일 수 있어?" 내가 물었다.

루퍼스는 발가락 두 개를 살짝 움직였다.

"부러졌군." 케빈이 말했다. 그사이에 가까이 와서 들여다보고 있었다.

"그래." 나는 다른 소년, 나이절을 보고 말했다. "어디에서 떨어졌지?"

"저기요." 소년은 위를 가리켰다. 높은 곳에 나뭇가지가 하나 늘어져 있었다. 정확히는 부러진 나뭇가지였다.

"얘가 어디에 사는지 알아?" 내가 물었다.

"그럼요. 나도 거기 사는데요."

나는 그 아이가 노예이고, 루퍼스 가족의 재산이라는 사실을 깨달았다.

"정말로 말을 웃기게 하네요." 나이절이 말했다.

"그거야 생각하기 나름이지. 자, 루퍼스에게 일어난 일에 신경이 쓰인다면 가서 루퍼스 아버지에게…… 짐마차를 보내달라고 하는 게 좋겠다. 어쨌든 걷지는 못할 테니까."

"나한테 기대면 돼요."

"아니야. 등을 대고 누워서 가는 게 제일 좋아. 제일 덜 아픈 방법이기도 하고. 가서 루퍼스 아버지에게 루퍼스 다리가 부러졌다고 해. 의사를 부르라고 해. 네가 마차와 함께 돌아올 때까지 우리가 루퍼스와 같이 있을게."

"둘이서요?" 소년은 우리를 그렇게 믿지는 못하겠다는 사실을 숨기지 않고 나와 케빈을 쳐다보았다. 그리고 나에게 물었다. "그런데 왜 남자처럼 입었어요?"

케빈이 조용히 말했다. "나이절, 옷차림에 대해서는 걱정하지 마. 네 친구를 위해 가서 도움을 청해줘."

친구라고?

나이절은 겁먹은 시선으로 케빈을 바라보더니 이내 루퍼스를 보았다.

"가, 나이절." 루퍼스가 속삭였다. "더럽게 아프거든. 내가 너보고 가라고 했다고 해."

나이절은 마침내 떠났다. 불행한 얼굴로.

"저 애는 뭘 두려워하는 거지? 널 두고 가면 곤란해지기라도 하나?" 나는 루퍼스에게 물었다.

"그럴 수도 있어." 루퍼스는 통증 때문에 잠시 눈을 감았다가 말을 이었다. "아니면 내가 다치게 놓아뒀다고 혼날지도 몰라. 그러지 않았으면 좋겠는데. 최근에 누가 아빠를 화나게 만들었는지에 달렸어."

흠, 그 아빠는 변하지 않은 모양이었다. 루퍼스의 아버지를 만날 시간이 기다려지지는 않았다. 그래도 혼자 만날 필요는 없어서 다행이었다. 나는 케빈을 흘긋 보았다. 그는 내 옆에 무릎을 꿇고 앉아서 루퍼스의 다리를 들여다보고 있었다.

"맨발이어서 다행이군. 신발을 신었다면 발에서 잘라내어 벗겨야 했을 테니."

"아저씨는 누구죠?" 루퍼스가 물었다.

"내 이름은 케빈이다. 케빈 프랭클린."

"다나는 지금 아저씨 소유인가요?"

"어떤 면에서는 그렇지. 내 아내니까."

"아내?" 루퍼스는 듣기 싫은 소리를 냈다.

나는 한숨을 쉬었다. "케빈, 아무래도 내 지위를 낮추는 게 좋겠어. 이 시대에는……."

"검둥이는 백인과 결혼할 수 없어!" 루퍼스가 말했다.

나는 얼른 케빈의 팔에 손을 얹고 그가 하려던 말을 막았다. 표정만 보아도 케빈이 조용히 있는 편이 좋다는 정도는 알 수 있었다.

"저렇게 말하는 건 자기 어머니에게 배운 거야." 나는 부드럽게 말했다. "그리고 아버지에게서, 그리고 어쩌면 노예들에게서도."

"저렇게 말하다니?" 루퍼스가 물었다.

"검둥이라는 말 말이야. 난 그 말을 좋아하지 않아. 기억하니? 흑인이라고 부르든가, 유색인이라고 부르도록 해보렴."

"그렇게 말하면 무슨 소용인데? 그리고 어떻게 당신이 저 아저씨와 결혼할 수 있어?"

"루퍼스, 사람들이 너에 대해 말하면서 흰둥이 쓰레기라고 부르면 기분이 좋겠니?"

"뭐?" 루퍼스는 화가 나서 다리를 잊고 몸을 일으키다가 다시 쓰러졌다. "난 쓰레기가 아니야!" 루퍼스는 속삭이듯 말했다. "망할 흑인……."

"가만." 나는 루퍼스의 어깨에 손을 얹어 조용히 시켰다. 아무래도 내가 과녁을 제대로 맞힌 모양이었다. "네가 쓰레기라고는 하지 않았어. 쓰레기라고 불리면 기분이 어떻겠냐고 했지. 네가 그 말을 싫어한다는 건 알겠구나. 나도 검둥이라고 불리기 싫어."

루퍼스는 말없이 누워서 뜻 모를 외국어라도 듣는 사람처럼 나를 보고 얼굴을 찌푸렸다. 실제로 내 말은 외국어나 다름없을지도 모른다.

"우리가 온 곳에서는 백인이 흑인을 검둥이라고 부르면 야비하고 무례하다고 여겨. 그리고 우리가 온 곳에서는 백인과 흑인이 결혼할 수 있어."

"하지만 법에 어긋나잖아."

"여기에서는 그렇지. 우리가 온 곳에서는 그렇지 않아."

"어디에서 왔는데?"

나는 케빈을 보았다.

"당신이 자초한 일이야." 케빈이 말했다.

"당신이 설명해볼래?"

그는 고개를 가로저었다. "무의미한 일이야."

"당신에게는 그럴지도 모르지. 하지만 나에게는……." 나는 잠시 정확한 표현을 찾으려고 생각에 잠겼다. "이 아이와 나는 좋든 싫든 오랜 관계를 맺어야 해. 난 이 아이가 알았으면 좋겠어."

"행운을 빌어."

"어디에서 왔냐니까?" 루퍼스가 다시 물었다. "당신같이 말하는 사람을 본 적이 없는 건 확실해."

나는 얼굴을 찌푸리고 생각하다가 마침내 고개를 저었다. "루퍼스, 나도 말해주고 싶긴 하지만 아마 넌 이해하지 못할 거야. 사실 우리도 이해할 수 없거든."

"지금도 이해가 가진 않아. 어떻게 내가 여기에 없는 당신을 볼 수 있는지, 어떻게 당신이 여기에 오는지 아무것도 모르겠어. 다리가 너무 아파서 생각하기도 힘들어."

"그럼 기다려보자. 네가 나으면……."

"내가 나았을 때는 당신이 여기 없겠지. 다나, 말을 해줘!"

"좋아, 시도는 해볼게. 캘리포니아라는 곳에 대해 들어본 적 있니?"

"응. 엄마 사촌이 배를 타고 거기로 갔어."

운이 좋았다. "흠, 우리는 거기에서 왔어. 캘리포니아. 다만…… 네 친척이 간 캘리포니아는 아니야. 우리는 아직 존재하지 않는 캘리포니아에서 왔어, 루퍼스. 1976년의 캘리포니아에서."

"그게 뭐야?"

"우리가 공간적으로만이 아니라 시간적으로도 다른 곳에서 왔다는 뜻이야. 이해하기 어려울 거라고 했잖아."

"그렇지만 1976년이라니?"

"연도가 1976년이라고. 우리가 있던 곳은 1976년이야."

"하지만 지금은 1819년이야. 어디나 1819년이라고. 말이 안 되는 헛소리를 하고 있어."

"맞아. 우리에게 일어난 일 자체가 말이 안 돼. 하지만 난 사실 그대로 말하고 있어. 우리는 미래의 시공간에서 왔어. 우리가 어떻게 여기에 오는지는 나도 몰라. 오고 싶지도 않아. 우리는 이곳에 속해 있지 않으니까. 하지만 너는 곤란에 빠지면 손을 뻗어 나를 부르고, 그러면 내가 오게 되지. 지금 보다시피 언제나 널 도와줄 수 있는 건 아니지만 말이야." 루퍼스에게 우리의 혈연관계에 대해 이야기할 수도 있었다. 루퍼스가 좀 더 큰 다음에 다시 보게 되면 말하게 될지도 모른다. 그러나 당장 혼란을 더할 필요는 없어 보였다.

"미친 소리야." 루퍼스는 그렇게 말하고 케빈을 보았다. "말해봐요. 아저씨 캘리포니아에서 왔어요?"

케빈은 고개를 끄덕였다. "그래."

"그럼 스페인 사람이에요? 캘리포니아는 스페인 건데."

"지금은 그렇지만, 나중에는 메릴랜드나 펜실베이니아처럼 미합중국이 돼."

"언제요?"

"1850년에."

"하지만 이제 겨우 1819년인데요. 어떻게 그걸……?" 루퍼스는 말을 끊고 혼란에 빠져서 내게 시선을 돌렸다. "이건 진짜가 아니야. 다 지어내는 거지."

"진짜란다." 케빈이 조용히 말했다.

"하지만 어떻게 그럴 수 있어요?"

"우리도 몰라. 하지만 진짜야."

루퍼스는 잠시 생각에 잠겨서 우리를 번갈아 바라보다가 말했다. "난 못 믿겠어요."

케빈은 웃음소리인지 모를 이상한 소리를 냈다. "무리도 아니지."

나는 어깨를 으쓱였다. "그래, 루퍼스. 난 너에게 사실대로 알려주고 싶지만, 그걸 받아들일 수 없다 해도 무리는 아니라고 생각해."

"1976년." 루퍼스는 천천히 말하고 고개를 저으며 눈을 감았다. 내가 왜 군이 루퍼스를 이해시키려 했을까. 내가 1819년에서 왔다고 주장하는, 아니면 지금 상황에 어울리게 2019년에서 왔다고 주장하는 남자를 만난다면 나는 그 말을 얼마나 받아들이겠는가. 1976년에도 시간 여행은 SF에나 나왔다. 1819년에는 루퍼스 말마따나 그냥 미친 소리였다. 어린아이가 아니었다면 케빈과 내가 하는 말에 귀를 기울이지도 않았을 것이다.

루퍼스가 말했다. "캘리포니아가 미국의 주가 된다는 걸 안다면, 분명히 앞으로 일어날 다른 일도 알겠네."

"그렇기는 하지." 나는 인정했다. "몇 가지는 알아. 그렇게 많이는 아니고. 우린 역사가가 아니거든."

"하지만 이미 일어난 일이라면 다 알아야지."

"넌 1719년에 대해 얼마나 아니, 루피?"

루퍼스는 멍하니 나를 바라보았다.

"사람들은 과거의 일을 모두 배우지 않아. 그럴 이유가 없잖아?" 내가 말했다.

루퍼스는 한숨을 쉬었다. "뭐든 말해봐, 다나. 난 당신을 믿으려고 노력하는 중이야."

나는 학교 안팎에서 배운 미국사를 돌이켜 보았다. "음, 지금이 1819년이라면 대통령은 제임스 먼로 맞지?"

"응."

"다음 대통령은 존 퀸시 애덤스가 될 거야."

"언제?"

나는 기억 속에서 학교에 다닐 때 특별한 이유도 없이 외웠던 대통령들 이름을 더 끄집어내며 얼굴을 찌푸렸다. "1824년이야. 먼로는 재임을 했으니까, 아니 할 테니까."

"또 다른 건?"

나는 케빈을 쳐다보았다.

그는 어깨를 으쓱였다. "난 어젯밤에 같이 훑어본 책에서 본 내용밖에 생각나지 않아. 1820년에 미주리 타협안에서 미주리는 노예제를 받아들이는 주로 들어가고 메인 주는 자유 주로 들어갈 길이 열렸지. 내가 무슨 소리를 하는지 알겠니, 루퍼스?"

"아니요."

"나도 그럴 줄 알았다. 혹시 지금 가진 돈 있어?"

"돈요? 나한테요? 없어요."

"음, 어쨌든 돈을 본 적은 있겠지?"

"네."

"동전에는 만들어진 연도가 찍히지, 지금도."

"그렇죠."

케빈은 주머니에 손을 넣더니 동전을 한 줌 꺼냈다. 케빈이 그 손을 내밀자 루퍼스는 동전을 몇 개 집어들고 읽었다. "1965년, 1967년, 1971년, 1970년. 1976년은 없는데요."

"1800년대라고 찍힌 동전도 없지. 하지만 이걸 봐." 케빈은 그렇게 말하면서 이백 주년 기념 25센트 동전을 골라내어 루퍼스에게 건넸다.

"1776년, 1976년. 연도가 둘이네요."

"1976년은 이 나라가 세워진 지 이백 년이 되는 해이거든. 기념용으로 바뀐 돈이 있었어. 이제 믿어져?" 케빈이 말했다.

"흠, 아저씨가 직접 만들었을 수도 있죠."

케빈은 동전을 다시 가져가며 지친 목소리로 말했다. "너라면 훌륭한 미주리 인이 됐겠구나. 너야 미주리에 대해 잘 모르겠지만."

"뭐라고요?"

"그냥 농담이야. 아직 유행하지 않는 농담."

루퍼스는 불편한 얼굴이었다. "아저씨 말 믿어요. 다나 말대로 이해가 가진 않지만, 그래도 믿는 것 같아요."

케빈은 한숨을 쉬었다. "하느님 감사합니다."

루퍼스는 케빈을 올려다보고 씩 웃었다. "아저씨는 내 생각만큼 나쁘지 않네요."

"나쁘다니?" 케빈은 비난하듯 나를 쳐다보았다.

"난 당신에 대해 아무 말도 한 적 없어." 내가 말했다.

"내가 봤어요." 루퍼스가 말했다. "여기로 오기 직전에 아저씨가 다나랑 싸우는 걸…… 아니면 싸우는 것처럼 보이는 모습을. 다나 얼굴에 흉터도 다 아저씨가 만든 거예요?"

나는 얼른 대답했다. "아니, 케빈이 한 짓이 아니야. 그리고 우린 싸우고 있지 않았어."

"잠깐만." 케빈이 끼어들었다. "어떻게 얘가 그런 걸 알 수 있지?"

나는 어깨를 으쓱였다. "루퍼스 말대로야. 우리가 여기로 오기 전 모습을 본 거지. 어떻게 보는지는 모르지만, 전에도 그런 적이 있어." 나는 루퍼스를 내려다보았다. "날 봤다는 말을 누구에게 한 적 있니?"

"나이절한테만 했어. 다른 사람은 내 말을 절대 믿지 않을 테니까."

"잘했어. 지금 우리에 대해서도 다른 사람에게는 말하지 않는 편이 좋겠다. 캘리포니아나 1976년에 대해서도 말하지 말고." 나는 케빈의 손을 잡고 꼭 쥐었다. "우린 여기 머무는 동안 최선을 다해서 이곳 사람들과 어울려야 해. 그러니까 네가 우리에게 역할을 주면, 거기 맞춰서 행동해야겠지."

"저 아저씨 소유라고 말할 거야?"

"그래. 누가 물어보면 너도 그렇게 말했으면 좋겠다."

"그편이 아내라고 하는 것보다 나아. 어차피 아무도 둘이 결혼했다고는 믿지 않을 테니까."

케빈은 넌더리난다는 듯한 소리를 내며 중얼거렸다. "우리가 여기에 얼마나 붙어 있게 될지 모르겠군. 벌써부터 집이 그리워."

"모르겠어." 내가 말했다. "하지만 내 곁에 붙어 있어야 해. 당신은 날 안고 있었기 때문에 여기에 왔어. 집에 갈 때도 그래야만 할까 봐 걱정이야."

3

루퍼스의 아버지는 평판마차를 타고, 눈에 익은 장총을 들고 도착했다. 그러고 보니 오래된 장전식 소총이었다. 마차에는 나이절과 키가 크고 몸이 단단한 흑인 남자 한 명이 더 타고 있었다. 톰 와일린도 키는 컸지만, 그 몸집 큰 노예에 비하면 너무 말라 보였다. 와일린은 특별히 잔인하거나 저열해 보이지는 않았다. 지금은 그저 화나 보일 뿐이었다. 우리는 와일린이 마차에서 내려서 우리를 대면하러 올 때까지 가만히 서 있었다.

"무슨 일이오?" 그는 의심스러운 투로 물었다.

케빈이 대답했다. "아이 다리가 부러졌어요. 이 아이의 아버지 되십니까?"

"그렇소. 댁은 누구요?"

"제 이름은 케빈 프랭클린입니다." 케빈은 나를 흘긋 보았지만 용케도 나를 소개하려는 충동을 자제하고 말을 이었다. "사고가 난 다음에 저 아이들을 발견했는데, 당신이 올 때까지 우리가 아드님 곁에 있어줘야겠다고 생각했지요."

와일린은 툴툴거리면서 무릎을 꿇고 앉아서 루퍼스의 다리를 보았다. "그래, 부러진 것 같구먼. 덕분에 또 돈이 얼마나 깨질지 원."

흑인 남자는 와일린에게 혐오스럽다는 눈빛을 던졌다. 와일린의 눈에 띄었다면 화를 샀을 게 분명한 표정이었다.

"망할 나무에는 왜 올라간 거냐?" 와일린이 루퍼스에게 물었다. 루퍼스는 말없이 아버지를 올려다보기만 했다.

와일린은 잘 알아들을 수 없는 말을 중얼거리더니, 일어서서 흑인 남자에게 손짓을 했다. 남자는 다가와서 부드럽게 루퍼스를 안아 마차 위에 올렸다. 루퍼스는 남자가 들어 올릴 때는 아픔에 얼굴을 찡그렸고, 마차에 내려놓을 때는 소리를 질렀다. 나는 뒤늦게 케빈과 함께 부목을 만들어 대쳤어야 한다는 생각을 했다. 나는 마차까지 흑인 남자를 따라갔다.

루퍼스는 내 팔을 잡고 놓지 않았다. 울지 않으려고 애쓰는 기색이 역력했다. 입을 열자 목쉰 속삭임만 나왔다. "가지 마, 다나."

나도 가고 싶지 않았다. 그 아이가 좋았고, 내가 19세기 초 의학에 대해 들은 바에 따르면 그들은 루퍼스에게 위스키를 붓고 그 다리로 줄다리기를 할 것이었다. 그리고 루퍼스는 고통에 대하여 새로운 사실들을 배우게 될 터였다. 내가 있어서 조금이라도 위안을 줄 수 있다면 곁에 있고 싶었다.

그러나 그럴 수 없었다.

루퍼스의 아버지는 케빈과 따로 몇 마디를 나누더니 마차 좌석 위로 돌아갔다. 그는 떠날 준비를 마쳤고, 케빈과 나는 초대받지 못했다. 와일린의 손님 접대 능력에 대해서 좋게 볼 만한 상황은 아니었다. 대농장이 넓은 범위에 흩어져 있고 호텔은 그보다 더 드문드문 있던 이 시대 사람들은 낯선 사람을 잘 받아들였다는 평판을 누렸다. 그러나 다친 아들을 보고서도 의사에게 날아올 청구서 생각만 하는 남자라면 낯선 사람들에 대해 신경 쓸 리가 없었다.

"같이 가." 루퍼스가 매달렸다. "아빠, 이 사람들도 같이 데려가요."

와일린은 짜증스러운 눈으로 뒤를 돌아보았고, 나는 얌전히 루퍼스의 손을 풀어내려 했다. 그리고 잠시 후에 나는 와일린이 나를 보고 있음을, 그것도 뚫어져라 노려보고 있음을 깨달았다. 앨리스의 어머니와 닮아서일 수도 있었다. 자기가 강가에서 쏘아죽일 뻔했던 여자라는 사실을 알아볼 만큼 나를 또렷이 보지도, 오래 보지도 못했으니 말이다. 처음에는 나도 그를 마주 쳐다보았다. 그러다가 내가 노예라는 사실을 기억하고 눈을 피했다. 노예들은 공손히 눈을 내리깔아야 했다. 마주 쳐다보는 것은 건방진 짓이었다. 어쨌든 내가 읽은 책에서는 그렇게 말했다.

와일린은 케빈을 향해 말했다. "괜찮다면 같이 가서 저녁식 사라도 합시다. 그런데 밤에는 어디 묵을 작정이었소?"

"필요하다면 나무 밑에서라도 보내야죠." 케빈이 말했다. 케빈과 나는 입을 꾹 다문 나이절 옆에 올라가 앉았다. "말씀드 렸다시피 선택의 여지가 별로 없지 않습니까."

나는 케빈이 와일린에게 무슨 말을 했을까 궁금해서 그를 쳐다보았다. 그러다가 흑인 남자가 말을 찔러 마차를 움직이 자 정신을 차렸다.

"너, 여자." 와일린이 나에게 말했다. "이름이 뭐냐?"

"다나라고 합니다."

와일린은 고개를 돌리고 다시 나를 노려보았다. 이번에는 내가 뭔가 잘못 말했다는 듯한 느낌이었다. "어디 출신이지?"

상반되는 말을 하고 싶지 않았던 나는 케빈을 슬쩍 보았다. 그는 보일락 말락 하게 고개를 끄덕여 내가 자유롭게 거짓말 을 지어내도 된다는 사실을 알렸다. "뉴욕 출신입니다."

와일린이 내게 던지는 눈빛은 정말로 험악해졌고, 나는 혹 시 그가 최근에 뉴욕 말투를 들은 적이 있고 내 말투가 맞지 않는다는 사실을 안 것일까 생각했다. 아니면 내가 뭔가 잘못 말했나? 나는 그에게 열 마디도 하지 않았는데, 무엇이 잘못이었을까?

와일린은 케빈을 날카롭게 쳐다보더니 고개를 돌렸고, 나머지 길 내내 우리를 무시했다.

우리는 숲을 통과하여 도로에 접어들었고, 도로 양쪽으로는 키 큰 밀밭이 금빛으로 펼쳐졌다. 밭에서는 주로 남자 노예들이 꾸준히 낫을 휘두르며 일을 하고 있었고, 낫에 달린 나무 받침에 베어낸 밀을 깔끔하게 쌓아 올렸다. 주로 여자들인 다른 노예 무리가 그 뒤를 따라가면서 밀단을 다발로 묶었다. 우리에게 관심을 보이는 노예는 없었다. 나는 백인 감독관을 찾아보다가 한 명도 보이지 않아서 놀랐다. 대낮에 본 와일린 가의 모습에도 놀랐다. 그 집은 흰색이 아니었다. 기둥도 없었고, 포치라고 할 만한 곳도 없었다. 실망스러울 정도였다. 붉은 벽돌로 지은 조지 왕조풍의 식민지식 건물로, 상자 같기는 해도 수수한 매력은 있었으며 양쪽 끝에 돌출 지붕과 굴뚝이 달린 2.5층짜리 집이었다. 저택이라고 할 만큼 크지도 눈길을 끌지도 않았다. 우리 시대 로스앤젤레스에서라면 케빈과 나도 그 정도 집에 살 수 있었다.

마차를 타고 현관으로 가면서 한쪽에 흐르는 강과 몇 시간, 아니 몇 년 전에 뛰어 지나갔던 땅을 볼 수 있었다. 드문드문 흩어진 나무, 고르지 않게 베어낸 풀, 한쪽으로 멀리 나무들에 가려지다시피 한 오두막집들, 들판, 숲까지. 집 뒤편, 노예들의 숙소 반대편에도 다른 건물이 줄지어 있었다. 마차가 멈추었을 때 나는 그쪽에 있는 건물 어딘가로 가게 될 뻔했다.

와일린이 흑인 남자에게 말했다. "루크, 다나를 데리고 가서 먹을 것을 주도록 해라."

"예, 알겠습니다." 흑인 남자가 조용히 말했다. "먼저 루퍼스 도련님부터 위층에 모셔다 드릴까요?"

"내가 시킨 대로 해라. 루퍼스는 내가 데려가마."

나는 루퍼스가 이를 악무는 모습을 보았다. "나중에 보자." 나는 그렇게 속삭였지만, 루퍼스는 내 손을 놓아주지 않았다. 결국 나는 루퍼스의 아버지에게 말했다.

"와일린 씨, 저는 옆에 있어도 괜찮습니다. 제가 있었으면 하시는 모양입니다."

와일린은 화난 얼굴로 대꾸했다. "그럼 따라오든가. 의사가 올 때까지 옆에서 기다릴 수도 있겠지." 그는 별로 조심하는 기색 없이 루퍼스를 안아들고 계단을 성큼성큼 올라갔다. 케빈이 그 뒤를 따랐다.

"조심하슈." 그들 뒤를 따라가려는데 흑인 남자가 조용히 말했다.

나는 깜짝 놀라서 그를 쳐다보았다. 처음에는 나에게 하는 말인지 잘 몰랐지만, 나에게 하는 말이었다.

"주인님은 느닷없이 성질을 부릴 수 있거든. 아들도 마찬가지요. 이젠 점점 자라고 있으니까. 댁의 얼굴을 보아하니 백인들이 부리는 성질이라면 충분히 받아본 모양인데."

나는 고개를 끄덕였다. "그렇긴 하죠. 경고해줘서 고마워요."

어느 새 나이절이 와서 루크 옆에 서 있었다. 나는 말하면서 둘이 무척 닮았다는 것, 나이절이 루크의 작은 복제품이나 다름없다는 사실을 깨달았다. 아마 부자지간이겠지. 톰 와일린과 루퍼스보다 더 닮은 부자였다. 나는 서둘러 집으로 들어가는 계단을 오르면서 루퍼스와 그 아버지에 대해, 자기 아버지처럼 변해가는 루퍼스에 대해 생각했다. 어쨌든 언젠가는 어떤 식으로든 일어날 일이었다. 루퍼스는 언젠가 농장 주인이될 것이다. 언젠가는 노예주가 되고, 저기 반쯤 감춰진 오두막집에 사는 사람들에게 일어나는 일에 책임을 져야 할 것이다. 루퍼스는 내가 지켜보는 동안에도 성장하고 있었다. 내가 지켜본 덕분에, 계속 목숨을 구해주었기 때문에 자라고 있었다. 나는 루퍼스에게 최악의 수호자였다. 흑인을 열등한 인간으로보는 사회에서 흑인으로서 그를 지켜야 했고, 여자를 영원히자라지 못하는 어린아이로 여기는 사회에서 여자로서 그를 지켜야 했다. 내 몸 하나 지키기도 벅찬 곳에서 말이다. 그래도나는 최대한 루퍼스를 도울 것이다. 그리고 루퍼스와 우정을유지하고, 어쩌면 나에게나 앞으로 그의 노예가 될 사람에게

나 도움이 될 생각을 심어주려 했다. 어쩌면 내 행동 덕분에 앨리스의 앞날이 편해질지 모른다.

나는 와일린을 따라 침실로 올라갔다. 지난번에 갔던 루퍼스의 방과 같은 방은 아니었다. 침대도 전보다 컸고, 침대 차양과 커튼도 녹색이 아니라 파란색이었다. 방 자체도 더 컸다. 와일린은 아프다는 비명을 무시하고 루퍼스를 침대 위에 쿵 내려놓았다. 루퍼스에게 해를 입히고 싶어하는 것 같지는 않았다. 그저 아이를 다루는 방식에 관심이 없고, 신경 쓰지 않을 뿐이었다.

그리고 와일린이 케빈을 데리고 방을 나서자 빨간 머리 여자 하나가 허겁지겁 들어왔다.

"루퍼스는 어디 있지?" 여자는 숨 가쁘게 물었다. "대체 무슨 일이야?"

루퍼스의 어머니였다. 기억이 났다. 그녀는 내가 루퍼스의 머리 아래에 베개를 괴고 있을 때 방 안으로 밀고 들어왔다.

"무슨 짓을 하는 거야? 내 아들 내버려둬!" 그녀는 소리를 지르며 나를 잡아당겨 아들에게서 떼어냈다. 루퍼스가 곤란해 처하면 한 가지 반응밖에 할 줄 모르는 여자였다. 그것도 잘못된 반응밖에.

우리 둘 모두에게 다행스럽게도, 내가 상황을 잊고 그 여자를 밀어내기 전에 톰 와일린이 손을 뻗었다. 그는 아내를 붙잡고 차분하게 말했다.

"마거릿, 잘 들어. 이 녀석은 다리가 하나 부러졌을 뿐이야. 부러진 다리에 당신이 할 수 있는 일은 없어. 내가 이미 의사를 부르러 보냈어."

그러자 마거릿 와일린은 조금 진정하는 듯했다. 그녀는 나를 노려보고 말했다. "이건 여기에서 뭘 하는 거죠?"

"여기 케빈 프랭클린 씨의 노예야." 와일린이 한 손을 흔들어 가리키자 놀랍게도 케빈은 마거릿 와일린에게 살짝 고개를 숙였다. "프랭클린 씨가 다친 루퍼스를 발견했지." 와일린은 말을 이으며 어깨를 으쓱였다. "루퍼스가 개와 같이 있고 싶어 했어. 해가 될 일은 없겠지." 그는 몸을 돌려 걸어나갔다. 케빈도 마지못해 그 뒤를 따랐다.

자기 남편이 말할 때는 들었을지 몰라도, 그 후의 얼굴은 제대로 들은 사람 같지 않았다. 그녀는 여전히 나를 노려보면서 예전에 나를 어디에서 봤는지 기억해내려는 듯 얼굴을 찌푸리고 있었다. 몇 년의 세월도 그 여자를 많이 바꿔놓지는 않았고, 나에게는 당연히 아무 영향도 미치지 못했다. 그래도 그녀가 기억해낼 것 같지는 않았다. 그녀가 나를 본 순간은 너무 짧았고, 그때도 마음은 다른 곳에 있었으니 말이다.

"분명히 널 본 적이 있어." 마거릿이 말했다.

이런 젠장! "응, 엄마. 봤을지도 몰라." 고개를 돌려 보니 루퍼스가 우리를 지켜보고 있었다.

"엄마?" 루퍼스가 조용히 말했다.

그러자 비난하는 눈빛은 싹 사라지고 여자는 잽싸게 아들을 보살피려고 몸을 돌렸다. "불쌍한 우리 아가." 그녀는 양손으로 아들의 머리를 감싸안고 중얼거렸다. "정말 온갖 일을 다 겪는구나. 다리가 부러지다니!" 눈물이라도 쏟을 태세였다. 그리고 아버지의 무관심과 어머니의 애틋한 관심 사이를 오가는 루퍼스도 놀라웠다. 그런 대비에 워낙 익숙해져서 현기증도 느끼지 않는 걸까 궁금했다.

"엄마, 물 좀 줄래?" 루퍼스가 말했다.

여자는 마치 내가 무슨 해코지라도 했다는 듯이 나를 돌아보았다. "저 말 안 들려? 물 가져와!"

"네, 부인. 어디에서 가져오면 될까요?"

그녀는 불쾌한 소리를 내고 내 쪽으로 달려들었다. 아니, 그건 내 생각이었다. 내가 소스라치며 피하자 그녀는 곧장 내 뒤에 있던 문으로 빠져나갔다.

나는 그 뒷모습을 보고 고개를 설레설레 저었다. 그런 다음 벽난로 근처에 놓여 있던 의자를 가져다가 루퍼스의 침대 옆에 놓았다. 내가 그 의자에 앉자 루퍼스가 진지한 얼굴로 나를 올려다보았다.

"다리가 부러진 적 있어?" 루퍼스가 물었다.

"아니. 하지만 손목은 한 번 부러져봤지."

"붙을 때 많이 아팠어?"

나는 숨을 깊이 들이마셨다. "그래."

"나 무서워."

"나도 그랬어." 나는 기억을 되살리며 말했다. "하지만……
오래 걸리지는 않을 거야. 그리고 의사가 치료를 끝내면 최악
은 지나가는 거야."

"그 후에도 아프지 않을까?"

"한동안은 아프겠지만, 나을 거야. 가만히 두고 시간을 주면
말야."

마거릿 와일린이 루퍼스에게 먹일 물을 가지고 방 안으로
뛰어들었다. 나에 대한 적개심은 더 커져 있었는데, 도무지 이
유를 알 수 없었다.

"부엌채에 가서 저녁이나 먹어!" 내가 앞에서 물러나자 그
녀가 말했다. 마치 '지옥에나 떨어져라!'라고 외치는 듯한 말
투였다. 나에게 루퍼스만 빼고 여기 사람들이 좋아하지 않는
면이 있는 게 분명했다. 그냥 인종차별이 아니었다. 흑인에게
는 익숙한 사람들이니 말이다. 케빈을 통해서 무엇이 문제인
지 알아낼 수 있을지도 모른다.

"엄마, 다나도 같이 있으면 안돼요?" 루퍼스가 물었다.

여자는 나에게 험악한 눈길을 보내고 다정한 눈빛으로 아들

을 돌아보았다. "나중에 다시 부르면 되지. 당장은 아버지께서 저 아이가 아래층에 있었으면 하신단다."

당장 내가 아래층으로 내려가기를 바라는 사람은 루퍼스의 아버지가 아니라 어머니였고, 아마도 자기 아들이 나를 좋아한다는 것 외에 중요한 이유는 없어 보였다. 나는 그녀에게 다시 한 번 험악한 눈길을 받고 방을 나섰다. 여자가 나를 좋아한다 해도 마음은 불편했을 것이다. 그녀는 작은 그릇 안에 너무도 불안한 에너지를 채우고 있었다. 폭발할 때 근처에 있고 싶지 않았다. 그래도 그녀는 루퍼스를 사랑하는 것 같았다. 그리고 루퍼스는 어머니가 피우는 소란에 익숙한 모양이었다. 신경도 쓰지 않는 걸 보면 말이다.

방을 나서자 넓은 복도였다. 나는 조금 떨어진 곳에 있는 계단을 보고 그리로 움직였다. 바로 그때, 복도 반대쪽 끝에 난 문에서 긴 파란색 드레스를 입은 흑인 소녀가 나오더니 호기심을 노골적으로 드러내며 나를 쳐다보았다. 소녀는 내 쪽으로 다가오면서 머리에 쓰고 있던 파란 스카프를 잡아당겼다.

"저기, 부엌채가 어디 있는지 알려줄 수 있니?" 나는 그녀가 가까이 다가오자 물었다. 마거릿 와일린보다는 그 소녀에게 묻는 편이 안전해 보였다.

흑인 소녀는 눈을 조금 더 크게 뜨고 나를 계속 쳐다보기만 했다. 내 모습만이 아니라 말투도 이상한 모양이었다.

"부엌채 말이야." 내가 말했다.

소녀는 나를 다시 한 번 쳐다보더니, 한마디 말도 없이 계단을 내려가기 시작했다. 나는 머뭇거리다가 그 뒤를 따라갔다. 달리 어떻게 해야 할지 몰랐다. 소녀는 피부색이 밝은 편이었고, 나이는 열넷이나 열다섯 정도로 보였다. 계속 나를 돌아보며 얼굴을 찌푸렸다. 한번은 걸음을 멈추고 나를 마주하더니 멍하니 스카프를 잡아당긴 다음, 손을 내려서 자기 입을 가렸다가 옆으로 내렸다. 그 좌절한 표정을 보니 나도 무엇인가가 잘못되었음을 깨달을 수 있었다.

"말을 할 수 있어?" 내가 물었다.

소녀는 한숨을 쉬더니 고개를 저었다.

"하지만 듣고 이해할 수는 있는 거지?"

소녀는 고개를 끄덕이고 내 블라우스와 바지를 잡아당겼다. 그리고 얼굴을 찡그렸다. 그렇다면 옷이 문제였나? 그 소녀도 와일린 부부도 내 옷차림 때문에 그랬을까?

"지금은 이 옷밖에 없어. 주인님이 조만간 더 나은 옷을 사주시겠지." 내가 '남자처럼 입는' 것은 케빈 잘못으로 돌리기로 하자. 여기 사람들에게는 여자들이 바지를 입는 편이 정상인 곳이 있다고 생각하기보다는 주인이 너무 가난하거나 인색해서 제대로 된 옷을 사주지 않는다는 편이 이해하기 쉬울 것이다.

제대로 말한 듯, 소녀는 나를 보고 안됐다는 표정을 짓더니 내 손을 잡고 바깥 부엌으로 데려갔다.

가면서 나는 전보다 집 안을 더 주의 깊게 보았다. 1층 복도만이라도 말이다. 복도 벽은 옅은 녹색이었고 집 전체에 걸쳐 뻗어 있었다. 집 앞쪽으로 가면 복도가 넓어졌고, 문 옆과 위에 있는 창문으로 빛이 쏟아져 들어와서 환했다. 여기저기에 크기가 다른 오리엔탈풍의 러그가 덮였다. 현관문 근처에는 나무로 만든 벤치와 의자 하나, 작은 테이블 두 개가 놓여 있었다. 계단을 지나면 복도가 좁아지다가 뒷문이 나왔는데, 우리는 그 문을 통과했다.

문밖이 부엌채였다. 본채 뒤로 멀지 않은 곳에 위치한 작은 흰색 별채였다. 옥외 부엌과 옥외 변소에 대해 읽어보기는 했지만, 어느 쪽에 대해서도 기대는 품지 않았다. 그런데 지금 보니 부엌채는 내가 이곳에 도착해서 본 다른 어떤 곳보다 마음에 들었다. 안에서는 루크와 나이절이 나무 숟가락처럼 보이는 물건을 들고 나무 그릇에 담긴 음식을 먹고 있었다. 그리고 나이절보다 어린 여자아이와 남자아이가 바닥에 앉아서 손으로 집어먹고 있었다. 그 모습을 보니 마음이 놓였다. 어딘가에서 그 또래 아이들은 한곳에 몰아놓고 돼지처럼 여물통에 밥을 먹였다고 들었기 때문이다. 이제 보니 모든 곳이 그렇지는 않은 모양이었다. 적어도 여기는 그렇지 않았다.

다부진 중년 여자가 화덕 위에 걸린 주전자 속을 휘젓고 있었다. 벽 한쪽을 다 차지하는 화덕은 벽돌로 지었고, 그 위에 박힌 커다란 널빤지에는 주방 도구가 몇 가지 걸려 있었다. 한쪽 옆으로 벽에 박힌 고리에 주방 도구가 더 걸려 있었다. 나는 그 도구들을 멍하니 바라보면서 이름을 제대로 아는 물건이 하나도 없다는 사실을 깨달았다. 평범한 물건들조차 그랬다. 나는 정말로 다른 세계에 와 있었다.

요리사는 휘젓던 손을 멈추고 나를 돌아보았다. 나의 벙어리 안내인과 마찬가지로 피부색이 옅었다. 키가 크고 몸집이 큰, 잘생긴 중년 여자였다. 표정은 엄했고, 입꼬리는 처졌지만 목소리는 낮고 부드러웠다.

"캐리, 이건 누구냐?" 요리사가 물었다.

안내인이 나를 보았다.

"제 이름은 다나예요. 제 주인님이 여기 잠깐 와 계시는데요. 와일린 부인께서 가서 저녁을 먹으라고 하셔서요."

"와일린 부인?" 요리사는 나를 보고 얼굴을 찌푸렸다.

"빨간 머리 여자분…… 루퍼스의 어머니요." 나는 미처 '루퍼스 씨'라고 말하지 못했다. 무슨 말이든 덧붙일 이유를 알 수 없기도 했다. 어차피 여기에 와일린 부인이 몇 명이나 있겠는가?

"마거릿 말이군." 여자는 그렇게 말하고 작게 덧붙였다. "망할 년!"

나는 나에게 한 말인 줄 알고 놀라서 그녀를 응시했다.

"세라!" 루크의 말투는 조심스러웠다. 그가 앉은 자리에서는 요리사가 한 말이 들릴 리 없었다. 요리사가 그 말을 꽤 자주하거나, 루크가 입술 모양을 보고 알았을 것이다. 어쨌든 이제 나는 '망할 년'이 와일린 부인, 또는 마거릿 양이라는 사실을 이해할 수 있었다.

요리사는 다른 말 없이 나무 그릇을 하나 집더니, 불가에 놓인 냄비에서 요리를 한가득 퍼 담아 나무 숟가락과 함께 니에게 건넸다.

저녁식사는 걸쭉한 옥수수 죽이었다. 내가 바로 먹지 않고 그릇을 들여다보자 요리사는 내 표정을 잘못 읽고 물었다.

"부족해?"

"아니, 많아요!" 나는 혹시 더 얹어줄까 봐 방어하듯 내 그릇을 감싸안았다. "고맙습니다."

나는 크고 육중한 식탁 끄트머리, 나이절과 루크 맞은편에 앉았다. 두 사람도 똑같은 옥수수 죽을 먹고 있었지만 그들의 죽에는 우유가 들어가 있었다. 나도 우유를 부어달라고 할까 생각해보았지만 그런다고 크게 도움이 될 것 같지는 않았다.

주전자 안에서는 뭔지 몰라도 맛있는 냄새가 풍겼다. 내가 아침을 먹지 않았고, 전날 밤 저녁식사도 몇 술 뜨지 못했다는 사실을 일깨워주는 냄새였다. 나는 굶주려 있었고 세라는 스튜 같은 고기 요리를 만들고 있었다. 나는 옥수수 죽을 한입 가득 넣어, 음미하지 않고 삼켰다.

"백인들이 먹고 나면 더 나은 걸 먹을 수 있지. 남은 건 우리 차지니까." 루크가 말했다.

식탁 부스러기로군. 나는 씁쓸해졌다. 다른 사람이 먹다 남긴 음식 쓰레기였다. 나도 여기에 더 오래 있게 되면 그렇게 남은 음식을 먹으며 기뻐할 터였다. 이런 죽보다는 나을 테니까. 나는 커다란 파리 몇 마리를 쫓으면서 옥수수 죽을 입에 밀어넣었다. 파리라. 이 시대는 질병이 만연한 시대였다. 남은 음식이 얼마나 깨끗한 상태로 우리에게 올까 궁금했다.

"뉴욕에서 왔다고?" 루크가 물었다.

"네."

"자유 주?"

"그래요. 그래서 여기에 오게 된 거죠." 그 말과 질문들 덕분에 앨리스와 앨리스 어머니가 떠올랐다. 나는 루크의 커다란 얼굴을 보면서 두 사람에 대해 물어서 나쁠 것이 있을까 생각했다. 하지만 이곳에 새로 왔다면서 어떻게 그들을 안다고, 그것도 몇 년 전부터 안다고 할 수 있겠는가? 나이절은 내가 예전에도 온 적이 있음을 알지만, 세라와 루크는 모를 수도 있었다. 기다려보고, 질문은 루퍼스에게 던지는 편이 더 안전했다.

"뉴욕에서는 다들 그렇게 말해요?" 나이절이 물었다.

"그런 사람도 있지. 다 그렇지는 않아."

"옷도 댁처럼 입고?" 루크가 물었다.

"아니요. 이건 케빈 씨가 입으라고 주신 옷이에요." 나는 그들이 질문을 그만했으면 했다. 나중에 잊어버릴 수도 있는 거짓말을 하고 싶지 않았다. 내 배경은 최대한 단순하게 유지하는 편이 최선이었다.

요리사가 다가와서 내 바지를 보았다. 그녀는 바지를 살짝 잡고 문질러 보더니 물었다. "이건 무슨 천이야?"

나는 폴리에스테르 더블 니트지, 하고 생각하면서 어깨를 으쓱였다. "몰라요."

세라는 고개를 절레절레 흔들더니 냄비 앞으로 돌아갔다.

나는 그녀의 등 뒤에 대고 말했다. "있죠. 마거릿 양에 대해선 나도 같은 생각이에요."

그녀는 아무 말도 하지 않았다. 부엌채에 들어오면서 내가 느꼈던 온기는 그저 화덕불의 열기에 불과했던 모양이었다.

"왜 백인처럼 말하려고 해요?" 나이절이 물었다.

"그렇지 않아." 나는 놀라서 말했다. "그게, 난 원래 이렇게 말해."

"보통 백인들보다 더 백인같이 말하는데요."

나는 어깨를 으쓱였다. 그러면서 그럴듯한 설명을 찾아 머릿속을 뒤졌다.

"어머니가 학교에서 가르치셨어. 그리고……."

"검둥이 선생님?"

나는 얼굴을 찡그리면서 고개를 끄덕였다. "흑인 자유민은 학교를 만들 수 있어. 어머니는 지금 나처럼 말했지. 나를 가르쳤고."

"그러다가 큰일 나요. 주인님은 벌써 누나를 안 좋아해요. 너무 똑똑하게 말하는 데다가 자유 주 출신이니까."

"그게 왜 문제가 되지? 난 그 사람 소유가 아닌데."

나이절은 살짝 웃었다. "이 동네에 자기보다 말을 잘하는 검둥이가 있는 것도 싫고, 우리 머릿속에 자유에 대한 생각을 심는 것도 싫은 거죠."

"우리가 처음 보는 사람에게 들어야 자유에 대해 생각할 수 있을 만큼 멍청한 줄 아는지 원." 루크가 중얼거렸다.

나는 고개를 끄덕였지만, 그들의 생각이 틀렸기를 바랐다. 내가 와일린이 그런 판단을 내릴 만큼 많은 말을 했다고는 생각하지 않았다. 와일린이 그런 판단을 내리지 않기를 빌었다. 나는 사투리를 잘 쓰지 못했다. 그래서 신중하게 괜한 흉내는 내지 말자는 결정을 내렸다. 그런데 그 결정이 내가 입을 열 때마다 곤란해진다는 의미가 된다면, 이곳에서의 삶은 상상했던 것보다 더 나빠질 터였다.

"도련님은 어떻게 여기에 오기도 전에 누나를 볼 수 있어요?" 나이절이 물었다.

나는 목에 콱 막힌 옥수수 죽을 간신히 삼켰다. "나도 모르겠구나. 하지만 제발 볼 수 없었으면 좋겠어!"

4

나는 식사를 마치고도 부엌채에 머물렀다. 본채와 가까웠고, 부엌채에 있으면 현기증이 찾아왔을 때 복도로 달려들어 갈 수 있다고 생각했기 때문이다. 케빈이 집 안 어디에 있든 복도에서 지르는 소리는 들을 수 있을 터였다.

루크와 나이절은 식사를 마치고 불가로 가서 세라와 따로 이야기를 나누었다. 그 순간 벙어리 캐리가 슬그머니 나에게 빵과 햄 한 조각을 찔러주었다. 나는 빵과 햄을 보고 캐리에게 고맙다는 미소를 던졌다. 루크와 나이절이 세라를 밖으로 데리고 나가자 나는 그 모양 없는 샌드위치에 달려들었다. 먹으면서 어느새 나는 햄을 얼마나 제대로 조리했을지에 대해 생각했다. 다른 생각을 하려고 했지만 머릿속에 이 시대에 날뛴 질병들에 대한 무서운 이야기가 가득했다. 이 시대 의술은 주술보다 조금 나은 수준에 불과했다. 말라리아는 탁한 공기 때문에 걸리는 병이라고 믿었다. 멀쩡하게 깨어서 몸부림치는 환자에게 외과 수술을 행했다. 세균이란 많은 의사들의 마음 속에서도 아직 의문점이었다. 그리고 사람들은 질병이나 죽음을 유발할 수 있을 만큼 보존 상태가 나쁘거나 조리를 잘못한 온갖 음식을 생각 없이, 무심코 먹었다.

무서운 이야기들.

다만 그런 이야기들은 여느 괴담과 달리 사실이었고, 이곳에 있는 동안에는 나도 그렇게 살아야 했다. 어쩌면 햄을 먹지 말아야 했는지도 모르지만, 그 햄이 아니면 남은 음식을 먹어야 했다. 어차피 위험 부담은 마찬가지였다.

세라가 나이절과 함께 돌아오더니 껍질을 벗기라고 나이절에게 콩 한 바구니를 내밀었다. 그들의 생활은 내가 그 자리에 없다는 듯 계속되었다. 사람들이, 흑인들이 부엌채에 들어와 세라와 이야기를 나누고, 빈둥거리고, 손 닿는 곳에 있는 음식을 집어먹다가 세라가 소리를 지르며 쫓아내면 나갔다. 내가 막 세라에게 도울 일이 없냐고 묻고 있는데 루퍼스가 비명을 지르기 시작했다. 19세기 의술이 활동을 시작한 모양이었다.

본채 벽이 두껍다 보니 비명소리는 아득히 먼 곳에서 들려오는 것 같았다. 가늘고 높은 비명소리였다. 부엌채를 나갔던 캐리가 달려들어와서 내 옆에 앉더니 양손으로 귀를 막았다.

비명소리가 뚝 그치고 나서 나는 캐리의 손을 부드럽게 치

위주었다. 나는 민감한 반응에 놀랐다. 고통의 비명소리를 듣는 데 익숙할 줄 알았기 때문이다. 캐리는 잠시 귀를 기울이다가 아무 소리도 들리지 않자 나를 쳐다보았다.

"아마 기절했을 거야. 그편이 낫지. 한동안은 아픔도 느끼지 못할 테니까."

내 말에 캐리는 천천히 고개를 끄덕이고 하던 일을 계속하러 나갔다.

세라가 조용한 허공에 대고 말했다. "쟤는 언제나 루퍼스를 좋아했지. 어렸을 때 다른 애들이 쟤를 못살게 굴지 않게 막아줬거든."

나는 깜짝 놀랐다. "캐리가 몇 살 위 아니에요?"

"일 년 먼저 태어났지. 그래도 애들은 루퍼스 말을 들어. 백인이니까."

"캐리가 당신 딸인가요?"

세라는 고개를 끄덕였다. "넷째야. 주인님이 남겨준 건 쟤뿐이고." 세라의 목소리는 점점 작아지다가 속삭임이 되었다.

"그 말은…… 다른 애들을 팔았다는 건가요?"

"팔았지. 처음에는 남편이 죽었어. 나무를 베다가 깔려 죽었지. 그런 다음에는 주인님이 캐리 빼고 다른 애들을 다 팔아버렸어. 아, 하느님의 은총으로 캐리는 말을 못하니 다른 애들만큼 값이 나가질 않았어. 사람들은 캐리가 멍청한 줄 알거든."

나는 눈길을 피했다. 조금 전까지만 해도 울 것 같더니, 세라의 눈동자에 깃든 표정은 어느새 슬픔에서 분노로 바뀌어 있었다. 조용하지만 무서운 분노였다. 남편이 죽고, 자식 셋이 팔려가고, 넷째에게는 장애가 있는데 그녀는 그 장애를 두고 신에게 감사해야 했다. 그녀에게는 화내는 것 이상의 행동을 할 이유가 있었다. 와일린이 세라의 자식들을 다 팔아버리고 서도 계속 그녀를 요리사로 둔다는 사실이 놀라웠다. 와일린 이 아직 살아 있다는 사실도 놀라웠다. 나는 와일린이 캐리를 살 사람까지 찾아낸다면 오래 살지 못하리라 생각했다.

내가 그런 생각을 하는 동안 세라는 몸을 돌리더니 끓고 있는 스튜인지 수프인지에 무엇인가를 한 움큼 던져넣었다. 나는 고개를 절레절레 저었다. 세라가 복수를 하려고 마음먹는 다면 와일린은 영문도 모르고 죽을 것이다.

"감자 껍질이나 까든가." 세라가 말했다.

나는 잠깐 멍해 있다가 도울 일이 없냐고 물었던 일을 기억해냈다. 나는 세라가 내미는 커다란 감자통과 칼과 나무 그릇을 받아들고 껍질을 까다가, 귀찮은 파리를 쫓기도 하면서 말없이 일했다. 얼마 후 밖에서 내 이름을 부르는 케빈의 목소리가 들렸다. 나는 침착하게 감자를 내려놓고 세라가 식탁 위에 둔 천으로 덮었다. 그런 다음 서두르지 않고, 다시 그이의 곁에 있게 되어 내가 느끼는 어떤 열망도 안도감도 드러내지 않고 밖으로 나갔다. 곁으로 다가가자 케빈은 나를 이상하게 쳐다보았다.

"당신 괜찮아?"

"지금은 괜찮아."

케빈은 내 손을 잡으려 했지만, 나는 그를 빤히 보면서 물러섰다. 그는 손을 내리고 지친 목소리로 말했다. "이리 와. 이야기를 나눌 수 있는 곳으로 가자."

케빈은 본채를 지나 노예들의 숙소나 다른 별채에서 떨어진 곳으로, 아직은 자기가 노예라는 사실을 이해하지 못한 채 서로 쫓아다니며 소리 질러대는 노예 아이들로부터 멀리 떨어진 곳으로 앞장서 걸어갔다.

우리는 웬만한 나무 둥치만큼 굵은 가지가 빽빽하게 펼쳐져서 넓은 그늘을 드리우는 거대한 떡갈나무를 찾아냈다. 잘생기고 고독한 늙은 나무였다. 우리는 집을 등지고 나무 옆에 앉았다. 마음이 놓인 나는 스스로도 미처 깨닫지 못했던 긴장을 풀고 케빈에게 가까이 붙어 앉았다. 케빈도 내게 몸을 기울이면서 긴장을 푸는 느낌이었고, 우리는 한동안 아무 말도 하지 않았다.

마침내 케빈이 말했다. "기왕 과거로 여행을 할 거라면 매력적인 시대도 많은데 말이야."

나는 웃음기 없이 웃었다. "난 가고 싶은 시대를 생각할 수 없는걸. 하지만 그중에서도 여기가 제일 위험한 시대이긴 할 거야. 어쨌든 나에게는."

"내가 같이 있는 동안에는 그렇지 않지."

나는 고마운 마음으로 케빈을 바라보았다.

"왜 내가 오지 못하게 막으려고 했어?"

"당신 때문에 겁이 났어."

"나 때문이라니!"

"처음에는 나도 이유를 몰랐어. 그저 당신이 나와 같이 오려다가 다칠지도 모른다는 생각만 했지. 그러다가 당신이 여기에 오고 나자, 내가 없으면 당신은 돌아갈 수 없을지도 모른다는 걸 깨달았어. 혹시라도 우리가 헤어지게 되면 당신 혼자 여기에 몇 년이라도, 어쩌면 영원히 붙들릴 수 있다는 뜻이야."

케빈은 숨을 깊이 들이마시더니 고개를 저었다. "그건 전혀 좋은 소식이 아니군."

"나에게 가까이 붙어 있어. 부르면 빨리 오고."

케빈은 고개를 끄덕이고 나서 조금 있다가 말했다. "하지만 그래야 한다면 난 여기에서도 살아남을 수 있어. 혹시라도……."

"케빈, 그런 가정은 그만둬. 제발."

"그저 나라면 당신 같은 위험은 겪지 않는다는 뜻이야."

"그렇겠지." 하지만 그는 다른 종류의 위험에 처할 것이다.

이 시대는 내가 차마 말하고 싶지 않은 방식으로 그를 위험에 몰아넣을 수 있었다. 몇 년씩 살게 된다면 결국에는 이곳이 그에게 영향을 미치게 되리라. 대단한 영향은 아닐지 모른다. 그러나 케빈이 살아남으려면 이곳의 삶을 견뎌낼 수 있어야 했다. 여기서 일어나는 일에 동참할 필요는 없다고 해도, 침묵해야 할 것이다. 전쟁 전 남부에서는 언론의 자유가 그다지 보장되지 않았다. 케빈도 썩 잘 지내지는 못할 것이다. 이 시공간은 케빈을 완전히 죽이거나, 어떤 식으로든 그에게 흔적을 남길 것이다. 나는 어느 쪽도 마음에 들지 않았다.

"다나."

나는 케빈을 보았다.

"걱정하지 마. 우린 같이 왔고 같이 떠날 거야."

걱정이 사라지지는 않았지만, 나는 웃음을 짓고 화제를 바꿨다. "루퍼스는 어때? 비명소리를 들었는데."

"가엾은 녀석. 기절해버리니 차라리 마음이 놓이더군. 의사가 아편을 좀 먹이기는 했는데, 그대로 통증을 느끼는 것 같았어. 내가 계속 붙잡고 있어야 했지."

"아편이라니…… 괜찮을까?"

"의사는 그렇게 생각해. 이 시대에 의사의 견해가 어느 정도 가치를 지니는지는 모르겠지만 말이야."

"의사 말이 맞았으면 좋겠네. 루퍼스의 불운은 저런 부모 밑에서 태어난 것으로 끝이었으면 좋겠어."

케빈은 한쪽 팔을 들어 올려서 팔 안쪽에 길게 남은 붉은 상처 자국을 보여주었다.

"마거릿 와일린이었겠지." 나는 부드럽게 말했다.

"그 자리에 있으면 안 될 사람이었어. 나를 할퀴더니 의사에게 덤벼들었지. '우리 아기 그만 괴롭혀!' 하면서."

나는 고개를 저었다. "우리는 어떻게 하지, 케빈? 그 사람들이 제정신이라 해도 계속 여기 머물 순 없을 텐데."

"아니, 머물 수 있어."

나는 고개를 돌리고 케빈을 응시했다.

"와일린에게 우리가 왜 여기에 있는지, 그리고 왜 파산했는지 설명할 이야기를 지어다 댔어. 그랬더니 나한테 일자리를 제안하더군."

"무슨 일자리?"

"당신의 꼬마 친구를 가르치는 일. 아무래도 그 녀석은 읽고 쓰는 실력도 나무 타는 실력 못지않게 모자라는 모양이야."

"하지만…… 루퍼스는 학교에 다니지 않아?"

"다리가 다 낫기 전까지는 못 가지. 그리고 루퍼스의 아버지는 아들이 이미 뒤떨어진 진도에서 더 처지기를 바라지 않아."

"루퍼스가 또래 아이들보다 뒤떨어져?"

"와일린은 그렇게 생각하나 봐. 솔직히 털어놓지는 않았지만 자기 아들이 별로 영리하지 못할까 봐 두려워하는 것 같아."

"그 사람이 신경이라도 쓴다니 놀랍지만, 그 생각은 틀렸다고 봐. 하지만 우선은 루퍼스의 불운이 우리의 행운이 되겠네. 우리가 당신이 월급을 받을 때까지 여기에 있게 될지는 모르겠지만, 있는 동안 먹고 자는 건 해결됐어."

"나도 그렇게 생각하고 받아들였어."

"그런데 나는?"

"당신?"

"와일린이 나에 대해서 아무 말도 안 했어?"

"아니. 왜 그러겠어? 내가 여기에 머문다면 당신도 머무는 거잖아."

나는 미소 지었다. "그렇지. 맞는 말이야. 그리고 당신이 흥정하면서 나에 대해 잊었다면 와일린이 왜 굳이 기억을 하겠어? 그래도 나한테 시킬 일이 생겼을 때는 잊지 않겠지."

"잠깐만, 당신은 와일린 밑에서 일하지 않아도 돼. 당신은 그 사람 소유가 아니잖아."

"그렇지만 여기에 있지. 그리고 여기에서 난 노예야. 노예가 일을 하지 않으면 뭘 해? 믿어도 좋아. 분명히 와일린은 나에게 시킬 일을 찾아낼 거야…… 아니, 그자가 나에게 손을 뻗기 전에 내가 할 일을 직접 찾을 계획이 아니었다면 그랬을 거라고 해야겠지."

케빈은 얼굴을 찌푸렸다. "일을 하고 싶어?"

"하고 싶어. 여기에서 내가 있을 자리를 마련해야 해. 그러려면 일을 해야지. 일을 하지 않는다면 흑인이든 백인이든 모두가 날 괘씸하게 여길 거야. 그리고 나에겐 친구들이 필요해. 이곳에서 사귈 수 있는 친구는 최대한 사귀어야 해, 케빈. 내가 여기에 다시 올 때는 당신이 함께하지 못할 수도 있어. 내가 다시 오게 된다면 말이야."

"저 꼬마가 조금 더 조심해서 살지 않는 한 또다시 오게 되겠지."

나는 한숨을 내쉬었다. "그렇겠지."

"당신이 이 사람들을 위해 일하는 건 생각하기도 싫어." 케빈은 고개를 저었다. "당신이 노예 역할을 해야 한다는 것 자체가 싫어."

"그래야 한다는 걸 알잖아."

케빈은 아무 말도 하지 않았다.

"가끔 날 불러내줘, 케빈. 내가 무슨 일을 하든 간에 그자들의 노예는 아니라는 사실을…… 아직은 아니라는 사실을 일깨울 수 있게."

케빈은 거부하듯이 화난 표정으로 고개를 저었지만, 내 말대로 하기는 할 터였다.

그에게 물었다. "와일린에게 우리에 대해 뭐라고 거짓말했

146

어? 여기 사람들이 질문하는 방식으로 봐서는 확실히 둘이 같은 이야기를 하도록 맞춰두는 게 좋겠어."

그는 몇 초 동안 아무 대답도 하지 않았다.

"케빈?"

그는 숨을 깊이 들이마시고 겨우 말했다. "나는 뉴욕에서 온 작가로 해뒀어. 뉴욕 시민이라도 만나게 되면 큰일이지. 나는 책을 쓰기 위한 조사 차원에서 남부 횡단 여행을 하고 있어. 지금 돈이 없는 건 며칠 전에 나쁜 놈들과 술을 마시고 다 털렸기 때문이지. 나에게 남은 건 당신뿐이야. 난 강도를 당하기 전에 당신을 샀는데, 당신이 읽고 쓸 수 있기 때문이었어. 다른 일에도 유용하고 내 조사 작업도 도울 수 있겠다고 생각한 거지."

"와일린이 그 말을 믿어?"

"믿었을 수도 있지. 당신이 읽고 쓸 수 있다는 점은 이미 확신하고 있던데. 그래서 그렇게 의심하고 불신하는 모습을 보였겠지. 교육받은 노예는 이 동네에서 인기가 없어."

나는 어깨를 으쓱였다. "나이절도 그렇게 말했어."

"와일린은 당신 말투를 좋아하지 않아. 아무래도 자기가 교육을 많이 받지 못해서 당신을 괘씸하게 여기나 봐. 그렇다고 당신을 귀찮게 하지는 않을 거야. 그럴 거라고 생각한다면 여기 머물지도 않지. 그래도 최대한 와일린을 피하도록 해."

"기꺼이. 난 가능하면 부엌채에 들어가 있을 생각이야. 세라에게 당신이 내가 요리를 배우길 바란다고 말할게."

케빈은 짧게 웃음을 터뜨렸다. "아무래도 내가 와일린에게한 나머지 이야기도 해두는 게 낫겠는걸. 세라가 이 이야기를 다 듣는다면 당신에게 내 식사에 독을 넣는 방법을 가르칠지도 몰라."

나는 그 말을 듣고 움찔했지 싶다.

"와일린은 당신 같은 노예를, 그러니까 교육도 받았고 아마 자유 주에서 납치당해서 노예가 되었을 여자를 이렇게 북쪽에서 데리고 있는 건 위험하다고 경고했어. 나보고 당신이 달아나버려서 투자액을 잃기 전에 조지아나 루이지애나로 가는 노예상에게 팔아야 한다더군. 그 말을 들은 덕분에 생각이 나서, 그렇지 않아도 루이지애나에서 당신을 팔 계획이라고, 그곳에서 여행이 끝나는 데다가 그렇게 남쪽까지 내려가면 썩 많은 돈을 받을 수 있다고 들었다고 했어."

"그 말이 마음에 들었는지 와일린도 좋은 생각이라고, 루이지애나까지 당신을 놓치지 않고 데려갈 수만 있다면 가격을 더 잘 받을 수 있다고 하더군. 그래서 교육을 받았든 받지 않았든 당신은 도망치지 않을 거라고, 내가 뉴욕까지 다시 데려가서 풀어주겠다고 약속을 해뒀기 때문에 그럴 수 없다고 했어. 어차피 당장은 날 떠나고 싶지 않을 거라고도 했지. 대충알아들은 눈치였어."

"그렇게 말하니 당신이 꽤 역겨운 사람 같은데."

"알아. 결국 나는…… 내가 당신에게 한 짓 때문에 와일린이 날 자기 아들 근처에 두기 싫다고 생각할지 알아보려고 했던 것 같아. 당신에게 거짓으로 자유를 약속했다고 했을 때 와일린이 약간 싸늘하게 굴기는 한 것 같지만, 특별한 말은 하지 않았어."

"뭘 시도한 거야? 막 얻은 직장 바로 잃기?"

"아니, 하지만 와일린과 대화하면서 내 머릿속에는 당신이 언젠가 혼자서 여기에 다시 올지도 모른다는 생각뿐이었어. 나는 계속 그자에게서 인간적인 면을 찾으려 했어. 그래야 당신이 괜찮을 거라고 안심할 수 있을 테니까."

"아, 와일린은 충분히 인간적이야. 와일린이 조금만 더 높은 사회계층이었다면 당신이 늘어놓은 자랑을 역겨워한 나머지 쫓아내고 싶어했을지도 모르지. 하지만 그자에게는 당신이 날 배신하지 못하게 막을 권리가 없어. 난 당신의 사유재산이니까. 그자는 그 점을 존중하는 거야."

"그런 걸 인간적이라고 하나? 당신이 혼자서 여기에 다시 오는 일이 없도록 할 수 있는 일은 다 하겠어."

나는 나무둥치에 기대앉아서 케빈을 바라보았다. "그래도 다시 오게 될 때에 대비해서 보험을 들어놓자, 케빈."

"무슨 보험?"

"루퍼스를 가르칠 때 내가 최대한 돕게 해줘. 루퍼스가 자기 아버지의 복사판으로 자라지 않게 하려면 우리가 무슨 일을 할 수 있나 알아보자."

5

그러나 나는 사흘 동안 루퍼스를 보지 못했다. 드디어 집에 가는구나 싶은 현기증을 불러일으키는 사건도 없었다. 나는 최선을 다해서 세라를 도왔다. 세라는 나를 조금은 좋아하게 된 것 같았고 요리에 대해 아무것도 모르는 나에게 인내심을 발휘해주었다. 그녀는 나에게 요리를 가르쳤고 내가 더 잘 먹을 수 있게 신경을 썼다. 내가 좋아하지 않는다는 사실을 알고부터는 옥수수 죽을 내미는 일도 없었다. ("왜 진작 말하지 않았어?" 세라는 그렇게 물었다.) 나는 세라의 지시를 받으며 닳아빠진 나뭇등걸에 비스킷 반죽을 놓고 손도끼로 죽어라 때려댔다. ("그렇게 세게 치지는 말고! 못을 박는 게 아니잖아. 이렇게, 규칙적으로⋯⋯.") 나는 털 뽑은 닭을 씻고, 채소를 준비하고, 빵 반죽을 주물렀고 세라가 나에게 지치면 캐리나 다른 가내 하인들의 일을 거들었다. 나는 케빈의 방을 깨끗하게 유지했다. 케빈이 씻고 면도하는 데 쓸 뜨거운 물을 가져갔고, 그 방에서 나도 씻었다. 내가 사생활을 누릴 수 있는 곳은 그 방뿐이었다. 캔버스 가방을 그 방에 두었고, 먼지 하나 없는 가구를 손가락으로 쓸어보고 깨끗하게 쓸어낸 바닥의 러그 밑을 들여다보는 마거릿 와일린을 피해서 그 방에 갔다. 시대 차이가 무슨 상관일까, 지금이 몇 세기건 나도 쓸고 닦는 방법 정도는 알고 있었다. 마거릿 와일린은 불평할 거리를 찾을 수 없다는 이유로도 불평을 했다. 그녀는 살이 데도록 뜨거운 커피를 나에게 던지면서 다 식은 커피를 가져왔다고 빽빽거렸을 때 이미 그 점을 아프도록 분명하게 전했다.

나는 그 여자를 피해 케빈의 방에 숨었다. 그 방은 나의 피난처였다. 그러나 나의 잠자리는 아니었다.

내 잠자리는 대부분의 가내 하인들이 자는 다락방에 마련됐다. 내가 케빈의 방에서 자야 한다고 생각하는 사람은 아무도 없는 모양이었다. 와일린은 케빈이 나와 어떤 관계를 맺고 있는지 알았고, 자기는 신경 쓰지 않는다는 점을 분명히 했다. 그러나 잠자리 배치를 보면 우리에게 분별력을 기대하는 모양이었다. 적어도 우리는 그렇게 받아들였다. 우리는 사흘 동안 그 원칙에 협조했다. 그리고 나흘째 되던 날, 케빈은 부엌채에서 나오는 나를 붙잡아서 떡갈나무로 데려갔다.

"당신 마거릿 와일린과 문제 있어?" 케빈이 물었다.

나는 놀라서 대꾸했다. "감당하지 못할 일은 없어. 왜?"

"가내 하인들이 하는 말을 들었어. 애매하게 골치 아픈 일이 있다는 식으로만 말하더군. 그래서 확실히 알아봐야겠다고 생각했어."

나는 어깨를 으쓱이고 말했다. "그 여자는 루퍼스가 나를 좋아한다는 사실이 괘씸한가 봐. 누구와도 아들을 나누고 싶지 않은가보지. 루퍼스가 나이를 더 먹고 벗어나려고 할 때는 하늘이 도와주셔야 할 텐데. 게다가 마거릿도 남편 못지않게 교육받은 노예를 싫어하는 것 같기도 해."

"그렇군. 그나저나 와일린에 대해서는 내 생각이 옳았어. 톰 와일린은 제대로 읽고 쓸 줄 몰라. 마거릿도 별로 나을 게 없고." 케빈은 고개를 돌려 나를 정면으로 보았다. "그 여자가 당신에게 뜨거운 커피 주전자를 던졌어?"

나는 시선을 피했다. "별일 아냐. 대부분 빗나갔고……."

"왜 나한테 말하지 않았어? 그 여자가 당신을 해칠 수도 있었는데."

"해치지 못했어."

"그럴 기회를 또 주지는 말아야지."

나는 케빈을 쳐다보았다. "어떻게 하고 싶은데?"

"여기에서 나가야지. 아무리 돈이 필요하대도 그 여자가 당신에게 무슨 짓을 하든 참아낼 만큼 궁하지는 않아."

"아니야, 케빈. 내가 당신에게 커피 사건을 말하지 않은 데엔 이유가 있었어."

"또 말하지 않은 사건이 뭐가 있을지 궁금해지는군."

"중요한 건 없어." 나는 마거릿의 저급한 모욕들을 돌이켰다. "이곳을 떠나야 할 만큼 중요한 일은 없었어."

"하지만 왜? 그럴 만한 이유가 없……."

"아니, 있어. 난 생각해봤어, 케빈. 내가 신경 쓰는 건 돈도 아니고, 내 머리를 보호해줄 지붕도 아니야. 우리가 함께라면 어떻게든 이곳에서 살아남을 수 있다고 생각해. 하지만 나 혼자 여기에서 살아남을 가능성은 별로 없어. 이미 말했듯이."

"혼자 있게 되지는 않을 거야. 내가 그렇게 두지 않아."

"당신은 노력하겠지. 그걸로 충분할지도 몰라. 그랬으면 좋겠어. 하지만 그걸로 충분하지 않다면, 내가 혼자 이곳에 다시 와야 한다면, 그렇다면 내가 지금 이곳에 머물면서 전에 이야기했던 보험에 들어두는 편이 살아남을 확률을 높여줄 거야. 루퍼스 말이야. 내가 다시 오게 될 때는 루퍼스도 어느 정도 나이를 먹고 권한을 갖게 되겠지. 날 도울 수 있게 말이야. 난 지금 루퍼스에게 최대한 좋은 기억을 남겨주고 싶어."

"어차피 당신이 떠나면 기억하지 못할지도 몰라."

"기억할 거야."

"그래도 소용없을 수도 있어. 당신이 없는 동안에도 환경은 매일 영향을 미칠 거야. 이 시대에 주인의 자식들이란 보통 노예와 거의 같은 조건이었다고 들었어. 하지만 성숙하면 양쪽 다 자기 '자리'에 정착해야 하지."

"그렇지 않을 때도 있어. 아무리 이 시대라고 해도 모든 아이들이 부모가 원하는 대로 자라지는 않았어."

"이건 도박이야. 젠장, 당신은 역사를 상대로 도박을 하고 있다고."

"달리 어쩌겠어? 난 시도해볼 수밖에 없어, 케빈. 그리고 나중에 살아남기 위해 지금 사소한 위험을 감수하고 별것 아닌 모욕을 감내해야 한다면, 그 정도는 하겠어."

케빈은 숨을 깊이 들이마셨다가 휘파람처럼 내뱉었다. "그래. 당신을 나무랄 수는 없겠지. 마음에 들지는 않지만 당신에게 화를 내지는 않겠어."

나는 케빈의 어깨에 머리를 기댔다. "나도 마음에 들지는 않아. 맙소사, 당연히 싫지! 그 여자는 신경쇠약을 일으키기 직전이야. 내가 있는 동안에 폭발하지만 않았으면 할 뿐이야."

케빈이 자세를 살짝 바꾸는 바람에 나는 몸을 일으켜 앉았다. 케빈이 말했다. "마거릿에 대해서는 잠시 잊자. 난 당신이…… 당신이 자는 곳에 대해서도 말하고 싶었어."

"아."

"그래. 이제야 겨우 올라가봤지. 바닥에 넝마만 깔고 자다니, 다나!"

"그 위에서 다른 것도 봤어?"

"뭐? 달리 볼 게 뭐가 있어?"

"바닥에 깔린 넝마가 잔뜩 있지. 옥수수 껍질로 만든 요도 몇 개 있고. 케빈, 난 다른 가내 하인보다 푸대접을 받는 것도 아니고, 밭에서 일하는 노예보다는 나은 대접을 받고 있어. 그 사람들은 흙바닥에 거적만 깔고 자. 사는 오두막집에는 마루도 제대로 깔려 있지 않고, 대부분은 벼룩투성이야."

긴 침묵이 돌아왔다. 케빈은 한참 만에 한숨을 쉬었다. "다른 사람들을 위해서는 아무것도 할 수 없지만, 당신만이라도 다락방에서 꺼내고 싶어. 당신과 함께 있고 싶어."

나는 일어나 앉아서 내 손을 내려다보았다. "얼마나 당신과 같이 있고 싶은지 모를 거야. 난 계속 어느 날 아침에 집에서, 당신 없이 혼자 깨어나는 순간을 상상해."

"그런 일은 없을 거야. 밤 사이에 당신을 위협하거나 위험에 몰아넣는 일만 없다면……."

"확실히 알 수 없는 일이지. 당신 가설이 틀렸을 수도 있어. 내가 이곳에 머물 수 있는 시간에 한계가 있을지도 몰라. 심한 악몽을 꾸다가 집에 가버릴 수도 있어. 무슨 일이든 가능해."

"내 가설을 직접 시험해봐야 할지도 모르겠군."

그 말에 나는 멈칫했다. 케빈은 지금 나를 위험에 밀어넣거나, 적어도 내가 목숨이 위험하다고 믿게 만들어보겠다고 말하고 있었다. 죽도록 겁을 주겠다는 뜻이었다. 무서워서 집에 갈 수 있도록…… 어쩌면.

나는 침을 꿀꺽 삼켰다. "좋은 생각일지도 모르지만, 그러려면 나에게 말을…… 경고해주지 말았어야지. 게다가…… 내가 당신에게 죽도록 겁을 먹을 수 있을지 모르겠어. 난 당신을 믿으니까."

케빈은 내 손 위에 자기 손을 포개며 말했다. "계속 그렇게 믿어도 돼. 난 당신을 해치지 않아."

"하지만……."

"당신을 해칠 필요는 없어. 당신이 미처 생각할 시간도 없이 소스라칠 상황을 만들면 돼. 그 정도는 할 수 있어."

나는 그 말을 받아들였다. 이제는 케빈이 정말로 우리를 집에 데려갈 수 있을지도 모른다는 생각이 들기 시작했다. "케빈, 루퍼스의 다리가 나을 때까지 기다려줘."

"그렇게 오래?" 케빈은 이의를 제기했다. "육 주 이상 걸릴 수도 있어. 젠장, 이런 후진 사회에서 그 다리가 과연 낫기는 할지 누가 알겠어?"

"어떻게 되든 살기는 하겠지. 아직 루퍼스가 낳아야 할 아이가 있어. 루퍼스에게는 날 다시 부를 시간이 있다는 뜻이야. 당신이 있든 없든…… 나에게 기회를 줘, 케빈. 내가 루퍼스의 마음을 움직이고 이곳에 내 피난처를 만들게 해줘."

케빈은 한숨을 내쉬었다. "알았어. 한동안 기다려보지. 하지만 다락방에서 기다리는 건 안 돼. 오늘 밤에 내 방으로 옮겨."

나는 생각해보고 말했다. "좋아. 집에 갈 때 당신을 함께 데려가는 것이 루퍼스와 지내는 것보다 더 중요하니까. 그걸 위해서라면 이 농장에서 쫓겨날 위험쯤은 감수할 수 있어."

"쫓겨날 걱정은 하지 마. 와일린은 우리가 뭘 하든 신경 쓰지 않아."

"그렇지만 마거릿은 신경 쓸걸. 모자란 읽기 능력을 발휘하면서까지 성경책을 읽는 모습을 봤어. 나름대로 꽤 도덕적인 여자인가 봐."

"그 여자가 얼마나 도덕적인지 알고 싶어?"

케빈의 말투에 얼굴이 찌푸려졌다. "무슨 뜻이야?"

"그 여자가 날 조금만 더 열심히 쫓아다닌다면 우리 둘이 그 여자가 읽는 성경책 한 장면을 찍을 판이야. 보디발의 아내와 요셉의 장면*으로."

나는 침을 꿀꺽 삼켰다. 그 여자가! 하지만 나는 마음의 눈으로 마거릿을 볼 수 있었다. 길고 숱 많은 빨간 머리, 곱고 매끄러운 피부. 정서 문제야 어쨌든 추녀는 아니었다.

---

* 보디발의 아내가 요셉을 좋아하여 유혹하다가, 요셉이 응하지 않자 무고하여 감옥에 갇히게 한 사건을 말한다.

"좋아, 오늘 밤에 옮길게."

내 말에 케빈은 미소 지었다. "우리만 조용히 있으면 그쪽도 굳이 아는 척하지 않을지도 몰라. 젠장, 아까 뒷마당에서도 루퍼스보다 더 와일린을 닮은 애들 셋이 노는 모습을 봤어. 마거릿은 모른 척하기 연습을 꽤 많이 했을 거야."

케빈이 말하는 아이들이라면 나도 알고 있었다. 어머니는 각기 달랐지만, 확실히 가족처럼 닮은 구석이 있었다. 마거릿 와일린이 그 아이들 중 하나의 얼굴을 호되게 때리는 모습도 보았다. 앞에서 아장아장 걷고 있었을 뿐인데 말이다. 자기 남편의 죄를 두고 어린아이를 벌하는 여자라면, 자기가 있고 싶어하는 자리에 내가 있다는 사실을 알았을 때 가만히 있을까? 나는 생각하지 않으려 했다.

"그래도 우리가 떠나야 할 가능성은 있어. 여기 사람들이 서로 받아들이는 일이야 어쨌든 우리의 '부도덕'은 참아주지 않을 수도 있지."

케빈은 어깨를 으쓱였다. "떠나야 한다면 떠나지, 뭐. 아무리 당신이 루퍼스와 가까워질 기회를 잡기 위해서라고 해도 참는 데엔 한계가 있어. 여기에서 쫓겨나면 볼티모어로 가자. 그쪽에서라면 나도 일자리를 얻을 수 있을 거야."

"도시로 가야 한다면 필라델피아 어때?"

"필라델피아?"

"펜실베이니아 주잖아. 기왕 이곳을 떠난다면 자유 주로 떠나."

"아. 그렇지, 그 생각을 했어야 하는 건데…… 다나, 우린 어차피 자유 주 어딘가로 가야 할지도 몰라." 케빈은 머뭇거렸다. "혹시 우리가 생각한 방법으로 집에 갈 수 없다면. 루퍼스의 다리가 다 나으면 나는 와일린에게 쓸데없는 지출이 될 거야. 그러면 우리끼리 어딘가에 있을 곳을 마련해야겠지. 그런 일이 없을 수도 있지만, 혹시라도 말이야."

나는 고개를 끄덕였다.

"이제 가서 당신 물건들을 다락방에서 꺼내오자." 케빈이 일어섰다. "그리고 참, 다나, 루퍼스가 마거릿은 오늘 외출한다고 했어. 어머니가 없을 때 당신을 보고 싶어해."

"왜 진작 말하지 않았어? 이제야 시작이네!"

몇 시간 후, 세라를 위해 옥수수빵 반죽을 섞고 있는데 캐리가 나를 데리러 왔다. 나는 캐리가 세라에게 보내는 수신호의 뜻을 배워서 이해하고 있었다. 캐리는 한 손으로 무엇인가를 닦아내듯이 얼굴 옆을 문지르더니 나를 가리켰다.

그러자 세라가 어깨 너머로 말했다. "다나, 백인 나리 중에 누군가가 널 보고 싶어한대. 캐리를 따라가."

나는 캐리를 따라갔다. 캐리는 앞장서서 루퍼스의 방으로 가더니, 문을 두드린 다음 나를 두고 갔다. 들어가 보니 루퍼스가 나무 부목 두 개 사이에 끼워넣은 다리를 밧줄과 무쇠 고리로 고정시킨 모양새로 침대에 누워 있었다. 무쇠 고리는 세라의 부엌에서 빌려온 물건 같았는데, 언젠가 세라가 고기를 매달아서 구울 때 썼던 작지만 무거운 갈고리였다. 루퍼스의 다리를 매달아두는 일도 잘 수행하는 모양이었다.

"좀 어때?" 나는 침대 옆 의자에 앉으면서 물었다.

"전처럼 많이 아프지는 않아. 나아지는 것 같아. 케빈이 그러는데…… 그냥 케빈이라고 불러도 괜찮아?"

"그럼. 아마 케빈도 그러길 바랄걸."

"엄마가 있을 때는 프랭클린 씨라고 불러야 하거든. 어쨌든 케빈이 그러는데 세라 아줌마랑 같이 일한다면서."

세라 아줌마? 흠, 그래도 세라 유모보다는 나은 호칭이었다. "요리를 배우고 있지."

"좋은 요리사이긴 하지만…… 혹시 세라 아줌마가 당신을 때려?"

"그럴 리가." 나는 웃고 말았다.

"예전에 부엌에 여자애를 하나 뒀는데, 아줌마가 걸핏하면 때렸어. 그 애는 결국 아빠보고 밭일로 돌아가게 해달라고 했지. 하지만 그건 아빠가 세라 아줌마의 아이들을 팔아버리고 바로였으니까. 그때 아줌마는 누구에게나 화를 냈어."

"무리도 아니지." 내가 말했다.

루퍼스는 문을 흘긋 보더니 목소리를 낮췄다. "나도 그렇게 생각해. 세라 아줌마의 아들 짐은 내 친구였어. 어렸을 때 나한테 말 타는 법을 가르쳐줬지. 그런데도 아빠는 짐을 팔아버렸어." 루퍼스는 문을 다시 한 번 쳐다보고 화제를 바꿨다. "다나, 당신 글을 읽을 수 있어?"

"그래."

"케빈이 그렇게 말하긴 했어. 그래서 엄마한테 말했더니 그럴 리가 없다고 하잖아."

나는 어깨를 으쓱였다. "네 생각은 어때?"

루퍼스는 베개 밑에서 가죽 장정 책을 하나 꺼냈다. "케빈이 아래층에서 이 책을 갖다줬어. 읽어줄래?"

나는 케빈에게 다시 한 번 반해버렸다. 이것은 내가 루퍼스와 많은 시간을 보낼 수 있는 완벽한 변명거리였다. 책은 《로빈슨 크루소》였다. 어렸을 때 읽었는데, 별로 좋아하지 않았으면서도 책을 내려놓을 수 없던 기억이 났다. 난파당했을 때 크루소는 노예무역 항해중이었다……

얼마나 고풍스러운 철자와 구두점에 맞닥뜨리게 될까 살짝 걱정하면서 책을 펼쳤다. 엉뚱한 오타도 있었고 가끔 보이는 다른 문제도 있기는 했지만, 그런 특징에는 순식간에 익숙해졌다. 나는 《로빈슨 크루소》에 빠져들었다. 내가 난파자 신세라서 그런지, 다른 사람이 겪는 고난을 다루는 허구의 세계로 도망칠 수 있어서 기뻤다.

나는 읽고 또 읽었고, 루퍼스의 어머니가 가져다둔 물을 마시고 또 읽었다. 루퍼스는 듣기를 즐기는 것 같았다. 나는 루퍼스가 잠들었다고 생각하고 겨우 읽기를 멈추었다. 그러나 책을 내려놓자 루퍼스가 눈을 뜨고 빙긋 웃었다.

"나이절이 그러는데 당신 어머니가 선생님이었다면서."

"그랬지."

"당신이 읽는 방식이 좋아. 일어나는 일을 다 지켜보고 있다는 느낌이 들어."

"고맙구나."

"아래층에는 책이 많이 있어."

"나도 봤어." 의아해하기도 했었다. 와일린 가족은 서재를 둘 만한 사람들로 보이지 않았으니 말이다.

"그건 원래 한나 양 책이었어." 루퍼스가 친절하게 설명했다. "아빠가 엄마랑 결혼하기 전에 결혼했던 사람인데, 죽어버렸대. 이 방도 원래 한나 양 방이었어. 아빠는 한나 양이 책을 너무 많이 읽었기 때문에 엄마랑 결혼하기 전에 책 읽기를 싫어하는지부터 확인했다고 했어."

"너는 어때?"

루퍼스는 거북하게 몸을 움직였다. "책 읽기는 너무 힘들어. 제닝스 씨는 내가 너무 멍청해서 못 배우는 거래."

"제닝스 씨가 누군데?"

"학교 선생님."

"선생님이라고?" 나는 언짢은 마음으로 고개를 저었다. "선생님이 그러면 안 되지. 너는 네가 멍청하다고 생각하니?"

"아니." 부정 속에 망설임이 섞여 있었다. "하지만 난 지금도 아빠만큼 잘 읽어. 왜 그보다 더 공부해야 해?"

"할 필요는 없지. 지금 그대로 있어도 돼. 물론 그러면 제닝스 씨에게 널 제대로 봤다는 만족감을 주겠지. 제닝스 씨를 좋아하니?"

"제닝스 씨를 좋아하는 사람은 없어."

"그렇다면 그 사람에게 만족감을 주지는 말아야지. 그리고 같이 학교에 다니는 남자애들은 어때? 남자애들뿐이지? 여자애는 없고?"

"응."

"네가 다 컸을 때 그 친구들이 너보다 유리할 부분을 생각해봐. 그 애들은 너보다 많이 알 것이고, 원한다면 너를 속일 수도 있을 거야. 게다가……." 나는《로빈슨 크루소》를 들어보였다. "네가 놓치게 될 즐거움도 생각해봐."

루퍼스는 씩 웃었다. "당신이 여기 있으면 그렇지도 않지. 더 읽어줘."

"그래도 괜찮을지 모르겠구나. 시간이 늦었어. 너희 어머니가 곧 돌아오실 거야."

"안 올 거야. 읽어줘."

나는 한숨을 내쉬었다. "루피, 너희 어머니는 나를 좋아하지 않아. 너도 알 텐데."

루퍼스는 눈을 피했다. "시간이 조금은 더 있어. 그래도 읽지 않는 편이 낫기는 하겠다. 당신이 읽고 있으면 엄마가 오시는지 듣는 걸 깜박하니까."

나는 루퍼스에게 책을 내밀었다. "네가 몇 줄 읽어주렴."

루퍼스는 책을 받아들더니 적을 보는 듯한 눈빛으로 내려다보았다. 그리고 잠시 후에 멈칫멈칫하면서 읽기 시작했다. 어떤 단어에서는 완전히 막혀버려서 내가 도와줘야 했다. 루퍼스는 고통스럽게 두 문단을 읽고 나서 기분 나쁜 얼굴로 책을 닫아버렸다. "내가 읽으니 같은 책 같지가 않네."

"케빈에게 배워. 케빈은 네가 멍청하다고 생각하지 않고, 나도 같은 생각이야. 넌 잘 배울 거야." 루퍼스에게 정말로 어떤 문제가 있지 않은 한, 그러니까 시력이 나쁘거나 이 시대 사람들이 고집이나 멍청함으로 여길 만한 학습장애가 있지 않은 한 말이다. 어디까지나 가정이었다. 내가 아이들의 교육에 대하여 무엇을 안단 말인가? 나로서는 루퍼스가 자기 생각보다 훨씬 많은 잠재력을 가지고 있기를 비는 수밖에 없었다.

나는 떠나려고 일어났다가, 답을 얻지 못한 의문을 기억해내고 다시 앉았다. "루피, 앨리스는 어떻게 됐니?"

"아무 일도 없는데." 루퍼스는 놀란 얼굴이었다.

"그러니까…… 지난번에 내가 앨리스를 보았을 때는, 앨리스의 아버지가 딸과 아내를 보러 나갔다는 이유로 두들겨 맞은 직후였거든."

"아. 음, 아빠가 도망칠까 봐 안 되겠다고 무역상에게 팔아버렸어."

"그 사람을 팔았다고……? 아직 이 부근에 있니?"

"아니, 남쪽으로 가는 무역상에게 팔았어. 아마 조지아 주로 갔을 거야."

"이런 세상에." 나는 한숨을 쉬었다. "앨리스와 어머니는 아직 여기에 살고?"

"그럼. 나도 여전히 보러 다니는걸…… 걸을 수 있을 때는."

"그날 밤에 내가 그 집에 있어서 생긴 말썽은 없었고?" 나를 노예로 만들 뻔했던 남자에 대해서 그 이상 직접적으로는 물어볼 수 없었다.

"그렇지는 않았을 거야. 앨리스는 당신이 왔다가 금방 가버렸다고 했어."

"난 집으로 갔어. 나도 내가 언제 가는지 알 수 없어. 그냥 일어나는 일이라서."

"캘리포니아로 돌아간 거야?"

"그래."

"앨리스는 당신이 떠나는 모습을 보지 못했어. 그냥 당신이 숲으로 들어가더니 돌아오지 않았다고 했어."

"잘됐네. 내가 사라지는 모습을 보았다면 겁에 질렸을 테니." 그렇다면 앨리스는 입을 다물고 있었다는 뜻이다. 아니면 앨리스의 어머니가 입을 다물었고, 앨리스는 무슨 일이 일어났는지 몰랐을 수도 있다. 아무리 친한 백인 소년이라 해도 할 수 없는 이야기가 있는 법이다. 다른 한편으로 생각하면, 순찰대원 본인이 나에 대한 말을 퍼뜨리거나 앨리스와 앨리스 어머니에게 보복을 하지 않았다면 죽었을 가능성도 있었다. 내 일격에 죽었을 수도 있고, 내가 집으로 돌아간 후에 다른 사람이 끝을 냈을 수도 있었다. 후자라면 굳이 어떻게 된 일인지 알고 싶지는 않았다.

나는 다시 일어섰다. "난 가봐야 해, 루피. 가능할 때 다시 보러 올게."

"다나?"

나는 루퍼스를 내려다보았다.

"엄마한테 당신이 누구인지 말했어. 그러니까, 강에서 나를 구해준 사람이라고 말이야. 엄마는 그럴 리가 없다고 했지만, 사실은 내 말을 믿은 것 같아. 그렇게 말하면 당신을 좀 더 좋아하지 않을까 싶어서 말했어."

"별로 그런 것 같지는 않구나."

"알아." 루퍼스는 얼굴을 찌푸렸다. "왜 엄마는 당신을 싫어할까? 엄마한테 무슨 잘못이라도 저질렀어?"

"그럴 리가! 그랬다면 내가 무사했겠니?"

"그건 그래. 하지만 왜 당신을 싫어하지?"

"네가 물어보렴."

"엄마는 말해주지 않을 거야." 루퍼스는 진지한 얼굴로 나를 올려다보았다. "난 계속 당신이 집으로 가버릴 거라는 생각을 해. 어느 날 누군가가 와서 당신과 케빈이 사라졌다고 말하겠지. 당신이 가지 않았으면 좋겠어. 하지만 여기에 있다가 다치는 일도 바라지 않아."

나는 아무 말도 하지 않았다.

"조심해." 루퍼스는 부드럽게 말했다.

나는 고개를 끄덕이고 방을 나섰다. 내가 막 계단까지 갔을 때 톰 와일린이 침실에서 나왔다.

"여기에서 뭘 하는 거냐?" 톰 와일린이 물었다.

"루퍼스 씨께 갔었습니다. 보자고 하셔서요."

"네가 책을 읽어주고 있었군!"

어떻게 와일린이 때맞춰 나와서 나를 잡았는지 알 수 있었다. 엿듣고 있었던 것이다. 하느님 맙소사. 와일린이 무슨 말을 들을 줄 알고? 아니 그보다는, 그가 들어서는 안 될 말을 들었을까? 어쩌면 앨리스에 대해서 들었을지도 모른다. 그 말을 어떻게 해석했을까? 나는 잠시 동안 변명거리를, 설명을 찾느라 머리를 미친 듯이 굴렸다. 그러다가 설명이 필요하지 않다는 사실을 깨달았다. 만약 앨리스에 대한 말을 오랫동안 엿듣고 있었다면 나와 마주친 곳은 계단 앞이 아니라 루퍼스의 방문 밖이었을 것이다. 내가 루퍼스를 지나치게 친근하게 부르는 소리 정도는 들었을지 몰라도, 그 이상은 아니었다. 마거릿에 대해서는 일부러 해로운 말을 하지 않았다. 내가 욕을 하지 않아도 루퍼스의 눈에 비치는 어머니의 모습이 좋진 않을 테니까. 나는 차분한 얼굴로 와일린을 마주했다.

"네, 책을 읽어드리고 있었습니다." 나는 시인했다. "읽어달라고 하셨어요. 할 일 없이 누워 있기가 지루하셨나 봅니다."

"네 생각을 묻지 않았다."

나는 아무 말도 하지 않았다.

그는 나를 루퍼스의 방문에서 멀리 떨어진 곳으로 데려가더니 걸음을 멈추고 나를 노려보았다. 그는 성적인 이유로 여자를 재보는 남자처럼 나를 훑어보았지만, 욕정을 느끼는 것 같지는 않았다. 나는 새삼스레 톰 와일린의 눈이 케빈만큼이나 옅은 빛깔이라는 사실을 알아차렸다. 루퍼스와 마거릿은 밝은 녹색 눈이었다. 나는 녹색 눈이 더 좋았다.

"몇 살이냐?" 와일린이 물었다.

"스물여섯 살입니다, 와일린 씨."

"확실하다는 듯이 말하는구나."

"네, 와일린 씨. 확실합니다."

"몇 년도에 태어났나?"

"1793년입니다." 혹시 누가 개인사에 대해 묻는다면 머뭇거리지 말아야 한다고 생각하고 며칠 전에 그 연도를 계산해 두었다. 집에서는 누가 자기 생년월일을 묻는데 머뭇거린다면 거짓말을 할 가능성이 높았다. 그러나 대답하면서, 이곳에서는 자기 생일을 몰라서 머뭇거리는 것이 더 자연스러울지도 모른다는 사실을 깨달았다. 세라도 자기가 언제 태어났는지 몰랐다.

"그러면 스물여섯이군. 아이는 얼마나 낳았나?"

"아이는 없습니다." 나는 무표정을 유지했지만, 이 질문이 어디로 이어질지 궁금할 수밖에 없었다.

"이제까지 아이가 없다고?" 와일린은 얼굴을 찌푸렸다. "그렇다면 임신이 안 되는 거군."

나는 아무 말도 하지 않았다. 아무 설명도 하지 않을 작정이었다. 어쨌든 내가 불임인지는 와일린이 알 바가 아니었다.

그는 잠시 더 나를 응시했고, 나는 그 눈빛에 화가 나고 불편했지만 최대한 감정을 감추었다.

"하지만 아이들을 좋아하기는 하지. 안 그러냐? 넌 내 아들을 좋아하지."

"네, 좋아합니다."

"너, 읽고 쓰기 말고 계산도 할 줄 아느냐?"

"네, 와일린 씨."

"네가 가르치는 쪽이 되면 어떻겠느냐?"

"제가 말씀입니까?" 나는 얼굴을 찌푸렸다…… 안도감에 터져나오려는 웃음을 가까스로 막을 수 있었다. 톰 와일린은 나를 사고 싶어했다. 케빈에게는 교육받은 북부 출신 노예를 거느리는 위험을 실컷 경고해놓고서, 정작 자기는 나를 사고 싶어했다. 나는 이해하지 못한 척했다. "하지만 그건 프랭클린 씨께서 하시는 일입니다."

"네 일이 될 수도 있지."

"그럴 수 있습니까?"

"내가 널 살 수 있지. 그러면 충분한 음식도 잠자리도 없이 떠돌아다니는 대신 여기서 살 수 있어."

나는 눈을 내리깔았다. "그건 프랭클린 씨께서 정하시는 일입니다."

"나도 그런 줄 안다. 하지만 네 생각은 어떠냐?"

"그건…… 저어, 무례하게 굴고 싶지는 않습니다만 와일린 씨, 저는 여기에 머물러서 좋고 말씀드렸듯이 아드님을 좋아합니다. 하지만 프랭클린 씨와 함께 있고 싶습니다."

그는 명백히 동정이 담긴 눈빛을 던졌다. "그러다가 후회하게 될 거다." 그러고는 몸을 돌려 걸어가버렸다.

그 뒷모습을 보다 보니 톰 와일린이 정말로 나를 동정한다고 믿을 지경이었다.

그날 밤 케빈에게 무슨 일이 있었는지 이야기하자 케빈도 의아해했다.

"조심해, 다나." 그의 말은 우연히도 루퍼스가 했던 말의 메아리 같았다. "최대한 조심해."

6

나는 조심했다. 날이 갈수록 조심하는 습관이 몸에 붙었다. 나는 노예 역할을 연기했고, 잘하고 있는지 자신이 없었기에 과하다 싶을 만큼 태도에 신경을 썼다. 알고 보니 과하지는 않았다.

한번은 노예숙소 쪽으로 불려가서 와일린이 말대꾸한 죄로 어느 밭 일꾼을 벌하는 모습을 지켜보아야 했다. 와일린은 그 남자를 벌거벗겨서 죽은 나무둥치에 묶으라고 지시했다. 다른 노예들이 지시대로 행하자, 와일린은 채찍을 빙빙 돌리면서 얇은 입술을 깨물더니 갑자기 노예의 등에 채찍을 내리쳤다.

노예의 몸이 탁 튀어오르더니 묶인 밧줄 속에서 뒤틀렸다. 나는 잠시 동안 그 채찍을 바라보면서 몇 년 전 루퍼스에게도 그런 채찍을 썼을까 생각했다. 그랬다면 마거릿 와일린이 아들을 데리고 도망친 것도 당연했다. 길이가 2미터에 가까운 묵직한 채찍이었다. 나라면 어떤 살아 있는 것에게도 그런 물건은 휘두르지 않을 것이다. 채찍은 떨어질 때마다 피와 비명을 끌어냈다. 그 광경을 보고 들으면서 나는 정말로 그곳에서 벗어나고 싶었다. 그러나 와일린은 그 남자를 본보기로 삼고 있었다. 그는 우리 모두가, 즉 모든 노예가 채찍질을 지켜보아야 한다고 명령했다. 본채 어딘가에 있는 케빈은 아마 무슨 일이 벌어지는지조차 모를 터였다.

채찍질은 목적을 달성했다. 적어도 나에게는 그랬다. 나는 겁을 먹었고, 누군가가 나를 채찍으로 때릴 만한 실수를 저지를 때까지 시간이 얼마나 걸릴까 생각했다. 아니, 혹시 이미 그런 실수를 저지른 건 아닐까?

어쨌든 나는 이미 케빈의 방으로 옮긴 후였다. 그것이 케빈이 한 일로 여겨진다고 해도, 그 대가는 내가 치를 수도 있었다. 와일린 부부가 눈치 채지 못한 듯 보인다고 해서 마음이 편해지지는 않았다. 그들의 생활과 내 생활이 워낙 떨어져 있다 보니 내가 다락방 잠자리를 버렸다는 사실을 깨닫는 데 며칠이 걸릴 수도 있었다. 나는 언제나 그들보다 먼저 일어나 부엄채에서 물과 석탄을 가져다가 케빈의 방 불을 지폈다. 성냥은 아직 발명되지 않았는지, 세라도 루퍼스도 성냥이라는 말을 알아듣지 못했다.

이즈음 와일린이 케빈에게 배정해준 남자 하인은 케빈을 싹무시했기에, 케빈과 그의 방은 내 차지였다. 우리가 불을 지피려면 시간이 두 배는 걸렸고, 내가 물을 지고 계단을 오르내리는 데에는 그보다 더 긴 시간이 걸렸지만, 그래도 상관없었다. 내가 스스로 할당한 일은 하루 종일 케빈의 방에 들락거릴 핑계가 되어주었고, 그 덕분에 하기 싫은 일을 피할 수도 있었다. 그러나 무엇보다도 우리에게 1976년을 조금이라도 보존할 기회를 준다는 점이 제일 중요했다.

나는 씻고, 케빈이 와일린에게 빌린 면도칼로 수염을 깎다가 얼굴에 피를 내는 모습을 지켜본 후에 내려가서 아침식사를 만드는 세라를 거들었다. 와일린 부부는 보지도 못한 채 오전이 다 지나갔다. 밤이 되면 나는 저녁식사 뒷정리와 다음 날식사 준비를 도왔다. 그러니까 세라나 캐리와 마찬가지로 나도 와일린 부부보다 일찍 일어나서 늦게 잠자리에 들었다. 그 덕분에 마거릿 와일린이 나를 싫어할 이유를 하나 더 발견하기 전까지 며칠은 평화롭게 지낼 수 있었다.

마거릿은 어느 날 내가 서재를 쓸고 있을 때 들이닥쳤다. 이분만 빨랐어도 내가 책 읽는 모습을 잡아냈을 것이다. "어젯밤에 어디에서 잤지?" 그녀는 노예용으로 아껴둔 기분 나쁜 추궁의 목소리로 물었다.

나는 빗자루에 양손을 올린 채 허리를 펴고 그녀를 마주했다. '네년이 상관할 일은 아니지!' 하고 말할 수 있다면 얼마나 좋았을까. 그러나 나는 공손하고 부드럽게 말했다. "프랭클린 씨 방이었습니다, 마님." 가내 하인들이 다 아는 일이라 굳이 거짓말을 하지는 않았다. 하인들 중 누군가가 알렸을 수도 있었다. 그래, 이제는 어떻게 되는 걸까?

마거릿이 내 얼굴을 후려쳤다.

나는 꼼짝도 하지 않고 서서 얼어붙은 듯 차분한 태도로 그녀를 내려다보았다. 그녀는 나보다 키가 10센티미터쯤 작았고 그만큼 몸집도 작았다. 그녀에게 따귀를 맞는다고 큰 타격을 받지는 않았다. 그저 마주 때리고 싶어졌을 뿐이다. 내가 움직이지 않은 건 오직 채찍질의 기억 때문이었다.

마거릿은 고함을 질렀다. "이 더러운 검둥이 창녀야! 여긴 기독교인의 집이야!"

나는 아무 말도 하지 않았다.

"내가 널 원래 있어야 할 곳으로 보내고 말겠다!"

나는 여전히 아무 말도 하지 않고 마거릿을 바라보았다.

"너 같은 걸 내 집에 둘 줄 알아?" 그녀는 나에게서 한 발자국 물러섰다. "그런 눈으로 보지 마!" 그녀는 다시 한 발자국

물러섰다.

그제야 마거릿 와일린이 나를 조금은 두려워한다는 생각이 떠올랐다. 나는 미지의 존재였다. 예측할 수 없는 새 노예였다. 그리고 내가 조금, 아니 너무 조용한지도 모른다. 나는 일부러 천천히 등을 돌리고 청소를 계속했다.

나는 눈치 채지 못하게 마거릿을 주시했다. 그녀는 나만큼이나 예측할 수 없는 사람이었다. 갑자기 촛대나 꽃병을 집어 들고 나를 내리칠 수도 있었다. 그러면 나중에 채찍질을 받게 되더라도 가만히 서서 맞고 있지만은 않을 것이다.

그러나 그녀는 다가오지 않았다. 대신 몸을 돌리고 달려가 버렸다. 찌는 듯이 무덥고 불쾌한 날이었다. 파리를 쫓을 때가 아니면 아무도 빨리 움직이지 않았다. 그런데도 마거릿 와일린은 사방을 뛰어다녔다. 그녀에게는 할 일이 별로 없거나, 아예 없었다. 노예들이 집을 깨끗하게 청소했고 그녀가 할 바느질을 거의 다 했으며 요리와 세탁도 다 했다. 캐리는 심지어 마거릿이 옷을 입고 벗는 일까지 도왔다. 그래서 마거릿은 감시를 했다. 사람들에게 이미 하고 있는 일을 하라고 명령하고, 사람들이 빠르고 부지런할 때조차 게으르고 굼뜨다고 비난했으며, 대개 말썽을 일으켰다. 가난하고, 무식하고, 침착하지 못하고, 놀라울 정도로 예쁜 젊은 처녀는 꼭 자기가 생각하는 숙녀가 되겠다는 결심을 품고 와일린과 결혼했다. 그녀에게 숙녀란 '천한' 일을 하지 않거나, 아예 일을 하지 않는다는 뜻인 듯했다. 한결 침착해 보이는 손님들 말고는 비교할 대상이 없었지만, 내가 보기에 이 시대의 여자들 대부분은 스스로 '숙녀'라고 여기든 그러지 않든 간에 적당히 바쁘게 지낼 일거리를 찾으며 지내는 듯했다. 그러나 지루함을 이기지 못한 마거릿은 사방을 뛰어다니며 사람들을 방해했다.

나는 마거릿이 과연 내 문제를 들고 자기 남편에게 갔을까 생각하면서 서재 일을 마무리했다. 마거릿은 무섭지 않았지만 톰 와일린은 무서웠다. 일꾼을 채찍질하던 그의 표정을 기억했다. 기쁨도, 노여움도, 특별한 관심도 드러나지 않는 얼굴이었다. 장작을 패고 있다고 해도 믿을 만한 표정이었다. 그는 가학적이지 않았지만 농장주로서의 '의무' 앞에서 움츠러들지도 않았다. 그럴 만한 이유만 있다면 나를 죽도록 때릴 수 있었고, 케빈은 그 일이 다 끝날 때까지 알지도 못할 수도 있었다.

케빈의 방으로 올라갔지만, 케빈은 방에 없었다. 루퍼스의 방문 앞을 지나는데 케빈의 목소리가 들리기에 들어가려고 했으나, 잠시 후에 마거릿의 목소리도 들렸다. 흠칫한 나는 다시 아래층으로 내려가서 부엌채로 나갔다.

들어갔을 때는 다행히도 세라와 캐리 둘만 있었다. 가끔은 노인들과 아이들이 빈둥거리기도 했고, 가끔은 가내 하인이나 밭 일꾼들도 그곳에서 잠시 자유 시간을 누렸다. 나는 이따금 그들의 대화에 귀를 기울이고, 심한 사투리를 알아들으려고 애를 먹으면서도 그들이 어떻게 노예생활에서 살아남는지 조금이라도 더 알아내기를 좋아했다. 그들은 알지 못하는 사이에 나에게 살아남을 준비를 시켜주었다. 그러나 지금은 세라와 캐리밖에 보고 싶지 않았다. 그 두 사람에게라면 내 기분을 말할 수 있었고, 무슨 말을 해도 와일린 부부의 귀에 들어가지 않을 터였다.

"다나." 세라가 나를 반겨주었다. "조심해. 오늘도 내가 좋게 말해줬으니까, 날 거짓말쟁이로 만들진 말아줘!"

나는 얼굴을 찌푸렸다. "좋게 말해주다니요? 마거릿 양에게요?"

세라는 짧고 거친 웃음을 터뜨렸다. "아니! 내가 정 어쩔 수 없을 때가 아니면 그 여자한테 말 안하는 거 알잖아. 그년에겐 자기 집이 있고 나한테는 내 부엌이 있다고."

나는 빙긋 웃었다. 내 문제가 조금은 줄어드는 느낌이었다. 세라 말대로였다. 마거릿 와일린은 세라를 멀리했다. 두 사람 사이의 대화는 짧았고, 대개 식사 계획에 대한 말뿐이었다.

"성가실 것도 없다면 왜 그렇게 마거릿 양을 싫어해요?"

그 질문에 세라는 농장에 온 첫날 이후로 본 적 없는 고요한 분노를 드러냈다. "내 아이를 팔자는 게 누구 생각이었겠어?"

"아." 첫날 이후로 세라가 잃어버린 아이들에 대해 다시 말하는 것도 처음이었다.

"그년이 새 가구와 새 도자기 접시, 지금 집 안에 보이는 예쁜 물건들을 갖고 싶어했지. 한나 양은 전에 있던 물건들만으로도 만족했는데. 한나 양은 진짜 숙녀였어. 고급이었어. 하지만 백인 쓰레기 마거릿에게는 그 정도로 충분하지 않았지. 그래서 주인님에게 내 아들 셋을 팔아서 자기한테 필요하지도 않은 물건을 사게 한 거야!"

"아." 달리 할 말이 없었다. 내 문제는 줄어들다 못해서 언급할 가치도 없는 것이 되어버렸다. 세라는 한동안 입을 다문 채 양손으로는 기계적으로 빵 반죽을 주무르고 있었다. 손에 필요 이상으로 힘이 들어간 듯도 했다. 그러다가 마침내 세라가 다시 말했다.

"내가 좋게 말해준 건 주인님한테야."

나는 소스라쳤다. "저 곤란해진 건가요?"

"내가 한 말로 곤란할 일은 없을걸. 그냥 네가 일을 얼마나 잘하는지, 게으르지는 않은지 알고 싶어하더라고. 네가 게으르지는 않다고 했어. 몇 가지 일은 할 줄 모르지도 않더라고 했고. 솔직히 네가 여기에 왔을 때는 아무것도 할 줄 몰랐지만, 그런 말은 안 했어. 할 줄 모르는 일이 있으면 방법을 알아내더라고 했지. 그리고 넌 일을 제대로 하잖아. 내가 너한테 뭘 하라고 시키면 그 일이 된다는 걸 알지. 주인님은 널 살지도 모르겠다고 하더라."

"프랭클린 씨가 팔지 않을 거예요."

세라는 고개를 살짝 들더니 말 그대로 코끝으로 나를 내려다보았다. "그래. 안 팔겠지. 어쨌든 마거릿 양도 네가 여기 있길 바라지 않고."

나는 어깨를 으쓱였다.

"망할 년." 세라는 단조로운 말투로 중얼거렸다. "흠, 탐욕스럽고 못돼먹은 여자긴 해도 캐리를 괴롭히지는 않아."

나는 백인들의 식탁에 남아 있던 스튜와 옥수수빵을 먹고 있는 벙어리 소녀를 쳐다보았다. "그러니, 캐리?" 캐리는 고개를 끄덕이고 계속 먹었다.

세라는 빵 반죽에서 몸을 돌리며 말했다. "그야 물론 캐리에겐 마거릿 양이 원하는 게 없기 때문이지."

나는 세라를 멍하니 쳐다보기만 했다.

"넌 둘 사이에 꼈어. 너도 알지?"

"그 여자한테 남자는 하나로 족할 텐데요."

"그런 말은 소용없어. 실제로 그런지가 중요하지. 네 주인을 시켜서 널 다시 다락방에서 재우게 해."

"시키다뇨!"

세라는 살짝 웃었다. "이 아가씨야…… 난 네가 가끔 아무도 보지 않는다고 생각할 때 둘이 같이 있는 모습을 봤어. 넌 그 남자한테 뭐든 시킬 수 있어. 네가 원하는 일이라면 뭐든."

나는 세라의 미소에 깜짝 놀랐다. 나는 그녀가 나를, 아니면 케빈을 역겨워할 줄 알았다.

세라는 말을 이었다. "너한테 조금이라도 머리가 있다면 아직 젊고 예쁠 때 사바사바해서 그 남자가 널 자유의 몸으로 만들게 해봐야지."

나는 새로이 평가하는 눈으로 세라를 보았다. 나보다 밝은 색의 주름 없는 얼굴에 커다란 검은 눈동자. 세라가 꽤 예뻤던 때가 그렇게 오래전도 아니었을 것이다. 사실 그녀는 아직도 매력적인 여자였다. 나는 조용히 말했다. "당신은 똑똑하게 굴었나요, 세라? 젊었을 때 그렇게 해봤어요?"

세라는 커다란 검은 눈을 가늘게 뜨고 나를 쏘아보았다. 그리고 결국 대답하지 않고 가버렸다.

1

나는 노예처소로 옮기지 않았다. 언젠가 루크가 나이절에게 해주었던 충고를 받아들여서였다. 루크는 이렇게 말했다. "모두와 맞서지 마. 사람들에게 싫다고 말하지 마. 화난 모습을 보이지도 마. 그냥 '네, 그러겠습니다' 한 다음에 네가 하고 싶은 대로 하는 거야. 나중에 채찍질을 당할 수도 있지만, 정말 원한다면 채찍질도 그렇게 문제가 되지 않을 거야."

루크의 등에는 채찍 자국이 몇 줄 남아 있었고, 나만 해도 톰 와일린이 그 등에 자국을 더 남겨주고 말겠다고 이를 가는 소리를 두 번이나 들었다. 하지만 실제로 와일린은 그러지 않았고, 루크는 자기 일을 수행하고 자기 좋을 대로 행동했다. 밭 일꾼들이 규칙을 지키게 하는 것이 루크가 맡은 일이었다. 마부라고 불렸지만 루크는 사실 흑인 감독관 비슷한 존재였다. 그리고 루크는 태도에 상관없이 그런 상대적으로 높은 위치를 유지했다. 나는 비슷한 태도를 보이려고 했다. 내가 부담할 위험은 루크보다 적다고 생각하면서 말이다. 나는 피할 수만 있다면 채찍질을 피하고 싶었고, 필요할 때 근처에 있기만 하다면 케빈이 나를 보호해 줄 수 있으리라 믿었다.

어쨌든, 나는 마거릿이 질러낸 고함을 무시하고 계속 그녀의 '기독교 집안'을 더럽혔다.

그리고 아무 일도 일어나지 않았다.

어느 날 아침, 일찍 일어난 톰 와일린이 잠이 덜 깬 상태로 비틀비틀 케빈의 방을 나서는 나와 딱 마주쳤다. 나는 바짝 얼었다가 억지로 긴장을 풀었다.

"안녕히 주무셨습니까, 와일린 씨."

와일린은 미소인 듯한 표정을 지었다. 내가 본 중에서는 제일 웃음에 가까운 표정이었다. 그러고는 한쪽 눈을 찡긋했다.

그게 다였다. 만약 마거릿이 나를 내쫓는다면, 주인과 잠자리를 하는 것처럼 평범한 일 때문은 아니리라는 점을 알고 있었다. 그런데도 그 상황은 심란했다. 내가 정말로 부끄러운 짓을 하고 있는 듯한, 주인을 위해 기꺼이 창녀 노릇을 하는 여자가 된 듯한 기분이었다. 나는 막연한 수치심과 불편함을 느끼며 와일린 앞을 떠났다.

시간이 흘러갔다. 케빈과 나는 점점 더 이 집의 식구가 되어갔다. 친근해졌고, 서로를 받아들였다. 그런 생각을 하면 또 마음이 심란해졌다. 우리는 얼마나 쉽게 환경에 순응하는가. 말썽을 일으키고 싶지는 않았지만, 우리가 이 시대의 역사에 적응하려면 좀 더 힘들어야 하는 게 아닌가 하는 생각이 들었다. 노예소유주의 집 안에서 우리 위치에 적응하려면 말이다. 내 경우에는 일이 힘들 수도 있었지만 보통은 육체적으로 피곤하기보다는 지루했다. 케빈은 지루함에 대해 불평했고, 와일린 저택에 끊임없이 흘러들어오는 무지하고 잘난 척하는 손님들과 잘 어울려야 했다. 어쨌든 나는 우리가 다른 세기에서 온 사람들치고 놀라울 정도로 편안한 시간을 보냈다고 생각했다. 그리고 나는 그런 편안함을 꺼림칙해할 만큼 괴팍했다.

한번은 케빈이 말했다. "여긴 굉장히 살기 좋은 시대일 수도 있어. 여기에 머무는 게 얼마나 큰 경험일지 계속 생각하게 돼. 서부로 가서 이 나라의 건설을 지켜보고, 옛 서부 신화가 어느 정도나 사실인지도 보고 말이야."

나는 씁쓸하게 대꾸했다. "서부라. 흑인 대신 인디언들에게 몹쓸 짓을 하는 곳 말이지!"

그는 이상한 눈으로 나를 바라보았다. 최근에는 그럴 때가 많았다.

하루는 서재에서 책을 읽다가 톰 와일린에게 들키기도 했다. 나는 바닥을 쓸고 닦았어야 했다. 나는 눈을 들었다가 나를 지켜보고 있는 와일린을 발견하고, 책을 덮어서 치운 나음 걸레를 집어들었다. 손이 덜덜 떨렸다.

"내 아들에게 책을 읽어주는 건 허락한다. 하지만 너에게 읽기는 그걸로 충분해."

나는 오랫동안 침묵이 흐른 후에 천천히 말했다. "네, 와일린 씨."

"사실 넌 이 방에 들어올 필요도 없지. 이 방 청소는 캐리보고 하라고 해."

"네, 와일린 씨."

"그리고 책에서 떨어져 있도록!"

"네, 와일린 씨."

그리고 몇 시간 후 부엌채에서, 나이절이 나에게 글을 가르쳐달라고 부탁했다.

나는 그 부탁에 놀랐고, 그다음에는 내가 놀랐다는 사실에 부끄러워졌다. 그러고 보면 당연한 부탁이었다. 나이절은 벌써 몇 년 전에 루퍼스의 길동무로 선택받았다. 루퍼스가 더 나은 학생이었다면 나이절도 이미 글을 읽을 줄 알았을 것이었다. 실제로 그는 이미 여러 가지 다른 일을 익히고 있기도 했다. 건장한 열세 살짜리 소년 나이절은 말편자를 박고, 진열장을 만들고, 언젠가 펜실베이니아로 도망칠 계획을 짤 수 있었다. 나이절이 부탁하기 훨씬 전에 내가 먼저 글을 가르쳐주겠다고 했어야 했다.

"걸리면 우리 둘 다 어떻게 될지 아니?" 내가 물었다.

"겁나요?" 나이절이 물었다.

"그래. 하지만 상관없어. 가르쳐줄게. 단지 네가 하려는 일을 제대로 알고 있는지 확인하고 싶었어."

나이절은 몸을 돌리고 셔츠를 걷어올려 등에 난 흉터를 보여주었다. 그리고 다시 나를 마주 보았다. "알고 있어요."

나는 그날 책을 한 권 훔쳐 나이절을 가르치기 시작했다.

어떻게 케빈과 내가 이 시대에 수월하게 끼어들어갔는지 알 것 같았다. 우리는 정말로 그 시대를 사는 사람들이 아니었다. 우리는 쇼를 바라보는 관찰자였다. 우리는 우리를 둘러싸고 일어나는 역사를 바라보고 있었다. 그리고 우리는 배우였다. 집에 갈 날을 기다리는 동안에 그들과 비슷한 척하면서 주위 사람들을 만족시키고 있을 뿐이었다. 그러나 우리는 형편없는 배우였다. 우리는 실제로 역할 속에 녹아든 적이 없었다. 연기를 하고 있다는 사실을 잊은 적이 없었다.

아이들의 행동이 역할 연기라는 방어벽을 뚫고 들어온 그날 내가 케빈에게 설명하려던 내용도 이런 것이었다. 갑자기 케빈의 이해가 굉장히 중요해졌다.

그날은 비참할 정도로 뜨겁고 푹푹 쪘으며, 파리와 모기가 가득했고 비누 만들기, 옥외 변소, 누군가 잡은 물고기, 씻지 않은 몸뚱이에서 풍기는 냄새 들이 지독했다. 흑인이든 백인이든 다 냄새가 났다. 아무도 충분히 자주 씻거나 옷을 갈아입지 못했다. 노예들은 땀투성이로 일했고 백인들은 일하지 않고 땀을 흘렸다. 옷도 충분하지 않았고, 디오더런트 같은 물건도 없었기에 케빈과 나 역시 냄새날 때가 많았다. 놀랍게도 우리는 그런 냄새에 익숙해져가고 있었다.

우리는 집과 노예숙소에서 떨어진 곳으로 함께 걸어가고 있었다. 늘 가던 떡갈나무 근처로 가지는 않았다. 마거릿 와일린이 우리를 봤다가는 누군가를 보내어 나에게 시킬 일이 있음을 알릴 테니까 말이다. 마거릿이 나를 쫓아내는 일은 톰 와일린이 막았을지 몰라도, 그녀가 전보다 더 귀찮은 존재가 되는 사태까지 막지는 못했다. 가끔은 케빈이 나에게 시킬 일이 있다고 우기면서 마거릿의 명령을 취소시켰다. 내가 조금이라도 쉬고 나이절에게 글을 가르칠 수 있는 것도 그 덕분이었다. 그러나 지금 우리는 함께 시간을 보내려고 숲으로 향하고 있었다.

그런데 건물들이 있는 곳을 다 벗어나기도 전에 우리는 나뭇등걸을 둘러싸고 모여 있는 노예 아이들을 보았다. 밭 일꾼의 아이들, 너무 어려서 아직은 밭에서 일할 수 없는 아이들이었다. 두 명은 넓고 평평한 나뭇등걸 위에 서 있었고 나머지는 둘러서서 지켜보고 있었다.

"뭘 하는 거지?" 내가 물었다.

"뭔가 놀이를 하고 있겠지." 케빈이 어깨를 으쓱였다.

"보기에는 꼭……."

"뭔데?"

"더 가까이 가보자. 무슨 말을 하는지 듣고 싶어."

우리는 나뭇등걸에 선 아이들도, 땅바닥에 선 아이들도 우리를 정면으로 보지 못하게 한쪽 옆으로 접근했다. 우리가 지켜보고 귀 기울이는 동안에도 아이들은 놀이를 계속했다.

"이제 계집입니다." 나뭇등걸에 선 소년이 외쳤다. 소년은 약간 뒤에 선 소녀를 가리켰다. "요리도 하고 빨래도 하고 다림질도 합니다. 이리 와봐라. 여러분에게 모습을 보여드려." 소년은 소녀를 옆으로 끌어내고 말을 이었다. "젊고 튼튼합니다. 값이 꽤 나갑죠. 200달러 되겠습니다. 누가 200달러 부르시겠습니까?"

소녀가 소년을 돌아보고 항의했다. "난 200달러보다는 더 나가, 새미! 마사는 500달러에 팔았잖아!"

"닥치고 있어. 넌 아무 말도 하면 안 돼. 주인님이 엄마랑 나를 샀을 때 우린 아무 말도 안 했어."

나는 지치고 혐오스러운 기분으로, 말다툼을 하는 아이들에게서 몸을 돌리고 걸어갔다. 케빈이 입을 열 때까지는 그가 따라오고 있다는 사실조차 깨닫지 못했다.

"그런 놀이를 하고 있을 줄 알았어. 전에도 본 적이 있거든. 저 아이들은 밭일 흉내도 내지."

나는 설레설레 고개를 저었다. "세상에, 왜 우리는 집에 갈 수 없는 걸까? 여기는 병들었어."

케빈은 내 손을 잡았다. "아이들은 어른들이 하는 일을 생각 없이 흉내 낼 뿐이야. 이해하지도 못하고……."

"이해할 필요가 없지. 놀이마저도 저 아이들이 미래에 대비하게 만들고 있어. 그 미래는 아이들이 이해하든 못하든 닥쳐올 테고."

"그렇겠지."

나는 고개를 돌려 케빈을 노려보았고, 그는 차분하게 내 시선을 맞받았다. 자기가 어떻게 하기를 바라느냐는 눈빛이었다. 나는 아무 말도 하지 않았다. 케빈이 할 수 있는 일은 아무것도 없었으니까.

나는 고개를 젓고 손으로 이마를 문질렀다. "앞으로 일어날 일을 안다고 해도 도움이 되지 않아. 나는 저 아이들 중에 몇 명은 살아서 자유를 얻으리라는 걸 알아. 한창때를 노예로 지내고 난 다음에 말이야. 자유가 찾아왔을 때쯤에는 너무 늦겠지. 어쩌면 이미 너무 늦었는지도 몰라."

"다나, 아이들의 놀이에 너무 많은 의미를 두고 있어."

"그리고 당신은 너무 적게 두고 있지. 어쨌든…… 어쨌든 그건 아이들만의 놀이가 아니야."

"그래." 케빈은 나를 흘긋 보았다. "당신이 어떤 기분인지 이해한다고 말하지는 않겠어. 나는 이해할 수 없을지도 몰라. 하지만 당신 말마따나, 당신은 앞으로 어떤 일이 일어날지 알아. 이미 일어난 일이지. 우리는 역사 속에 있어. 우리가 바꿀 수 있는 역사가 아니야. 혹시 뭔가 잘못되기라도 하면 우리는 오로지 살아남기 위해서 전력을 다해야 할지도 몰라. 지금까지는 운이 좋았어."

"그럴지도." 나는 깊이 숨을 들이마시고 천천히 내뱉었다. "하지만 나는 눈을 감아버릴 수 없어."

케빈은 생각에 잠겨 얼굴을 찌푸렸다. "볼 것이 이렇게 없다는 사실이 놀라워. 와일린은 노예들이 무슨 일을 하는지도 별로 신경 쓰지 않는 것 같은데, 일은 척척 돌아가니 말이지."

"와일린이 신경 쓰지 않는다고 생각하는구나. 아무도 채찍질을 지켜보라고 당신을 부르지는 않으니까 그렇겠지."

"채찍질을 얼마나 많이 하지?"

"나는 한 번 봤어. 한 번만으로도 욕 나오게 많아!"

"그래, 한 번도 너무 많지. 하지만 내가 상상한 모습은 아니야. 감독관도 없고, 사람들이 감당할 수 없을 만큼 일을 시키지도 않고……."

나는 케빈의 말을 잘랐다. "제대로 된 숙소도 없고, 흙바닥에서 자야하고, 음식은 부족해서 쉴 시간에 텃밭을 가꾸고 세라가 눈감아줄 때 부엌채에서 뭐라도 훔치지 않으면 모조리 몸져누울 지경이지. 권리는 하나도 없고 언제든, 아무 이유도 없이 부당한 대우를 받거나 가족에게서 떨어져 팔려나갈 수 있어. 케빈, 사람들을 때려야만 잔인한 건 아니야."

"잠깐만. 이곳에서 일어나는 잘못을 과소평가하는 건 아니야. 난 그저……."

"아니, 그러고 있어. 그럴 의도는 없겠지만 그러고 있다고." 나는 키 큰 소나무에 기대앉으며 케빈을 잡아당겨 옆에 앉혔다. 우리는 숲 속에 있었다. 한쪽 옆으로 멀지 않은 곳에서 와일린의 노예들이 나무를 베고 있었다. 목소리는 들을 수 있었지만, 모습은 보이지 않았다. 그렇다면 그들도 우리를 보지 못할 테고, 거리와 자기들이 내는 소리 때문에 우리 목소리를 듣지도 못하리라고 생각했다. 나는 다시 케빈에게 말했다.

"당신은 이 모든 경험을 관찰자로 겪어낼 수 있을지도 몰라. 나도 이해해. 대부분 시간에는 나도 여전히 관찰자니까. 그건 보호막이야. 1976년이 1819년에 대한 방패이자 완충재가 되어주는 거야. 하지만 가끔은, 저 아이들의 놀이를 볼 때 같은 순간에는 나도 거리를 유지 못 하겠어. 1819년에 완전히 끌려 들어가버리는데, 그러면 어떻게 해야 할지 모르겠어. 그래도 뭔가 하기는 해야 해. 난 그걸 알아."

"채찍질당하거나 죽지 않고서야 할 수 있는 일이 없잖아!"

나는 어깨를 으쓱였다.

"당신…… 당신 벌써 사고 친 건 아니겠지? 응?"

"나이절에게 읽고 쓰는 법을 가르치기 시작했을 뿐이야. 더 위험한 일은 하지 않아."

"내가 근처에 없을 때 와일린에게 걸리기라도 하면…….'

"알아. 그러니까 가까이 있어줘. 나이절은 배우고 싶어해. 난 가르쳐줄 거야."

케빈은 한쪽 다리를 가슴에 대고 몸을 앞으로 기울여 나를 보았다. "언젠가는 나이절이 통행증을 써서 북부로 도망칠 거라고 생각하는군. 맞지?"

"최소한 그럴 수는 있겠지."

"교육받은 노예에 대해서는 와일린 생각이 옳았군."

나는 고개를 돌려 케빈을 보았다.

그는 조용히 말했다. "나이절을 잘 가르쳐줘. 당신이 없어지면 그 애가 다른 사람들을 가르칠 수 있겠지."

나는 진지하게 고개를 끄덕였다.

"집안사람들이 문가에서 엿듣는 데 그렇게 능숙하지만 않아도 루퍼스를 가르칠 때 데려가겠는데 말이야. 마거릿도 언제나 왔다 갔다 하고……."

"알아. 그래서 당신에게 부탁하지 않았어." 나는 눈을 감고, 마음의 눈으로 노예상인 놀이를 하고 있는 아이들을 다시 보았다. "그래서 수월하다는 사실이 무섭게 느껴졌구나. 이제 이유를 알았어."

"무슨 말이야?"

"수월함 말이야. 우리나, 아이들이나…… 노예제도를 받아들이도록 훈련시키기가 얼마나 수월한지 전에는 몰랐어."

8

나는 결국 글공부 때문에 탈이 난 날에 루퍼스에게 작별인사를 했다. 물론 그때는 내가 작별을 고하고 있다는 사실을 몰랐다. 나이절을 만나기로 한 부엌채에서 어떤 곤경이 나를 기

다리고 있는지도 몰랐다. 곤란이라면 루퍼스의 방에서 충분히
당했다고 생각했다.

나는 루퍼스의 방에서 책을 읽어주고 있었다. 나는 처음 루
퍼스의 아버지에게 걸린 날부터 정기적으로 가서 책을 읽었
다. 톰 와일린은 나 혼자 책을 읽는 것은 금지했지만 자기 아
들에게는 읽어주라고 했다. 한번은 내 앞에서 루퍼스에게 이
렇게 말하기도 했다. "부끄러운 줄 알아야지! 검둥이가 너보
다 잘 읽다니!"

"아버지보다도 잘 읽는데요." 루퍼스는 그렇게 대꾸했다.

톰 와일린은 차가운 눈으로 아들을 바라보더니 나에게 나가
라고 명령했다. 나는 루퍼스 때문에 잠시 겁을 먹었지만, 톰
와일린은 나와 함께 방을 나섰다.

"내가 가도 좋다고 할 때까지 다시 가지 마라." 와일린이 말
했다.

그리고 나흘이 지나서야 다시 가도 좋다는 말이 떨어졌다.
그리고 그는 이번에도 내 앞에서 루퍼스를 질책했다.

"나는 학교 선생이 아니다만, 네가 배울 줄 안다면 가르쳐줄
것은 있다. 존경하는 법 말이다."

루퍼스는 아무 말도 하지 않았다.

"저것이 책을 읽어주기를 바라느냐?"

"네."

"그렇다면 나한테 해야 할 말이 있을 텐데."

"저…… 죄송합니다, 아빠."

"읽어라." 와일린은 나에게 말하고 몸을 돌려 나갔다.

"정확히 뭐에 대해 사과하란 거야?" 나는 와일린이 나가고 나서 아주 작은 소리로 물었다.

"말대꾸. 아빠는 내가 하는 말은 모조리 말대꾸라고 생각해. 그래서 아빠한테는 말을 별로 안 하지." 루퍼스가 말했다.

"그렇군." 나는 책을 펴고 읽기 시작했다.

우리는 벌써 오래전에 《로빈슨 크루소》를 다 읽었고, 케빈이 서재에서 친숙한 책을 몇 권 더 골라주었다. 우선 《천로역정》부터 읽었다. 지금은 《걸리버 여행기》를 읽고 있었다. 케빈의 가르침 아래 루퍼스의 읽기 실력도 서서히 나아졌지만, 루퍼스는 여전히 누가 읽어주는 쪽을 즐겼다.

그러나 그 마지막 날에는 마거릿이 같이 들으러 왔다. 전에도 몇 번 그랬지만, 내가 책을 읽는 동안 루퍼스의 머리를 만지작거리고 쓰다듬으러 들어왔다는 편이 정확하겠다. 루퍼스는 늘 그렇듯 어머니의 무릎을 베고 누워서 그런 손길을 말없이 받아들였다. 그러나 그날은 그것만으로 충분하지 않은 모양이었다.

"몸은 편하니?" 내가 몇 분 읽은 후 마거릿이 루퍼스에게 물었다. "다리는 아프지 않고?" 루퍼스의 다리는 내 생각처럼 쉬이 낫지 않았다. 두 달이 지났는데도 여전히 걷지 못했다.

"괜찮아, 엄마."

마거릿은 고개를 홱 돌리더니 나를 보고 다그쳤다. "흠?"

마거릿이 말을 다 끝낼 수 있게 읽기를 멈추고 있었던 탓이었다. 나는 고개를 숙이고 다시 읽기 시작했다.

육십 초쯤 지나서 그녀는 다시 말했다. "아가야, 덥니? 버지를 불러서 부채질하게 할까?" 버지는 열 살 정도로, 백인들에게 부채질을 해주고, 심부름을 하고, 부엌채와 본채 사이에서 뚜껑 덮인 음식 그릇을 나르고, 식탁에서 백인들의 시중을 드는 어린 노예 중 하나였다.

"괜찮아, 엄마." 루퍼스가 말했다.

"왜 계속 읽지 않는 거야?" 마거릿은 나를 향해 딱딱거렸다. "책을 읽으러 왔으면 읽어야지!"

나는 단어 몇 개를 잘라먹고 다시 읽기 시작했다.

마거릿은 잠시 후에 또 물었다. "배고프니, 아가야? 세라가 막 케이크를 만들었던데. 한 조각 먹을래?"

이번에는 나도 읽기를 멈추지 않았다. 목소리만 조금 낮추고 기계적으로, 단조롭게 읽어나갔다.

마거릿은 루퍼스에게 말했다. "왜 저런 걸 듣고 싶어하는지 모르겠구나. 파리가 왱왱거리는 것 같은 목소리인데."

"케이크 먹고 싶지 않아, 엄마."

"정말? 너도 세라가 케이크에 얹은 하얀 설탕옷을 봐야 하는데."

"다나가 책 읽는 걸 듣고 싶어. 그것뿐이야."

"책이야 지금 읽고 있잖니. 저것도 읽는다고 할 수 있다면 말이지만."

두 사람이 이야기를 나누는 동안 나는 목소리를 점점 낮추었다.

"엄마랑 얘길 하면 들을 수가 없어." 루퍼스가 말했다.

"아가야, 내 말은 그저……."

"아무 말도 하지 마!" 루퍼스는 마거릿의 무릎에서 고개를 들었다. "나 좀 귀찮게 하지 말고 가버려!"

"루퍼스!" 화가 났다기보다는 상처받은 목소리였다. 아무리 상황이 그렇다 해도 정말 무례한 말이었다. 나는 읽기를 멈추고 폭발을 기다렸다. 폭발한 것은 루퍼스였다.

루퍼스는 고함을 질렀다. "나가, 엄마! 나 좀 가만 놔둬!"

"진정하렴. 아가, 그러다가 또 탈 나겠다." 마거릿은 가만히 속삭였다.

루퍼스는 고개를 돌리고 그녀를 쳐다보았다. 나는 그 표정을 보고 흠칫 놀랐다. 이번만은 루퍼스도 자기 아버지의 축소판처럼 보였다. 꾹 다문 입은 가느다란 직선을 그렸고 눈에는 차가운 적대감이 드러났다. 그는 와일린이 가끔 화가 났을 때 그러듯이 조용히 말했다. "내 속을 뒤집는 건 엄마야. 나한테서 좀 떨어져!"

마거릿은 일어서서 자기 눈을 눌렀다. "어떻게 나한테 그런 식으로 말할 수 있니. 이딴 검둥이 때문에……."

루퍼스는 그녀를 바라보기만 했고, 결국 마거릿은 방에서 나갔다.

루퍼스는 긴장을 풀고 베개에 기대어 눈을 감았다. "가끔은 엄마 때문에 너무 피곤해."

"루피……?"

루퍼스는 지친 듯이 눈을 뜨고 상냥한 눈으로 나를 보았다. 분노는 사라지고 없었다.

"조심하는 게 좋겠어. 네가 그런 식으로 말했다고 아버지에게 얘기하면 어쩌려고 그러니?" 나는 말했다.

"절대로 말 안 해." 루퍼스는 씩 웃었다. "조금 있으면 설탕옷 입힌 케이크 조각을 들고 다시 올걸."

"울고 있었어."

"엄마는 늘 울어. 책이나 읽어, 다나."

"엄마에게 그런 식으로 말할 때가 많니?"

"어쩔 수 없어. 그러지 않으면 날 가만히 놔두질 않는단 말이야. 아빠도 그렇게 해."

나는 심호흡을 하고 고개를 설레설레 저은 후 다시 《걸리버 여행기》에 뛰어들었다.

나중에 나가다가 루퍼스의 방으로 돌아가는 마거릿과 엇갈렸다. 과연 마거릿은 커다란 케이크 조각이 담긴 접시를 들고 있었다.

나는 아래층으로 내려갔고, 나이절에게 읽기를 가르치려고 부엌채로 나갔다.

나이절은 나를 기다리고 있었다. 벌써 숨겨둔 곳에서 책을 꺼내놓고 캐리에게 몇 가지 단어의 철자를 가르쳐주고 있었다. 나는 그 모습을 보고 놀랐다. 캐리에게 나이절과 같이 배워보겠냐고 물었는데 그땐 거절했기 때문이다. 그러나 부엌채에 자기들끼리만 있으니 공부에 몰두한 나머지 내가 온 줄도 몰랐다. 두 아이는 내가 문을 닫자 겨우 두려움에 동그래진 눈으로 고개를 들었다. 하지만 나밖에 없다는 사실을 알자 마음을 놓는 눈치였다. 나는 두 아이에게 다가갔다.

"너도 배우고 싶니?" 나는 캐리에게 물었다.

캐리는 다시 무서움이 도진 듯 문 쪽을 흘긋거렸다.

"세라 아줌마가 무서워해요. 캐리가 글을 배우다가 걸리기라도 하면 채찍으로 맞거나 팔려갈지도 모른다고요." 나이절이 말했다.

나는 고개를 숙이고 한숨을 쉬었다. 캐리는 말을 할 수 없었다. 직접 개발한 엉성한 수신호, 자기 어머니조차도 반밖에 알아듣지 못하는 그 수화가 아니면 의사소통도 할 수 없었다. 좀 더 합리적인 사회에서라면 읽고 쓰는 능력이 캐리에게 큰 도움이 되리라. 그러나 이곳에서 캐리의 글을 읽을 수 있는 건 쓸 줄 안다는 이유만으로 그녀를 벌할지도 모르는 자들뿐이었다. 그리고 나이절이 있었다. 나이절이…….

나는 캐리에게 시선을 옮겼다. "내가 가르쳐줄까, 캐리?" 그랬다가 세라에게 걸리면 톰 와일린에게 걸렸을 때보다 더 힘들어질 수도 있었다. 캐리뿐만 아니라 나를 위해서 생각해봐도 가르치는 건 두려운 일이었다. 캐리의 어머니는 거스르거나 상처주고 싶지 않은 여자였지만, 내 양심상 캐리가 배우고 싶어한다면 거부할 수는 없었다.

캐리는 고개를 끄덕였다. 캐리도 배우고 싶어했다. 캐리는 몸을 돌리고 드레스를 뒤적거리더니, 작은 책 한 권을 손에 쥐고 다시 몸을 돌렸다. 캐리도 서재에서 책을 훔쳤던 것이다. 영국 역사책이었는데, 삽화가 몇 장 들어가 있었다. 캐리는 나에게 그 그림을 가리켜 보였다.

나는 고개를 저었다. "숨겨두든가 다시 가져다두렴. 이건 네가 시작하기에는 너무 어려운 책이야. 나이절과 내가 쓰는 책은 막 배우기 시작한 사람들을 위해서 만든 책이고." 그것은 낡은 철자 책이었다. 아마 와일린의 첫 번째 아내가 글을 배울 때 썼던 책일 것이다.

캐리는 잠시 손가락으로 그림 하나를 쓸어보더니, 책을 다시 드레스 안으로 숨겼다.

"이제 네 어머니가 들어오실 때에 대비해서 할 일을 찾으렴. 여기에서 널 가르칠 수는 없어. 달리 만날 곳을 찾아야 해."

캐리는 안심한 듯 고개를 끄덕이더니 방 반대편으로 가서 비질을 했다.

나는 캐리가 가고 나서 부드럽게 말했다. "나이절, 내가 여기 들어왔을 때 놀랐지? 그렇지?"

"다나인 줄 몰랐어요."

"그래. 세라였을 수도 있지. 그렇지 않니?"

나이절은 아무 말도 하지 않았다.

"널 여기에서 가르치는 건 세라가 그래도 된다고 했기 때문이고, 와일린 부부는 여기에 오지 않는 것 같았기 때문이야."

"오지 않아요. 세라 아줌마한테 원하는 게 있으면 우리를 시켜서 전하죠. 아니면 세라 아줌마보고 오라고 하거나요."

"그러니까 너는 여기에서 배울 수 있지만, 캐리는 안 돼. 물론 우리가 아무리 조심하더라도 말썽이 생길 수는 있지만, 그렇다고 자청할 필요는 없잖니."

나이절은 고개를 끄덕였다.

"그런데 네 아버지는 내가 글을 가르치는 일을 어떻게 생각하지?"

"몰라요. 말하지 않았어요."

이런 세상에. 나는 떨리는 숨을 들이쉬었다. "그래도 알고는 있겠지?"

"아마 세라 아줌마가 말했을 거예요. 그렇지만 나한테는 아무 말도 안 했어요."

일이 잘못되기라도 하면 백인들에게 벌을 받은 후에 흑인들에게도 보복당할 판이었다. 나는 대체 언제 집에 가게 될까? 집에 가게 되기는 할까? 혹시 여기에 머물러야 한다면 왜 그냥 이 두 아이를 외면하고, 양심을 저버린 안전하고 편안한 겁쟁이가 될 수 없단 말인가?

나는 나이절에게 책을 받아들고 연필과 메모장에서 뜯어낸 종이를 건넸다. "철자 시험이야." 나는 조용히 말했다.

나이절은 시험에 통과했다. 모든 단어를 제대로 썼다. 나도 모르게 나이절을 끌어안아버렸다. 나이절만이 아니라 나도 놀랐다. 나이절은 반쯤은 당황하고 반쯤은 기뻐하며 웃었다. 그런 다음 나는 일어나서 시험지를 뜨거운 화덕에 집어넣었다. 종이는 화르륵 타올라서 완전히 사라졌다. 나는 언제나 그런 부분에 조심했고, 언제나 그렇게 조심하는 자신이 싫었다. 나는 나이절의 수업과 루퍼스의 수업을 비교할 수밖에 없었고, 씁쓸해졌다.

나는 나이절이 기다리는 식탁으로 돌아가려고 몸을 돌렸다.

바로 그때, 톰 와일린이 문을 열고 들어섰다.

일어나지 않아야 할 일이었다. 내가 농장에 있는 동안 한 번도 일어나지 않은 일이었다. 어떤 백인도 부엌채에 들어온 적이 없었다. 케빈조차도. 나이절도 그런 일은 없었다고 하지 않았던가.

그러나 톰 와일린이 그 자리에 서서 날 쳐다보고 있었다. 그는 시선을 조금 내리더니 얼굴을 찌푸렸다. 내가 아직도 낡은 철자 책을 들고 있음을 깨달았다. 손에 든 채 일어나서 내려놓지 않았던 것이다. 심지어 손가락을 하나 끼워놓기까지 했다.

나는 손가락을 빼내고 책을 닫았다. 이제 두들겨 맞겠지. 케빈은 어디 있을까? 집 안 어딘가에 있겠지. 내가 비명을 지른다면 들을지도 모른다. 어차피 곧 비명을 지르게 되겠지만, 와일린 옆으로 빠져나가서 집 안으로 도망쳐 들어갈 수 있다면 더 나을 것이다.

와일린은 문 앞에 떡 버티고 서서 말했다. "내가 너 혼자서는 책을 읽지 말라고 하지 않았던가?"

나는 아무 말도 하지 않았다. 내가 무슨 말을 하더라도 도움이 되지 않을 게 뻔했다. 나는 덜덜 떨리는 몸을 진정시키려고 애썼다. 와일린이 내가 떠는 모습을 보지 못하기를 빌었다. 그리고 나이절이 식탁에서 연필을 치울 정신이 있었기를 빌었다. 아직까지는 말썽에 휘말린 사람이 나 혼자였다. 계속 그 상태를 유지할 수만 있다면…….

와일린이 조용히 말했다. "잘해줬더니 도둑질로 갚는구나! 내 책을 훔치다니! 읽다니!"

그는 내 손에서 책을 낚아채어 바닥에 집어던졌다. 그리고 내 팔을 잡고 문 쪽으로 끌고 갔다. 나는 겨우 고개를 틀어 나이절을 보고 입 모양으로 '케빈을 데려와'라고 말할 수 있었다. 나이절이 일어서는 모습이 보였다.

다음 순간 나는 부엌채 바깥에 있었다. 와일린은 나를 조금 더 끌고 가더니 세게 밀쳤다. 나는 숨도 제대로 쉬지 못하고 바닥에 엎어졌다. 나는 채찍이 어디에서 나왔는지 보지 못했고, 첫 번째 타격이 오는 것도 보지 못했다. 그러나 채찍은 떨어졌고, 달군 쇠처럼 내 등을 내리쳤다. 그것은 얇은 셔츠를 뚫고 내 살갗을 지졌다…….

나는 몸부림치며 비명을 질렀다. 와일린은 머리에 총을 겨눈다고 해도 일어설 수 없을 몰골이 될 때까지 나를 때리고 또 때렸다.

나는 계속 기어서 채찍질을 피하려고 했지만, 그럴 만한 힘이 없었고 몸도 마음대로 움직이지 않았다. 계속 비명을 질렀는지, 그냥 흐느끼기만 했는지 잘 모르겠다. 오직 고통밖에 인식할 수 없었다. 와일린이 나를 죽일 작정이라고 생각했다. 흙과 피를 입안 가득 문 채로 땅바닥에 엎어져서, 버릇을 가르쳐주겠다고 욕을 해대며 나를 때리는 백인의 손에 죽을 줄 알았다. 그 무렵에는 죽고 싶기까지 했다. 고통을 멈출 수만 있다면.

나는 토했다. 그리고 토사물에서 얼굴을 치울 수 없어서 또 토했다.

케빈이 보였다. 흐릿했지만 아직 알아볼 수 있었다. 케빈이 나를 향해 달려오는 모습이 느리게 보였다. 다리를 휘젓고 팔을 휘두르고 있는데도 전혀 가까워지지 않는 느낌이었다.

나는 문득 무슨 일이 일어나고 있는지 깨닫고 비명을 질렀다. 비명을 질렀다고 생각한다. 케빈은 나에게 손을 뻗어야 했다. 닿아야 했다!

그리고 나는 의식을 잃었다.

싸움

The Fight

i

케빈과 나는 동거한 적이 없었다. 나는 크렌쇼 대로에 있는 깡통만 한 아파트에 살았다. 케빈은 거기서 멀지 않은 올림픽 가에 더 큰 아파트가 있었다. 우리는 책장을 채우고, 쌓고, 상자에 담고 가구를 밀어낼 정도로 둘 다 책이 많았다. 합하면 둘 중 어느 아파트에도 다 들어가지 않을 양이었다. 한번은 케빈이 나보고 책을 정리하면 자기 집에 들어올 수 있지 않느냐고 했다.

"미쳤구나!" 내가 말했다.

"당신이 읽지 않는 독서클럽 책들만이라도 말이야."

그때 우리는 내 아파트에 있었기 때문에, 나는 이렇게 말했다. "차라리 당신 집에 가자. 당신이 읽지 않는 책을 골라내는 걸 도와줄게. 버리는 것도 도와줄 수 있어."

그는 나를 보고 한숨을 쉬었지만, 다른 말은 하지 않았다. 우리는 그저 두 아파트 사이를 오갔고 나는 전보다 더 잠이 줄었다. 그래도 수면부족이 전처럼 힘들지는 않았다. 이제는 그 무엇도 많이 힘들지 않았다. 알선소야 여전히 좋지는 않았지만, 아침마다 가구를 걷어차는 일은 없어졌다.

"그만둬." 케빈은 말했다. "더 나은 일자리를 찾을 때까지 내가 도와줄게."

내가 이미 케빈을 사랑하고 있지만 않았더라도 그랬을 것이다. 그러나 나는 그만두지 않았다. 알선소가 나에게 보장해주는 자립은 불안하기는 해도 실재였다. 내가 소설을 끝내고, 단순노동 이상의 노력을 들여야 하는 일자리를 찾아 나설 준비가 될 때까지 나를 버티게 해줄 버팀목이었다. 때가 오면 나는 누구에게도 신세지지 않고 알선소를 걸어 나갈 수 있었다. 삼촌과 숙모에 대한 기억은 나를 사랑하는 사람들이 내가 줄 수 있는 것 이상을 요구할 수 있음을 가르쳐주었고, 단지 그들의 도움을 받았다는 이유만으로 그 요구에 응할 거라고 기대한다는 사실도 가르쳐주었다.

케빈이 그렇지 않다는 사실은 알고 있었다. 완전히 다른 경우였다. 그래도 나는 일자리를 지켰다.

우리가 만난 지 네 달이 지났을 무렵, 케빈이 말했다. "결혼에 대해 어떻게 생각해?"

놀라지 말아야 했겠지만, 나는 놀라고 말았다. "나와 결혼하고 싶어?"

"그래. 당신은 나와 결혼하고 싶지 않아?" 케빈은 씩 웃었다. "당신이 내 원고를 다 타이핑하게 만들어야지."

저녁식사 설거지 중이었던 나는 접시 닦던 행주를 그에게 던져버렸다. 케빈이 나에게 타이핑을 부탁한 일이 그전에 세 번 있었다. 처음에는 마지못해서 해줬고, 내가 얼마나 타이핑을 싫어하는지도, 내 소설도 최종고를 빼면 다 손으로 썼다는 사실도 말하지 않았다. 내가 사무직이 아니라 육체노동직 알선소에 들어간 것도 그래서였다는 말도. 그러나 두 번째로 케빈이 부탁했을 때는 다 털어놓고 거절했다. 케빈은 짜증을 냈다. 세 번째로 부탁했을 때 내가 또 거절하자 케빈은 화를 냈다. 자기가 부탁할 때 조금 도와주는 정도도 할 수 없다면 떠나라고 했다. 그래서 나는 집으로 와버렸다.

다음 날 일이 끝나고 나서 초인종을 눌렀을 때 케빈은 놀란 얼굴이었다. "다시 왔군."

"오지 말았으면 했어?"

"아니…… 물론 아니지. 이젠 날 위해 타이핑을 해줄 거야?"

"아니."

"젠장, 다나……!"

나는 그 자리에 서서 케빈이 문을 닫아버리거나 나를 안으로 들이기를 기다렸다. 그는 나를 들였다.

그리고 이제 그는 나와 결혼하고 싶어했다.

나는 케빈을 바라보았다. 오랫동안 바라보기만 했다. 그러다가 눈길을 돌렸다. 케빈을 보고 있으면 생각을 할 수 없어서였다. "당신, 어…… 나 때문에 화낼 친척이나 그런 사람은 없어?" 말하다 보니 내가 그의 청혼에 놀란 이유 중 하나가 떠올랐다. 우리는 서로 가족에 대해 별로 말하지 않았고, 그의 가족이 나에게, 나의 가족이 그에게 어떻게 반응할지 이야기한 적도 없었다. 일부러 피하고 있다고 의식하지는 못했지만, 어쨌든 우리는 그런 문제를 한 번도 이야기하지 않았다. 지금도 케빈은 놀란 얼굴이었다.

"가까운 가족 중에 남은 사람은 누나뿐이야. 벌써 몇 년 동안이나 내가 결혼해서 '정착'하게 하려고 애를 썼지. 분명히 당신을 좋아할 거야. 믿어도 돼."

별로 믿지 않았지만, 나는 말했다. "그랬으면 좋겠네. 하지만 우리 외삼촌 부부는 당신을 좋아하지 않을까 봐 걱정이야."

케빈은 나를 마주 보았다. "싫어하실까?"

나는 어깨를 으쓱였다. "그분들은 나이가 많아. 지금 세태와는 생각이 맞지 않을 때가 있지. 아마 아직도 내가 정신을 차리고 집으로 돌아와서 비서 학교에 가기를 기다리고 계실걸."

"그래서 우린 결혼하는 건가?"

나는 케빈에게 다가갔다. "그렇다는 거 잘 알고 있잖아."

"당신이 이야기하러 갈 때 나도 같이 갈까?"

"아니야. 원한다면 당신 누나에게 가서 말해. 하지만 마음 단단히 먹고 가. 누나에게 놀랄 수도 있어."

실제로 그랬다. 그리고 마음을 단단히 먹었든, 먹지 않았든 케빈은 누나의 반응에 대비하고 있지 않았다.

그는 나중에 나에게 말했다. "나는 누나를 잘 안다고 생각했어. 아니, 전에는 정말로 그랬지. 그렇지만 내 생각보다 더 소원해졌나 봐."

"누나가 뭐라고 했어?"

"당신을 만나고 싶지도, 집에 들이고 싶지도 않다고⋯⋯ 당신과 결혼하면 나도 마찬가지라더군." 그는 내 아파트에 딸린 초라한 보라색 소파에 등을 기대고 누워서 나를 올려다보며 말했다. "다른 말도 많은데, 듣고 싶지 않을 거야."

"알았어."

그는 고개를 저었다. "웃기는 건, 누나가 이렇게 반응할 이유가 없다는 거야. 누나는 자기가 하면서도 그 쓰레기 같은 말들을 믿지도 않았어. 그런 말을 하는 데에 익숙하지도 않았고. 마치 다른 사람의 말을 그대로 인용하는 느낌이었어. 아마 매형이겠지. 그 점잔 빼는 쬐그만 놈. 나는 누나를 위해 그런 놈도 좋아하려고 노력했는데."

"매형이 편견을 가진 사람이야?"

"훌륭한 나치가 되고도 남았을 놈이지. 누나도 그걸 두고 농담을 하곤 했어. 매형이 있을 때는 절대 안 했지만."

"그래도 그 사람과 결혼했지."

"절박했으니까. 누나는 아무하고라도 결혼했을 거야." 케빈은 살짝 웃었다. "고등학교 때 누나는 친구랑 만날 붙어 지냈는데, 둘 다 남자친구를 사귀지 못해서였어. 누나 친구는 뚱뚱하고 못생긴 흑인이었고, 캐럴 누나는 뚱뚱하고 못생긴 백인이었지. 누나가 친구 집에 사는 건지, 그 친구가 우리 집에 사는 건지 알 수 없었어. 내 친구들은 다 두 사람을 알았지만, 함께 어울리기에는 너무 어렸지. 캐럴 누나가 나보다 세 살 위거든. 어쨌든 두 사람은 서로를 위로했고, 다이어트도 같이 시작했고, 헤어지지 않으려고 같은 대학에 갈 계획까지 세웠어. 누나 친구는 정말로 그 대학에 갔지만, 누나는 마음을 바꾸고 치과조무사 훈련을 받았어. 그리고 처음으로 같이 일하게 된 치과의사와 결혼했지. 자기보다 스무 살이나 많고 으스대는 꼬마 보수주의자와 말이야. 지금 누나는 라카나다에 있는 큰 저택에 살면서 당신과 결혼하고 싶어하는 나에게 틀에 박힌 편협한 소리나 읊어대고 있지."

나는 무슨 말을 해야 할지 몰라서 어깨만 으쓱했다. 내가 말하지 않았느냐고 할 수는 없었다. "한번은 라카나다에서 어머니 차가 고장 난 적이 있어. 삼촌이 데리러 오기를 기다리는 동안에만 세 사람이 경찰을 불렀지. 수상한 사람이 있다고 말이야. 어머니는 그때 쉰세 살이셨어. 몸무게는 45킬로그램이었고. 픽이나 위험해 보이기도 했겠지."

"우리 극우파 매형이 딱 맞는 동네로 들어간 모양이군."

"모르겠어. 그때는 어머니가 돌아가시기 직전이었으니까. 1960년이었거든. 지금은 나아졌을지도 몰라."

"당신 외삼촌네는 나에 대해 뭐라고 하셨어, 다나?"

나는 내 손을 내려다보면서 두 분이 한 말을 모두 생각하고, 지친 마음으로 그 내용을 간단하게 줄였다. "외숙모는 내가 우리 자식은 피부색이 밝아질 거란 기대로 결혼한다고 받아들이시는 것 같아. 뭐, 어쨌든 나보다는 피부색이 옅겠지. 외숙모는 언제나 내가 너무 눈에 띈다고 하셨거든."

케빈은 나를 빤히 바라보았다.

"알겠어? 나이가 많은 분들이라고 했잖아. 숙모는 백인을 별로 좋아하지 않고, 피부색이 밝은 흑인을 좋아하셔. 생각해 봐. 어쨌든 외숙모는 날 '용서'하기는 해. 하지만 외삼촌은 아니야. 외삼촌은 이 일을 개인적으로 받아들이셔."

"개인적이라니, 어떻게?"

"외삼촌은…… 외삼촌은 우리 어머니의 큰오빠야. 우리 아버지는 내가 아기였을 때 돌아가셨기 때문에, 어머니가 돌아가시기 전부터 외삼촌은 내게 아버지 같은 분이야. 그래서 지금은…… 나에게 배신당한 셈이지. 어쨌든 외삼촌에게는 그렇게 느껴지나 봐. 나도 그게 마음에 걸려. 외삼촌은 화가 났다기보다는 상처받으신 거야. 정말로 상처받으셨어. 나는 물러날 수밖에 없었어."

"하지만 당신이 언젠가 결혼할 줄은 아셨을 텐데. 어째서 그렇게 당연한 일이 배신이지?"

"당신이니까." 나는 손을 뻗어 케빈의 곧은 잿빛 머리카락 몇 가닥을 손가락 사이에 넣고 비볐다. "외삼촌은 내가 외삼촌 비슷한 사람과…… 외삼촌처럼 생긴 사람과 결혼하기를 바라셔. 흑인 말야."

"아."

"나는 외삼촌과 가까웠어. 두 분은 자식을 원했지만 갖지 못했지. 내가 두 분의 자식이었어."

"그런데 지금은?"

"지금은…… 글쎄, 두 분은 패서디나에 아파트를 몇 채 갖고 계셔. 작지만 괜찮은 곳이지. 외삼촌이 나한테 그 집을 물려줘서 백인 손에 넘겨지는 꼴을 보느니 교회에 기부하고 말겠다고 하시더라. 그게 내게 할 수 있는 가장 나쁜 짓이라고 생각하나 봐. 아니면 그냥 외삼촌이 생각할 수 있는 최악의 일이거나."

"젠장." 케빈이 중얼거렸다. "당신 아직도 나와 결혼하고 싶은 거 확실하지?"

"그래. 나는 그저…… 신경 쓰지 마. 그냥 그렇다고만 생각해줘. 확실해."

"그렇다면 라스베이거스에 가서 친척이 없는 척하자."

그래서 우리는 라스베이거스로 차를 몰고 가서 결혼했고, 몇 달러를 놓고 도박도 했다. 전보다 큰 새 아파트로 돌아갔을 때 내 제일 친한 친구가 보낸 결혼 선물(믹서기였다)과 〈애틀랜틱〉지에서 날아온 수표를 발견했다. 드디어 내 단편이 하나 팔린 것이다.

2

정신을 차렸다.

나는 배를 깔고 누운 채 차갑고 단단한 물건에 불편하게 얼굴을 누르고 있었다. 목 아래쪽의 몸은 조금 더 부드러운 물체 위에 있었다. 서서히 햇빛과 그림자와 형태들을 알아볼 수 있었다.

고개를 들고 일어나 앉으려는데 갑자기 등에 불이 붙은 듯했다. 나는 고꾸라지면서 욕실 바닥에 머리를 세게 부딪쳤다. 내 욕실이었다. 집이었다.

"케빈?"

귀를 기울였다. 주위를 둘러볼 수도 있었지만 그러고 싶지 않았다.

"케빈?"

나는 몸을 일으키면서 눈에서 지저분한 눈물이 흘러내리고 있다는 사실을 자각하고, 통증을 자각했다. 맙소사, 그 아픔이라니! 몇 초 동안은 벽에 기대어 통증을 견디는 것 외에 아무 일도 할 수 없었다.

서서히 내가 생각만큼 심각한 상태가 아님을 알아차렸다. 사실 온전히 의식을 차렸을 때에는 전혀 위험하지 않은 상태였다. 통증 때문에 내 나이의 세 배는 되는 여자처럼 조심조심 천천히 움직여야 할 뿐이었다.

이제는 내가 욕실에 머리를, 침실에 몸을 두고 엎드려 있었음을 알 수 있었다. 나는 욕실로 가서 욕조에 물을 받았다. 미지근한 물로. 뜨겁거나 차가운 물은 견딜 수 없을 것 같았다.

블라우스가 등에 붙어 있었다. 정확히는 갈기갈기 찢어진 상태였고, 그 조각들이 붙어 있었다. 느낌으로 보아 피부도 꽤 심하게 찢어졌을 터였다. 노예였던 사람의 등을 찍은 오래된 사진을 본 적이 있었다. 그 흉하고 빽빽한 흉터를 기억할 수 있었다. 케빈은 언제나 내 피부가 얼마나 매끄러운지 말하곤 했는데……

바지와 신발을 벗고 블라우스는 걸친 채 욕조에 들어갔다. 수월하게 떼어낼 수 있을 때까지 물에 불릴 생각이었다.

욕조에서 꼼짝도 하지 않고, 생각도 하지 않고, 집 안 어디에서도 내가 기다리는 소리는 들리지 않을 줄 알면서도 혹시나 하고 귀를 기울이면서 오랫동안 앉아 있었다. 통증은 친구였다. 전에는 몰라도 지금은 통증이 나를 붙잡아주었다. 통증이 나에게 현실을 강요하고 제정신을 유지시켜주었다.

그러나 케빈이…….

나는 몸을 앞으로 숙이고 지저분한 분홍색 물속에서 울었다. 등의 피부가 고통스럽게 벌어졌고 물은 더 붉어졌다.

다 부질없었다. 내가 할 수 있는 일은 없었다. 어떤 일에 대해서도 아무 통제력이 없었다. 케빈은 죽었을지도 모른다. 1819년에 버려졌으니 케빈은 죽은 셈이었다. 수십 년 전에, 어쩌면 한 세기 전에.

내가 다시 불려갈 때, 케빈이 아직 나를 멀쩡히 기다리고 있고 몇 년밖에 흐르지 않았을 수도 있었다. 하지만 케빈은 서부에 가서 역사를 지켜보고 싶다고 하지 않았던가?

고통이 누그러지고 누더기 같은 블라우스가 떨어져나갔을 무렵 나는 지칠 대로 지쳐 있었다. 이제껏 느껴본 적 없는, 약해진 기분이었다. 욕조에서 나가서 최대한 몸을 말린 다음, 비틀비틀 침실로 들어가서 침대 위에 모로 쓰러졌다. 그리고 그 통증 속에서도 바로 잠들었다.

깨어났을 때 집 안은 어두웠고, 침대에는 나 혼자였다. 나는 그 이유를 모조리 다시 떠올려야 했다. 애써 뻣뻣한 몸을 일으켜서 얼른 다시 잘 수 있게 해주는 물건을 찾으러 갔다. 깨어 있고 싶지 않았다. 살아 있고 싶지도 않았다. 케빈은 잠을 잘 못 자서 고생할 때 처방받은 약을 보관하고 있었다.

나는 남아 있는 수면제를 찾아냈다. 두 알을 바로 삼키려다가 약장에 붙은 거울을 통해 내 모습을 보고 말았다. 심하게 부은 얼굴이 늙어 보였다. 머리카락은 마구잡이로 엉키고 흙과 피가 엉겨붙어 있었다. 반쯤 이성을 잃은 상태라 미처 머리 감을 생각을 하지 못했다.

나는 약을 삼키고 다시 욕조에 기어들어갔다. 이번에는 샤워기를 틀고 어찌어찌 머리를 감았다. 팔을 들어 올리면 아팠고, 몸을 구부려도 아팠다. 샴푸 거품 때문에 상처가 아팠다. 처음에는 인상을 쓰며 천천히 움직였다. 그러다가 결국에는 화가 나서 통증을 무시하고 격렬하게 움직였다.

그럭저럭 다시 사람 꼴이 되고 나서는 아스피린을 몇 알 삼켰다. 약은 큰 도움이 되지 않았지만, 정신이 웬만큼 돌아오니, 다시 잠들기 전에 해둘 일이 있다는 사실이 떠올랐다.

잃어버린 캔버스 가방을 대신할 가방이 필요했다. '검둥이'가 들고 다니기 지나치게 좋은 물건은 아니어야 했다. 고등학교 시절에 직접 만들어 썼던 낡은 데님 운동 가방으로 결정했다. 캔버스 가방 못지않게 튼튼하고 속이 넓으며, 초라해 보일만큼 색이 바랜 가방이었다.

가지고 있다면 긴 치마를 넣고 싶었다. 그러나 긴 치마라고는 화사하고 얇은 이브닝드레스 몇 벌밖에 없었다. 이목을 끌게 뻔했고, 상황상 우스꽝스러워 보이기도 할 터였다. 계속 남자처럼 입는 여자로 지내는 편이 나았다.

나는 청바지를 몇 벌 돌돌 말아서 가방 안에 쑤셔넣었다. 그 다음에는 신발, 셔츠, 울 스웨터, 빗, 솔, 칫솔과 치약(케빈과 내가 정말 그리워한 물건이었다), 커다란 비누 두 개, 수건, 아스피린 병(등이 다 낫기 전에 루퍼스에게 불려간다면 필요할 터였다), 칼을 넣었다. 그 칼은 임시변통으로 만들어서 발목에 달아둔 가죽 칼집 속에 있었기 때문에 나와 함께 돌아왔다. 그 칼을 와일린에게 쓸 기회가 없었다는 사실을 기뻐해야 할지 말아야 할지 알 수 없었다. 칼이 있었다면 와일린을 죽였을지도 모른다. 그때 나는 충분히 화나고, 충분히 겁먹고, 충분히 굴욕을 느꼈다…… 만약 그랬다면 루퍼스가 나를 다시 부를 때 그 살인에 대해 해명 해야 했으리라. 아니면 나 대신 케빈이 응보를 치러야 했겠지. 그렇게 생각하니 갑자기 와일린을 살려두었다는 사실이 다행스러웠다. 케빈은 이미 충분한 걱정거리를 안고 있었다. 그리고 내가 루퍼스를 다시 보게 될 때는, 그러니까 루퍼스를 다시 보게 된다면 그 애의 도움이 필요할 터였다. 아무리 좋아하지 않는 아버지라 해도 자기 아버지를 죽인 사람을 도와줄 리는 없었다.

다른 연필과 펜, 메모장도 가방 속에 쑤셔넣었다. 나는 천천히 케빈의 책상 위를 비웠다. 내 짐은 아직 풀지도 않은 상태였다. 그리고 쓸모가 있을지도 모르는 미국 노예사 책의 소형 페이퍼백을 발견했다. 그 책에는 내가 알고 있어야 할 날짜와 사건이 수록되어 있었고 메릴랜드 지도도 있었다.

이런 물건을 다 집어넣고 보니 가방은 제대로 닫히지 않을 정도였다. 나는 가방에 달린 끈을 졸라매어 묶고, 그 줄을 팔에 감았다. 허리에는 아무것도 묶을 수 없는 상태였다.

그리고 나니 어이없게도 배가 고팠다. 부엌에 가서 반쯤 남은 건포도 상자와 꽉 찬 견과류 통을 찾아냈다. 의외로 그걸 다 먹어치운 나는 바로 다시 잠들었다.

깨어났을 때는 아침이었고, 나는 여전히 집에 있었다. 움직일 때마다 등이 아팠다. 케빈이 햇볕에 화상을 입었을 때 쓰던 연고를 뿌렸다. 채찍에 맞은 상처가 타는 듯이 아팠다. 그러나 더 강력한 약을 써야 한다는 생각이 들었다. 기름과 피에 전 채찍이 어떤 균을 옮길 수 있는지 누가 알겠는가. 톰 와일린은 자기가 채찍질한 밭 일꾼의 등에 소금물을 끼얹으라고 명령했다. 소금물이 등을 때리자 남자가 지르던 비명소리가 귀에 선했다. 그래도 그 남자의 상처는 감염 없이 나았다.

그 밭 일꾼을 생각하자 이상하게 혼란스러웠다. 잠시 동안 루퍼스가 나를 다시 부르고 있다고 생각했다. 그러다가 현기증은 없다는 사실을 깨달았다. 그저 혼란스러울 뿐이었다. 채찍으로 맞던 밭 일꾼에 대한 기억이, 갑자기 지금 집에서는 있을 자리를 잃은 느낌이었다.

나는 욕실을 나서서 침실로 들어가 주위를 둘러보았다. 집이었다. 차양 없는 침대, 화장대, 옷장, 전기등, 텔레비전, 라디오, 전자시계, 책. 집이었다. 내가 그동안 있던 곳과는 아무 관계도 없었다. 여기가 진짜였다. 여기가 내가 속한 곳이었다.

나는 낙낙한 드레스를 입고 앞마당으로 나갔다. 옆집에 사는 몸집 작은 파란 머리 여자가 나를 알아보고 아침인사를 건넸다. 손을 짚고 엎드려 꽃밭의 땅을 파는 모습이 즐거워 보였다. 그녀를 보니 꽃밭을 갖고 있던 마거릿 와일린이 생각났다. 마거릿의 손님들이 꽃을 두고 그녀를 칭찬하는 소리를 들은 적이 있었다. 그러나 물론 마거릿은 자기 꽃밭을 직접 가꾸지 않았다…….

오늘과 어제가 맞물리지 않았다. 처음으로 루퍼스에게 돌아갔을 때만큼이나 낯선 기분이었다. 루퍼스의 집과 내 집 사이에 낀 기분.

길 건너편에는 볼보가 서 있었고 머리 위에는 전선이 있었다. 야자나무와 포장도로가 있었다. 내가 막 나온 욕실이 있었다. 숨을 참고 들어가야 하는 재래식 옥외 변소가 아니라 버젓한 욕실 겸 화장실이었다.

나는 다시 집 안으로 들어가서 라디오를 틀고 뉴스만 내보내는 주파수를 찾았다. 그리고 지금이 1976년 6월 11일 금요일이라는 사실을 겨우 알았다. 그곳에서 거의 두 달을 지냈는데 어제, 그러니까 집을 떠난 날에 이곳으로 돌아온 것이다. 아무것도 현실 같지 않았다.

만약 내가 오늘 바로 불려가서 오늘 밤에 데리고 돌아온다고 해도 케빈에게는 몇 년이 흘렀을 수도 있었다.

음악 방송 주파수를 찾아내어 생각이 다 잠길 만큼 소리를 높였다.

시간은 흘러갔고 나는 짐을 더 풀었다. 자주 일을 멈추고 아스피린을 지나치게 먹기는 했지만 작업실을 대충 정리해나갔다. 한번은 타자기 앞에 앉아서 지금까지 일어난 일에 대해 써보려고도 했는데, 여섯 번을 시도하다가 포기하고 다 던져버렸다. 언젠가 이 일이 끝나면, 끝나기라도 한다면 그때는 쓸 수 있을지도 모른다.

패서디나에 사는 제일 친한 사촌, 그러니까 고모의 딸에게 전화를 걸어서 식료품을 사다달라고 부탁했다. 나는 몸이 아프고 케빈은 지금 없다고 설명했다. 내 목소리가 뭔가 심상치 않았는지, 사촌은 아무 질문도 하지 않았다.

여전히 집을 떠나기가 무서웠다. 걸어도, 운전을 해도 마찬가지였다. 운전을 하다가 루퍼스가 좋지 않은 때에 부르기라도 하면 나도 죽기 십상이었고, 내 차가 다른 사람들까지 죽일 수도 있다. 걷다가 현기증이 일어 차도에 쓰러질 수도 있다. 아니면 인도에 쓰러져서 관심을 끌 수도 있다. 누군가가, 이를테면 경찰이 나를 도우려고 다가올 수도 있다. 그랬다가는 또 다른 사람을 같이 끌고 가서 과거에 묶어두는 죄를 저지르는 일이 될 것이다.

사촌은 좋은 친구였다. 나를 보더니 곧장 자기가 아는 의사를 추천했다. 또 경찰에 신고해 케빈을 뒤쫓으라고 충고도 했다. 사촌은 내 얼굴의 멍이 케빈 작품이라고 생각했다. 아무 말도 하지 않겠다고 맹세하게 했다. 그 애는 결코 말하지 않을 터였다. 우리는 서로의 비밀을 지켜주면서 자란 사이였다.

"네가 남자에게 맞고 살 만큼 멍청할 줄은 생각도 못했다." 사촌은 가면서 그렇게 말했다. 나에게 실망한 듯했다.

"나도 그럴 줄은 몰랐어." 나는 사촌이 가고 나서 속삭였다.

나는 데님 가방을 언제나 가까이 두고 집 안에서 기다렸다. 하루하루가 느릿느릿 지나갔고, 가끔은 일어나지 않을 일을 기다리고 있는 게 아닌가 하는 생각도 들었다. 그래도 계속 기다렸다.

노예제도에 대한 책을 읽었다. 소설이든 비소설이든 상관없었다. 집에 있는 책 중에서 조금이라도 관련이 있다 싶은 책은 모조리 읽었다. 심지어 《바람과 함께 사라지다》까지 읽었다. 다 읽지는 못했다. 부드러운 사랑의 유대로 이어진 행복한 유색인들이라는 각색만은 참아낼 수 없었다.

어쩌다 보니 케빈이 모은 2차 세계대전 관련 책 한 권에 빠져들기도 했다. 정치범 수용소에서 살아남은 사람들의 회고를 발췌하여 묶은 책이었다. 구타, 굶주림, 오물, 질병, 고문, 그 밖에 가능한 모든 인간성 훼손의 예가 들어 있었다. 마치 미국인이 이백 년 가까이 하려고 했던 일을 독일인은 몇 년 만에 이루려고 했던 것 같았다.

책 때문에 우울해지고 겁먹은 나는 케빈의 수면제를 가방에 넣었다. 나치 못지않게 전쟁 전 남부의 백인도 고문에 대해서 꽤 잘 알고 있었다. 적어도 내가 알고 싶지 않을 만큼은.

3

마침내 현기증이 찾아온 건 집에서 여드레를 보낸 후였다. 나 자신을 위해 저주해야 할지, 케빈을 위해 환영해야 할지 알수 없었다. 어차피 내 반응은 아무 영향도 미치지 못했지만.

나는 옷을 다 갖춰 입고, 데님 가방을 들고, 칼을 찬 채로 루퍼스의 시대에 갔다. 현기증 때문에 무릎을 꿇은 자세로 도착하기는 했지만, 바로 정신을 차리고 주위를 경계했다.

늦은 오후 아니면 이른 아침의 숲 속이었다. 태양이 하늘에 낮게 걸려 있었는데, 사방을 나무가 둘러싸고 있어서 뜨는 건지 지는 건지 판단할 기준이 없었다. 멀지 않은 곳에 키 큰 나무 사이로 흘러가는 개울이 보였다. 개울 건너편에 젊은, 아니 아직 어리다고 할 만한 흑인 여자가 서 있는데 드레스 앞섶이 찢어져 있었다. 그녀는 앞섶을 모아쥔 채로 흑인 남자와 백인 남자의 싸움을 지켜보고 있었다.

백인 남자의 빨간 머리를 보니 누구일지 짐작이 갔다. 얼굴을 알아보기에는 이미 너무 엉망이 되어 있었다. 그는 싸움에서 지고 있었다. 아니, 이미 졌다. 싸움 상대인 흑인은 비슷한 몸집에 똑같이 호리호리한 몸이었지만, 억세고 강인해 보였다. 아마 몇 년이나 힘든 일을 해서 단련이 되었으리라. 흑인 남자는 루퍼스에게 맞아도 별 영향을 받지 않는 듯했고, 루퍼스를 때려죽이고 있었다.

문득 정말로 그럴지도 모른다는 생각이 들었다. 내가 케빈을 찾아내게 도와줄 수 있는 유일한 사람, 내 조상을 그 남자가 죽이려 하고 있는지도 모른다. 여기에서 무슨 일이 일어났는지는 뻔했다. 여자와 찢어진 드레스. 모든 것이 보이는 그대로라면 루퍼스는 맞아죽어도 쌌다. 루퍼스는 내가 두려워한 것보다 더 나쁘게 자랐는지도 몰랐다. 하지만 어떤 놈이든 나에게는 살아 있는 루퍼스가 필요했다. 케빈을 위해서, 그리고 나를 위해서.

나는 루퍼스가 쓰러졌다 일어서고, 다시 맞아 쓰러지는 모습을 보았다. 이번에는 일어나는 속도가 느리기는 했지만, 그래도 루퍼스는 일어섰다. 나는 루퍼스가 이미 충분히 다시 일어섰다는 느낌을 받았다. 앞으로 더 일어서기는 힘들 것이다.

가까이 다가가자 여자가 나를 보았다. 그녀가 잘 알아들을 수 없는 소리를 외치자 흑인 남자가 고개를 돌려 그녀를 보았고, 그녀의 시선을 따라 나를 보았다. 바로 그 순간 루퍼스가 남자의 턱을 때렸다.

놀랍게도 흑인 남자는 비틀거리면서 뒤로 물러섰다. 거의 쓰러질 뻔했다. 그러나 루퍼스는 따라가서 겨우 잡은 기회를 살리기에는 너무 지치고 다친 상태였다. 흑인 남자가 다시 한 번 강력한 타격을 먹이자 루퍼스는 쓰러졌다. 이번에는 일어설 가능성이 없었다. 완전히 정신을 잃었다.

내가 다가가는 동안 흑인 남자는 다시 때릴 것처럼 허리를 굽히고 루퍼스의 머리카락을 잡았다. 나는 얼른 남자에게 다가섰다. "그 사람을 죽인다면 사람들이 당신을 어떻게 하겠어요?" 내가 말했다.

남자는 고개를 돌려 나를 노려보았다.

"당신이 그 사람을 죽이면 사람들이 저 여자에게는 어떻게 할까요?" 나는 물었다.

이 말은 그의 마음에 영향을 미친 모양이었다. 그는 루퍼스를 놓고 허리를 펴서 나를 마주했다. "내가 이놈에게 무슨 짓을 했는지 누가 말할 건데?" 낮고 위협적인 목소리였고, 나도 의식을 잃고 바닥에 쓰러진 루퍼스 옆에 눕게 되는 걸까 하는 생각이 들었다.

나는 억지로 어깨를 으쓱였다. "당신에게 바로 물어본다면 당신이 직접 말하겠죠. 아니면 저 여자가 말하거나."

"당신은 뭐라고 할 건데?"

"가능하다면 아무 말도 안 해요. 그래도…… 죽이지 말라고 부탁하고 싶네요."

"당신, 이 녀석의 노예인가?"

"아뇨. 다만 내 남편이 어디에 있는지 이 사람이 알지도 몰라요. 잘하면 내가 그걸 알아낼 수 있을지도 모르고요."

"남편……?" 그는 나를 머리끝부터 발끝까지 훑어보았다. "왜 사내처럼 입고 돌아다니지?"

나는 아무 말도 하지 않았다. 그 질문에 하도 신물이 나서, 위험을 무릅쓰고 나가서 긴 드레스를 살까 하기도 했는데. 나는 루퍼스의 피투성이 얼굴을 내려다보고 말했다. "이 사람을 여기에 두고 가면, 일어나서 누군가를 보내 당신을 뒤쫓을 때까지 꽤 오랜 시간이 걸릴 거예요. 도망칠 시간이 있어요."

"당신이라면 저놈을 살려주고 싶겠어?" 그는 여자 쪽을 가리켰다.

"당신 아내인가요?"

"그래."

내가 상상으로나 짐작할 수 있는 분노 속에서도 그는 세라처럼 자신을 억누르고, 살인을 참고 있었다. 평생의 조건화를 극복하기란, 불가능하지는 않아도 결코 쉽지 않은 법이다. 나는 여자를 보았다. "남편이 이 사람을 죽였으면 좋겠어요?"

여자가 고개를 저을 때 보니 얼굴 한쪽이 부어올라 있었다. "내가 직접 죽일 수도 있었어요. 지금은…… 아이작, 우리 그냥 도망치자!"

"이 여자를 두고 도망치자고?" 남자는 의심과 적개심이 어린 눈으로 나를 노려보았다. "이 여자는 내가 아는 어떤 검둥이와도 다르게 말해. 백인들과 아주 가깝게 지낸 것 같은 말투야. 그것도 오랫동안."

"그 여자가 그렇게 말하는 건 먼 곳에서 왔기 때문이야."

나는 놀라서 그 여자를 쳐다보았다. 키가 크고 가냘프고 검었다. 조금은 나와 닮았다…… 아니, 많이 닮았는지도 모른다.

"다나 맞죠?" 그녀가 물었다.

"맞아요…… 어떻게 알았죠?"

"들었어요." 그녀는 발로 루퍼스를 슬쩍 찔렀다. "맨날 당신 이야기를 했죠. 그리고 나도 어렸을 때 당신을 한 번 봤어요."

나는 고개를 끄덕였다. "너 앨리스구나. 그럴 줄 알았어."

그녀는 고개를 끄덕이고 부어오른 얼굴을 문질렀다. "네, 앨리스예요." 그리고 그녀는 자부심 어린 얼굴로 흑인 남자를 보았다. "지금은 앨리스 잭슨이죠."

나는 다시 한 번 그 여자에게서 내 기억 속 여위고 겁먹은 아이를 보려고 했다. 겨우 두 달 전에 본 아이를 말이다. 불가능한 일이었다. 그러나 이제는 나도 불가능에 익숙해져야 했다. 흑인 여자를 덮치는 백인 남자에게 익숙해져야 했듯이 말이다. 톰 와일린의 예가 있지 않았던가. 그러나 어쩐지 나는 루퍼스가 그보다는 나을 거라는 희망을 품고 있었다. 혹시 앨리스가 벌써 헤이거를 임신한 건 아닌지 궁금했다.

앨리스는 말을 이었다. "지난번에 당신이 날 봤을 때는 내 성이 그린우드였죠. 난 작년에 아이작과 결혼했어요…… 엄마가 돌아가시기 직전에요."

"돌아가셨어?" 그게 아닌 줄 알면서도 나는 내 또래의 여자가 죽어가는 모습을 떠올리고 말았다. 하지만 내 나이가 아니라고는 해도 꽤 젊은 나이에 죽은 것은 확실했다. "안타깝구나. 네 엄마는 날 도와주려고 했는데."

그러자 아이작이 말했다. "많은 사람을 도와주셨지. 이 못된 꼬마 녀석에게도 잘 대하셨어. 이 녀석 가족보다 더 잘해줬을 걸." 그는 루퍼스의 옆구리를 세게 걷어찼다.

나는 얼굴을 찡그렸고 루퍼스를 아이작의 손이 닿지 않는 곳으로 옮길 수 있으면 좋겠다고 생각했다. "앨리스, 루퍼스는 네 친구 아니었니? 그러니까…… 루퍼스가 그냥 우정을 잃은 거야?"

"내 생각보다 더 친해지고 싶어했죠. 내가 결혼하는 걸 막으려고 홀먼 판사를 설득해서 아이작을 남부로 팔아버리려고 했어요."

"당신, 노예인가요?" 나는 놀라서 아이작에게 말했다. "맙소사, 당장 여길 뜨는 게 좋겠네요."

아이작은 앨리스에게 딱 봐도 '말이 너무 많아'라는 뜻이 담긴 눈빛을 던졌다. 앨리스는 그 눈빛을 맞받아쳤다.

"아이작, 이 사람은 괜찮아. 노예에게 글을 가르치다가 채찍질을 당한 적도 있어. 톰 와일린이 직접 때렸지."

"우리가 떠나고 나면 그다음에는 어쩔 건지 알고 싶군." 아이작이 말했다.

내가 대답했다. "난 루퍼스와 같이 있을 거예요. 루퍼스가 정신을 차리면 집까지 돌아가게 도와줄 거고요. 최대한 천천히요. 당신들이 어디로 갔는지는 말하지 않을 거예요. 어차피

난 모를 테니까."

아이작은 앨리스를 쳐다보았고, 앨리스는 남편의 팔을 잡아 끌며 재촉했다. "가자!"

"하지만……."

"모든 사람을 때려눕힐 수는 없어! 가!"

아이작이 막 떠나려고 할 때 내가 말했다. "아이작, 혹시 원한다면 내가 통행증을 써줄 수도 있어요. 당신이 정말로 가려는 곳을 쓸 필요는 없겠지만, 혹시라도 누가 막으면 도움이 될지 몰라요."

그는 아무 믿음도 없는 눈으로 나를 보더니 대답 없이 몸을 돌려서 걸어가버렸다.

앨리스는 머뭇거리다가 부드럽게 말했다. "당신 남자는 떠났어요. 오랫동안 당신을 기다리다가 떠났어요."

"어디로 갔는지 알아?"

"북부 어딘가래요. 저도 몰라요. 루퍼스 씨가 알아요. 그렇지만 조심하세요. 루퍼스 씨는 가끔 완전히 미쳐버리거든요."

"고마워."

앨리스는 몸을 돌려 아이작을 따라갔다. 나는 정신을 잃은 루퍼스와 혼자 남았다. 혼자서 앨리스와 아이작이 어디로 갈까 생각했다. 북쪽 펜실베이니아로? 그랬으면 좋겠다고 생각했다. 그리고 케빈은 어디로 간 걸까? 왜 다른 곳으로 간 걸

228

까? 루퍼스가 케빈을 찾도록 도와주지 않으면 어떻게 하나? 아니면 이번에는 케빈을 찾을 수 있을 만큼 길게 머물지 못한다면? 왜 케빈은 기다릴 수 없었을까……?

4

나는 루퍼스 옆에 무릎을 꿇고 앉은 뒤 그의 몸을 굴려서 똑바로 눕혔다. 코에서 피가 흐르고 있었다. 찢어진 입술에서도 피가 났다. 이가 몇 개 빠졌을지도 모르겠다 싶었지만, 확실하게 알 수 있을 만큼 가까이 들여다보지는 않았다. 얼굴은 울퉁불퉁하게 부었고, 한동안은 멍든 눈으로 다녀야 할 터였다. 그러나 대체로 겉보기만큼 나쁜 상태는 아닐 듯했다. 옷을 벗기지 않고는 볼 수 없는 멍 자국들이 있는 것은 분명했으나 심하게 다친 것 같지는 않았다. 정신이 들면 꽤 아프기야 할 테지만, 자초한 일이었다.

무릎을 꿇고 앉은 채 루퍼스를 지켜보았다. 처음에는 루퍼스가 어서 의식을 찾기를 바라다가, 이내 앨리스 부부가 출발이라도 잘할 수 있게 계속 쓰러져 있으라고 빌었다. 개울을 보며 차가운 물을 조금 뿌리면 좀 더 빨리 깰지도 모른다고 생각했으나 움직이지는 않았다. 아이작의 목숨이 달려 있었다. 루퍼스가 제대로 앙심을 품었다면 얼마든지 아이작을 죽일 수 있었다. 노예에게는 아무 권리도 없고, 백인을 때린 죄에 대해서는 변명이 있을 수 없었다.

할 수만 있다면, 루퍼스가 아직 조금이라도 내가 알던 그 소년 그대로라면 아예 아이작을 뒤쫓지 못하게 해볼 생각이었다. 루퍼스는 열여덟이나 열아홉 살 정도로 보였다. 아직은 엄포를 놓고 겁을 줄 수 있었다. 우리에게는 서로가 필요하다는 사실을 루퍼스가 깨닫는 데 오래 걸리지는 않을 것이다. 이제 우리는 번갈아가면서 서로를 도와야 했다. 우리 둘 다 필요한 순간에 상대방이 주저하기를 바라지 않았다. 우리는 서로 협력하는 방법을, 타협하는 방법을 배워야 했다.

"거기 누구야?" 갑자기 루퍼스가 말했다. 목소리가 약해서 겨우 들을 수 있었다.

"다나야, 루퍼스."

"다나?" 루퍼스는 부은 눈을 조금 크게 떴다. "돌아왔구나!"

"네가 계속 죽을 위기에 빠지니까 나도 계속 돌아오지."

"앨리스는 어디 있어?"

"몰라. 난 우리가 있는 곳이 어디인지도 몰라. 그렇지만 네가 방향을 가르쳐준다면 집에 갈 수 있게 도와줄게."

"앨리스는 어디로 갔어?"

"나는 몰라, 루퍼스."

루퍼스는 일어나 앉으려 했지만, 겨우 20센티미터쯤 몸을 일으켰다가 끙끙거리면서 다시 쓰러졌다. "아이작은 어디 있지?" 루퍼스가 중얼거렸다. "그 개새끼를 잡아야 하는데."

"좀 쉬고 기운을 회복해. 지금 너는 바로 옆에 서 있는 사람이라 해도 잡을 수 없을 거야."

루퍼스는 신음하며 조심스럽게 옆구리를 더듬었다. "그 새끼는 값을 치르게 될 거야!"

나는 일어서서 개울 쪽으로 걸어갔다.

"어디 가?" 루퍼스가 외쳤다.

나는 대답하지 않았다.

"다나? 이리 돌아와! 다나!"

루퍼스의 목소리는 점점 절박해졌다. 루퍼스는 다쳤고 내가 없으면 혼자였다. 그는 몸을 일으킬 수조차 없었는데, 나는 그를 버리려는 것처럼 굴었다. 루퍼스에게 그런 두려움을 조금이라도 경험하게 하고 싶었다.

"다나!"

나는 데님 가방에서 수건을 꺼내어 물에 적셔서 가지고 돌아갔다. 나는 루퍼스 옆에 무릎을 꿇고 그의 얼굴에 묻은 피를 닦기 시작했다.

"왜 어디로 간다고 말을 하지 않았어?" 루퍼스는 불안해하며 말했다. 그는 숨을 몰아쉬면서 옆구리를 붙잡고 있었다.

나는 루퍼스를 보며 실제로는 얼마나 성장했을까 생각했다.

"다나, 무슨 말 좀 해!"

"난 네가 말했으면 좋겠는데."

루퍼스는 눈을 가늘게 뜨고 나를 보았다. "뭐?" 몸을 가까이 기울이고 있었기에, 루퍼스가 말을 하면서 내뿜는 숨이 느껴졌다. 그래서 루퍼스가 술을 마셨음을 알았다. 취한 것 같지는 않았지만, 술을 마신 것은 확실했다. 그 사실에 걱정이 되었지만 내가 할 수 있는 일은 없었다. 루퍼스가 완전히 맨 정신이 될 때까지 기다릴 수도 없었다.

"널 공격한 남자들에 대해서 말해줬으면 좋겠어." 나는 말했다.

"무슨 남자들? 아이작이⋯⋯."

나는 즉석에서 지어냈다. "너와 같이 술을 마신 남자들. 처음 보는 백인들이었지. 그놈들이 너를 취하게 만들고, 네 돈을 강탈하려고 했어." 케빈이 예전에 지어냈던 이야기가 도움이 되었다.

"도대체 무슨 소리야? 아이작 잭슨이라는 거 알잖아!" 그 말은 귀에 거슬리는 속삭임이 되어 나왔다.

"그래, 아이작이 너를 때렸지." 나는 맞장구를 쳤다. "왜 그랬지?"

루퍼스는 대답 없이 나를 노려보았다.

232

"너는 한 여자를 강간했거나 강간하려고 했고, 그 여자의 남편은 널 때렸어. 그 사람이 널 죽이지 않은 것만도 행운이야. 앨리스와 내가 말리지 않았으면 죽였을걸. 이제 네 목숨을 구해준 우리에게 어떻게 보답할래?"

얼굴에 떠올라 있던 당혹감과 분노가 사라지고 루퍼스는 멍하니 나를 응시했다. 그는 잠시 후에 눈을 감았고 나는 수건을 빨러 갔다. 다시 돌아갔을 때 루퍼스는 몸을 일으키려다가 실패하는 중이었다. 그는 결국 옆구리를 붙잡고 헉헉거리며 다시 누웠다. 나는 혹시 루퍼스가 겉보기보다 더 아픈 건가, 혹시 속을 다쳤나 생각했다. 갈비뼈가 부러졌다든가.

나는 다시 루퍼스 옆에 무릎을 꿇고 남은 피와 흙을 닦아냈다. "루퍼스, 그 애를 강간했니?"

루퍼스는 죄지은 표정으로 눈을 피했다.

"왜 그런 짓을 했어? 앨리스는 네 친구였잖아."

"어렸을 때는 친구였지." 루퍼스는 부드럽게 말했다. "이제 우리는 어른이 됐어. 그 애가 내가 아니라 검둥이 수컷을 택했기 때문에 그렇게 된 거야!"

"앨리스의 남편 말이니?" 나는 겨우 목소리를 차분하게 낼 수 있었다.

"달리 누구 얘기겠어!"

"그래." 나는 씁쓸한 마음으로 루퍼스를 내려다보았다. 케빈이 옳았다. 루퍼스에게 영향을 미칠 수 있다고 생각한 내가 바보였다. 나는 다시 말했다. "그래. 감히 어떻게 그 애가 자기 남편을 택할 수 있겠어. 자기가 무슨 자유민이라도 된다고 생각하는 모양이지."

"그게 무슨 상관이야?" 루퍼스가 묻더니 목소리를 확 줄여 속삭이듯이 말했다. "난 어떤 밭 일꾼보다 더 앨리스를 잘 돌봐줄 수 있었어. 앨리스가 계속 거절하지만 않았어도 절대 해치지 않았을 거야."

"앨리스에게는 거절할 권리가 있었어."

"그 권리 때문에 어떻게 되나 보자고!"

"오, 앨리스에게 해를 더 끼치려고? 앨리스는 조금 전에 나를 도와서 네 목숨을 구했어. 기억하니?"

"받을 대가는 받게 되어 있어. 내가 손을 쓰든 말든 그렇게 될걸." 루퍼스는 미소 지었다. "아이작과 같이 도망쳤다면 대가를 톡톡히 치르게 될 거야."

"어째서? 무슨 의미지?"

"그러니까 아이작과 같이 도망친 거군?"

"나는 몰라. 아이작은 내가 네 편이라고 생각했고, 나를 믿지 않았기 때문에 어떻게 할지 말하지 않았어."

"말하지 않았대도 뻔해. 아이작은 백인을 공격했어. 그런 짓을 해놓고 홀먼 판사에게 돌아가지는 못해. 다른 검둥이라면 몰라도 아이작은 아니야. 아이작은 도망노예이고, 앨리스는 아이작의 도망을 돕고 있지. 어쨌든 판사는 그렇게 볼 거야."

"앨리스는 어떻게 되는 거지?"

"감옥행. 채찍질. 그다음엔 팔아버리겠지."

"노예가 되는 건가?"

"자기 잘못이야."

나는 루퍼스를 응시했다. 하늘이여, 앨리스와 아이작을 도우소서. 그리고 나를 도우소서. 루퍼스가 평생의 친구를 그렇게 빨리 등질 수 있다면, 나를 등지는 데에는 얼마나 오래 걸리겠는가?

"하지만 난 앨리스가 남부로 팔려가기를 바라지 않아." 루퍼스가 속삭였다. "자기 잘못이든 아니든 앨리스가 어딘가의 논에서 쓰러져 죽기를 바라지는 않는다고."

"왜?" 나는 쓸쓸하게 물었다. "그게 네게 왜 문제가 되지?"

"나도 내가 아무렇지 않았으면 좋겠어."

나는 루퍼스를 보고 얼굴을 찌푸렸다. 루퍼스의 말투가 갑자기 변해서였다. 루퍼스도 조금은 인간적인 모습을 보여주는 건가? 아직 보여줄 인간성이 남아 있었던가?

"앨리스에게 당신 이야기를 했어." 루퍼스가 말했다.

"알아. 나를 알아보더라."

"전부 다 이야기했어. 당신과 케빈이 결혼했다는 사실까지.

특히 그 부분을……."

"사람들이 앨리스를 다시 여기로 끌고 오면 어떻게 할 거니, 루퍼스?"

"내가 사야지. 돈은 있어."

"아이작은?"

"아이작 같은 건 지옥에나 가라고 해!" 루퍼스는 너무 격하게 이야기하다가 옆구리가 아픈지 얼굴을 고통스럽게 일그러 뜨렸다.

"그러니까 넌 원하던 대로 남자를 없애고 여자를 갖게 되겠구나." 나는 넌더리를 내며 말했다. "강간의 보상으로 말이야."

루퍼스는 내 쪽으로 고개를 돌리고 부어오른 눈으로 노려보았다. 그는 조용히 말했다. "난 그놈과 사귀지 말라고 애걸을 했어. 내 말 들려? 내가 앨리스에게 애걸을 했다고!"

나는 아무 말도 하지 않았다. 나는 루퍼스가 앨리스를 사랑한다는 사실을 깨달았다. 앨리스에게는 불행한 일이었다. 흑인 여자를 강간한다고 부끄러울 것은 없어도, 흑인 여자를 사랑한다면 부끄러울 수 있는 시대였다.

"앨리스를 그냥 덤불 아래로 끌고 들어가고 싶지는 않았어. 절대로 그러고 싶지 않았어. 하지만 앨리스는 계속 싫다고 했어. 내가 원한 게 그것뿐이었다면 벌써 몇 년 전에 덤불 속으로 끌고 들어갈 수 있었어."

"알아." 내가 말했다.

"내가 당신 시대에 살았다면 앨리스와 결혼했겠지. 아니면 시도라도 했을 거야." 루퍼스는 다시 일어나려고 했다. 이제는 힘이 조금 더 돌아온 모양이었지만, 통증은 여전했다. 나는 앉아서 루퍼스를 지켜보기만 할뿐 돕지 않았다. 루퍼스가 회복해서 집에 가기를 간절히 바랄 이유가 없었다. 루퍼스가 집에 가서 무슨 말을 할지 확실히 해두기 전에는…….

통증이 압도적이었는지, 루퍼스는 결국 다시 드러누우며 속삭였다. "그 개새끼가 나한테 무슨 짓을 한 거야?"

"내가 가서 도움을 구할 수 있어. 네가 어느 쪽으로 가야 하는지만 알려주면."

"잠깐만." 루퍼스는 숨을 고르다가 기침을 했고 기침 때문에 심하게 아팠는지 신음했다. "하느님 맙소사."

"갈비뼈가 부러졌나 봐." 내가 말했다.

"놀랄 것도 없지. 당신이 가는 게 좋겠어."

"좋아. 하지만 루퍼스…… 백인 남자들이 널 공격한 거야. 그렇지?"

루퍼스는 아무 말도 하지 않았다.

"사람들이 어차피 아이작을 뒤쫓을 거라면서. 좋아, 그건 어쩔 수 없어. 하지만 아이작에게, 그리고 앨리스에게 기회라도 줘. 두 사람이 너에게 기회를 준 것처럼."

"내가 말을 하든 않든 차이는 없을걸. 아이작은 도망노예야. 무슨 일이 있어도 그 점에 대해서는 책임을 져야 해."

"그렇다면 네가 침묵해도 상관없잖아."

"당신이 원하는 대로, 걔들에게 출발할 수 있는 여유가 생긴다는 점만 빼면 말이지."

나는 고개를 끄덕였다. "그랬으면 좋겠어."

"그러면 날 믿을 거야?" 루퍼스는 나를 자세히 들여다보고 있었다. "말하지 않겠다고 하면, 나를 믿을 거야?"

"그래." 나는 잠깐 사이를 두고 다시 말했다. "너와 나는 서로 거짓말을 하지 말아야 해. 거짓말할 만한 가치가 없어. 우리 둘 다 서로에게 보복할 기회는 차고 넘치니까."

루퍼스는 나에게서 고개를 돌렸다. "빌어먹을 책처럼 말하는군."

"그렇다면 케빈에게 읽기를 잘 배웠기를 빈다."

"당신……!" 루퍼스는 내 팔을 거머쥐었다. 손아귀 힘이 약해서 뿌리칠 수도 있었지만 그대로 두었다. "당신이 날 위협한다면, 나도 당신을 위협하겠어. 내가 없으면 케빈은 절대 찾지 못할 거야."

"알아."

"알면 날 위협하지 마!"

"나는 우리가 서로에게 위험할 수 있다고 말했어. 그건 위협이 아니라 일깨우는 거야." 사실은 엄포에 더 가까웠다.

"위협할 필요도, 일깨워줄 필요도 없어."

나는 아무 말도 하지 않았다.

"그래서? 가서 도움을 구해올 거야?"

여전히 나는 아무 말도 하지 않았다. 움직이지도 않았다.

루퍼스는 한쪽 방향을 가리키며 말했다. "저 숲을 가로질러 가. 멀지 않은 곳에 도로가 있어. 도로에서 왼쪽으로 쭉 따라가다 보면 우리 집이 나올 거야."

나는 조만간 그 방향 지시를 이용하게 되리라는 사실을 알고 귀담아들었다. 그러나 우선 그와 나 사이에 이해가 성립해야 했다. 루퍼스는 우리가 암묵적인 협약을 맺었다는 사실을 인정할 필요도 없었다. 혹시 자존심 문제라고 생각한다면, 얼마든지 자존심을 지킬 수 있었다. 다만 나를 이해한 것처럼 행동하기는 해야 했다. 그것조차 거부한다면 나는 당장 루퍼스가 더 고통스러워하게 방치할 뿐 아니라, 나중에 케빈이 안전해지고 헤이거가 태어날 기회라도 얻게 될 때는(그 부분에 대해서는 영영 알아낼 수 없을지도 모르지만) 루퍼스가 자기 문제를 직접 해결하게 놔두고 떠날 생각이었다.

"다나!"

나는 루퍼스를 쳐다보았다. 그사이에 정신을 다른 곳에 팔고 있었던 것이다.

"앨리스에게…… 그 둘에게 시간을 줄게. 날 공격한 건 백인 남자들이야."

"좋아, 루퍼스." 나는 그의 어깨에 손을 짚었다. "네 아버지는 내 말을 듣지 않을 거야. 그렇지? 나는 지난번에 내가 집으로 돌아갔을 때 네 아버지가 무엇을 봤는지 몰라."

"아버지도 자기가 뭘 봤는지 몰라. 무엇인지는 모르지만, 전에 강가에서도 본 적이 있었고 그때도 자기 눈을 믿지 않았지. 어쨌든 당신 말을 듣기는 할 거야. 당신을 조금은 무서워할지도 몰라."

"기왕이면 그랬으면 좋겠네. 최대한 빨리 돌아올게."

5

도로는 생각보다 멀었다. 날이 어두워지자 (해는 뜨는 게 아니라 지고 있었다) 나는 한 번씩 메모장에서 종이를 뜯어 나무에 붙여 길을 표시했다. 그렇게 해두어도 루퍼스에게 돌아갈 길을 찾을 수 없을까 봐 걱정되었다.

도로에 다다라서는 덤불을 뜯어 바리케이드 비슷한 것을 만들고 하얀 종이 조각을 뿌렸다. 돌아갈 때 보고 제때 꺾어 들어가기 위해서였다. 그동안 아무도 그 덤불에 손대지 않는다면 말이다.

나는 어두워질 때까지 도로를 따라갔다. 도로를 따라 숲을 지나고, 들판을 지나고, 와일린의 집보다 훨씬 훌륭한 저택을 지났다. 귀찮게 하는 사람은 없었다. 한번은 백인 남자 두 명이 말을 타고 지나가기에 나무 뒤에 숨었다. 나에게 아무 관심을 두지 않을지도 모르지만, 위험을 감수하고 싶지 않았다. 그리고 커다란 짐 꾸러미를 머리에 절묘하게 이고 걷는 흑인 여자 세 명이 있었다.

"안녕하시유." 그들은 내 옆을 지나면서 그렇게 인사했다.

나는 고개를 끄덕이고 마주 인사했다. 그리고 걸음을 더 빨리하면서 문득 세월이 루크와 세라, 나이절과 캐리에게는 어떤 영향을 미쳤을까 생각했다. 서로 사고파는 놀이를 하던 아이들은 지금쯤이면 이미 밭에서 일하고 있을지도 모른다. 마거릿 와일린은 어떻게 되었을까? 몇 년이 지났다고 해서 마거릿이 같이 살기 편한 사람이 되었을 것 같지는 않았다.

숲과 들판을 더 지나고 마침내 내 앞에 사각형의 수수한 집이 나타났다. 아래층 창문마다 노란색 불빛이 가득했다. 나는 지쳐서 "겨우 집이네" 하고 말하다가 흠칫 놀라고 말았다.

잠시 동안 들판과 그 집 사이에 가만히 서서 내가 지금 적지에 와 있다는 사실을 상기했다. 이제는 낯설어 보이지 않았지만, 그래서 긴장을 풀고 실수를 저지를 가능성이 더 높아졌으니 오히려 더 위험했다.

등을 문지르고, 길게 남은 상처 딱지를 건드리면서 스스로에게 더는 실수를 저질러서는 안 된다는 사실을 일깨웠다. 그리고 그 상처 덕분에 내가 이 집을 떠난 지 며칠밖에 지나지 않았다는 사실을 기억할 수 있었다. 잊어버렸다고 할 수는 없었다. 다만 걷는 동안에 여기 사람들에게는 나를 마지막으로 본 후 몇 년이 흘렀다는 생각에 익숙해졌을 뿐이다. 그리고 나에게도 굉장히 많은 시간이 흘렀다는 느낌이 들기 시작했다. 생각이 아니라 느낌이었다. 모호했지만, 그 느낌은 정확하고 편안하게 다가왔다. 실제 상황을 계속 생각하려고 노력하는 것보다 더 편안했다. 내 마음 일부는 시간이 왜곡된 현실을 포기하고 상황을 원활하게 만들어버리려는 듯했다. 글쎄, 도가 지나치지만 않는다면 그것도 괜찮았다.

정신적으로 톰 와일린을 만날 준비가 되었기를 빌며 집 쪽으로 계속 걸어갔다. 하지만 집으로 다가가려니 노예숙소 쪽에서 키가 크고 마른 백인 남자 하나가 나를 향해 걸어왔다.

"어이 거기, 여기에서 뭘 하는 거냐?" 남자의 보폭이 커서 우리 사이의 거리는 순식간에 가까워졌고, 그는 나를 내려다보았다. "여기 노예가 아니로군. 네 주인이 누구냐?"

"루퍼스 씨를 위해서 도움을 청하러 왔어요." 나는 대답하고 나서 그 남자를 처음 본다는 사실에 갑자기 의심이 치밀어서 물었다. "여기가 아직도 루퍼스 씨가 사시는 곳이 맞죠?"

남자는 대꾸하지 않고 나를 계속 노려보기만 했다. 남자가 미심쩍어하는 것이 내 성별인지 말투인지 의아했다. 아니면 그저 나리나 주인님이라고 부르지 않았다는 점이 문제였을까. 나는 다시 말도 안 되는 굴욕을 감내해야 했다. 그러나 이 남자는 대체 누구란 말인가?

"여기 살지." 마침내 대답이 돌아왔다. "무슨 일이야?"

"맞아서 걷지 못하세요."

"취했나?"

"어…… 아니오, 그건 아닙니다, 나리."

"쓸모없는 새끼."

나는 펄쩍 뛰고 말았다. 남자가 부드럽게 말하기는 했어도 말한 내용에는 오해의 여지가 없었다. 나는 아무 말도 하지 않았다.

"따라와." 남자는 그렇게 명하고 앞장서서 집 안으로 들어갔다. 그는 나를 현관 복도에 세워두고 아마 톰 와일린이 있을 듯한 서재로 들어갔다. 나는 몇 걸음 떨어진 곳에 놓인 긴 나무 의자를 보았지만, 피곤하기는 해도 앉지 않았다. 예전에 그 의자에 앉아서 신발 끈을 묶다가 마거릿 와일린에게 걸린 적이 있었다. 그녀는 내가 자기 보석이라도 훔치다가 걸렸다는 듯이 소리를 질러대고 펄펄 뛰었다. 괜히 그런 장면으로 그 여자와 안면을 다시 트고 싶지는 않았다. 아니 아예 다시 만나고 싶지 않았지만, 그것까지 피할 수는 없을 듯했다.

뒤에서 무슨 소리가 들리기에 잽싸게 몸을 돌렸다. 젊은 노예 여자가 나를 빤히 보고 있었다. 엷은 피부에 파란 머릿수건을 둘렀고, 아이를 가진 몸이었다.

"캐리?"

내가 묻자, 그녀는 달려와서 잠시 동안 내 어깨를 잡고 얼굴을 들여다보았다. 그러더니 나를 덥석 안았다.

낯선 백인은 바로 그 순간을 택해서 톰 와일린과 같이 서재를 나섰다.

"이게 무슨 일이지?" 낯선 백인이 물었다.

캐리는 얼른 내게서 몸을 떼고 고개를 숙였고, 나는 말했다. "저희는 오래된 친구 사이랍니다, 나리."

머리가 더 세고, 더 마르고, 전보다 더 음울해 보이는 톰 와일린이 다가왔다. 그는 나를 잠시 응시하다가 고개를 돌려 낯선 남자를 바라보았다. "그 녀석 말이 언제 돌아왔다고 했지, 제이크?"

"한 시간쯤 전이지요."

"그렇게나 오래…… 나에게 말을 했어야지."

"그보다 더 오래 걸린 적도 있잖습니까."

와일린은 한숨을 내쉬고 나를 흘긋 보았다. "그래. 그렇지만 이번에는 더 심각할지도 모르겠군. 캐리!"

병어리 처녀는 그사이에 뒷문을 향해 걸어가고 있었는데, 자기 이름이 불리자 돌아서서 와일린을 쳐다보았다.

"나이절에게 마차를 대기시키라고 해라."

캐리는 목례와 백인들을 위해 아껴둔 절을 반씩 섞은 동작으로 응답하고 서둘러 달려갔다.

캐리가 가는 동안 나는 떠오르는 생각이 있어서 와일린에게 말했다. "루퍼스 씨는 갈비뼈가 부러졌을지도 몰라요. 기침을할 때 피가 나오지는 않았으니 폐는 괜찮겠지만, 이리로 옮겨오시기 전에 제가 붕대를 감는 편이 좋을 수도 있습니다." 내평생 칼에 벤 손가락보다 심한 상처를 감아본 적은 없지만, 학교에서 배운 응급처치법을 조금은 기억하고 있었다. 루퍼스의다리가 부러졌을 때는 행동할 생각을 하지 못했지만 이번에는도울 수 있을지도 모른다.

"여기에 데려오면 붕대를 감을 수 있다." 와일린이 말하더니 낯선 사람을 향해 말했다. "제이크, 누군가 보내서 의사를불러오게."

제이크는 마지막으로 나에게 마뜩찮은 시선을 던지고 캐리뒤를 따라 뒷문으로 나갔다.

와일린은 나에게 한마디 말도 더 하지 않고 앞문으로 나갔고, 나는 부러진 갈비뼈를 묶는 것이 얼마나 중요한지 기억하려고 애쓰면서 따라나섰다. 정확히는 와일린에게 '말대꾸'할 가치가 있을 만큼 중요한지가 문제였다. 아무리 자기가 자초한 일이라 해도 루퍼스가 심하게 다치는 사태는 바라지 않았다. 어떤 부상이든 위험할 수 있었다. 그러나 내 기억에 부러진 갈비뼈를 묶는 것은 주로 통증을 줄이기 위해서였다. 다만 내가 그 점을 기억해낸 이유가 그게 사실이라서인지, 아니면 와일린과의 대립을 피하고 싶어서인지 확실히 알 수 없었다. 등에 남은 흉터는 굳이 만져보지 않더라도 의식할 수밖에 없었다.

키가 크고 몸이 단단해 보이는 노예 하나가 우리 앞으로 마차를 몰고 왔고, 와일린이 마부석 옆에 앉는 동안 나는 마차 뒤로 올라갔다. 마부는 나를 슥 돌아보더니 부드럽게 인사를 건넸다. "잘 지냈어요, 다나?"

"나이절?"

그는 씩 웃으면서 말했다. "나예요. 지난번에 본 후로 좀 자랐죠."

나이절은 루크의 판박이가 되어 있었다. 내가 기억하는 소년과는 별로 닮지 않은 덩치 크고 잘생긴 남자였다.

"입 다물고 길이나 잘 봐라." 와일린이 말했다. "어디로 갈지는 네가 말해야지."

와일린에게 정말로 이래라저래라 할 수 있다면 즐거운 일이겠지만, 나는 정중하게 말했다. "꽤 멉니다. 여기까지 오면서 다른 사람 집과 밭을 지나야 했어요."

"판사의 땅이로군. 그 집에 도움을 구할 수도 있었을 텐데."

"몰랐습니다." 알았더라도 시도하지 않았을 것이었다. 그러나 나는 그 판사가 곧 사람들을 보내어 아이작을 뒤쫓을 그 흘면 판사일까 궁금했다. 아무래도 그래 보였다.

"루퍼스를 도롯가에 두고 왔나?" 와일린이 물었다.

"아닙니다, 와일린 씨. 숲 속에 있습니다."

"숲 속 어디인지는 확실히 알고?"

"네, 와일린 씨."

"잘 아는 편이 좋을 게다."

와일린은 다른 말을 하지 않았다.

나는 특별한 어려움 없이 루퍼스를 찾아냈고, 나이절은 예전의 루크처럼 부드럽고 편안하게 루퍼스를 안아들었다. 루퍼스는 마차에서 옆구리를 붙잡더니 내 손을 잡았다. 한번은 이렇게 말하기도 했다. "내가 한 말은 지킬 거야."

나는 고개를 끄덕이고, 내 고갯짓을 보지 못할까 봐 루퍼스의 이마를 만졌다. 이마는 땀도 없이 뜨겁기만 했다.

"무슨 말을 지킨다는 거냐?" 와일린이 물었다.

와일린이 나를 돌아보고 있었기에 나는 얼굴을 찌푸리고 당황한 척하면서 말했다. "갈비뼈만 부러진 게 아니라 열도 있나 봅니다, 와일린 씨."

와일린은 불쾌하다는 듯한 소리를 냈다. "어제는 아파서 사방에 토하고 다녔지. 그런데도 오늘 일어나서 나갔어. 망할 바보 녀석!"

그리고 와일린은 집에 도착할 때까지 침묵했다. 그러더니 나이절이 루퍼스를 안고 계단을 올라가는 동안 나를 금지된 서재로 불러들였다. 그는 나를 고래 기름 등불 가까이 밀어놓고, 환한 노란 불빛 속에서 말없이 비판적인 눈으로 나를 노려보았다. 나는 결국 문 쪽을 보고 말았다.

"그래, 확실히 너로군." 와일린은 마침내 말했다. "믿고 싶지 않았는데."

나는 아무 말도 하지 않았다.

"넌 누구냐? 아니, 뭐냐?" 와일린이 물었다.

나는 어떻게 답할지 몰라 머뭇거렸다. 와일린이 얼마나 아는지 몰라서였다. 진실을 말했다가는 와일린이 내가 미쳤다고 생각할지 모르지만, 그렇다고 거짓말을 하다가 걸리고 싶지는 않았다.

"말을 해!"

"제가 무슨 말을 하길 바라시는지 모르겠습니다. 전 다나입니다. 절 아시잖습니까."

"내가 아는 걸 말하지 말고!"

나는 혼란스러웠고, 겁먹은 채 가만히 서 있었다. 케빈은 지금 여기에 없었다. 도움이 필요해져도 부를 사람이 없었다.

나는 조용히 말했다. "전 방금 아드님 목숨을 구했을지도 모릅니다. 아드님은 바깥에서 상처 입고 병든 채 혼자 죽을 수도 있었습니다."

"그래서 내가 고마워해야 한다고 생각하나?"

왜 화난 목소리일까? 왜 고마워해서는 안 된다는 건가? "제가 와일린 씨께 어떻게 해야 한다고 할 수는 없습니다."

"맞았다. 넌 그럴 수 없어."

와일린은 이어진 침묵을 내가 메우리라 기대하는 듯했다. 나는 열심히 화제를 바꾸려 했다. "와일린 씨, 프랭클린 씨가 어디로 갔는지 아십니까?"

이상하게도 그 말은 톰 와일린의 마음을 건드린 듯했다. 와일린은 표정이 조금 풀린 채 말했다. "그 망할 멍청이 말인가."

"어디로 갔습니까?"

"북부 어디로 갔겠지. 모른다. 루퍼스가 편지를 몇 통 받았지." 그는 다시 한 번 나를 오랫동안 응시했다. "너는 아마 여기에 머물고 싶을 테지."

마치 나에게 선택권을 준다는 소리 같아서 놀라웠다. 와일린은 그럴 필요도 없었는데 말이다. 결국 그에게도 감사의 마음은 있었던 모양이다.

"한동안 머물고 싶습니다." 나는 말했다. 케빈을 찾으려고 북부 도시를 헤매고 다니느니 이곳에서 연락을 시도하는 편이 나았다. 특히 돈도 없고, 이 시대에 대해서 이토록 무지한 상태로는 더 그랬다.

"밥값은 해야 한다. 전에 그랬듯이."

"알겠습니다, 와일린 씨."

"프랭클린이 돌아오면 여기 들를 게다. 전에도 한 번 왔었지. 아마 너를 만나길 바라고 왔을 거야."

"언제였습니까?"

"작년 언제였지. 올라가서 의사가 올 때까지 루퍼스 옆에 있거라. 루퍼스를 돌봐."

"알겠습니다, 와일린 씨." 나는 나가려고 몸을 돌렸다.

"어쨌든 그게 네가 하고 싶은 일인 모양이니." 와일린이 중얼거렸다.

나는 겨우 그에게서 벗어나게 되어 반가운 마음으로 나갔다. 말을 하고 싶어하지는 않았지만, 와일린은 분명히 나에 대해 말한 내용 이상을 알고 있었다. 그가 묻지 않은 질문들이 그 점을 분명히 알려주었다. 그는 벌써 두 번이나 내가 사라지는 광경을 보았다. 그리고 케빈과 루퍼스가 나에 대해 조금쯤은 말을 했을 것이다. 다만 얼마나 말했을지 궁금했다. 그리고 케빈이 무슨 말을 했거나 무슨 짓을 했기에 '망할 바보'가 되었는지도 궁금했다.

　무슨 일이든 간에 루퍼스에게 알아낼 생각이었다. 톰 와일런은 질문을 던지기에는 너무 위험한 사람이었다.

6

　나는 루퍼스의 몸을 최대한 닦아내고 나이절이 가져다준 천 조각으로 갈빗대를 감았다. 왼쪽 옆구리를 만지면 많이 아파했다. 그래도 루퍼스는 붕대를 감으니 숨쉬기가 조금 덜 고통스럽다고 했고 나는 도움이 되어 기뻤다. 그러나 병세는 여전했다. 열이 내리지 않았다. 그리고 의사는 오지 않았다. 루퍼스는 이따금씩 기침을 터뜨렸는데, 그럴 때마다 갈비뼈 때문에 괴로워 보였다. 루퍼스를 보러, 그리고 나를 끌어안으러 들어온 세라는 갈비뼈나 열보다 두들겨 맞은 자국에 더 놀랐다. 루퍼스의 얼굴은 검푸른색이었고 여기저기가 부어올라서 보기 흉하게 일그러져 있었다.

　"저러고도 또 싸울 거야." 세라는 화가 나서 말했다. 루퍼스가 부은 눈을 뜨고 쳐다보았지만 아랑곳하지 않고 계속 말했다. "그냥 심술이 나서 싸움을 벌이는 모습도 봤어. 저러다가 죽고 말지!"

세라는 루퍼스의 어머니 같이, 분노와 걱정 사이에서 어느 쪽을 표현할지 모르고 있었다. 세라는 나이절이 가져다둔 대야를 들고 나가서 깨끗한 찬물을 가득 담아왔다.

"루퍼스 어머니는 어디 있어요?" 나는 나가는 세라에게 조용히 물었다.

그녀는 나에게서 살짝 물러섰다. "없어."

"죽었어요?"

"아직은 아니지." 세라는 혹시 듣고 있나 싶어서 루퍼스를 슬쩍 보았다. 루퍼스는 우리 반대편으로 고개를 돌리고 있었다. 세라는 속삭였다. "볼티모어로 갔어. 내일 얘기해줄게."

나는 더 묻지 않고 세라를 보내주었다. 갑자기 공격받을 위험이 없다는 것만 알아도 족했다. 이번만은 나에게서 루퍼스를 지키려 할 마거릿이 없다는 뜻이었으니.

곁으로 돌아가 보니 루퍼스는 약하게 몸을 뒤척이고 있었다. 그는 아프다고 욕하고, 나를 욕하더니 겨우 정신을 조금 차리고 본심은 아니었다고 말했다. 열이 펄펄 끓었다.

"루피?"

그는 고개를 이리저리 뒤척일 뿐 내 목소리를 듣지 못하는 듯했다. 나는 데님 가방에 손을 넣어 아스피린이 담긴 플라스틱 통을 꺼냈다. 큰 통이 거의 꽉 차 있었다. 나눠먹어도 충분한 양이었다.

"루피!"

루퍼스는 실눈을 뜨고 나를 보았다.

"내 시대에서 가져온 약이 있어." 나는 침대 옆에 놓인 물병에서 물을 한 잔 따르고, 통을 흔들어서 아스피린 두 알을 꺼냈다. "열을 내려줄지도 몰라. 아픔이 가실 거야. 먹을래?"

"그게 뭔데?"

"아스피린이라는 거야. 내 시대 사람들은 두통이나 열이 있을 때 이걸 써."

루퍼스는 내 손에 놓인 알약 두 개를 보더니 나를 보았다. "줘."

그는 알약을 쉽게 삼키지 못해서 살짝 깨물어야 했다.

"맙소사. 이렇게 맛이 끔찍하니 분명히 몸에 좋겠지."

나는 웃음을 터뜨리고 루퍼스의 얼굴을 닦아주기 위해 대야물에 천을 적셨다. 나이절이 담요를 들고 오더니 의사는 힘든 출산 자리에 가 있다고 했다. 내가 루퍼스와 같이 밤을 지새워야 했다.

상관없었다. 루퍼스는 나에게 관심을 둘 상태가 아니었다. 그러나 나이절이 머무는 편이 더 자연스럽다는 생각이 들기는 했다. 내가 그렇게 말하자 나이절은 조용히 대답했다.

"주인님은 당신에 대해 알아요. 루퍼스 도련님과 케빈 씨 둘다 말했어요. 주인님은 당신이 의사 노릇을 할 만큼 안다고 생각해요. 어쩌면 의사 이상일지도 모르죠. 주인님도 당신이 집으로 가는 모습을 봤어요."

"알아."

"나도 봤어요."

나는 나이절을 올려다보았다. 그는 이제 나보다 머리 하나는 더 컸다. 그의 눈 속에는 호기심밖에 보이지 않았다. 내가 사라지는 모습에 겁을 먹었다 해도 그 두려움은 사라진 지 오래였다. 나에게는 반가운 일이었다. 나는 나이절의 우정을 원했다.

"주인님은 당신이 돌보는 게 맞다고, 그리고 잘하는 게 좋을 거라고 해요. 세라 아줌마는 혹시 도울 일 있으면 부르라고 하고요."

"고맙구나. 세라에게도 고맙다고 해줘."

나이절은 고개를 끄덕이고 살짝 미소를 지었다. "다나가 나타나서 나한테는 다행이죠. 난 지금 캐리와 같이 있고 싶거든요. 때가 다 됐어요."

나는 씩 웃었다. "네 아기야, 나이절? 그럴지도 모른다고 생각은 했지."

"내 아기여야죠. 내 마누란데."

"축하해."

"루퍼스 도련님이 돈을 주고 마을에서 무소속 목사를 불러다가 백인과 자유 검둥이들에게 하는 말을 그대로 하게 했어요. 덕분에 빗자루를 뛰어넘을 필요가 없었죠."

나는 노예들의 혼인식에 대해서 읽은 내용을 떠올리며 고개를 끄덕였다. 그들은 빗자루를 뛰어넘었는데, 지역 관습에 따라 뒤로 뛰어넘기도 했고 앞으로 뛰어넘기도 했다. 아니면 주인 앞에 서서 남편과 아내라는 선언을 듣거나, 아니면 다른 관습을 따랐다. 나이절처럼 목사를 고용해서 주례를 보게 하는 것도 가능했다. 그러나 어떤 의식이든 법적인 차이는 없었다. 어떤 노예혼인도 법적인 효력을 갖지는 못했다. 앨리스와 아이작의 결혼도 아이작이 노예인 이상 비공식적인 합의에 불과했다. 아니, 과거형으로 노예였다고 말해야 할까…… 나는 지금쯤이면 아이작이 펜실베이니아로 가고 있는 자유민이기를 빌었다.

"다나?"

나는 나이절을 올려다보았다. 내 이름을 하도 조용히 속삭이는 바람에 듣지 못할 뻔했다.

"다나, 정말 백인 남자들이었어요?"

나는 흠칫 놀라서 입술에 손가락을 대어 주의를 시키고, 나가라고 손을 내저었다. "내일 말하자."

나는 그렇게 다짐했지만, 나이절은 내가 세라에게 수긍했을 때처럼 고분고분하지 않았다. "아이작이었나요?"

나는 나이절이 만족하고 그 문제를 접어두기를 바라며 고개를 끄덕였다.

"도망쳤어요?"

나는 다시 고개를 끄덕였다.

그는 한시름 놓은 얼굴로 나갔다.

나는 루퍼스가 잠들 때까지 옆을 지켰다. 겨우 잠이 드는 것을 보니 아스피린이 도움이 되기는 하는 모양이었다. 그러고 나서 나는 담요를 몸에 두르고, 방 안에 있는 의자 두 개를 벽난로 앞에 끌어다놓고 최대한 편하게 자리를 잡았다. 나쁘지 않았다.

의사가 다음 날 아침 늦게 도착했을 때는 루퍼스의 열이 내린 후였다. 나머지 몸은 여전히 멍과 상처투성이였고, 갈비뼈 때문에 숨을 얕게 쉬고 기침을 하지 않으려고 애써야 했지만 그렇다고 쳐도 전날보다는 훨씬 덜 비참한 상태였다. 내가 세라에게 받은 아침식사 쟁반을 들고 가자 루퍼스는 세라가 넉넉하게 준비한 식사를 같이하자고 청했다. 나는 뜨거운 비스킷에 버터와 복숭아 잼을 발라서 먹고, 루퍼스 몫의 커피를 조금 마시고, 차가운 햄을 약간 먹었다. 맛있었고 속이 든든했다. 루퍼스는 계란과 나머지 햄, 옥수수 케이크를 먹었다. 어느 것이나 지나칠 정도로 양이 많았고, 루퍼스는 그렇게 많이 먹을 상태가 아니었다. 그래서 그는 뒤로 기대어 앉아 내가 먹는 모습을 즐겁게 바라보았다.

"아빠가 여기 들어왔다가 우리가 같이 먹는 모습을 보기라도 하면 욕깨나 할 거야."

나는 비스킷을 내려놓고 1976년에 남겨둔 마음에 고삐를 맸다. 루퍼스 말이 옳았다.

"그러면 넌 뭘 하고 있는 건데? 말썽을 일으키려고?"

"아니. 아빠는 우리를 괴롭히지 않을 거야. 먹어."

"지난번에도 누군가가 와일린 씨는 나를 괴롭히지 않을 거라고 했어. 그리고 와일린 씨가 걸어 들어와서 채찍으로 내 등가죽을 벗겨냈지."

"그래. 나도 알아. 하지만 나는 나이절이 아니야. 내가 당신에게 무엇인가 시켰는데 아빠 마음에 들지 않는다면, 그 문제를 들고 나한테 올 거야. 내 명령에 따랐다는 이유로 당신을 채찍질하지는 않지. 나름대로 공평한 사람이야."

나는 놀라서 루퍼스를 쳐다보았다.

루퍼스는 다시 말했다. "난 공평하다고 했지, 마음에 든다고 하지는 않았어."

나는 침묵을 고수했다. 루퍼스의 아버지는 노예들에 대한 권력을 마구잡이로 휘두르는 최악의 괴물이 아니었다. 전혀 괴물이 아니었다. 그저 가끔 그의 사회가 합법적이고 적절하다고 말하는 괴물 같은 짓을 하는 평범한 남자일 뿐이었다. 그러나 나는 그에게서 특별히 공평한 면을 보지 못했다. 그는 자기 좋을 대로 했다. 만약 그에게 불공평하다고 말한다면 말대꾸한 죄로 채찍질을 할 것이다. 최소한 내가 알았던 톰 와일린은 그랬다. 그사이에 말랑해졌을지도 모르지만 말이다.

"이대로 있어. 당신이 아빠를 어떻게 생각하든 간에, 내가 당신을 해치지 못하게 할게. 그리고 같이 이야기를 나누면서 먹을 수 있는 사람이 있어서 기분 전환도 되고 좋아."

상냥한 말이었다. 나는 다시 먹으면서 왜 오늘 아침에는 루퍼스의 기분이 그렇게 좋을까 생각했다. 전날 밤의 분노, 케빈이 어디 있는지 말해주지 않겠다던 위협과는 동떨어진 느낌이었다.

루퍼스는 생각에 잠겨서 말했다. "당신은 지금도 굉장히 젊어 보여. 나를 강에서 끌어냈을 때가 십삼 년인가 십사 년 전이었는데, 지금 모습을 보면 그때는 어린아이였을 것 같단 말이야."

"케빈이 그 부분은 설명하지 않았나 보구나."

"뭘 설명해?"

나는 고개를 저었다. "그게…… 그냥 나에게는 어땠는지 말해줄게. 왜 일이 이렇게 돌아가는지는 말할 수 없어도, 일어난 순서는 말할 수 있어." 나는 멈칫하고 생각을 정리했다. "강에 빠진 너에게 왔을 때가 나에게는 1976년 6월 9일이었어. 집에 돌아갔을 때는 같은 날이었지. 케빈은 내가 몇 초밖에 사라지지 않았다고 했어."

"몇 초……?"

"기다려봐. 한 번에 다 말하게 해줘. 그런 다음에는 필요한 만큼 얼마든지 생각하고 질문을 해도 돼. 나는 같은 날에 너에게 다시 왔어. 너는 서너 살을 더 먹었고 집에 불을 지르느라 바빴지. 내가 집에 돌아가자 케빈은 겨우 몇 분이 지났다고 했어. 다음 날인 6월 10일 아침, 네가 나무에서 떨어지는 바람에 나는 다시 네게 왔어…… 케빈과 내가 같이 왔지. 나는 여기에 두 달 가까이 있었어. 그러나 집에 돌아가 보니 6월 10일이었고 몇 분 아니면 몇 시간밖에 지나가지 않은 상태였어."

"그러니까 두 달이 지나서도……."

"떠난 그날로 돌아간 거야. 어떻게 그렇게 되는지는 묻지 마. 나도 모르니까. 난 집에서 여드레를 지내고 다시 여기에 왔어." 나는 잠시 가만히 루퍼스를 마주했다. "그리고 루피, 여기에 돌아왔고, 너도 안전해졌으니 난 남편을 찾고 싶어."

루퍼스는 다른 언어를 번역하는 것처럼 찌푸린 얼굴로 천천히 내 말을 씹어삼켰다. 그러더니 애매하게 자기 책상 쪽을 가리켰다. 지난번에 왔을 때보다 큰 새 책상이었다. 예전 책상은 작은 테이블에 지나지 않았는데, 이번 책상에는 접이식 뚜껑이 달려 있었고 작업 공간 위아래로 서랍 공간이 넉넉했다.

"저기 가운데 서랍에 케빈에게 받은 편지가 들어 있어. 원한다면 가져도 좋아. 주소가 적혀 있을 거야…… 하지만 다나, 당신 말은 내가 자라는 동안 당신에게는 시간이 거의 멈춰 있었다는 거잖아."

나는 책상 앞에서 편지를 찾아 어수선한 서랍 속을 뒤졌다. "멈춰 있었던 건 아니야. 집에 있는 달력이 뭐라고 하건, 지난 두 번의 방문으로 내가 나이를 먹은 건 확실해." 나는 편지를 찾아냈다. 총 세 통이었다. 커다란 종이에 짧게 내용을 적고, 접어서 밀랍으로 봉한 다음 봉투 없이 부친 편지였다. 한 통에서는 케빈이 이렇게 썼다. "이건 내 필라델피아 주소야. 괜찮은 직업을 구할 수 있다면 한동안 여기에 있을 거야." 주소를 빼면 그게 다였다. 케빈은 책을 쓰는 사람이면서도 편지를 쓰는 데에는 별로 관심을 둔 적이 없었다. 집에 있을 때 그는 내가 기분이 좋을 때를 노려서 자기 편지를 대신 쓰게 하려고 했었다.

루퍼스가 말했다. "내가 늙은이가 되어도 당신은 지금과 똑같은 모습으로 찾아오겠구나."

나는 고개를 저었다. "루피, 지금부터라도 더 조심하지 않으면 넌 영영 노인이 되지도 못할 거야. 이제는 너도 다 자랐으니 내가 큰 도움이 되지 못할지도 몰라. 어른이 된 네가 빠질 곤경은 너만이 아니라 나도 감당하기 힘든 일일 수 있어."

"그래. 하지만 그 시간 흐름 문제는······."

나는 어깨를 으쓱였다.

"젠장, 우리 둘 다 뭔가 심하게 미친 구석이 있는 게 분명해, 다나. 다른 사람에게 이런 일이 일어났다는 말은 들어본 적이 없어."

"나도 마찬가지야." 나는 다른 편지 두 통을 들여다보았다. 한 통은 뉴욕에서, 또 한 통은 보스턴에서 왔다. 보스턴에서 보낸 편지에서 케빈은 메인 주로 간다고 말하고 있었다. 대체 무엇이 케빈을 점점 더 북쪽으로 내모는지 궁금했다. 케빈은 서부에 관심이 있지 않았던가. 그런데 메인이라니······?

"내가 편지를 쓸게. 케빈에게 당신이 왔다고 할게. 그러면 바로 달려올 거야." 루퍼스가 말했다.

"내가 쓸게, 루피."

"편지는 내가 부쳐야 해."

"알았어."

"아직 메인으로 떠나지는 않았기를 바랄 뿐이야."

내가 대꾸하기 전에 와일린이 문을 열었다. 다른 남자도 데리고 왔는데 알고 보니 의사였고, 나의 휴식 시간은 그것으로 끝났다. 나는 케빈의 편지를 루퍼스의 책상 속에 다시 집어넣고, (그곳에 보관하는 것이 최선일 듯했다) 아침식사 쟁반을 치우고, 의사가 요구하는 대로 빈 대야를 가져다주고, 의사가 와일린에게 내가 어느 정도 분별이 있는지, 간단한 질문에 정확하게 답한다고 믿을 수 있는지 묻는 동안 그 옆에 서 있었다.

와일린은 나를 쳐다보지도 않고 두 번 다 그렇다고 대답했다. 그러자 의사는 나에게 질문을 던졌다. 루퍼스가 열이 올랐던 게 확실한가? 그걸 어떻게 알았는가? 루퍼스가 착란 상태였나? 착란이 무슨 뜻인지는 아는가? 거 참 똑똑한 검둥이로군. 그렇지 않나?

나는 그 남자가 싫었다. 그는 키가 작고 몸이 가냘프며, 머리도 눈도 검었고, 젠체하고 거들먹거렸으며 나 못지않게 의학에 무지했다. 그는 열이 다 내렸다고 생각되기 전까지는 루퍼스의 피를 빼지 않겠다고 했다. 피를 빼다니! 그래, 그는 루퍼스의 갈비뼈가 몇 대 부러졌다고 짐작했다. 그리고 서툰 솜씨로 붕대를 다시 감았다. 그는 이제 나를 내보내도 된다고 생각했다. 더는 나를 쓸 일이 없다고 말이다.

나는 부엌채로 탈출했다.

"무슨 일 있어?" 세라는 나를 보고 물었다.

나는 고개를 저었다. "별일 아니에요. 주문과 부적에서 한 걸음이나 나아갔을까 말까 한 편협한 멍청이 때문에 그래요."

"뭐라고?"

"내 말에 신경 쓰지 말아요, 세라. 여기에서 내가 할 일은 없어요? 한동안 집 밖에 있고 싶네요."

"여기야 늘 할 일이 있지. 뭐 좀 먹었어?"

나는 고개를 끄덕였다.

세라는 고개를 들어 올리고 나를 턱밑으로 내려다보았다. "내가 쟁반에 넉넉하게 담긴 했지. 자. 이 반죽 좀 주물러."

세라는 충분히 부풀어 올라서 치댈 준비가 된 빵 반죽이 담긴 그릇을 건네주며 물었다. "걔는 괜찮아?"

"낫고 있어요."

"아이작은 괜찮고?"

나는 세라를 흘긋 보았다. "네."

"나이절은 루피 도련님이 무슨 일이 일어났는지 말하지 않았다고 생각한다더라."

"맞아요. 내가 말하지 말라고 설득했어요."

세라는 내 어깨에 한 손을 얹었다. "네가 한동안 여기 있었으면 좋겠어. 요새는 자기 아버지 말도 거의 안 듣거든."

"흠, 내가 말릴 수 있어서 다행이네요. 그런데 나한테 루피 어머니에 대해 말해주기로 했잖아요."

"별로 말할 것도 없어. 아기를 둘 더 낳았는데, 쌍둥이였지. 병약한 어린 것들. 한동안 버티다가 하나씩 죽었어. 마거릿도 거의 죽다시피 했고, 살짝 미쳐버렸지. 어차피 애를 낳느라 형편없어지기도 했었어. 속이 아파서. 마거릿은 주인님과 싸워댔고, 보기만 하면 빽빽 소리를 질러대고 욕을 퍼부었어. 거의 늘 아파서 침대에서 나오지도 못했고. 결국엔 마거릿의 언니가 와서 볼티모어로 데려갔지."

"아직도 거기에 있어요?"

"아직도 거기에 있고, 아직도 아파. 내가 알기론 아직도 미쳐 있을 거고. 그냥 거기 있어줬으면 좋겠어. 그 감독관, 제이크 에드워즈, 그놈이 마거릿 사촌인데 여기에 아주 딱 어울리는 못돼먹은 저질 백인 쓰레기야."

그러니까 제이크 에드워즈는 감독관이었다. 와일린이 이제 와서 감독관을 고용하다니, 이유가 궁금했다. 그러나 내가 묻기 전에 가내 하인 두 명이 들어왔고 세라는 일부러 나에게 등을 돌리고 대화를 끝냈다. 그러나 나중에 나이절에게 루크는 어디에 있느냐고 물었을 때 나는 무슨 일이 일어났는지 알 수 있었다.

"팔려갔어요." 나이절은 조용히 대답했다. 그리고 더는 말하지 않았다. 나머지는 루퍼스가 이야기해주었다.

"나이절에게 그 일을 물어보면 안 되는 거였어." 내가 무슨 일이 있었는지 이야기하자 루퍼스는 그렇게 말했다.

"알았다면 묻지 않았지." 루퍼스는 아직 침대에 누워 있었다. 의사는 설사약을 주고 가버렸다. 루퍼스는 그 설사약을 요강에 부어버리고 나에게는 아버지가 물으면 자기가 먹었다고 하라고 했다. 그는 진작에 아버지에게 나를 다시 보내달라고

해서 케빈에게 편지를 쓸 수 있게 해주었다. "루크는 일을 제대로 했잖아. 어떻게 루크를 팔 수 있지?"

"일은 잘했지. 그리고 일꾼들도 루크 밑에서는 열심히 일했어. 채찍질 없이도 말이야. 하지만 루크는 가끔 분별없는 모습을 보였어." 루퍼스는 말을 멈추고 숨을 깊이 들이마시다가 멈칫하고 통증에 얼굴을 찌푸렸다. 그리고 말을 이었다. "당신도 어떤 면에서는 루크와 비슷해. 그러니까 분별 있는 모습을 보이는 게 좋아, 다나. 이번에는 당신 혼자잖아."

"하지만 루크가 무슨 잘못을 했는데? 나는 무얼 잘못하고 있고?"

"루크는…… 루크는 아빠가 뭐라고 하든 상관없이 자기가 하고 싶은 대로 하곤 했어. 아빠는 언제나 루크보고 자기가 백인인 줄 안다고 했지. 당신이 떠나고 두 해쯤 지나서였나, 아빠는 그런 일에 질려버렸어. 마침 뉴올리언스 노예상이 지나갔고, 아빠는 루크가 도망칠 때까지 채찍을 휘두르느니 팔아버리는 편이 낫겠다고 했지."

나는 눈을 감고 그 덩치 큰 남자를 떠올렸다. 루크가 백인들에게 도전하는 방법을 두고 나이절에게 했던 충고가 귀에 선했다. 결국 그 충고가 루크에게 나쁜 결과를 가져왔다. "그 노예상이 루크를 뉴올리언스까지 데려갔을까?"

"응. 뉴올리언스까지 태워 가려고 배에 실었어."

나는 고개를 저었다. "불쌍한 루크. 지금 루이지애나에는 사탕수수밭이 있나?"

"사탕수수, 목화, 쌀을 많이 키우지."

"우리 아버지의 부모님들은 캘리포니아에 가기 전에 사탕수수밭에서 일했지. 루크는 내 친척일 수도 있어."

"루크처럼 되지만 않도록 해."

"난 아무 짓도 하지 않았어."

"다른 사람에게 글을 가르치지 마."

"아."

"그래, 그거야. 아빠가 당신을 팔아버리기로 마음먹으면 내가 막을 수 없을지도 몰라."

"날 판다고! 난 네 아버지 소유도 아니야. 여기 법으로도 그래. 내가 자기 소유라는 서류도 없잖아."

"다나, 멍청한 소리 하지 마!"

"하지만……."

"난 시내에서 어떤 남자가 자기 친구들과 같이 자유민 흑인을 잡아서 서류를 찢어버리고 노예상에게 팔았다고 자랑하는 소리를 들은 적도 있어."

나는 아무 말도 하지 않았다. 물론 그 말이 옳았다. 나에게는 아무 권리도 없었다. 심지어 찢어버릴 서류조차 없었다.

"그냥 조심하라는 거야." 루퍼스는 차분히 말했다.

나는 고개를 끄덕였다. 필요하다면 메릴랜드에서 탈출할 수 있을까 생각했다. 쉽지는 않겠지만 할 수 있을 것 같았다. 반면에 이 시대에 대해 나보다 훨씬 잘 아는 사람이라고 해도, 물과 노예주들에 둘러싸인 루이지애나에서 탈출할 방법은 보이지 않았다. 그러니 조심하면서, 혹시라도 팔려갈 위험이 닥치면 도망칠 준비를 갖추고 있어야 했다.

"나이절이 아직 여기에 있다니 놀라워." 나는 말하고 나서야 아무리 루퍼스 앞이라고 해도, 해서 좋을 말은 아니었다는 사실을 깨달았다. 나는 생각을 혼자 간직하는 데 더 능숙해져야 했다.

"아, 도망쳤었어. 하지만 굶주리고 병든 몸으로 순찰대원에게 잡혀 왔지. 그놈들은 이미 채찍질을 한 뒤였고, 아빠가 또 채찍질을 했어. 그런 다음에 세라 아줌마가 치료를 했고 나는 아빠에게 내가 나이절을 간수하겠다고 했어. 내가 맡은 일이 더 힘들었다고 생각해. 아빠는 나이절이 캐리와 결혼하고 나서야 마음을 놓았어. 남자가 결혼을 하고 아이를 갖게 되면 자기가 있는 곳에 머물 가능성이 높아지지."

"이젠 노예주처럼 말하는구나."

루퍼스는 어깨를 으쓱였다.

"너라면 루크를 팔았겠니?"

"아니! 난 루크가 좋았어."

"다른 사람이라면?"

루퍼스는 머뭇거렸다. "모르겠어. 그럴 것 같지는 않아."

"그랬으면 좋겠구나." 나는 루퍼스를 바라보며 말했다. "그런 짓을 할 필요는 없어. 노예주라고 모두가 그러지는 않아."

나는 루퍼스의 침대 밑에 숨겨두었던 데님 가방을 꺼내고, 책상 앞에 앉아서 루퍼스의 커다란 종이에 내 펜으로 편지를 썼다. 루퍼스의 책상 위에 놓인 깃펜을 잉크에 담그는 수고를 하고 싶지는 않았다.

"사랑하는 케빈, 나 돌아왔어. 나도 북부로 가고 싶어……."

"다 쓰면 그 펜 좀 보여줘." 루퍼스가 말했다.

"알았어."

편지를 계속 적는데 이상하게 눈물이 날 것 같았다. 케빈에게 정말로 말을 걸고 있는 기분이었다. 나는 케빈을 다시 보게 되리라고 믿기 시작했다.

"당신이 가져온 다른 물건도 보여줘." 루퍼스가 말했다.

나는 가방을 침대 위로 던졌다. "얼마든지 봐." 나는 그렇게 말하고 편지를 계속 썼다. 나는 편지를 다 쓰고 나서야 고개를 들고 루퍼스가 무엇을 하는지 보았다.

그는 내 책을 읽고 있었다.

"펜 여기 있어." 나는 가볍게 말하고, 루퍼스가 내려놓는 순간에 책을 낚아채려고 기다렸다. 그러나 루퍼스는 펜을 무시하고 책을 쥔 채 나를 쳐다보았다.

"이런 쓰레기 같은 노예폐지론은 처음 봐."

"그런 게 아니야. 그 책은 노예제도가 폐지되고 나서도 한 세기는 지나서 나왔으니까."

"그럼 대체 왜 그때까지 노예제를 불평하고 있는 거야?"

나는 루퍼스가 읽던 대목을 보려고 책을 끌어당겼다. '진실의 체류자'* 사진이 엄숙한 눈으로 나를 마주 보았다. 그 사진 아래에는 그녀의 연설문 일부가 적혀 있었다.

"네가 읽고 있는 내용은 역사야, 루퍼. 몇 쪽을 더 넘기면 J. D. B. 디보라는 사람이 노예제는 다른 이유도 있지만 가난한 백인들에게 낮춰볼 사람을 준다는 점에서 좋다고 주장하는 내용도 보게 될 거야. 그게 역사야. 싫든 좋든 일어난 일이지. 나에게는 상당 부분이 싫지만, 그렇다고 내가 할 수 있는 일은 없어." 그리고 루퍼스가 읽어서는 안 될 역사들이 있었다. 아직 일어나지 않은 역사가 너무 많았다. 예를 들어 '진실의 체류자'는 아직 노예였다. 혹시 북부의 법이 그녀를 자유의 몸으로 만들어주기 전에 누군가가 뉴욕의 주인으로부터 그녀를 사서 남부로 데려간다면, 그녀는 목화를 따면서 남은 평생을

---

* 본명은 이저벨라 바움프리. 흑인 여성으로 태어나 19세기의 대표적인 노예폐지 옹호론자이자 여성운동가가 되었다.

보내게 될지도 모른다. 그리고 여기 메릴랜드에도 중요한 노예 아이가 두 명 있었다. 둘 중에 더 나이가 많은 아이는 지금 여기 탤벗 카운티에 살고 있을 것이고 한두 번 이름을 바꾼 후에 프레더릭 더글러스로 불리게 될 것이다. 몇 킬로미터 남쪽에 있는 도체스터 카운티에서 자라게 될 두 번째 아이는 해리엇 로스, 나중에는 해리엇 터브먼이 될 것이다. 그녀는 언젠가 300명의 도망노예를 자유의 길로 인도함으로써 동부해안의 농장주들에게 엄청난 손해를 입힐 것이다. 그리고 더 멀리 떨어진 버지니아 주 사우스햄턴에서는 냇 터너라는 남자가 때를 기다리고 있었다. 그 외에도 더 있었다. 나는 역사를 바꾸기 위해 내가 할 수 있는 일은 없다고 했다. 그러나 혹시 이 책이 백인의 손에 들어간다면 역사에 변화를 일으킬 수 있었다. 아무리 동정심 있는 백인이라 해도 말이다.

"이런 걸 가지고 있다간 루크 꼴 나는 수가 있어. 내가 조심하라고 했잖아!" 루퍼스가 말했다.

"다른 사람에게는 보여주지 않을 거야." 나는 루퍼스의 손에서 책을 받아들며 더 부드러운 말투로 말했다. "아니면 지금 널 믿지도 말아야 한다고 말하는 거니?"

루퍼스는 놀란 얼굴이었다. "젠장, 다나, 우린 서로를 믿어야 해. 당신이 그렇게 말했잖아. 하지만 우리 아빠가 당신 가방을 뒤지기라도 하면 어쩔 거냐고. 아빠는 원한다면 그럴 수 있어. 당신은 막을 수 없을 거야."

나는 아무 말도 하지 않았다.

"아빠가 그 책을 찾아낸다면 당신이 어떤 꼴을 당하게 될지 상상도 못할 거야. 그런 내용을 읽는다는 건…… 당신을 덴마크 베시처럼 만들어버릴걸. 베시가 누구인지 알아?"

"알아." 폭력적인 방법으로 다른 노예들을 해방시키려던 자유 노예였다.

"사람들이 베시에게 어떻게 했는지 알아?"

"알아."

"그렇다면 그 책을 불 속에 집어넣어."

나는 잠시 동안 그 책을 들고 있다가 메릴랜드 지도가 든 부분을 펼쳐서 지도를 뜯어냈다.

"어디 봐." 루퍼스가 말했다.

나는 그에게 지도를 건네주었다. 루퍼스는 지도를 보더니 뒤집어 보았다. 뒷면에는 버지니아 지도밖에 없었기 때문에 그는 나에게 지도를 돌려주며 말했다. "그건 숨기기 더 쉽겠군. 하지만 백인이 그걸 보면 당신이 지도를 이용해서 탈출할 생각이라고 보겠지."

"그 정도 위험은 감수하겠어."

루퍼스는 진저리를 내며 고개를 흔들었다.

나는 책을 몇 조각으로 뜯어서 벽난로에 든 뜨거운 석탄 위에 던져넣었다. 불길이 치솟아서 건조한 종이를 집어삼켰다. 나는 나치의 분서 행위를 떠올렸다. 억압적인 사회는 언제나 '잘못된' 생각의 위험성을 이해하는 모양이었다.

"편지를 봉해. 거기 책상 위에 밀랍과 양초가 있어. 내가 시내에 가면 바로 부칠게."

나는 서툴게 그 말에 따르다가 손가락에 뜨거운 밀랍을 떨어뜨렸다.

"다나……?"

돌아보니 뜻밖에 루퍼스가 집중해서 날 지켜보고 있었다.

"응?"

루퍼스의 눈이 슬쩍 내 눈을 피하는 것 같았다. "지도가 아직도 마음에 걸려. 다나, 내가 그 편지를 빨리 가져가길 바란다면 지도도 불 속에 넣어."

나는 당황해서 루퍼스에게 몸을 돌렸다. 또 협박이었다. 우리 사이에 협박은 끝난 줄 알았다. 끝났기를 바랐다. 나는 루퍼스를 절실하게 믿어야만 했다. 루퍼스를 믿지 못한다면 여기에 머물 수 없었다.

"그런 말은 하지 않았으면 좋았을 거야, 루피." 나는 조용히 말했다. 그리고 분노와 실망을 누르려고 애쓰면서 다가가서 루퍼스가 헤집어놓은 물건을 다시 가방에 담기 시작했다.

"잠깐만." 루퍼스는 내 손을 잡았다. "당신은 화가 나면 무섭도록 차가워지더라. 잠깐만 기다려봐!"

"뭘?"

"무엇 때문에 화가 났는지 말해줘."

정말로 무엇 때문이었을까? 왜 그의 협박을 내가 했던 협박보다 나쁘게 여기는지 이해시킬 수 있을까? 실제로 더 나빴다. 그는 자기 변덕에 따라, 내가 자유의 몸이 되도록 도와줄 수도 있는 종이를 태워버리지 않으면 남편과 갈라놓겠다고 위협했다. 나는 절박함 때문에 행동했는데, 그는 변덕이나 분노에 따라 행동했다. 적어도 내가 보기에는 그랬다.

"루피, 그냥 우리가 거래할 수 없는 것들이 있어. 이것도 그런 거야."

"뭘 거래할 수 없는지 말해줄 거야?" 그는 분개했다기보다는 놀란 것 같았다.

"맞았어. 그럴 거야." 나는 아주 부드럽게 말했다. "내 남편이나 자유는 파는 물건이 아니야!"

"둘 다 당신이 가진 것도 아니잖아."

"네가 가진 것도 아니지."

루퍼스는 분노와 혼란이 함께 담긴 눈으로 나를 노려보았다. 그 점은 고무적이었다. 루퍼스는 벌컥 성질을 내고 순식간에 나를 농장에서 내쫓을 수도 있었다. 그는 이를 악물고 말했다. "이봐, 난 당신을 도우려는 거야!"

"그래?"

"내가 뭘 하고 있다고 생각해? 들어봐, 난 케빈이 당신을 도우려고 했다는 걸 알아. 당신을 데리고 있음으로써 당신에게 편한 상황을 만들었지. 하지만 정말로 당신을 지키지는 못했어. 방법을 몰랐으니까. 자기 자신도 지키지 못했지. 당신이 사라졌을 때 아빠는 케빈을 거의 쏠 뻔했어. 케빈이 몸부림을 치고 욕을 해대는데…… 처음에 아빠는 케빈이 왜 그러는지조차 몰랐어. 케빈이 회복하게 도와준 사람은 나였어."

"네가?"

"케빈을 다시 보도록 아빠를 설득한 사람도 나였어. 쉬운 일은 아니었어. 아빠가 그 지도를 본다면 내가 당신을 위해 무슨 말을 해도 소용이 없을지 몰라."

"그렇군."

루퍼스는 나를 바라보며 기다렸다. 지도를 태우지 않는다면 내 편지를 어떻게 할지 묻고 싶었다. 하지만, 내가 다른 순찰 대원에게 대항하거나 다시 한 번 채찍질을 당하는 상황으로 내몰리는 대답을 듣고 싶지는 않았다. 가능하다면 쉬운 길로 가고 싶었다. 여기에 남아서 보스턴으로 편지를 보내 케빈을 되찾아오고 싶었다.

그래서 나는 지도는 어차피 필수품이라기보다 상징물이라고 스스로를 타일렀다. 떠나야 한다면 밤에 북극성을 따라갈 수도 있다. 나는 배움을 중시했다. 낮에는 떠오르는 태양을 오른쪽에 두고 지는 태양을 왼쪽에 두는 방법도 알고 있었다.

나는 루퍼스의 책상에서 지도를 꺼내어 불 속에 떨어뜨렸다. 지도는 새카매지다가 타올랐다.

"알겠지만, 지도 없이도 갈 수 있어." 나는 조용히 말했다.

"그럴 필요 없어. 당신은 여기에서 잘 지낼 거야. 여기가 당신 집이니까."

1

아이작과 앨리스는 함께 나흘간의 자유를 누렸다. 그리고 닷새째에 잡혔다. 나는 이레째 되던 날에 그 사실을 알았다. 루퍼스와 나이절이 내 편지를 보내고 다른 일도 처리하기 위해 마차를 타고 시내로 나간 날이었다. 그동안 나는 도망자들에 대해 아무 말도 듣지 못했고 루퍼스도 잊은 것처럼 보였다. 그의 기분은 더 나아졌고, 겉모습도 더 나아졌다. 그것으로 충분한 듯이 보였다. 그는 나가기 직전에 나에게 와서 말했다. "그 아스피린이라는 것 좀 줘. 나이절이 모는 마차를 타려면 그게 필요할지도 몰라."

나이절이 그 말을 듣더니 외쳤다. "루피 도련님이 몰고 가셔도 됩니다. 도련님이 울퉁불퉁한 길을 매끄럽게 달리는 방법을 보여주시는 동안 전 뒤에 앉아서 쉬죠 뭐."

루퍼스가 나이절에게 흙덩이를 집어던지자 나이절은 낄낄거리며 그 흙덩이를 잡아서 루퍼스 바로 옆으로 되던졌다. 루퍼스가 나를 보고 말했다. "봤지? 내가 완전 병신이 되니까 저 녀석이 좋구나 하며 덤비는 거."

나는 소리 내어 웃고 아스피린을 가지러 갔다. 루퍼스는 묻지 않고 내 가방에서 물건을 꺼내가는 법이 없었다. 쉽게 그럴 수 있는데도 말이다.

"정말 시내까지 갈 만큼 괜찮아진 거야?" 나는 아스피린을 건네면서 물었다.

"아니. 그래도 갈 거야." 그때까지 나는 루퍼스가 손님에게 앨리스와 아이작이 잡혔다는 말을 들었음을 알지 못했다. 그는 앨리스를 찾으러 나가는 길이었다.

그리고 나는 빨래터에 가서 테스라는 젊은 노예를 도와 무겁고 냄새나는 옷더미를 때리고 삶아 때를 빼냈다. 테스는 앓다 막 나은 몸이어서, 내가 일을 도와주기로 약속했다. 아직까지도 나는 거의 하고 싶은 일만 했고, 그 점에 조금은 죄책감을 느꼈다. 집 안에서든 밭에서든 그런 자유를 누리는 노예는 없었다. 나는 내가 원하는 곳, 아니면 다른 사람들에게 도움이 필요해 보이는 곳에서 일했다. 세라가 가끔 이런저런 일을 시키기도 했지만 그건 기분 나쁘지 않았다. 마거릿이 없었기 때문에 세라가 집안과 가내 하인들을 관리했다. 세라는 일을 공평하게 분배했고 마거릿만큼 효율적으로, 그러나 마거릿이 퍼뜨리던 긴장과 분쟁은 없이 집안을 관리했다. 물론 싫어하는 일을 피하려고 온갖 노력을 다하는 노예들은 세라에게 화를 냈다. 그러나 그들도 세라의 말에 따랐다.

"게으른 검둥이들!" 세라는 누군가에게 압력을 행사해야 할 때면 그렇게 중얼거렸다.

처음 그 말을 들었을 때 나는 놀라서 그녀를 쳐다보았다. "뭐하러 힘들게 일하겠어요? 얻는 게 뭐 있다고."

세라는 날카롭게 대꾸했다. "열심히 하지 않으면 내가 등가죽을 벗겨놓을 테니까. 저것들이 안 하는 일을 내가 떠맡을 생각은 없거든. 너는 안 그래?"

"그야 그렇지만……."

"나도 일을 하고 너도 일을 해. 우린 누가 온종일 뒤에서 다그치지 않아도 일한다고."

"난 일을 그만두고 뛰쳐나갈 때가 오면 그렇게 할 거예요."

세라는 펄쩍 뛰면서 잽싸게 주위를 둘러보았다. "가끔 넌 너무 생각이 없어! 그런 말을 함부로 하다니!"

"우리 둘만 있잖아요."

"보이는 것처럼 우리끼리가 아닐 수도 있어. 부근에서 귀 기울이는 사람들이 있어. 듣기만 하는 게 아니라 말도 하지."

나는 아무 말도 하지 않았다.

"하고 싶은 대로 해. 아니면 하고 싶은 대로 생각해. 다만 그런 건 혼자만 간직해둬."

나는 고개를 끄덕였다. "알았어요."

세라는 목소리를 낮추고 속삭였다. "너도 도망갔다가 잡혀온 검둥이들을 봐야 해. 봐야 알지…… 굶주리고, 반 벌거벗은 몸에 채찍질을 당하고 질질 끌려다니고 개에 물리고…… 너도 봐야 해."

"난 반대쪽을 보고 싶은데요."

"무슨 반대쪽?"

"성공한 사람들요. 지금은 자유롭게 사는 사람들."

"있다면 말이지."

"있어요."

"성공한 사람이 있다고도 하지만, 그건 죽어서 천국에 가는 것과 비슷해. 아무도 돌아와서 얘기해주지 않으니까."

"돌아왔다간 다시 노예가 되게요?"

"그렇지. 하지만 그래도…… 이건 위험한 얘기야! 어차피 아무 소용도 없고."

"세라, 난 도망쳐서 북부에 사는 노예들이 쓴 책을 본 적이 있어요."

"책이라고!" 세라는 경멸조로 말하려고 했지만, 오히려 확신 없는 목소리가 나왔다. 세라는 글을 읽지 못했다. 그녀에게 책이란 무시무시한 수수께끼거나, 위험하게 시간을 버리는 헛소리였다. 어느 쪽인지는 그녀의 기분에 달려 있었다. 지금 그녀의 기분은 호기심과 두려움 사이를 오가는 듯했다. 그리고 두려움이 이겼다. "멍청하긴! 검둥이가 책을 쓰다니!"

"하지만 정말이에요. 내가 봤······."

"그 소린 더 듣고 싶지 않아!" 세라는 날카롭게 호통을 쳤다. 드문 일이었고, 나만이 아니라 세라 본인도 놀라는 것 같았다. 그녀는 부드럽게 다시 말했다. "더는 듣고 싶지 않아. 여기 일은 나쁘지 않아. 난 잘 지낼 수 있어."

세라는 안전하게 행동했다. 두려움 때문에 노예의 삶을 받아들였다. 그녀는 다른 집에서라면 '유모'라고 불렸을 여자였다. 호전적인 1960년대라면 경멸스러운 이름으로 불렸을 여자였다. 검둥이 하인, 수건 머리, 여자 톰 아저씨······ 이미 잃을 수 있는 것은 다 잃었고, 북부의 자유에 대해서는 내세에 대해서만큼도 알지 못하는 힘없고 겁먹은 여자.

나도 한동안은 세라를 낮추보았다. 도덕적인 우월감을 가졌다. 여기에 나보다 더 용기가 없는 사람이 있다는 사실이 위안이 되었다. 아니, 루퍼스와 나이절이 시내로 가서 앨리스의 산송장을 싣고 돌아오기 전까지만 해도 그랬다.

그들은 늦은 시각에 돌아왔다. 거의 어두워진 후였다. 내가 그들이 돌아왔다는 사실을 알기도 전에 루퍼스가 내 이름을 외치며 집 안으로 달려들어왔다. "다나! 다나, 좀 내려와봐!"

나는 루퍼스의 방(루퍼스가 없을 때는 그 방이 나의 새로운 피난처였다)에서 나가서 계단을 달려 내려갔다.

"어서, 어서!" 루퍼스가 재촉했다.

나는 무엇을 보게 될지 모른 채 말없이 루퍼스를 따라 현관문을 나섰다. 루퍼스가 나를 데려간 마차에는 흙과 피로 잔뜩 더럽혀진 채 반주검이 된 앨리스가 누워 있었다.

"하느님 맙소사." 나는 속삭였다.

"앨리스를 살려줘!" 루퍼스가 다그쳤다.

나는 앨리스에게 도움이 필요해진 이유를 떠올리며 루퍼스를 쳐다보았다. 아무 말도 하지 않았지만, 내가 어떤 표정을 지었는지는 몰라도 루퍼스는 한 걸음 뒤로 물러섰다.

"살려주기나 해! 원한다면 얼마든지 날 비난해, 그렇지만 앨리스는 도와줘!"

나는 돌아서서 앨리스의 몸을 살살 펴면서 부러진 뼈가 없는지 만져보았다. 기적적으로 부러진 곳은 없는 듯했다. 앨리스는 신음하고 약하게 절규했다. 눈을 떴지만 나를 보지는 못하는 듯했다.

나는 루퍼스에게 물었다. "어디에 둘 거야? 다락?"

루퍼스는 살며시, 조심스럽게 앨리스를 안아들고 자기 침실로 올라갔다.

나이절과 나는 따라가서 루퍼스가 앨리스를 자기 침대에 눕히는 모습을 보았다. 루퍼스는 그러고 나서 질문하는 듯한 눈으로 나를 올려다보았다.

나는 나이절에게 말했다. "세라에게 물을 끓여달라고 해. 그리고 붕대로 쓸 깨끗한 천도 보내달라고 해줘. 깨끗한 천이어야 해." 그게 얼마나 깨끗할까? 물론 살균은 하지 못하겠지만, 나는 막 잿물 비누와 물로 옷을 끓여내면서 하루를 보낸 참이었다. 그 정도면 꽤 깨끗할 터였다.

"루피, 이 누더기를 잘라낼 물건이 필요해."

루퍼스는 서둘러 나가더니 자기 어머니 가위를 들고 왔다.

앨리스의 상처는 대부분 새로 생긴 것이어서 천이 쉽게 떨어져 나왔다. 상처가 마르면서 붙어버린 천은 그대로 놓아두었다. 그런 부분은 따뜻한 물로 부드럽게 풀어야 했다.

"루피, 소독제 종류 있어?"

"소독 뭐?"

나는 루퍼스를 쳐다보았다. "들어본 적 없어?"

"없어. 그게 뭔데?"

"신경 쓰지 마. 식염수를 써도 되겠지."

"소금물 말이야? 등에 소금물을 붓겠다고?"

"등만이 아니라 어디든 다친 곳에는 다 쓸 거야."

"당신 가방 속에 그보다 나은 건 없어?"

"비누뿐이야. 그것도 쓸 거고. 대신 좀 찾아줄래? 그리고…… 젠장, 난 이런 일을 할 자격이 없어. 왜 의사에게 데려가지 않았지?"

루퍼스는 고개를 저었다. "판사는 앨리스를 남부로 팔아버리고 싶어했어. 앙심을 품은 거지. 그래서 빼내오려고 원래 값의 두 배 가까이 치러야 했어. 내가 가진 돈은 그게 다였고, 아빠는 의사에게 검둥이 치료비 따위는 주지 않아. 의사도 그걸 알아."

"너희 아버지가 치료할 수 있는데도 사람들이 죽게 놓아둔다는 거야?"

"죽든가 낫든가지. 메리 아줌마 알지, 애들 돌보는 아줌마?"

"알아." 메리 아줌마는 아이들을 돌보지 않았다. 늙고 몸이 불편한 그녀는 회초리를 들고 그늘에 앉아 혹시 자기 앞에서 못되게 굴면 피투성이로 죽을 줄 알라고 위협만 했다. 그 외에는 아이들을 무시하고 바느질과 혼자 중얼거리기로 시간을 보내며 자족하는 노인이었다. 아이들은 알아서 서로 돌보았다.

"메리 아줌마가 치료를 좀 해. 약초를 알거든. 하지만 당신이 더 많이 아는 것 같아."

나는 못미더워하며 루퍼스를 돌아보았다. 그 불쌍한 여자는 때로 자기 이름도 제대로 기억하지 못했다. 나는 결국 어깨를 으쓱였다. "소금물을 갖다줘."

"하지만…… 그건 아빠가 밭 일꾼들에게 쓰는 건데. 매질보다 그걸 더 아파할 때도 있어."

"나중에 감염이 되기라도 하면 그보다 더 아플 거야."

루퍼스는 얼굴을 찌푸리고 방어하듯 앨리스 가까이 섰다.

"당신 등은 누가 고쳤어?"

"내가. 주위에 다른 사람이 없었어."

"어떻게 했는데?"

"비누와 물을 잔뜩 써서 씻어내고 약을 발랐지. 여기에서는 소금물을 약으로 써야 해. 소금물도 약만큼 효과가 있을 거야." 하늘이시여, 제발 그만큼 효과가 있기를. 나는 내가 무슨 짓을 하고 있는지 반밖에 알지 못했다. 늙은 메리와 그녀의 약초도 아주 나쁜 생각은 아니었을지도 모른다…… 좀 더 정신이 들었을 때 붙잡을 수만 있다면 말이다. 하지만 아니었다. 아무리 내가 무지하다 해도 그 노파보다는 내가 더 믿음직했다. 설령 메리보다 나은 처방은 하지 못한대도, 해는 덜 끼칠 터였다.

"네 등을 보여줘." 루퍼스가 말했다.

나는 멈칫하고 노여움의 말을 삼켰다. 앨리스에 대한 사랑 때문에 하는 말이었다. 파괴적인 사랑이기는 해도 그것은 사랑이었다. 그는 앨리스를 더 아프게 할 필요가 있는지, 내가 뭘 알고 일하는 건지 알아야 했다. 나는 등을 돌리고 셔츠를 살짝 올렸다. 내 상처는 나았거나 거의 낫고 있었다.

루퍼스는 나에게 말을 걸지도, 나를 건드리지도 않았다. 나는 잠시 후에 셔츠를 내렸다.

"일꾼들처럼 크고 두꺼운 흉터는 없네." 그것이 루퍼스의 관찰이었다.

"켈로이드* 말이구나. 아니, 고맙게도 그런 피해는 없어. 지금 얻은 흉터만으로도 충분히 나빠."

"앨리스가 얻을 흉터만큼 나쁘지는 않아."

"소금이나 가져와, 루피."

그는 고개를 끄덕이고 나갔다.

8

나는 앨리스에게 최선을 다했다. 고통을 최대한 적게 주려고 애쓰면서 제일 지독한 상처 부위를 씻고 붕대를 감았다. 개에게 물린 상처였다.

---

* 비후성 반흔, 손상된 부위에서 흉터 조직이 과잉 성장하는 것을 말한다.

"걔들이 막 씹어대게 놔둔 모양이군." 루퍼스가 화가 나서 말했다. 루퍼스는 내가 물린 상처를 씻고 특별한 처치를 하는 동안 앨리스의 손을 잡고 있어야 했다. 앨리스는 몸부림치고 울면서 아이작을 불렀다. 그녀에게 고통을 더 줘야 한다고 생각하면 속이 뒤집혔다. 나는 침을 삼키고 이를 악물면서 메스꺼움을 눌렀다. 루퍼스에게 말을 건 것도 정보를 얻기 위해서라기보다는 내 속을 진정시키기 위해서였다.

"아이작은 어떻게 됐어, 루피? 판사에게 돌아갔나?"

"노예상에게 팔렸어. 육로로 미시시피까지 노예들을 데려가는 놈이야."

"하느님 맙소사."

"내가 입을 열었다면 죽었을 거야."

나는 고개를 절레절레 저으며 다른 상처를 찾았다. 케빈이 있으면 좋으련만. 집에 가고 싶은 마음, 이 상황에서 벗어나고 싶은 마음이 간절했다. "내 편지는 보냈어, 루피?"

"응."

다행이었다. 이제 케빈만 빨리 온다면…….

처치를 끝내고 앨리스에게 아스피린 대신 수면제를 먹였다. 며칠씩 도망다니고 개 떼와 채찍질을 견뎠으니 쉬어야 했다. 아이작의 일을 겪었으니 더더욱.

루퍼스는 그녀를 자기 침대에 그대로 두었다. 그리고 그냥 그 옆으로 올라갔다. "세상에, 루피!"

그는 나를 쳐다보더니 앨리스를 보았다. "바보 같은 소리는 하지 마. 난 앨리스를 바닥에 내려놓지 않을 거야."

"하지만……."

"이렇게 아픈 앨리스를 괴롭히진 않아. 절대."

"좋아." 나는 루퍼스를 믿고 마음을 놓았다. "가능하다면 건드리지도 말아줘."

"알았어."

나는 벌여놓은 난장판을 치우고 방을 나섰다. 겨우 다락방에 있는 내 잠자리까지 가서 지친 몸을 뉠 수 있었다.

그러나 아무리 지쳤어도 잠을 이룰 수 없었다. 나는 앨리스를 생각하고, 루퍼스를 생각하고, 그러다가 루퍼스가 정확히 내 말대로 했음을 깨달았다. 그는 성가신 남편을 치우고 원하는 여자를 얻었다. 이제 앨리스는 남편의 상실만이 아니라 자신이 노예가 되었다는 사실까지 받아들여야 했다. 루퍼스는 앨리스를 괴롭히고 그 보상을 얻었다. 말이 되지 않았다. 자기가 파멸시켜놓고 지금 와서 아무리 상냥하게 다룬다 해도 사리에 맞지 않았다.

누워서 이리저리 뒤척이고 몸을 비틀면서 눈을 감은 채 처음에는 생각을 하려고 했고, 나중에는 생각을 하지 않으려고 했다. 휴식을 위해 수면제를 두 알 더 먹을까 싶을 정도였다.

그때 세라가 들어왔다. 창문을 통해 들어오는 달빛으로 희미한 윤곽을 볼 수 있었다. 나는 아무도 깨우지 않으려고 가만히 세라의 이름을 속삭였다.

세라는 내 근처에서 자고 있는 아이들 둘을 넘어 구석으로 왔다. "앨리스는 어때?" 그녀는 조용히 물었다.

"모르겠어요. 아마 괜찮아질 거예요. 어쨌든 몸은요."

세라는 요 끝에 앉았다. "앨리스를 보러 가려고 했지만, 그러면 루피 도련님도 봐야 했어. 한동안은 보고 싶지 않아."

"그래요."

"그놈들이 그 아이 귀를 잘랐어."

나는 펄쩍 뛰어올랐다. "아이작요?"

"그래. 양쪽 귀를 다 잘랐어. 그 아이는 싸웠지. 제 분수는 모를지 몰라도 강한 녀석이야. 판사의 아들이 때렸더니 마주 때렸어. 해선 안 될 말도 했지."

"루퍼스 말로는 미시시피 노예상에게 팔려갔다던데요."

"그랬지. 손볼 만큼 손본 다음에. 나이절이 말해줬어. 어떻게 귀를 잘랐는지, 어떻게 때렸는지. 미시시피든 다른 어디든 갈 수 있으려면 치료부터 해야 할 거야."

"맙소사. 우리 꼬마 멍청이가 너무 취해서 누굴 강간하기로 한 덕분에 말이죠!"

세라는 날카로운 헛 소리를 내며 내 말을 막았다. "넌 말조심하는 법부터 배워야 해! 이 집안에 말 옮기기 좋아하는 족속들이 있다는 거 몰라?"

나는 한숨을 쉬었다. "알아요."

"네가 밭 일꾼은 아닐지 몰라도 그래 봐야 검둥이야. 루피 도련님이 열받으면 네 삶을 완전히 지옥으로 만들 수도 있어."

"알아요. 알았어요." 루크가 팔려간 일이 세라에게 굉장히 겁을 준 게 분명했다. 전에는 루크가 세라의 입단속을 할 정도였건만.

"루피 도련님은 앨리스를 계속 자기 방에 두나?"

"네."

"주여, 제발 앨리스를 가만 놔두길. 오늘 밤만이라도."

"그럴 것 같아요. 젠장, 이젠 앨리스를 손에 넣었으니 다정하고 끈기 있게 대할 걸요."

"허!" 넌더리내는 소리. "넌 이제 어쩔 거야?"

"저요? 몸이 나아질 때까지 앨리스가 깨끗하고 편안하게 지내도록 노력해야죠."

"그 말이 아니야."

나는 얼굴을 찌푸렸다. "무슨 말이에요?"

"걔가 들어앉고 너는 나가게 될 거 아냐."

나는 세라를 응시하면서 표정을 보려고 했다. 표정을 읽을 수는 없었지만 나는 세라가 진지하다고 판단했다. "그런 게 아니에요, 세라. 루퍼스가 원하는 건 그 애뿐이에요. 그리고 나는, 나는 내 남편에게 만족해요."

긴 침묵이 흘렀다. "네 남편……이 케빈 씨였어?"

"네."

"나이절이 둘이 결혼했다고 했지. 나는 믿지 않았어."

"여기에서는 그게 합법적이지 않으니까 입 다물고 있었죠."

"합법!" 다시 한 번 넌더리내는 소리가 들리고. "루피 도련님이 그 애한테 한 짓이 합법일걸."

나는 어깨를 으쓱였다.

"네 남편…… 그 사람은 흑백 구별을 잘 못해서 한 번씩 말썽을 겪었지. 이제 이유를 알겠네."

나는 씩 웃었다. "나 때문이 아니에요. 내가 결혼했을 때 이미 그랬어요. 그렇지 않다면 결혼하지도 않았겠죠. 루퍼스가 막 그이에게 돌아와서 나를 찾으라는 편지를 보냈어요."

세라는 머뭇거렸다. "루피 도련님이 보낸 게 확실해?"

"보냈다고 했어요."

"나이절에게 물어봐." 세라는 목소리를 낮추었다. "루피 도련님은 가끔 비위를 맞추려고 아무 말이나 해. 사실이 아니어도."

"하지만…… 그 일을 두고 거짓말할 이유가 없는데요."

"거짓말하고 있다고는 안 했어. 그냥 나이절한테 물어봐."

"알았어요."

그러자 세라는 잠시 침묵했다. "그 사람이 널 데리러 올 거라고 생각해, 다나? 네…… 남편이?"

"온다는 걸 알아요." 그랬다. 분명히 올 터였다.

"그 사람이 널 때린 적이 있어?"

"아니요! 당연히 없죠!"

"내 남자는 때렸어. 자기가 사랑하는 사람은 나밖에 없다고 하고서는, 다음 순간에는 내가 다른 남자를 보고 있었다면서 때렸지."

"캐리의 아버지요?"

"아니…… 내 큰아들의 아버지. 한나의 아버지였지. 언제나 유언장으로 나를 풀어줄 거라고 해놓고선, 그러지 않았어. 또 다른 거짓말이었지." 세라는 관절이 삐거덕거리는 소리를 내며 일어섰다. "좀 쉬어야지." 세라는 가면서 다시 말했다. "잊지 말고 나이절에게 물어봐, 다나."

"그럴게요."

9

다음 날 물어보았지만, 나이절도 몰랐다. 루퍼스가 심부름을 보냈다고 했다. 나이절이 루퍼스를 다시 보았을 때는 루퍼스가 막 감옥에서 앨리스를 산 직후였다.

나이절은 기억을 더듬었다. "그때는 앨리스도 서 있었어요. 어떻게 그랬나 몰라요. 루피 도련님이 갈 준비를 다 하고 팔을 잡았더니 바로 쓰러져서, 주위에 있던 사람들이 다 웃음을 터뜨렸죠. 그렇지 않아도 과한 값을 주고 샀는데 누가 봐도 살아 있다기보다는 죽은 목숨이었으니까요. 사람들은 루피 도련님이 별로 똑똑하지는 못하다고 했어요."

"나이절, 편지가 보스턴까지 가는 데 얼마나 걸리는지 알아?" 내가 물었다.

나이절은 은식기를 닦다가 고개를 들고 나를 보았다. "내가 어떻게 알겠어요?" 그는 다시 은식기를 문지르기 시작했다. "하지만 알아보고 싶긴 하네요. 따라가서 보고 싶어요." 나이절은 아주 조용히 말했다. 나이절은 가끔 와일런이 힘들게 하거나, 감독관 에드워즈가 이리저리 휘두르려고 하면 그런 말을 했다. 이번에는 에드워즈 같았다. 그 남자는 내가 부엌채에 들어갈 때 쿵쿵거리면서 걸어나왔다. 내가 황급히 피하지 않았다면 나를 들이받아 쓰러뜨렸을 것이다. 나이절은 가내 하인이었고 에드워즈는 원래 그를 성가시게 할 위치가 아니었지만, 성가시게 굴었다.

"무슨 일이 있었어?" 내가 물었다.

"망할 자식이 날 밭으로 끌어내고 말겠다고 하잖아요. 내가 너무 위아래가 없다나."

나는 루크를 생각하고 몸을 떨었다. "곧 뜨는 편이 좋을지도 모르겠네."

"캐리가 있잖아요."

"그렇지."

"도망치려고 해봤어요. 별을 따라갔죠. 루피 도련님이 아니었다면 잡혔을 때 바로 남부로 팔려갔을 거예요." 나이절은 고개를 설레설레 저었다. "지금쯤 죽었을지도 모르고요."

나는 도망에 대해, 그리고 잡혔을 때에 대해 더 듣고 싶지 않아서 자리를 떴다. 밖에 비가 쏟아지고 있었지만, 본채로 가다 보니 날씨에 상관없이 옥수수 밭에서 괭이질을 하는 일꾼들의 모습이 보였다.

루퍼스는 서재에서 아버지와 함께 서류를 검토하고 있었다. 나는 복도를 쓸다가 톰 와일린이 나가고 나서 루퍼스를 보러 들어갔다.

내가 미처 입을 열기도 전에 루퍼스가 말했다. "올라가서 앨리스를 확인해봤어?"

"곧 갈 거야. 루피, 여기에서 보스턴까지 편지가 가는 데 얼마나 걸리지?"

루퍼스는 한쪽 눈썹을 치켜들었다. "자꾸 날 편하게 부르다간 언젠가 아빠가 당신 뒤에 서 있는 날이 올 거야."

나는 갑작스러운 불안감에 뒤를 돌아보았고 루퍼스는 소리 내어 웃었다. "오늘은 아니야. 하지만 자꾸 잊어버리면 언젠가 그렇게 될 거야."

"젠장." 나는 중얼거렸다. "얼마나 걸려?"

그는 다시 웃었다. "나는 몰라, 다나. 며칠이 될지, 몇 주가 될지……." 그는 어깨를 으쓱였다.

"그이의 편지에는 날짜가 적혀 있었어. 보스턴에서 온 편지를 언제 받았는지 기억할 수 있어?"

루퍼스는 생각해보더니 결국 고개를 저었다. "아니. 다나, 나는 별로 관심을 두지 않았어. 당신은 앨리스를 보러 가는 게 좋겠어."

나는 불쾌했지만 말없이 자리를 떴다. 루퍼스가 그럴 생각만 있었다면 어지간한 추정 시간은 알려줄 수 있었으리라. 그러나 사실 그 점은 그렇게 중요하지 않았다. 케빈은 편지를 받을 테고 나를 데리러 올 것이다. 도저히 루퍼스가 편지를 보내지 않았다고 의심할 수 없었다. 내가 루퍼스의 선의를 잃고 싶지 않은 만큼 루퍼스도 나의 선의를 잃고 싶어하지 않았다. 그리고 이것은 정말 사소한 일이었다.

앨리스는 내가 맡은 일의 일부가 되었다. 중요한 일이었다. 루퍼스는 나이절과 젊은 밭 일꾼 한 명을 시켜서 자기 방에 다른 침대를 들여놓게 했다. 루퍼스의 침대 아래로 밀어넣을 수 있는 작고 낮은 침대였다. 우리는 앨리스만이 아니라 루퍼스의 편의를 위해서도 앨리스를 그의 침대에서 내려야 했다. 앨리스는 한동안 아주 어린아이로 돌아갔고, 대소변을 가리지 못했으며, 아프게 치료할 때나 음식을 먹일 때가 아니면 우리를 의식하지도 못했다. 밥도 숟가락으로 떠먹여야 했다.

한번은 내가 그렇게 밥을 먹이고 있을 때 와일린이 앨리스를 보러 들어왔다.

"망할!" 와일린은 루퍼스에게 말했다. "쏘아 죽이는 편이 더 친절했겠다."

나는 와일린이 루퍼스가 던진 눈빛에 살짝 겁을 먹었다고 생각한다. 그는 다른 말 없이 방을 나갔다.

나는 앨리스의 붕대를 갈면서 늘 감염의 징후를 확인했고, 아무 징후도 찾지 못하기를 바랐다. 파상풍 같은…… 파상풍이나 광견병의 잠복기가 얼마일까 생각하다가 그만두었다. 앨리스의 몸은 느리지만 깨끗이 낫고 있는 것 같았다. 미신 같지만 그녀를 죽음에 이르게 할 질병에 대해서는 생각하지도 말아야 할 듯한 기분을 느꼈다. 게다가 앨리스의 몸을 청결하게 유지하고 다시 성장하게 도와주는 일만으로도 걱정거리는 충분했다. 앨리스는 한동안 나를 엄마라고 불렀다.

"엄마, 아파."

그러나 루퍼스는 알아보았다. 루퍼스 씨. 그녀의 친구. 루퍼스는 앨리스가 밤이 되면 자기 침대에 기어들어온다고 했다.

어떤 면에서는 그래도 괜찮았다. 앨리스는 이제 다시 요강을 쓰고 있었다. 그러나 다른 면에서는…….

루퍼스는 그 이야기를 하면서 말했다. "날 그런 눈으로 보지 마. 건드리지 않는다니까. 그건 어린 아기를 해치는 일이나 다름없어."

나중에는 성인 여자를 해치는 일이 될 테고, 그때는 루퍼스도 전혀 마음에 걸리지 않을 터였다.

앨리스는 성장이 진행되면서 루퍼스에게 조금 더 거리를 두었다. 여전히 친구로 여기기는 했지만, 잠은 자기 침대에서 잤다. 그리고 나는 '엄마'이기를 그만두게 되었다.

어느 날 아침에 아침식사를 가져다주었더니 앨리스가 나를 쳐다보면서 물었다. "당신 누구예요?"

"난 다나야. 기억나니?" 나는 언제나 앨리스의 질문에 대답했다.

"아니요."

"기분은 어때?"

"뻐근하고 아픈 것 같아요." 앨리스는 개가 말 그대로 한입 가득 물어뜯었던 허벅지에 한 손을 짚었다. "다리가 아파요."

나는 그 상처를 보았다. 아마 평생 그 자리에는 크고 흉측한 흉터가 남겠지만, 상처 자체는 무사히 낫고 있는 듯했다. 특별히 색이 어두워지지도, 붓지도 않았다. 앨리스는 마치 이 특정한 아픔도 막 알아차린 것 같았다. 나를 막 알아차린 것처럼 말이다.

"여기는 어디죠?" 앨리스가 물었다.

정말로 이제 막 많은 것들을 알아차리게 된 모양이었다. 나는 말했다. "여기는 와일린 가야. 루퍼스 씨 방이고."

"아." 앨리스는 긴장을 풀고 만족한 듯했으며, 더는 호기심을 보이지 않았다. 나는 앨리스에게 압력을 가하지 않았다. 이미 그러지 않기로 결심하고 있었다. 앨리스가 상황을 직면할 만큼 강해지면 현실로 돌아오리라 생각했다. 톰 와일린은 분명히 앨리스에게 가망이 없다고 생각하며 어색한 침묵을 지켰다. 루퍼스는 무슨 생각을 하는지 말하지 않았지만, 나와 마찬가지로 앨리스를 밀어붙이지 않았다.

한번은 이렇게 말하기도 했다. "기억을 못하면 좋겠다 싶기도 해. 그러면 아이작을 만나기 전과 비슷하게 지낼 수 있어. 그리고 어쩌면……." 루퍼스는 어깨를 으쓱였다.

"매일 조금씩 기억이 돌아와. 그리고 앨리스는 계속 질문을 해." 내가 말했다.

"대답해주지 마!"

"내가 대답하지 않으면 다른 사람이 할 거야. 곧 일어나서 돌아다닐 테니까."

루퍼스는 침을 꿀꺽 삼켰다. "그동안 정말 좋았는데……."

"좋았다고?"

"앨리스가 나를 미워하지 않았으니까!"

10

앨리스는 계속 나아졌고, 정신적으로도 성장했다. 캐리가 아이를 낳던 날에는 처음으로 나와 함께 부엌채까지 내려가기도 했다.

앨리스가 오고 삼 주가 지나서였다. 이제 정신적으로는 열두 살이나 열세 살 정도였을 것이다. 그날 아침 앨리스는 루퍼스에게 나와 같이 다락에서 자고 싶다고 말했다. 놀랍게도 루퍼스는 승낙했다. 승낙하고 싶지 않았겠지만, 그렇게 했다. 처음 하는 생각도 아니었지만, 앨리스가 계속 루퍼스를 미워하지 않을 수 있다면 얻어내지 못할 것이 별로 없겠다는 생각을 다시 한 번 했다. 그럴 수만 있다면.

앨리스는 조심스레, 천천히 내 뒤를 따라 계단을 내려왔다. 여위고 약한 몸에 마거릿의 낡은 드레스를 입은 모습이 어린 아이 같았다. 그러나 지루함이 그녀를 침대 밖으로 내몰았다.

"얼른 나았으면 좋겠어요." 앨리스는 계단 위에 멈춰 서면서 중얼거렸다. "이러고 있기 싫어."

"낫고 있어." 나는 말했다. 나는 조금 앞서가면서 앨리스가 비틀거리지는 않나 지켜보고 있었다. 계단 꼭대기에서 팔을 잡아줬지만, 앨리스는 몸을 떼어내려고 했다.

"걸을 수 있어요."

나는 앨리스가 혼자 걷게 놓아두었다.

우리는 나이절과 거의 동시에 부엌채에 도착했지만, 나이절이 훨씬 급해 보였다. 우리는 나이절이 먼저 뛰어들어갈 수 있게 옆으로 비켜섰다.

"허!" 앨리스는 지나가는 나이절에게 말했다. "이봐요!"

나이절은 그 말을 무시하고 외쳤다. "세라 아줌마, 세라 아줌마! 캐리가 아파요!"

나이를 감당하지 못하게 되기 전까지는 메리가 농장의 산파였다. 지금도 와일린 가에서는 메리가 계속 노예들을 치료하기를 기대할지 모르지만, 노예들은 그것이 좋지 않음을 알고 있었다. 그들은 최선을 다해서 서로를 도왔다. 세라가 출산을 도우러 가는 모습은 처음 보았지만, 그녀가 불려가는 것은 자연스러운 일이었다. 세라는 옥수수 냄비를 내려놓고 나이절을 따라 나가려 했다.

"내가 도울 일이 있나요?" 내가 물었다.

세라는 내 존재를 겨우 알아차렸다는 듯 나를 보았다. "저녁 식사 좀 봐. 누굴 보내서 요리를 마무리하려고 했는데, 네가 할 수 있지?"

"네."

"좋아." 세라와 나이절은 서둘러 떠났다. 나이절의 집은 노예숙소에서 떨어져 있었고, 부엌채에서 멀지 않았다. 나이절이 자신과 캐리를 위해 직접 지은, 나무 바닥을 깔고 벽돌로 굴뚝을 올린 깔끔한 오두막집이었다. 나이절은 그 집을 나에게 보여주면서 말했다. "더는 다락방에서 거적때기 깔고 잘 필요가 없는 거죠." 침대와 의자 두 개도 만들었다. 루퍼스는 나이절이 자기 시간을 활용해서 지역 내 다른 백인을 위해 일하고, 받은 돈을 모아 자기가 만들 수 없는 물건을 살 수 있게 해주었다. 루퍼스에게도 좋은 투자였다. 나이절의 수입 일부를 받을 뿐 아니라, 유일하게 가치 있는 재산이라 할 수 있는 나이절이 금세 다시 도망가지 않으리라는 보장도 얻었으니 말이다.

"가서 봐도 돼요?" 앨리스가 물었다.

"아니." 나는 내키지 않는 마음으로 답했다. 나도 가보고 싶었지만, 세라에게는 우리 둘 다 방해만 될 터였다. "아니야, 너와 나는 여기서 할 일이 있어. 감자 껍질 벗길 줄 아니?"

"그럼요."

나는 앨리스를 식탁 앞에 앉히고 칼과 감자를 내밀었다. 처음 부엌채에 왔을 때, 케빈이 부를 때까지 앉아서 감자 껍질을 까던 때가 생각났다. 지금쯤이면 케빈이 내 편지를 받았을지도 모른다. 분명히 받았을 것이다. 벌써 여기로 오고 있을지도 모른다. 나는 고개를 젓고 닭을 자르기 시작했다. 스스로를 고문해서 무슨 소용이랴.

"엄마는 나한테 요리를 시켰어요." 앨리스가 말했다. 무엇인가 기억해내려는 듯 얼굴을 찌푸리고 있었다. "언젠가 남편을 위해 요리를 해야 할 거라면서요." 앨리스는 다시 얼굴을 찡그렸고, 나는 그 모습을 보다가 손가락을 자를 뻔했다. 뭔가 떠오른 걸까?

"다나?"

"응?"

"남편이 있지 않았어요? 예전에…… 당신에게 남편이 있었다는 기억이 나는데."

"있어. 지금은 북부에 있지."

"자유민이에요?"

"그래."

"자유민과 결혼하는 게 좋죠. 엄마는 언제나 나보고 그래야 한다고 했어요." 나는 그 말이 옳다고 생각했지만, 아무 말도 하지 않았다.

"아버지는 노예였는데, 사람들이 어머니한테서 떼어내 팔아버렸어요. 엄마는 노예와 결혼하는 건 노예로 사는 것만큼이나 나쁘댔어요." 앨리스는 나를 쳐다보았다. "노예로 사는 건 어때요?"

나는 가까스로 놀란 표정을 감추었다. 앨리스가 자기가 노예라는 사실을 깨닫지 못하고 있을 줄은 몰랐다. 그렇다면 여기에 있는 이유를 뭐라고 생각했을까 궁금했다.

"다나?"

나는 앨리스를 쳐다보았다.

"노예로 살면 어떠냐니까요?"

"몰라." 나는 깊이 숨을 들이쉬었다. "캐리는 어떻게 하고 있나 모르겠네. 정말 아플 텐데 비명도 지를 수 없으니."

"어떻게 모를 수 있어요. 당신도 노예인데."

"난 오랫동안 노예가 아니었거든."

"자유민이었어요?"

"그래."

"그런데 순순히 노예가 됐어요? 도망쳤어야지."

나는 문 쪽을 흘긋 보았다. "그런 말을 할 때는 조심해. 말썽에 휘말릴 수도 있어." 그렇게 주의를 시키려니 꼭 세라가 된 느낌이었다.

"맞는 말이잖아요."

"때로는 맞는 말도 혼자만 간직하는 편이 좋아."

앨리스는 걱정스러운 눈으로 나를 보았다. "당신에게 무슨 일이 일어나는데요?"

"내 걱정은 하지 마, 앨리스. 남편이 내가 풀려나게 도와줄 거야." 나는 문으로 가서 캐리의 오두막 쪽을 보았다. 뭔가 보려고 한 행동은 아니었다. 그저 앨리스의 마음을 다른 곳으로 돌리고 싶었다. 앨리스는 너무 현실에 가까워지고 있었고, 너무 빨리 '성장'하고 있었다. 기억이 돌아오면 그녀의 삶은 너무나 지독하게 변할 것이다. 지금보다 더 상처받을 것이고, 그 상처는 대부분 루퍼스가 입힐 것이다. 그리고 나는 그 모습을 지켜보면서 아무것도 못할 것이다.

"엄마는 노예가 되느니 차라리 죽고 말겠다고 했어요." 앨리스가 말했다.

"사는 편이 나아. 자유로워질 가능성이 있는 한은." 나는 가방 속에 든 수면제를 생각하면서 내가 얼마나 대단한 위선자인가 생각했다. 다른 사람들에게 고통을 안고 살라고 충고하기는 참으로 쉬웠다.

갑자기 앨리스가 껍질을 벗기던 감자를 불 속으로 집어던졌다.

나는 소스라쳐서 그녀를 보았다. "왜 그러니?"

"당신이 말해주지 않는 게 있어요."

나는 한숨을 쉬었다.

"나도 여기에 있잖아요. 오랫동안 여기에 있었죠." 앨리스는 눈을 가늘게 떴다. "나도 노예인가요?"

나는 대답하지 않았다.

"나도 노예냐고 물었어요."

"그래."

온몸으로 대답을 요구하며 의자에서 반쯤 일어나 있었던 앨리스는 대답을 듣고 나자 털썩 주저앉았고, 등과 어깨를 구부리고 두 팔로 배를 감싸안았다. "하지만 나는 자유민이어야 해요. 난 자유민이었어요. 자유민으로 태어났어!"

"그래."

"다나, 내가 뭘 기억하지 못하는지 말해줘요. 말해요!"

"기억이 돌아올 거야."

"아니, 당신이 말해……."

"아, 제발 조용히 좀 해!"

앨리스는 놀라서 몸을 뒤로 뺐다. 내가 고함을 질러서였다. 아마 화가 났다고 생각하겠지. 실제로 화가 났지만, 앨리스에게 화가 난 게 아니었다. 나는 그녀를 벼랑 끝에서 끌어당기고 싶었다. 그러나 너무 늦었다. 앨리스는 추락을 감당해야 했다.

나는 지친 목소리로 말했다. "알고 싶은 건 뭐든 말해줄게. 하지만 내 말을 믿어. 지금 네가 생각하는 것만큼 알고 싶은 건 아닐거야."

"아니, 알고 싶어요!"

나는 한숨을 쉬었다. "좋아. 뭘 알고 싶어?"

앨리스는 입을 열었다가, 얼굴을 찌푸리고 다시 다물었다. 그리고 결국. "너무 많아…… 전부 다 알고 싶어요. 하지만 어디에서 시작할지 모르겠어. 내가 왜 노예가 됐죠?"

"범죄를 저질렀어."

"범죄? 무슨 짓을 했는데요?"

"도망노예를 도왔어." 나는 잠시 사이를 두고 말했다. "그동안 여기에 있으면서 한 번도 어쩌다가 다쳤는지 물어본 적 없다는 거 알고 있어?"

그 말이 앨리스 안의 무엇인가를 건드린 모양이었다. 그녀는 몇 초 동안 멍한 얼굴로 앉아 있다가 얼굴을 찡그리면서 일어섰다. 나는 주의 깊게 그녀를 지켜보았다. 발작이라도 일으킬 셈이라면 지금 있는 곳에서, 와일린 부자의 눈이 미치지 않는 곳에서 일으키는 편이 좋았다. 그녀가 할 만한 말 중에는 특히 톰 와일린을 성나게 할 말이 너무 많았다.

"놈들이 날 때렸어." 앨리스는 속삭였다. "기억나. 그 개들, 밧줄…… 나를 말 뒤에 묶었어. 뛰어야 했지만 도저히 뛸 수 없었어…… 그랬더니 날 때렸지, 하지만…… 하지만……."

다가가서 앞에 섰지만 앨리스는 나를 통과해서 다른 것을 보고 있는 듯했다. 그녀는 루퍼스가 시내에서 데려왔을 때와 똑같이, 고통스럽고 혼란스러운 표정을 짓고 있었다.

"앨리스?"

내 말도 들리지 않는 모양이었다. "아이작?" 앨리스가 속삭였다. 아니, 속삭임이라기보다는 소리 없는 입술의 움직임에 불과했다. 그리고.

"아이작!" 소리가 터져나왔다. 앨리스는 문을 향해 뛰었다. 나는 세 발자국도 가기 전에 앨리스를 붙잡았다.

"놔! 아이작! 아이작!"

"앨리스, 그만해. 그러다가 다치겠어." 앨리스는 부족한 힘을 다 동원해서 몸부림치고 있었다.

"놈들이 자르고 있어! 그이의 귀를 잘라!"

그 모습은 보지 못했기를 빌었는데. "앨리스!" 나는 그녀의 어깨를 잡고 흔들었다.

"가야 해." 앨리스는 흐느꼈다. "아이작을 찾아야 해."

"그래, 앨리스. 네가 지치지 않고 열 걸음 이상 걸을 수 있게 되면."

앨리스는 몸부림을 멈추고 흐르는 눈물 사이로 나를 응시했다. "그이를 어디로 보낸 거야?"

"미시시피."

"오, 맙소사……." 앨리스는 울면서 내게 쓰러졌다. 붙잡아서 반쯤은 끌고 반쯤은 들다시피 벤치로 데려가지 않았다면 그대로 쓰러졌을 것이다. 그녀는 울고 기도하고 저주하면서 벤치에 무너지듯 앉았다. 나도 잠시 옆에 앉아 있었지만, 앨리스는 지치지도 않는지 울음을 멈추지 않았다. 나는 그녀를 내 버려두고 저녁 준비를 마쳐야 했다. 그러지 않았다가 와일린 의 화를 부르고 세라를 곤란하게 할까 봐 두려웠다. 앨리스가 기억을 되찾았다는 사실만으로도 이 집의 말썽은 충분했고, 어쩐지 최선을 다해서(처음에는 루퍼스의, 이제는 앨리스의) 말썽 을 진정시키는 것은 내가 할 일이 되어 있었다.

마음이 다른 곳에 간 채로 어찌어찌 식사준비를 마쳤다. 세 라가 부글부글 끓는 상태로 두고 간 수프가 있었고, 튀겨야 할 생선이 있었고, 세라가 불려놓기 전에는 돌처럼 단단했던 햄 도 끓여야 했다. 닭을 튀기고 옥수수빵과 고깃국물을 만들었 다. 앨리스가 팽개친 감자도 마무리했다. 화덕 옆에 있는 작은 벽돌 오븐에서 빵을 구웠다. 샐러드를 포함하여 채소도 준비 했다. 달콤한 복숭아 후식(와일린은 복숭아를 키웠다), 고맙게도 세라가 이미 만들어둔 케이크, 그리고 커피와 차를 준비했다. 손님이 한 무리는 있어야 다 먹을 양이었다. 보통은 손님이 있 기도 했다. 그리고 그들은 하나같이 너무 많이 먹었다. 이 시 대의 주된 약이 설사약이었던 것도 당연했다.

가까스로 제시간에 음식을 준비한 다음, 부엌채에서 식탁까 지 음식을 나르고 시중을 드는 사내아이 둘을 잡으러 가야 했다. 겨우 찾아낸 아이들은 이제는 조용해진 앨리스를 쳐다보느라 시간을 허비하더니, 내가 씻으라고 하자 투덜거렸다. 결국에는 빨래터 친구이자 본채에서 일하는 하녀인 테스가 뛰어나와서 말했다. "주인님이 식탁에 음식을 가져오래!"

"식탁은 준비 다 됐어?"

"벌써 됐지! 네가 아무 말 안 해줘도 말이야."

이런. "미안해, 테스. 여기, 나 좀 도와줘." 나는 뚜껑을 덮은 수프 그릇을 테스의 손에 밀어넣었다. "지금 세라는 캐리 출산을 도우러 갔거든. 이걸 안으로 좀 들여줄래?"

"그리고 돌아와서 더 가져가고?"

"부탁해."

테스는 서둘러 나갔다. 나는 몇 번인가 테스의 빨래를 도와준 적이 있었다. 최근에는 최대한 많이 도왔는데, 와일린이 테스를 침대로 끌어들여서 상처를 입히기 시작한 탓이었다. 아무래도 테스는 나에게 빚을 갚는 모양이었다.

나는 우물가로 나가 막 물싸움을 시작한 두 아이를 잡았다.

"너희 저 음식을 들고 집에 들어가지 않으면……!"

"꼭 세라 같아요."

"아니지. 세라라면 뭐라고 할지 알 텐데. 세라가 어떻게 할지도 알고. 이제 움직여! 움직이지 않으면 내가 회초리를 가져와서 진짜 세라 같은 모습을 보여줄 테니까."

저녁식사가 들어갔다. 그럭저럭. 그리고 다 먹을 만했다. 세라가 요리했다면 그보다 많기는 해도, 맛이 더 낫지는 않았을 것이다. 나는 그동안 세라 덕분에 화덕에서 요리하는 것에 대한 불안과 무지를 극복하고 꽤 많은 것을 배웠다.

요리가 계속 나가고 남은 음식이 돌아오기 시작했다. 나는 앨리스에게 저녁을 먹이려 했다. 그러나 앨리스는 접시를 밀어내고 나에게 등을 돌렸다.

앨리스는 몇 시간 동안 그 자리에 앉아서 멍하니 허공을 보거나 식탁에 머리를 대고 있었다. 그녀는 한참이 지나서야 겨우 입을 열었다.

"왜 말해주지 않았어?" 앨리스는 쓸쓸하게 물었다. "무슨 말이든 해서 내가 그놈의 방에서, 그놈의 침대에서 나가게 할 수 있었잖아…… 오 주여, 난 그놈의 침대에 있었어! 그놈이 직접 아이작의 귀를 자른 거나 다름없는데!"

"루퍼스는 아무에게도 아이작에게 맞았다고 말하지 않았어."

"개소리!"

"사실이야. 말하지 않았어. 네가 다치기를 바라지 않았으니까. 루퍼스가 다시 일어설 때까지 옆에 있었으니까 알아. 내가 돌봤으니까."

"조금이라도 생각이 있다면 죽게 내버려뒀어야지!"

"그랬다 해도 너와 아이작은 잡혔을 거야. 오히려 누군가 아이작이 한 일을 의심하기라도 했다면 두 사람 다 죽었을지도 모르지."

"검둥이 의사 나셨네." 앨리스는 경멸조로 말했다. "당신은 자기가 참 많이 안다고 생각하지. 책 읽는 검둥이. 하얀 검둥이! 왜 나를 죽게 두지 않았어?"

나는 아무 말도 하지 않았다. 앨리스는 점점 더 화를 내며 고함을 질러댔다. 나는 이편이 낫다고, 다른 사람보다는 나에게 감정을 터뜨리는 편이 안전하다고 스스로를 타이르며 서글픈 심정으로 몸을 돌렸다.

앨리스의 고함소리와 함께 희미한 아기 울음소리가 들렸다.

ii

캐리와 나이절은 여위고 주름진 갈색 피부의 아들에게 주드라는 이름을 붙였다. 나이절은 와일린이 그만 닥치고 본채와 부엌채를 잇는 지붕 달린 통로 건축이나 계속하라고 할 때까지, 행복에 빠져 거들먹거리면서 실없는 말을 지껄이고 다녔다. 말은 그렇게 했어도 와일린은 아기가 태어나고 며칠이 지나자 나이절을 서재로 불러서 캐리가 입을 새 드레스와 새 담요, 그리고 나이절이 입을 새 옷 한 벌을 내밀었다.

나이절은 나중에 나를 보고 씁쓸하게 말했다. "그렇죠, 캐리와 내 덕분에 검둥이를 하나 더 얻었으니까요." 그러나 그도와일린 앞에서는 제대로 고마워하는 모습을 보였다.

"고맙습니다, 주인님. 네, 주인님. 감사드리고말고요. 좋은옷이네요. 네, 주인님……."

그는 결국 통로 공사를 한다는 핑계로 빠져나갔다.

그사이 서재에서 나는 와일린이 루퍼스에게 하는 말을 들었다. "나이절에게 뭔가 줘야 할 사람은 너야. 쓸모도 없는 계집애에게 돈을 다 털어넣는 대신에 말이다."

"앨리스는 괜찮아요!" 루퍼스가 대답했다. "다나가 다 치료했어요. 왜 쓸모없다고 하세요?"

"네가 그 애에게 원하는 걸 얻으려면 다시 아프도록 채찍질을 해야 할 테니까!"

정적이 흘렀다.

"다나로 만족했어야지. 다나는 생각이 없지는 않아." 와일린은 잠시 말을 멈췄다. "생각이 지나쳐서 탈이기는 하다만, 그래도 너에게 말썽을 안기지는 않지. 프랭클린 그 친구한테 몇가지는 배웠으니 말이야."

루퍼스는 대답 없이 걸어나왔다. 나는 루퍼스가 나오는 소리를 듣고 얼른 엿듣고 있던 서재 문 앞에서 멀어져야 했다. 나는 식당 안으로 기어들어갔다가 루퍼스가 지나갈 때에 맞춰서 다시 나갔다.

"루피."

그는 지금은 귀찮게 하지 말라는 눈빛으로 나를 보았지만, 그래도 걸음을 멈추기는 했다.

"편지를 한 통 더 쓰고 싶어."

루퍼스는 얼굴을 찌푸렸다. "참을성을 좀 가져, 다나. 오래 지나지도 않았어."

"한 달이 넘었어."

"글쎄…… 모르겠군. 케빈이 다시 주소를 옮겼을 수도 있고, 무슨 일이 있을 수도 있어. 답할 시간을 조금 더 줘야 한다고 생각해."

"뭘 답한다고?" 와일린이 물었다. 루퍼스가 예언했던 사태였다. 그는 알아차릴 수 없을 만큼 조용히 우리 뒤에 와 있었다.

루퍼스는 떨떠름한 표정으로 아버지를 쳐다보았다. "다나가 여기에 있다고 케빈 프랭클린에게 보낸 편지 얘기예요."

"다나가 편지를 썼나?"

"제가 쓰라고 했어요. 다나가 쓸 수 있는데 왜 굳이 제가 해야 해요?"

"넌 도대체 생각이……." 와일린은 말을 뚝 끊었다. "다나, 가서 일이나 해라!"

루퍼스가 편지를 직접 쓰지 않고 나에게 쓰게 한 것이 생각

없는 행동이었을까, 아니면 편지를 보낸 것이 생각 없는 행동이었을까 생각하며 자리를 떴다. 케빈이 영영 돌아오지 않는다면 와일린은 노예 하나만큼 재산을 불리는 셈이었으니 말이다. 그다지 쓸모가 없다고 밝혀지더라도 언제든 팔 수 있지 않은가.

몸이 부르르 떨렸다. 루퍼스에게 편지를 한 통 더 쓰게 해달라고 해야 했다. 첫 번째 편지는 분실되었거나 훼손되었거나 엉뚱한 곳으로 갔을 수도 있었다. 1976년에도 일어나는 일이었다. 말과 마차로 실어나르는 이 시대에는 얼마나 심했겠는가? 내가 다시 한 번 혼자 돌아가버린다면, 더 오랫동안 여기에 버려둔다면 케빈도 나를 포기하고 말 것이 분명했다. 이미 포기하지 않았다면 말이다.

그런 생각을 마음 속에서 몰아내려고 애썼다. 사람들이 나에게 한 모든 말로 미루어보아 케빈은 나를 기다렸고, 아직도 기다리고 있건만 그래도 가끔 그런 생각이 들었다.

나는 테스를 도우러 빨래터로 나갔다. 이제는 고된 일을 환영할 정도였다. 고된 일을 하면 생각을 하지 않을 수 있었다. 백인들은 내가 부지런하다고 생각했다. 대부분의 흑인들은 내가 멍청하거나, 백인 마음에 들고 싶어 열심이라고 생각했다. 나는 내가 두려움과 의혹을 막고 비교적 제정신을 유지하려고 최선을 다하고 있다고 생각했다.

다음날 다시 혼자 있는 루퍼스를 잡았다. 방해받을 염려 없는 그의 방에서였다. 그러나 내가 편지 이야기를 꺼내도 루퍼스는 듣지 않았다. 그는 앨리스에게 정신이 팔려 있었다. 앨리스는 이제 더 튼튼해졌고, 그에 따라 루퍼스의 인내심도 사라졌다. 나는 결국에는 루퍼스가 그녀를 다시, 그리고 또다시 강간하리라 생각했다. 사실 아직 감행하지 않았다는 사실이 놀라웠다. 루퍼스가 그 계획에 나를 끌어넣을 생각인 줄은 깨닫지 못했다. 그는 그럴 생각이었고, 실제로 그랬다.

"당신이 말을 해봐, 다나." 루퍼스는 편지 문제를 무시하고 말했다. "당신이 나이가 더 많잖아. 앨리스는 당신이 많이 안다고 생각해. 당신이 말해봐!"

그는 침대에 앉아서 차가운 벽난로 속을 응시하고 있었다. 나는 책상 앞에 앉아서 그에게 빌려준 투명한 플라스틱 펜을 보았다. 벌써 잉크가 반이 닳아 있었다. "이 펜으로 도대체 뭘 쓴 거야?" 나는 물었다.

"다나, 내 말 좀 들어!"

나는 루퍼스를 돌아보았다. "들었어."

"그래서?"

"루피, 난 네가 강간하지 못하게 막을 수는 없지만, 그렇다고 돕지도 않을 거야."

"앨리스가 상처받으면 좋겠어?"

"물론 아니야. 하지만 넌 이미 앨리스에게 상처를 입히기로 했지, 안 그래?"

그는 대답하지 않았다.

"그만 놓아줘, 루피. 앨리스는 이미 너 때문에 충분히 고통받았잖아?" 놓아주지 않을 것이다. 그러지 않을 것임을 나도 알고 있었다.

루퍼스의 녹색 눈이 번쩍였다. "앨리스는 절대로 다시는 내게서 도망치지 못해. 절대로!" 그는 숨을 깊이 들이마시더니 천천히 내뱉었다. "아빠는 내가 앨리스를 밭으로 내보내고 당신을 취했으면 하셔."

"그래?"

"나는 여자를 원하는 것뿐이래. 어떤 여자든. 그러니까 당신으로 하라는 거야. 당신이 그래도 덜 힘들게 할 거라면서."

"그 말을 믿어?"

루퍼스는 머뭇거리다가 살짝 미소를 지었다. "아니."

나는 고개를 끄덕였다. "다행이네."

"나는 당신을 알아, 다나. 당신은 내가 앨리스를 원하듯이 케빈을 원하지. 그리고 당신은 나보다 운이 좋았어. 지금이야 어쨌든 케빈도 한동안 당신을 원했으니까. 나는 영영 누리지 못할지도 몰라. 서로 원하고, 서로 사랑하는 것까지는. 그래도 내가 가질 수 있는 것까지 포기하지는 않을 거야."

"무슨 뜻이야, '지금이야 어쨌든'이라니?"

"대체 무슨 뜻이라고 생각해? 오 년이나 지났어! 당신은 편지를 한 통 더 쓰고 싶어하지. 혹시 케빈이 첫 번째 편지를 던져버렸을 수도 있다는 생각은 안 들어? 케빈도 앨리스처럼 됐을지 모르지. 자기 동족과 함께 있고 싶어졌을지도 몰라."

나는 아무 말도 하지 않았다. 루퍼스가 무슨 짓을 하는지 알았다. 자신의 고통을 나와 공유하고, 자기가 상처받은 만큼 나에게도 상처를 주려는 것이다. 그리고 그는 나의 취약점을 알고 있었다. 나는 무표정을 유지하려고 애썼지만, 루퍼스는 계속 말했다.

"케빈은 예전에 당신들이 결혼한 지 사 년이 됐다고 했어. 그렇다면 당신과 함께한 시간보다 더 오랫동안 여기에 혼자 있었다는 뜻이지. 케빈을 원래 시간으로 데려갈 수 있는 사람이 당신 말고도 있다면 과연 그렇게 오래 기다렸을까 의심스러워. 하지만 지금은…… 누가 알겠어. 딱 맞는 여자라면 이 시대를 달콤하게 만들어줄 수도 있겠지."

"루피, 나한테 무슨 말을 해도 앨리스와의 일이 편해지지는 않아."

"그래? 이건 어때. 당신이 앨리스에게 말해. 당신이 설득해. 그렇지 않으면 제이크 에드워즈가 때려서 제 분수를 가르쳐주는 모습을 보게 될 거야!"

나는 끔찍한 기분으로 루퍼스를 응시했다. "넌 그런 걸 사랑이라고 불러?"

그는 일어서더니 숨을 한 번 들이켜기도 전에 방을 가로질러 다가왔다. 나는 그대로 앉아서 그를 지켜보며 두려움을 느꼈고, 갑자기 내 칼에 대해, 내가 얼마나 빨리 그 칼에 손을 뻗을 수 있는가에 대해 온 신경을 집중했다. 그는 나를 때리지 않을 것이다. 루퍼스는 절대 아니었다.

"일어서!" 루퍼스가 명령했다. 그는 나에게 명령을 많이 하지 않았고, 그런 투로 명령한 적은 한 번도 없었다. "일어서라고 했어!"

나는 움직이지 않았다.

"내가 너한테 너무 물렀지." 루퍼스의 목소리가 갑자기 낮고 험악해졌다. "보통 검둥이보다 나은 사람처럼 대했어. 이제 보니 내가 실수했군!"

"그럴지도 모르지." 내가 말했다. "그래서 이번엔 나도 너에 대해 실수했다는 사실을 증명하려고?"

그는 몇 초 동안 얼어붙은 듯이 서서 나를 내려칠 것처럼 노려보았다. 그러나 결국 그는 긴장을 풀고 책상에 기대어 섰다. "꼭 자기가 백인인 줄 알지!" 그는 중얼거렸다. "야생동물만큼도 자기 분수를 몰라."

나는 아무 말도 하지 않았다.

"당신은 내 목숨을 구했다는 이유만으로 내가 당신 소유인 줄 알아!"

나도 긴장을 풀었다. 내가 구한 목숨을 빼앗을 필요가 없어서 다행이었다. 내 목숨을 포함하여 다른 이들의 목숨을 위태롭게 할 필요가 없어서 다행이었다.

"혹시라도 당신을 앨리스처럼 원하게 되는 날에는 내가 내 목을 긋고 말겠어." 루퍼스가 말했다.

그런 문제는 영영 생기지 않기를 빌었다. 그랬다간 우리 둘 중 하나는 확실히 칼에 찔릴 테니까.

"도와줘, 다나."

"나는 못해."

"할 수 있어! 당신 말고는 아무도 못해. 앨리스에게 가. 가서 나에게 보내. 난 당신이 돕든 돕지 않든 앨리스를 가질 거야. 그저 내가 앨리스를 때릴 필요가 없게 해줬으면 할 뿐이야. 그 정도도 하지 않는다면 당신은 앨리스의 친구도 아니야!"

앨리스의 친구라니! 루퍼스는 그런 부류 특유의 야비한 수완을 모조리 갖추고 있었다. 그래, 나는 앨리스를 돕는 일을 거부할 수 없었다. 최소한 육체적인 고통만이라도 피하게 도울 수밖에 없었다. 그러나 이런 식으로 도와봤자 앨리스는 고맙게 여기지 않을 터였다. 나도 내가 한심했다.

"해!" 루퍼스가 듣기 싫은 소리를 냈다.

나는 일어서서 앨리스를 찾으러 나갔다.

앨리스는 이제 서먹하고 변덕스러웠다. 때로는 나의 우정을
필요로 하고, 위험하기 짝이 없는 자유에 대한 열망과 다시 도
망치고 말겠다는 무모한 계획을 믿고 털어놓기도 했다. 그런
가 하면 때로는 나를 미워하고, 자신의 불행을 내 탓으로 돌리
기도 했다.

어느 날 밤 다락방에서 앨리스는 조용히 울면서 아이작에
대한 이야기를 했다. 그러더니 갑자기 말을 뚝 끊고 물었다.
"남편 소식은 아직 못 들었어, 다나?"

"아직."

"편지를 한 통 더 써. 몰래 쓰더라도."

"손을 쓰고 있어."

"당신까지 당신 남자를 잃어버리면 안 돼."

그러나 몇 분 후에 그녀는 아무 이유도 없이 나를 공격했다.
"부끄러운 줄 알아야지. 당신 같은 흑인이 가난뱅이 흰둥이 쓰
레기를 두고 징징거리고 울다니 말이야. 당신은 언제나 백인
처럼 굴려고 해. 하얀 검둥이, 자기 동족에게 등을 돌린 하얀
검둥이!"

앨리스의 갑작스러운 분위기 전환과 공격에는 결코 익숙해
질 수 없었지만, 그래도 나는 참았다. 나는 앨리스를 붙잡고
다른 치료 단계를 모두 통과시켰다. 이제 와서 버릴 수는 없었

다. 대부분의 경우에는 화조차 낼 수 없었다. 앨리스는 루퍼스와 비슷했다. 자기가 아프면 다른 사람들에게 상처를 입혔다. 하지만 시간이 흐르면서 앨리스의 아픔도 덜해졌고 그만큼 공격도 줄어들었다. 그녀는 육체만 아니라 감정적으로도 회복되고 있었다. 내가 낫도록 도왔다. 이제 나는 루퍼스가 그녀의 상처를 다시 헤집도록 도와야 했다.

앨리스는 캐리의 오두막에서 누군가가 맡겨두고 간 두 아이와 주드를 같이 돌보고 있었다. 앨리스에게는 아직 의무가 정해지지 않았지만, 그녀도 나와 마찬가지로 자기 일을 찾아서 했다. 앨리스는 아이들을 좋아했고, 바느질을 좋아했다. 그녀는 와일린이 노예용으로 산 조잡한 파란 천을 가져다가 어린 아이들이 발치에서 노는 사이에 깔끔하고 튼튼한 옷을 만들어내곤 했다. 와일린은 앨리스가 아이들을 보면서 바느질하는 모습이 늙은 메리 같다고 불평했지만, 자기 옷의 수선을 맡겼다. 앨리스는 늙은 메리의 바느질감 대부분을 떠안았던 여자 노예보다 솜씨가 좋았고 더 빨랐다. 농장에 앨리스의 적이 있다면 바로 앨리스 때문에 더 힘든 일로 밀려나게 생긴 그 여자, 리자였다.

나는 오두막으로 들어가서 차가운 벽난로 앞에 앨리스와 나란히 앉았다. 주드는 옆에서 나이절이 만든 유아용 침대 안에 누워 자고 있었다. 다른 두 아이는 바닥에 깔아놓은 담요 위에 발가벗고 누워서 조용히 자기 발을 가지고 놀고 있었다.

앨리스는 나를 보더니 긴 파란색 드레스를 들어 올렸다. "당신 옷이야. 그 바지 입은 모습은 신물이 나."

나는 청바지를 내려다보았다. "이렇게 입는 데 너무 익숙해서 가끔 잊어버려. 그래도 이 옷 덕분에 식탁 시중은 들지 않잖아."

"그 일도 나쁘지는 않아." 앨리스는 몇 번 식탁 시중을 들었다. "그리고 주인님이 인색하지만 않았어도 벌써 오래전에 치마를 받았을 거야. 예수님보다 돈을 더 사랑하는 남자라니까."

나는 그 말 그대로라고 생각했다. 와일린은 은행과 거래를 했다. 그가 은행에 대해 불평하는 걸 들었기 때문에 알고 있었다. 그러나 교회와 관계를 맺거나 집에서 기도 모임을 여는 모습은 본 적이 없었다. 노예들은 종교 모임을 하고 싶으면 밤에 몰래 빠져나가야 했고 순찰대에게 걸릴 위험을 감수해야 했다.

"그래도 당신 남자가 찾아왔을 때 여자처럼 보일 수 있잖아." 앨리스가 말했다.

나는 숨을 깊이 들이마셨다. "고마워."

"이제 내게 하려는 말을 해…… 하고 싶지 않은 그 말."

나는 깜짝 놀라서 앨리스를 쳐다보았다.

"이렇게 오래됐는데 내가 당신을 모를 줄 알아? 표정만 봐도 여기 오고 싶지 않았다는 티가 나."

"그래. 루퍼스가 너와 이야기를 해보라고 보냈어." 나는 머뭇거렸다. "루퍼스가 오늘 밤에 널 원해."

앨리스의 표정이 딱딱해졌다. "나한테 그 말을 하라고 당신을 보냈다고?"

"아니야."

앨리스는 나를 노려보며 기다렸다. 말없이, 나에게 더 말하라고 요구했다.

나는 아무 말도 하지 않았다.

"그래서! 그러면 왜 당신을 보냈는데?"

"너보고 얌전히 가라고 하라고. 이번에 반항하면 채찍질을 당하게 된다고 말하라고."

"빌어먹을! 좋아, 당신은 말했어. 이제 내가 이 드레스를 난로에 던져넣고 불을 붙이기 전에 여기에서 나가."

"네가 그 드레스를 어떻게 하든 알 바 아니야."

이번에는 앨리스가 놀랄 차례였다. 나는 보통 앨리스에게 그런 식으로 말하지 않았다. 얼마든지 그럴 만했을 때조차 그러지 않았다.

나는 나이절이 직접 만든 의자에 편하게 등을 기댔다.

"말은 전했어. 네가 원하는 대로 해."

"그럴 거야."

"그렇지만 조금 앞을 내다볼 수는 있겠지. 세 방향 다."

"무슨 소리야?"

"내가 보기에 너에겐 선택할 수 있는 방향이 세 가지 있어. 명령대로 루퍼스에게 갈 수도 있고, 거부하고 채찍질을 당한 다음에 강제로 안길 수도 있고, 다시 도망칠 수도 있지."

앨리스는 말없이 바느질감 위로 몸을 구부리더니, 떨리는 손으로도 재빨리 바늘을 놀려 촘촘하고 깔끔하게 바늘땀을 떴다. 나는 내 신발을 탐구하러 기어온 아기와 놀아주려고 허리를 굽혔다. 태어난 지 몇 달 된 뚱뚱하고 호기심 많은 남자아이였는데, 안아들자마자 블라우스 단추를 잡아뜯으려 들었다.

"금방 오줌을 쌀걸. 누가 안고 있을 때 쉬하기를 좋아해."

나는 앨리스의 말을 듣고 황급히 아기를 내려놓았다. 조금만 늦었어도 당할 뻔했다.

"다나?"

나는 앨리스를 보았다.

"나 어떡해?"

나는 망설이다가 고개를 저었다. "나는 충고해줄 수 없어. 네 몸이야."

"내 몸이 아니지." 앨리스의 목소리는 속삭이듯 작아졌다. "내가 아니라 그놈 몸이지. 그놈이 돈을 치렀잖아, 안 그래?"

"누구에게? 너에게?"

"나에게 치르지 않았다는 거 알면서! 아, 무슨 차이가 있겠어? 옳든 그르든 법은 이제 내가 루퍼스 소유라고 하는데. 루퍼스가 왜 진작 나한테 채찍을 휘두르지 않았는지 몰라. 내가 했던 말들……."

"이유를 알 텐데."

앨리스는 울기 시작했다. "칼을 들고 들어가서 그놈 목을 베어버려야겠어." 앨리스는 나를 쏘아보았다. "가서 그렇게 말해! 내가 죽이겠다고 지껄인다고 하라고!"

"네가 직접 말해."

"당신 일을 해! 가서 말하라고! 그게 당신이 하는 일이잖아. 백인이 검둥이를 짓밟게 도와주는 거. 그래서 루퍼스가 당신을 보낸 거야. 몇 년이 지나면 당신을 유모라고 부를걸. 노친네가 죽으면 당신이 집안을 다 굴리겠지."

나는 어깨를 으쓱하고 호기심 많은 아기가 신발 끈을 빨지 못하게 막았다.

"가서 날 고자질해, 다나. 그놈에게 필요한 건 내가 아니라 당신 같은 여자라는 걸 보여줘."

나는 아무 말도 하지 않았다.

"백인 남자 하나나 둘이나 무슨 차이가 있어?"

"흑인 남자 하나와 둘에는 무슨 차이가 있지?"

"흑인 남자라면 열 명을 갖더라도 동족에게 등 돌리는 일은 아니지."

나는 다시 어깨를 으쓱이고 앨리스와의 논쟁을 거부했다. 싸운들 내가 무엇을 얻을 수 있겠는가?

앨리스는 말이 아닌 것 같은 소리를 내더니 양손으로 얼굴을 가렸다. 그러고는 지친 듯이 말했다. "당신 왜 그래? 왜 내가 이따위로 굴게 내버려둬? 당신은 나를 위해 할 수 있는 일은 다했어. 아마 내 목숨도 구했겠지. 나보다 덜한 상처로도 파상풍에 걸려서 죽는 사람을 많이 봤어. 왜 이렇게 심한 말을 하도록 내버려두는 거야?"

"너는 왜 그러는데?"

앨리스는 한숨을 내쉬고 의자 위에 둥글게 몸을 웅크렸다. "너무 화가 나니까…… 입안에 그 맛이 느껴질 만큼 화가 나니까. 그리고 그걸 뱉어낼 수 있는 사람이 당신밖에 없으니까. 상처를 줘도 상처를 돌려주지 않는 사람은 당신뿐이니까."

"계속 그러지는 마. 나에게도 너와 똑같이 감정이 있어."

"내가 루퍼스에게 갔으면 좋겠어?"

"난 너에게 그런 말을 할 수 없어. 네가 결정해야 해."

"당신이라면 가겠어?"

나는 문 쪽을 돌아보았다. "우리는 상황이 달라. 내가 어떻게 할지는 중요하지 않아."

"당신이라면 가겠어?"

"아니."

"당신 남편과 비슷한데도?"

"비슷하지 않아."

"하지만…… 좋아, 그렇다면 당신이…… 당신이 나만큼 그 놈을 싫어하지 않는데도?"

"그렇다 해도."

"그렇다면 나도 가지 않겠어."

"어떻게 할 거야?"

"모르겠어. 도망칠까?"

나는 자리를 뜨려고 일어섰다.

"어디 가?" 앨리스가 황급히 물었다.

"루퍼스에게 핑계를 대려고. 제대로만 된다면 오늘 밤은 모면할 수 있을 거야. 그러면 시간을 벌 수 있어."

앨리스는 드레스를 바닥에 떨어뜨리며 일어나서 나를 붙잡았다. "안 돼, 다나! 가지 마!" 그녀는 숨을 깊이 들이마시더니 어깨를 늘어뜨렸다. "다 거짓말이야. 난 다시 도망칠 수 없어. 못해. 저 바깥에선 굶주리고 춥고 아프고, 지쳐서 걸을 수도 없게 돼. 그러면 놈들이 개를 풀어 찾아내겠지…… 주여, 그 개들은……." 앨리스는 잠시 침묵했다. "같게. 늦든 빠르든 가게 될 거라는 걸 루퍼스도 알아. 하지만 내가 얼마나 간절히 자기를 죽여버릴 배짱이 있었으면 하는지는 모르지!"

12

앨리스는 루퍼스에게 갔다. 그녀는 순응했고, 더 조용하고 차분한 사람이 되었다. 죽이지 않은 대신 자기가 조금 죽은 것 같았다.

케빈은 나에게 오지도, 답장을 쓰지도 않았다. 루퍼스는 결국 내가 편지를 한 통 더 쓰게 허락했고 대신 부쳐주었다. 아마 내가 해준 일에 대한 보수였으리라. 그러나 또 한 달이 흘러도 케빈에게서는 답이 없었다.

"걱정하지 마. 아마 다시 주소를 옮겼을 거야. 금방이라도 메인에서 편지가 올걸."

나는 루퍼스에게 아무 대꾸도 하지 않았다. 루퍼스는 말이 많아졌고, 행복해졌다. 조용하고 관대해진 앨리스에게 공공연히 애정을 표현했다. 가끔은 정도 이상으로 술을 마시기도 했는데, 루퍼스가 정말 과하게 마신 다음 날 아침에 앨리스는 얼굴이 다 붓고 멍투성이가 되어서 내려왔다.

그날 아침 나는 루퍼스에게 북부에 가서 케빈을 찾게 도와달라고 부탁할 마음을 버렸다. 그에게 돈까지 기대하지는 않았지만, 그래도 그럴싸해 보이는 자유 증서를 줄 수도 있다는 생각을 했었다. 같이 가줄 수도 있었다. 최소한 펜실베이니아 주 경계선까지만이라도. 아니면 나를 막을 수도 있었다.

그는 이미 나를 조종할 방법을 찾아냈다. 다른 사람을 위협하는 방법이었다. 나를 직접 위협하는 쪽보다 안전했고, 잘 통하기도 했다. 분명히 자기 아버지에게서 배운 것이었다. 예를 들어 와일린은 세라를 어디까지 밀어붙일 수 있는지 알았다. 그는 세라의 아이들 중 셋만 팔아버리고, 세라가 살아갈 이유이자 보호해야 할 대상을 하나 남겨두었다. 캐리에게 아무리 장애가 있다 해도 살 사람을 찾을 수 있으리라는 데 한 점 의혹이 없었다. 그러나 캐리는 유용한 젊은 여자였다. 본인이 일을 열심히 잘해서만도 아니고, 건강한 새 노예를 낳아서만도 아니었다. 캐리는 처음에는 자기 어머니를, 이제는 남편을 묶어두고 있었다. 와일린 쪽에서는 아무 노력도 할 필요 없이 말이다. 나는 루퍼스가 세라를 다루는 아버지의 모습을 얼마나 본받았을지 알고 싶지 않았다.

지도가 간절했다. 그 지도에는 내가 통행증에 써넣을 수 있는 소도시와 마을 이름이 있었다. 아직 존재하지 않는 마을도 있겠지만, 그래도 지도가 있다면 앞에 무엇이 있는지 더 잘 알 수 있으리라. 나는 지도 없이 위험을 무릅써야 했다.

그래도 북쪽으로 몇 킬로미터 거리에 이스턴이 있다는 사실은 알았고, 와일린 가를 지나서 뻗어 있는 도로가 그곳으로 통한다는 사실도 알았다. 불행히도 그 길은 탁 트인 들판을 지나야 했다. 몸을 숨기기가 거의 불가능했다. 통행증이 있든 없든,

백인들로부터는 최대한 몸을 숨겨야 했다.

음식을 챙겨가야 했다. 옥수수빵, 훈제 고기, 말린 과일, 물한 병 정도는 챙겨야 했다. 나는 필요한 것에 접근할 수 있었다. 자유를 얻기 전에 굶어 죽거나, 나만큼이나 식용 야생식물을 잘 몰라서 독초를 먹고 죽은 도망노예의 이야기를 들은 적이 있었다.

사실 그동안 도망노예의 운명에 대해 읽고 들은 무서운 이야기가 워낙 많았던 탓에 와일린 가에도 원래 생각보다 며칠 더 머물렀다. 그런 이야기를 다 믿지는 않았지만, 바로 앞에 아이작과 앨리스의 예가 있었다. 공교롭게도 내 등을 밀어준 사람은 앨리스였다.

앨리스는 내가 빨래터에서 테스를 도와 땀을 뻘뻘 흘리면서 커다란 무쇠솥에 지저분한 옷을 삶고 있을 때 찾아왔다. 살짝 다가와서 어깨 너머를 살피는 눈이 두려움으로 커져 있었다.

"이걸 봐." 앨리스는 와일린의 바지를 두들기던 손을 멈추고 우리를 지켜보는 테스에게는 눈길도 주지 않았다. 앨리스는 테스를 믿었다. "내가 보면 안 될 곳을 들여다봤거든. 루피도련님의 침대 서랍 말이야. 그런데 거기 있어서는 안 될 물건을 찾아냈어."

앨리스는 앞치마 주머니에서 편지 두 통을 꺼냈다. 두 통이었다. 밀봉이 뜯겨져서 내 손글씨가 드러난 편지 두 통.

"하느님 맙소사." 나는 속삭이고 말았다.

"당신 편지야?"

"그래."

"그럴 줄 알았어. 나도 몇 마디는 읽을 줄 알거든. 이건 다시 갖다둬야겠다."

"그래."

앨리스는 몸을 돌렸다.

"앨리스."

"응?"

"고마워. 다시 갖다둘 때 조심해."

"당신도 조심해." 서로 눈이 마주쳤고, 우리 둘 다 앨리스가 무슨 말을 하는지 알고 있었다.

나는 그날 밤에 떠났다.

나는 음식을 모으고, 머리채를 밀어넣기 위해 나이절의 낡은 모자를 하나 '빌렸다'. 그나마 머리가 아주 길지는 않아서 다행이었다. 나이절에게 모자를 빌려달라고 하자 그는 오랫동안 나를 바라보기만 하더니 가져다주었다. 아무 질문도 없었다. 아마 그 모자를 다시 보리라 생각하지는 않았으리라.

루퍼스의 낡은 바지와 해진 셔츠도 훔쳤다. 내 청바지와 셔츠는 루퍼스의 이웃들에게 너무 잘 알려져 있었고, 앨리스가 만들어준 드레스는 이 동네의 다른 여자 노예들이 입는 옷과 너무 비슷했다. 게다가 나는 사내아이 행세를 하기로 마음먹고 있었다. 헐렁하고 지저분하지만 어디로 보나 남자용인 옷을 골랐으니, 그 옷차림에 내 키와 여자치고는 낮은 목소리면 그럭저럭 통할 것이다. 내 희망으로는 그랬다.

나는 챙길 수 있는 것은 모조리 데님 가방에 챙겨넣고 평소처럼 잠자리에 베개 대신 놓아두었다. 내가 누리는 이동의 자유가 어느 때보다 더 유용했다. 내가 원하는 곳 어디에 가더라도 "여기에서 뭐해? 왜 일은 하지 않고?" 하고 묻는 사람이 없었다. 다들 내가 일하고 있다고 생각했다. 나는 언제나 일하는 부지런한 바보가 아니었던가.

그래서 아무 방해도 받지 않고 준비할 수 있었다. 심지어 와일린의 서재 안을 배회할 기회마저 있었다. 마침내 일과가 끝났고, 나는 가내 하인들과 같이 다락방으로 가서 다들 잠들 때까지 누워 기다렸다. 그게 실수였다.

다른 사람들이 내가 잠자리에 드는 모습을 보았다고 말하게 하고 싶었다. 루퍼스와 톰 와일린이 다음 날 한동안 나를 보지 못했다는 사실을 깨달았을 때 농장 안을 뒤지느라 시간을 허비하기를 원했다. 가내 하인 누군가가, 어쩌면 어린아이 중 누군가가 "어젯밤에 잠자리에도 들어오지 않았는데요" 하고 말이라도 하면 곤란하다고 생각했다.

계획을 과하게 세웠던 것이다.

나는 다른 사람들이 조용해진 지 한참 지났을 때 일어났다. 한밤중이었고, 아침이 오기 전에 이스턴을 지날 수 있을 터였다. 거기까지 걸어본 사람들과 이야기해보고 내린 결론이었다. 그러나 해가 뜨기 전에는 몸을 숨기고 잘 곳을 찾아야 했다. 그러면 와일린의 서재에서 이름과 대략의 위치를 알아낸 곳들 중 어딘가로 간다는 통행증을 쓸 수 있을 것이었다. 군 경계선 근처에 와이밀스라는 곳이 있었다. 그 너머에서 북동쪽으로 방향을 틀어서 비스듬히 와일린 친척의 농장 쪽으로 갔다가 델라웨어 주 방향으로, 반도 제일 북쪽까지 올라갈 생각이었다. 그 길로 가면 강을 많이 피할 수 있을 것 같았다. 강이 여행을 길고 어렵게 만들 것이라 생각했다.

와일린 가를 살금살금 빠져나가 어둠 속을 뚫고 나가는 내내, 나는 몇 달 전 앨리스의 집으로 달아났을 때보다도 더 자신감이 없는 상태였다. 아니, 몇 달이 아니라 몇 년 전의 일이었다. 그때는 무엇을 무서워해야 할지 잘 몰랐다. 앨리스처럼 붙잡힌 도망노예를 본 적도 없었다. 등에 휘감기는 채찍 맛을 본 적도 없었다. 남자의 주먹에 맞아본 적도 없었다.

두려움으로 속이 뒤집힐 지경이었지만 나는 계속 걸었다. 걷다가 도로에 놓인 막대기에 걸려서 넘어질 뻔했는데, 처음에는 욕을 하다가 그 막대기를 집어들었다. 손에 딱 맞았고 튼튼했다. 그런 막대기가 나를 구해준 적이 있어서 그런지, 막대기를 손에 쥐자 두려움이 조금 가시고 자신감이 생겼다. 나는 걸음을 빨리해서 와일린의 땅을 지나자마자 도로 옆에 있는 숲 속으로 들어갔다.

그 길을 따라 북쪽으로 가면 앨리스의 옛 오두막집을 지나고, 홀먼 농장을 지나 내가 피해가야 할 이스턴으로 이어질 것이다. 그래도 걷기는 쉬웠다. 이곳은 단조로운 풍경을 깨뜨리는 능선이 거의 없는 평지였다. 도로는 숨기 좋은 곳으로 가득할 수도 있는 어둡고 빽빽한 숲을 관통하고 있었다. 내가 본 유일한 물은 발도 겨우 적실만큼 작은 개울이었다. 그러나 계속 이렇지는 않을 터였다. 강이 나올 것이었다.

노새가 끄는 수레를 몰고 가는 늙은 흑인 남자가 나타나 몸을 숨겼다. 그는 순찰대원도, 다른 어떤 밤의 위험도 무서워하지 않는 듯 음이 맞지 않는 콧노래를 부르면서 지나갔다. 그의 평온함이 부러웠다.

말을 타고 달려가는 백인 남자 세 명을 피해서도 몸을 숨겼다. 개를 한 마리 데리고 있어서 그 개가 냄새를 맡아 나를 찾아낼까 두려웠다. 다행히도 바람은 내 편이었고, 개는 가던 길을 갔다. 나중에 다른 개가 나를 찾아내기는 했다. 그 개는 컹컹거리고 으르렁거리면서 밭을 가로질러 내 쪽으로 달려오더니 울타리를 뛰어넘었다. 나는 거의 아무 생각도 없이 몸을 돌렸고, 덤벼드는 개에게 막대기를 내리쳤다.

사실 겁나지는 않았다. 다만 백인들과 같이 있는 개는 무서 웠고, 무리 지은 개들도 무서웠다. 세라는 사냥개 한 무리에게 갈기갈기 찢겨버린 도망노예의 이야기를 해준 적이 있었다. 그러나 개 한 마리는 그리 대단한 위협으로 느껴지지 않았다.

알고 보니 그 개는 전혀 위협이 되지 않았다. 개는 내가 때 리자 쓰러졌다가, 일어나서 낑낑거리면서 절뚝절뚝 멀어졌다. 나는 더 심한 상처를 주지 않아 다행이라고 생각하며 보내주 었다. 원래 나는 개들을 좋아했다.

혹시 개 짖는 소리를 듣고 사람들이 조사하러 나올까 봐 걸 음을 서둘렀다. 이 경험은 나의 자기 방어 능력에 대해 조금 더 자신감을 불어넣었고, 이제는 자연스러운 밤의 소음도 덜 거슬렸다.

나는 이스턴 시에 다다랐고, 눈에 보이는 시커먼 건물 몇 채 를 피해 돌아갔다. 계속 걷다 보니 지치기 시작했고, 새벽이 멀지 않았다는 걱정이 들었다. 그 걱정이 쉬고 싶다는 욕망을 정당화하는 이유인지, 아니면 쉬고 싶다는 핑계인지 알 수 없 었다. 새삼스럽지만, 루퍼스가 불렀을 때 손목시계를 차고 있 었으면 좋았을 텐데 싶었다.

하늘이 정말로 밝아지기 시작할 때까지 자신을 밀어붙였다. 어디에서 낮 동안 몸을 숨길 피난처를 찾을 수 있을까 생각하 면서 주위를 둘러보는데 말발굽 소리가 들렸다. 얼른 도로에서 더 멀리 벗어나서 빽빽하게 우거진 덤불과 풀, 어린 나무들 사이에 몸을 웅크렸다. 이제 나는 숨는 데 익숙했고, 예전에 숨었을 때만큼 두려움에 떨지도 않았다. 아직까지 나를 발견한 사람은 아무도 없었다.

말을 탄 남자 두 명이 도로를 따라 천천히 내 쪽으로 다가오고 있었다. 아주 느린 속도였다. 그들은 주위를 둘러보고 어스름 속에서 숲 속을 들여다보았다. 둘 중에 한 사람은 털색이 연한 말을 타고 있었다. 회색이었다. 그들이 가까이 오자 볼 수 있었다…….

나는 소스라치고 말았다. 용케 헉 소리를 내지는 않았지만 나도 모르게 살짝 움직인 모양이었다. 깔려 있는 줄도 몰랐던 잔가지가 딱 소리를 내며 부러졌다.

두 사람은 거의 내 바로 앞에 멈춰 섰다. 루퍼스는 평소에 타던 회색 말을 탔고, 톰 와일린은 그보다 색이 어두운 말을 타고 있었다. 똑똑히 볼 수 있었다. 그들은 나를 찾고 있었다. 벌써! 아직은 내가 없어졌다는 사실조차 알지 못해야 했다. 알 수 있을 리가 없었다. 누군가가 말하지 않은 한. 분명히 누군가가 내가 떠나는 모습을 본 것이다. 루퍼스나 톰 와일린이 아닌 누군가. 그 두 사람이었다면 간단히 나를 막았을 것이다. 분명히 노예들 중 하나였다. 누군가가 나를 배신했다. 그리고 지금은 내 몸이 나를 배신했다.

"무슨 소리가 들렸는데." 톰 와일린이 말했다.

그리고 루퍼스도. "저도 들었어요. 여기 어디 있어요."

나는 움츠러들어서, 소리가 더 날 만큼 움직이지는 않으면서 몸을 더 작게 웅크리려고 노력했다.

"망할 프랭클린." 루퍼스의 목소리가 들렸다.

"엉뚱한 사람을 욕하고 있구나." 와일린이 말했다.

루퍼스는 대답 없이 그 말을 흘려 넘겼다.

"저기 좀 봐라!" 와일린은 나에게서 떨어진 곳을 가리키고 있었다. 내 앞에 있는 숲 속이었다. 그가 자기가 본 것을 살펴보려고 말을 몰고 가자, 커다란 새가 겁을 먹고 날아올랐다.

루퍼스가 눈이 더 좋았다. 그는 아버지를 무시하고 곧장 내 쪽으로 왔다. 나를 봤을 리는 없다. 숨을 만한 장소를 봤으리라. 그는 내가 숨은 덤불을 향해 말을 몰았다. 그곳에 있는 나를 짓밟거나 내몰기 위해 달려들었다.

나는 발굽을 피해 한쪽으로 몸을 던졌다.

루퍼스는 고함을 지르며 말을 돌려 말 그대로 내 몸을 덮쳤다. 나는 루퍼스의 몸에 밀려 쓰러졌다. 손에 쥐고 있다가 놓친 막대기가 딱 내가 엎어질 위치에 떨어졌다.

훔쳐 입은 셔츠가 찢어지는 소리가 들렸고, 쪼개진 나무가 옆구리를 할퀴었다…….

"여기 있어요! 잡았어요!" 루퍼스가 외쳤다.

칼을 쥘 수만 있다면 루퍼스는 다른 것도 얻게 될 것이다. 나는 그의 몸에 깔린 채로 몸을 비틀어 발목에 찬 칼집을 향해 손을 뻗었다. 갑자기 옆구리에 불같은 통증이 일었다.

"와서 좀 도와주세요." 루퍼스가 외쳤다.

와일린이 걸어와서 내 얼굴을 걷어찼다. 그건 확실히 먹혔다. 멀리서 루퍼스가 외치는 소리가 들려왔다. 이상하게 조용한 외침이었다. "그럴 필요는 없잖아요!"

그리고 나는 의식을 잃었기 때문에 와일린의 대답은 들을 수 없었다.

13

깨어났을 때는 손발이 묶여 있었다. 옆구리는 규칙적으로 욱신거렸지만 턱은 달랐다. 그 통증은 멈추지 않는 비명 같았다. 혀로 입안을 더듬어 보니 오른쪽 이가 두 개 없었다.

나는 곡식자루처럼 루퍼스의 말 위에 얹혀서 머리와 팔을 늘어뜨리고 있었고, 입에서 흐른 핏방울은 같이 타고 있는 사람이 루퍼스임을 알려주는 낯익은 부츠에 떨어지고 있었다.

내가 숨 막히는 신음 비슷한 소리를 내자 말이 멈춰 섰다. 루퍼스의 움직임이 느껴지더니 내 몸이 들려서 도로 옆에 자란 키 큰 풀 위에 내려졌다. 루퍼스는 나를 내려다보았다.

"이 멍청이." 그는 나직이 말하더니 손수건을 꺼내어 내 얼굴에 묻은 피를 닦았다. 나는 얼굴을 찌푸렸고, 놀라울 정도로 심해지는 통증 때문에 나도 모르게 눈물이 고였다.

"멍청이!" 루퍼스가 한 번 더 말했다.

눈을 감자, 속눈썹 안으로 도로 흘러드는 눈물이 느껴졌다.

"덤비지 않겠다고 약속하면 풀어줄게."

나는 잠시 후에 고개를 끄덕였다. 손목, 발목에 루퍼스의 손이 닿았다.

"이건 뭐지?"

내 칼을 발견한 모양이라고 생각했다. 그는 다시 나를 묶을 것이다. 내가 루퍼스라면 그렇게 했을 것이다. 나는 루퍼스를 쳐다보았다.

그는 내 발목에서 빈 칼집을 풀고 있었다. 아니, 칼집이 아니라 어설프게 잘라 엉성하게 꿰멘 가죽 조각에 불과했다. 아무래도 루퍼스와 드잡이를 하다가 칼을 잃어버린 듯했다. 그러나 모양만 보아도 무엇이 들어 있던 물건인지는 알 수 있었다. 루퍼스는 칼집을 보고 다시 나를 보았다. 그러더니 음울하게 고개를 끄덕이고 날카로운 손짓으로 칼집을 던져버렸다.

"일어서."

나는 일어서려고 노력했다. 결국에는 루퍼스가 부축해야 했다. 묶여 있던 발에 감각이 없다가 이제 겨우 고통스러운 삶으로 돌아오고 있었다. 루퍼스가 나를 말 뒤에서 달리게 할 작정이라면 질질 끌려가다가 죽을 판이었다.

루퍼스는 나를 말 위로 반쯤 올리다가, 내가 옆구리를 붙잡고 있음을 알아차리고 동작을 멈추더니 내 손을 치우고 상처를 보았다.

"긁혔네." 루퍼스의 진단은 그랬다. "운이 좋았어. 막대기로 날 때리려고 했지? 그러고 나서 어떻게 하려고 했어?"

나는 아무 말도 하지 않고, 내가 있던 곳으로 말을 돌진시키던 루퍼스를 생각했다. 아슬아슬하게 피하지 않았다면…….

말에 기대어 서자 루퍼스는 내가 고개를 돌리지 못하게 한 손으로 머리 위를 꽉 붙잡고 얼굴에서 피를 더 닦아냈다. 나는 그럭저럭 견뎌냈다.

"이젠 이까지 빠졌군." 루퍼스가 살펴보며 말했다. "뭐, 크게 웃지 않으면 아무도 모를 거야. 앞니는 아니니까."

나는 피를 뱉었고, 루퍼스는 그것이 루퍼스가 말한 행운에 대한 내 의견이라는 사실을 전혀 알아차리지 못했다.

"좋아. 가자." 루퍼스가 말했다.

루퍼스가 나를 말 뒤에 묶거나 다시 곡식자루처럼 올려놓을 줄 알고 기다렸다. 그러나 루퍼스는 나를 안장 앞에 태웠다. 그때까지만 해도 나는 몇 걸음 떨어진 곳에서 우리를 기다리는 와일린의 모습을 보지 못했다.

와일린이 말했다. "그것 봐라. 교육받은 검둥이라고 똑똑한 검둥이는 아니지. 안 그러냐?" 그는 답을 기대하지 않는다는 듯 몸을 돌렸다. 실제로 답은 없었다.

내가 뻣뻣하게 앉아서 몸을 똑바로 세우고 있자 루퍼스가 말했다. "떨어지기 전에 나한테 기대! 당신은 분별력보다 자존심이 더 세서 탈이야."

루퍼스의 말은 틀렸다. 그 순간 나는 어떤 자존심도 부릴 수 없었다. 무엇이라도 기댈 곳이 절실했던 나는 루퍼스에게 등을 맡기고 눈을 감았다.

그는 집에 다다를 때까지 말을 하지 않았다. 그리고.

"깨어 있어, 디나?"

나는 허리를 폈다. "응."

"알고 있겠지만, 채찍질을 당하게 될 거야."

아니, 나는 모르고 있었다. 루퍼스의 상냥함 때문에 안심하고 있었다. 이제 와서 고통스러워질 거라고 생각하니 더 두려웠다. 다시 채찍질이라니. "싫어!"

나는 아무 생각도 의도도 없이, 한쪽 다리를 들어 말에서 미끄러져 내려왔다. 옆구리가 아팠고, 입이 아팠고, 얼굴에서는 아직도 피가 흘렀지만 그 무엇도 채찍질만큼 나쁘지는 않았다. 나는 멀리 떨어진 숲을 향해 뛰었다.

루퍼스는 쉽사리 나를 따라잡았고, 욕을 하면서 아프게 붙들고는 듣기 싫은 목소리로 말했다. "당신이 자초한 일이야! 이럴수록 더 아프게 때릴걸."

루퍼스가 때리는 게 아닌가? 그렇다면 와일린이 때리는 걸까, 아니면 감독관 에드워즈가?

"조금이라도 분별 있게 굴어봐!" 내가 몸부림을 치자 루퍼스가 다그쳤다.

나는 미친 여자처럼 굴었다. 칼을 갖고 있었다면 분명히 누군가를 죽였을 것이다. 나는 칼 없이도 루퍼스와 톰 와일린, 그리고 도우러 온 에드워즈에게 손톱자국과 멍 자국을 남겼다. 나는 완전히 이성을 잃은 상태였다. 평생 그토록 절실하게 다른 인간을 죽이고 싶었던 적이 없었다.

그들은 나를 헛간으로 데려가서 손을 묶고, 그 밧줄을 들어올려 내 머리 위 어딘가에 묶었다. 발가락이 바닥에 겨우 닿을 정도가 되자 와일린이 내 옷을 뜯어내고 때리기 시작했다.

그는 내가 매달려 앞뒤로 흔들리고, 고통에 반쯤 미치고, 발 디딜 곳을 찾을 수 없어지고, 매달려 있는 압력을 견딜 수 없어지고, 계속 덮쳐오는 타격으로부터 도망칠 수 없어질 때까지 때렸다……

이렇게 맞다가 죽을 거라고 믿어보려 했다. 나는 큰 소리로 그렇게 말하고 비명을 질렀다. 채찍이 내 말을 강조하는 것 같왔다. 날 죽일 거야. 분명히 죽이고 말 거야. 내가 도망치지 않으면, 내가 나를 구하지 않으면, 집으로 가지 않으면!

통하지 않았다. 나는 이것이 처벌에 불과하다는 사실을 알고 있었다. 나이절도 견뎌냈다. 앨리스는 더한 일도 견뎌냈다. 둘 다 건강하게 살아 있었다. 나도 죽지는 않을 것이다. 그러나 매질이 계속되자 차라리 죽고 싶어졌다. 이 고통을 멈출 수만 있다면! 그러나 멈출 방법이 없었다. 와일린은 충분한 시간을 들인 뒤에야 채찍질을 끝냈다.

나는 루퍼스가 묶인 손을 풀고, 안아들고 헛간 밖으로 나가서 캐리와 나이절의 오두막집에 데려가는 것도 알지 못했다. 앨리스와 캐리에게 나를 씻기고, 내가 앨리스에게 했던 것처럼 돌보라고 지시하는 것도 알지 못했다. 루퍼스가 나에게 쓰는 모든 물건이 깨끗해야 한다고, 옆구리에 생긴 깊고 흉측한 상처를 조심스럽게 닦아내고 붕대를 감아야 한다고 주장했다는 건 나중에 앨리스가 말해주었다.

정신을 차렸을 때 루퍼스는 가고 없었지만, 앨리스는 남아 있었다. 앨리스는 나를 진정시키고 내가 가져온 변변찮은 아스피린을 먹였다. 그리고 처벌은 끝났으니 이제 괜찮다고 안심시켰다. 얼굴이 너무 부어올라서 입안을 헹굴 소금물을 달라고 하기도 힘들었다. 앨리스는 몇 번의 시도 끝에 알아듣고 소금물을 가져왔다.

"쉬어. 캐리와 내가 잘 돌봐줄게. 날 돌봐줬을 때만큼 잘할 거야." 앨리스가 말했다.

나는 대답하려 하지 않았다. 그러나 그녀의 말이 내 안의 무엇인가를 건드려서, 나는 소리 없이 울기 시작했다. 앨리스와 나, 우리 둘 다 실패작이었다. 둘 다 도망쳤다가 다시 잡혀 왔다. 앨리스는 며칠 만에, 나는 몇 시간 만에. 동부 해안의 대체적 배치라면 내가 더 잘 알았을지도 모른다. 앨리스는 태어나서 자란 지역밖에 알지 못했고, 지도를 읽을 줄도 몰랐다. 나는 몇 킬로미터 떨어진 도시와 강들에 대해서 알고 있었다. 그러나 그런 지식은 조금도 도움이 되지 않았다! 와일린이 뭐라고 했던가? 교육받았다고 똑똑하지는 않다고 했지. 정확한 지적이었다. 내가 받은 교육이나 미래의 지식들은 탈출에 도움이 되지 않았다. 그러나 몇 년이 지나면 해리엇 터브먼이라는 문맹의 도망노예가 이 카운티에 열아홉 번을 드나들면서 300명의 도망자를 자유로 이끌 것이다. 내가 무엇을 잘못했을까? 왜 아직도 목숨을 구해준 보답으로 나를 죽일 뻔한 남자의 노예로 남아 있을까? 왜 그러고도 또 채찍질을 당했을까? 그리고 왜…… 왜 나는 지금 이렇게 겁을 먹었을까. 왜 조만간 다시 도망쳐야 한다는 생각만으로도 속이 울렁거릴 만큼 겁이 날까?

나는 신음했고 그런 생각을 하지 않으려고 했다. 육체적 고통과 싸우기만도 버거웠다. 그러나 이제는 내 마음 속에 대답해야만 할 질문이 떠올라 있었다.

내가 정말로 다시 할 수 있을까? 그럴 수 있을까?

나는 몸을 움직여서 어찌어찌 엎드린 자세에서 옆으로 몸을 돌렸다. 생각에서 벗어나고 싶었지만 계속 생각이 머릿속을 헤집어놓았다.

'사람을 노예로 만들기가 얼마나 쉬운지 알겠지?'

나는 옆구리가 아픈 것처럼 비명을 질렀고, 앨리스가 와서 덜 고통스럽게 자세를 잡아주었다. 앨리스는 차갑게 적신 천으로 내 얼굴을 닦았다.

"다시 할 거야." 나는 앨리스에게 말했다. 그리고 내가 왜 그런 말을 할까 생각했다. 그런 허풍을, 어쩌면 거짓말을.

"뭐라고?" 앨리스가 물었다.

얼굴과 입이 부어서 여전히 말이 부정확했다. 나는 같은 말을 되풀이해야 했다. 그 말을 자주 하면 그만큼 용기가 생길지도 모른다.

"다시 도망칠 거야." 나는 최대한 느리고 또렷하게 말했다.

"쉬어!" 앨리스의 목소리가 갑자기 거칠어지기에, 내 말을 이해했음을 알았다. "이야기할 시간은 나중에 충분히 있을 거야. 그만 자."

그러나 나는 잘 수 없었다. 통증 때문에 계속 깨어 있었고,

상념 때문에도 계속 깨어 있었다. 나도 모르게 이번에는 나도 어느 지나가는 노예상에게 팔려가게 될까 생각하고 있었다. 아니면 다음에라도…… 망각을 선사해줄 수면제가 간절했지만, 내 마음의 작은 부분은 수면제가 없어서 다행이라고 생각했다. 지금은 나도 나를 믿을 수 없었다. 수면제를 몇 알이나 집어삼킬지 확신할 수 없었다.

14

바느질 담당인 리자가 넘어져서 다쳤다. 앨리스가 상황을 자세히 전했다. 리자는 멍투성이였다. 이도 몇 개 빠졌다. 온몸이 검푸른 색으로 얼룩덜룩했다. 톰 와일린마저 신경을 썼다.

"누가 한 짓이냐? 말해라, 벌을 내릴 테니!"

와일린이 묻자 리자는 부루퉁하게 대답했다. "넘어졌어요. 계단에서요."

와일린은 바보라고 리자를 욕하고 자기 눈앞에서 사라지라고 했다.

앨리스, 테스, 캐리는 몇 안 되는 상처를 감추면서 리자에게 의미심장한 눈빛을 던졌다. 그 눈빛을 받은 리자는 분노와 공포에 사로잡혀 몸을 돌렸다.

앨리스는 나에게 말했다. "리자는 당신이 밤에 일어나는 소리를 들었어. 뒤따라 일어나서 곧장 와일린 씨에게 갔어. 루피 씨한테 가봐야 당신을 놓아줄지도 모른다는 걸 알았던 거야. 와일린 씨라면 죽을 때까지 검둥이를 놓아주는 일은 없으니까."

"하지만 왜?" 나는 요에 누운 채 물었다. 이제 나는 전보다 튼튼해졌지만, 루퍼스에게 일어나지 말라는 명령을 들은 상태였다. 이번만은 나도 기쁘게 그 명령에 따랐다. 일단 자리에서 일어나면 톰 와일린은 내가 완전히 회복한 사람처럼 일하기를 기대할 것이다. 그래서 나는 리자의 '사고'를 완전히 놓쳤다.

"나한테 복수하려고 한 짓이야. 밤에 빠져나간 사람이 나였으면 더 좋았겠지만, 나 못지않게 당신도 싫어하거든. 당신만 아니었어도 난 죽었을 거디 이거시."

앨리스의 말을 듣고 깜짝 놀랐다. 나는 그렇게 심각한 적을 둔 적이 없었다. 나를 다치게 하거나 죽이기 위해서 수고를 아끼지 않을 만한 적은 없었다. 노예주와 순찰대원들에게 나는 그저 또 한 명의 검둥이, 그만 한 값어치의 돈에 불과했다. 그들이 나에게 하는 짓은 개인적인 감정과는 별로 상관이 없었다. 그러나 여기에 나를 싫어하고, 순전히 증오심 때문에 나를 죽일 뻔한 여자가 있었다.

"다음번에는 입 다물고 있을 거야. 그러지 않으면 어떤 꼴을 당하는지 알려줬어. 이제는 개도 와일린 씨보다 우리를 더 무서워해." 앨리스가 말했다.

"나 때문에 괜히 곤란해질 일은 하지 마." 내가 말했다.

"우리한테 이래라저래라 하지 마." 앨리스가 대꾸했다.

15

내가 자리에서 일어난 날, 루퍼스는 나를 자기 방으로 불러 편지를 건넸다. 케빈이 톰 와일린에게 보낸 편지였다.

편지에는 이렇게 적혀 있었다. "친애하는 톰, 제가 앞서 도착하기를 바라고 있으니 이런 편지를 보낼 필요가 없을지도 모르겠습니다. 그러나 혹시 지체될 수도 있으니 당신과 다나에게 제가 간다는 점을 알리고 싶습니다. 부디 다나에게 그렇게 전해주세요."

케빈의 필체였다. 옆으로 비스듬히 기울었지만 깔끔하고 또렷한 글씨. 몇 년 동안이나 원고를 손으로 썼는데도 그의 글씨는 내 글씨처럼 엉망이 되지 않았다. 나는 멍하니 루퍼스를 쳐다보았다.

"내가 언젠가 아빠는 공평한 사람이라고 말한 적이 있지. 당신은 큰 소리로 비웃었고."

"너희 아버지가 케빈에게 편지를 보냈단 말이야?"

346

"그래. 내가…… 내가……."

"네가 내 편지를 보내지 않았다는 사실을 알고 나서?"

루퍼스는 놀라서 눈을 크게 떴다가 천천히 이제 이해했다는 표정을 지었다. "달아난 이유가 그거였군. 어떻게 알았어?"

"호기심으로." 나는 침대 서랍을 흘긋 보았다. "내 호기심을 만족시켜주더군."

"내 물건을 들쑤셨다는 이유로 채찍을 맞을 수도 있어."

나는 어깨를 으쓱였다. 가벼운 통증이 딱지 투성이가 된 어깨를 관통했다.

"물건이 옮겨진 줄도 몰랐어. 이제부터는 당신을 더 잘 지켜봐야겠군."

"왜? 거짓말을 더 숨길 계획이라도 있어?"

루퍼스는 움찔하면서 일어서려다가 다시 털썩 주저앉아서 침대 위에 반질반질한 부츠 한쪽을 올렸다. "말 조심해, 다나. 아무리 당신이라도 받아줄 수 없는 게 있어."

"넌 거짓말을 했어." 나는 찬찬히 같은 말을 되풀이했다. "몇 번이고 몇 번이고 거짓말을 했지. 왜 그랬어, 루피?"

루퍼스의 분노가 녹아내리고 다른 무엇인가로 변하는 데 몇 초가 걸렸다. 나는 루퍼스를 지켜보다가 마음이 불편해져서 시선을 돌렸다. 그는 속삭였다. "당신을 잡아두고 싶었어. 케빈은 여기를 싫어해. 케빈이 오면 당신을 북부로 데려가겠지."

나는 다시 루퍼스를 보고 겨우 이해했다. 루퍼스 특유의 파괴적이고 한결같은 사랑이었다. 그는 나를 사랑했다. 고맙게도 앨리스를 사랑하는 방식으로는 아니었다. 나와 자고 싶어하는 것 같지는 않았다. 그러나 나를 가까이 두고 싶어했다. 대화할 사람, 자기 말에 귀 기울여주고 자기 말에 신경 쓰는 사람, 자기를 아끼는 사람을 가까이 두고 싶어했다.

그리고 난 그랬다. 아무리 말이 안 된다 해도, 그를 아꼈다. 분명 그랬다. 나는 계속 루퍼스가 한 짓들을 용서했고…….

나는 죄책감을 느끼고, 나도 더 앨리스 같았어야 했다고 생각하며 창밖을 내다보았다. 앨리스는 아무것도 용서하지 않았고, 아무것도 잊지 않았으며 아이작을 사랑한 만큼 루퍼스를 미워했다. 나는 앨리스를 비난하지 않았다. 하지만 그렇게 미워해서 무슨 소용인가? 앨리스는 다시 도망칠 수도, 루퍼스를 죽이고 죽음을 맞이할 수도 없었다. 스스로를 더 비참하게 만드는 것 외에는 아무 일도 할 수 없었다. 앨리스는 "그놈이 내 몸에 손을 댈 때마다 속이 뒤틀려!" 하고 말했지만 그래도 참았다. 결국에는 루퍼스에게 아이를 낳아주기도 하리라. 최소한 하나는 말이다. 아무리 루퍼스를 아낀다 해도 나는 그러지 않을 것이다. 그럴 수 없었다. 벌써 두 번이나 자제력을 잃고 루퍼스를 죽이려 했다. 루퍼스를 죽이면 어떤 결과가 초래될지 알면서도 그러고 싶을 정도로 화가 났다. 그는 나를 생각조차 할 수 없는 극도의 분노 상태로 몰고 갈 수 있었다. 어째서인지 루퍼스의 공격은 다른 사람에게 받는 공격처럼 받아들일 수 없었다. 혹시라도 루퍼스가 나를 겁탈한다면 우리 둘 다 살아남기 힘들 것이었다.

어쩌면 그래서 우리가 서로를 미워하지 않는지도 모른다. 우리는 서로를 심하게 상처 입힐 수 있었고, 증오심에 북받쳐 순식간에 서로를 죽일 수 있었다. 루퍼스는 나에게 남동생 같았고, 앨리스는 여동생 같았다. 루퍼스가 앨리스를 상처 입히는 모습을 지켜보기란 너무 힘든 일이었다. 내 가족이 존재하려면 계속 그래야 한다는 사실도…… 그리고 그 순간에는 루퍼스가 나에게 한 짓에 대해 차분하게 말을 하기가 힘들었다.

나는 마침내 말했다. "북부라. 그래, 북부에서라면 내 등가죽은 지킬 수 있겠지."

루퍼스는 한숨을 쉬었다. "아빠가 당신을 채찍질하기를 바란 적은 없어. 하지만 젠장, 그만하면 쉽게 빠져나갔다는 거 모르겠어! 아빠도 다른 때만큼 때리지는 않았다고."

나는 아무 말도 하지 않았다.

"도망노예에게 아무 벌도 내리지 않을 수는 없어. 그랬다간 내일 당장 열 명은 더 도망칠 테니까. 그래도 아빠는 당신에게만큼은 너그러웠어. 당신이 도망친 게 내 잘못이라고 생각했으니까."

"실제로 네 잘못이었지."

"당신 잘못이었어! 당신이 기다리기만 했어도……."

"뭘 말이야? 나는 널 믿었어. 네가 거짓말쟁이인지 알기 전까지만 해도 얌전히 기다렸어!"

이번에는 루퍼스도 그 비난에 화를 냈다. "아 빌어먹을, 다나…… 좋아! 내가 그 편지를 보내야 했어. 심지어 아빠도 그러겠다고 약속을 했으면 편지를 부쳐야 했다고 그러더라. 그러고는 그런 약속을 하다니 바보 아니냐고 했지." 그는 잠시 멈췄다가 말했다. "하지만 아빠가 케빈을 부른 것도 오직 그 약속 때문이었어. 당신이 날 살려준 게 고마워서 하신 일이 아니야. 내가 약속했기 때문에 한 일이지. 그것만 아니었으면 당신이 집에 돌아갈 때까지 여기에 잡아뒀을걸. 이번에도 집에 갈 수 있다면 말이지만."

우리는 잠시 동안 말없이 앉아 있었다.

"내가 아는 남자 중에서 백인만이 아니라 흑인에게 한 약속도 중요하게 생각하는 사람은 아빠뿐이야." 루퍼스는 조용히 말했다.

"그래서 거슬리니?"

"아니! 존경할 만한, 아빠의 몇 안 되는 장점 중 하나야."

"네가 본받아야 할 몇 안 되는 장점 중 하나지."

"그래." 루퍼스는 침대에서 발을 내렸다. "우리가 같이 식사

할 수 있게 캐리가 쟁반을 가지고 올라올 거야."

나는 놀랐지만 그냥 고개를 끄덕였다.

"등이 많이 아프지는 않지?"

"응."

루퍼스는 캐리가 쟁반을 들고 올 때까지 비참한 얼굴로 창밖을 내다보았다.

16

나는 다음 날 세라와 캐리를 돕는 일과로 돌아갔다. 루퍼스는 그럴 필요 없다고 했지만, 일이 아무리 지겨워도 계속 누워 있는 지루함보다는 견디기 쉬웠다. 그리고 케빈이 오고 있다는 사실을 알고 난 뒤로는 등과 옆구리도 전처럼 아프지 않게 느껴졌다.

그러다가 제이크 에드워즈가 와서 새로 찾은 평화를 박살냈다. 루크는 아무도 해치지 않고 해냈던 일인데, 똑같은 일을 하면서 어떻게 그렇게 많은 고통을 일으킬 수 있는지 놀랍기만 했다.

"너!" 그는 나에게 말했다. 내 이름을 알면서도. "넌 가서 빨래를 해. 오늘은 테스가 밭에 나갈 테니까."

가엾은 테스. 와일린은 테스와의 동침에 질리자 무심히 에드워즈에게 넘겨주었다. 테스는 에드워즈가 자기를 감시할 수 있게 밭으로 보낼까 봐 두려워했다. 앨리스와 내가 집 안에 있으니 자기는 없어도 된다는 사실을 알고 있었다. 테스는 내쳐질까 두려워서 울었다. "하라는 대로 다해도 여전히 늙은 개 취급이지. 이리로 가서 다리를 벌려라, 저리로 가서 뒤를 내봐라. 신경 쓸 게 뭐 있겠어! 나한테 감정이라는 게 있으려고!" 테스가 옆에 앉아서 그렇게 우는 동안, 나는 아픈 몸으로 엎드려서 땀을 흘리면서도 내 상태가 생각만큼 나쁘지 않다는 것을 알고 있었다.

그러나 지금 에드워즈의 명령에 따르면 훨씬 나빠질 것이었다. 그는 나에게 명령할 권한이 없었고, 자기도 알고 있었다. 그의 권위는 밭의 일꾼들에게만 통했다. 그러나 오늘은 루퍼스와 톰 와일린이 에드워즈에게 농장을 맡기고 시내로 들어갔다. 즉 에드워즈에게 자기가 얼마나 '중요한지' 보여줄 몇 시간을 준 셈이었다. 나는 이미 부엌채 밖에서 그가 나이절을 을러대는 소리를 들었다. 그리고 나이절의 대답도 들었다. 처음에는 진정시키려는 대답이었다. "전 지금 주인님이 시키신 일을 하고 있습니다." 그러다가 결국에는 위협이 나왔다. "제이크 님, 저한테 손을 댔다간 다치시는 수가 있습니다. 이제 그만하시죠!"

에드워즈는 물러섰다. 나이절은 몸집이 크고 강했으며 무의미한 위협을 하는 사람이 아니었다. 게다가 루퍼스는 나이절을 지지하는 경향이 있었고, 톰 와일린은 루퍼스를 지지하는 경향이 있었다. 에드워즈는 나이절을 욕하더니 부엌채로 들어와서 나를 괴롭혔다. 나에게는 그를 위협할 몸집도 힘도 없었다. 지금은 특히 더 그랬다. 그러나 빨래 일을 하루 하면 내 등과 옆구리에 어떤 악영향이 갈지 알고 있었다. 충분히 아플 것만은 분명했다.

"에드워즈 씨, 저는 빨래를 할 상태가 아닙니다. 루퍼스 씨가 하지 말라고 했습니다." 거짓말이었지만, 루퍼스는 나도 뒷받침해줄 것이다. 어떤 면에서 나는 아직도 그를 믿고 있었다.

"이 거짓말쟁이 검둥이, 내가 하라는 대로 해!" 에드워즈는 내 위로 몸을 기울였다. "네가 채찍질을 충분히 당했다고 생각하지? 넌 아직 채찍질이 뭔지 몰라!" 그는 늘 채찍을 가지고 다녔다. 밑동에 납을 집어넣은 길고 검은 채찍은 팔의 일부분 같았다. 그는 둘둘 말린 채찍을 풀어냈다.

그리고 나는 나가서 빨래를 하려고 했다. 하늘이여, 굽어살피소서. 이렇게 빨리 또 맞을 수는 없었다. 도저히 그럴 수 없었다.

에드워즈가 가고 나자 앨리스가 캐리의 오두막에서 나와서 나를 돕기 시작했다. 얼굴에 흐르는 땀이 소리 없는 좌절과 분노의 눈물과 섞였다. 등은 벌써 둔하게 아프기 시작했고, 나는 둔한 수치심을 느꼈다. 노예란 길고 느린 둔화 과정이었다.

"쓰러지기 전에 그 옷들 그만 때려." 앨리스가 말했다. "이 건 내가 할게. 부엌채로 돌아가."

"그놈이 돌아올지도 몰라. 네가 곤란해질 거야." 말은 그렇 게 했지만 앨리스가 아니라 내가 곤란해질까 봐 걱정하고 있 었다. 또 부엌채에서 질질 끌려나가서 채찍질을 당하고 싶지 는 않았다.

"그놈도 난 못 건드려. 내가 밤에 어디서 자는지 아니까."

나는 고개를 끄덕였다. 앨리스 말이 옳았다. 앨리스가 루퍼 스의 보호 아래 있는 한, 에드워즈는 앨리스를 욕할지는 몰라 도 건드리지는 않을 것이다. 테스를 건드리지 않았던 것과 마 찬가지였다. 와일린이 팽개치기 전까지였지만……

"고마워, 앨리스. 하지만……"

"저게 누구지?"

나는 뒤를 돌아보았다. 잿빛 턱수염을 기른 먼지투성이 백 인 남자가 본채 옆을 돌아서 우리 쪽으로 말을 달려오고 있었 다. 처음에는 감리교 목사인 줄 알았다. 톰 와일린이 종교에 무관심하기는 했어도 목사는 그의 친구이자 가끔 찾아오는 저 녁식사 손님이었다. 그러나 달려오는 남자 주위로 아이들이 모여들지 않았다. 아이들은 언제나 목사에게, 그리고 같이 올

경우에는 목사의 아내에게도 모여들었는데 말이다. 그들은 사탕과 '안전한' 성경 구절('종들이여, 너희는 육신의 주인들에게 복종할 것이며……*'라든가)을 나누어주었다. 아이들은 그 구절을 외우고 사탕을 받았다.

어린 여자아이 둘이 잿빛 턱수염의 남자를 빤히 쳐다보기는 했지만, 아무도 접근하거나 말을 걸지는 않았다. 그는 곧바로 우리에게 달려와서 말을 멈추더니 확신 없는 얼굴로 우리 두 사람을 바라보았다.

와일린 부자는 집에 없다고 말하려던 순간에 그 남자가 제대로 보였다. 나는 루퍼스의 하얀색 고급 셔츠를 흙 속에 떨어뜨리고 비틀거리며 울타리로 다가갔다.

"다나?" 그는 부드럽게 말했다. 그의 목소리에 담긴 의문부호에 더럭 겁이 났다. 나를 몰라봤나? 내가 그렇게 많이 변했나? 턱수염이 있든 없든 그는 변하지 않았다.

"내려와, 케빈. 말 위에 있으면 내 손이 닿지 않잖아."

그러자 케빈은 말에서 내려 빨래터 울타리를 넘었고, 숨을 한 번 더 들이쉬기도 전에 나를 자기 쪽으로 끌어당겨 안았다.

둔해져 있던 등과 어깨의 통증이 요란하게 살아났다. 나도 모르게 벗어나려고 몸을 뒤틀었다. 케빈은 당황해서 나를 놓

• 〈에베소서〉 6장 5절.

아주었다.

"대체 무슨……?"

도저히 떨어져 있을 수 없어서 다시 다가서기는 했지만, 케빈이 나를 끌어안기 전에 그의 팔을 잡았다. "하지 마. 등이 아프거든."

"등이 왜?"

"당신을 찾으려고 도망쳤다가. 아, 케빈……."

그는 조심스럽게 나를 안고 몇 초 동안 서 있었고, 나는 그 순간에 함께 집으로 갈 수만 있다면 모든 것이 괜찮아지리라 생각했다.

케빈은 마침내 살짝 물러서더니, 팔을 잡은 채 나를 쳐다보았다. "누가 때렸어?" 그는 조용히 물었다.

"말했잖아. 내가 도망쳤다니까."

"누구였어? 또 와일린이었나?" 그는 물러서지 않았다.

"잊어버려, 케빈."

"잊으라고……?"

"그래! 제발 잊어버려. 난 언젠가 또 여기에서 살아야 할지도 몰라." 나는 고개를 절레절레 흔들었다. "와일린을 싫어하려면 실컷 싫어해. 나도 그러니까. 하지만 아무 짓도 하지 마. 그냥 여기에서 나가자."

"그렇다면 와일린이군."

"그래!"

그는 천천히 몸을 돌리더니 본채 쪽을 노려보았다. 턱수염에 가려지지 않은 얼굴이 주름지고 험악했다. 마지막으로 보았을 때보다 열 살은 더 들어 보였다. 이마에는 비뚤배뚤한 흉터가 있었다. 그 정도 흉터가 남았다면 상당히 심하게 다쳤을 것이다. 이 장소, 이 시대는 그에게도 친절하지 않았던 것이다. 하지만 이 시대는 케빈을 어떻게 바꿔놓았을까? 예전에는 어림도 없었으나 지금은 기꺼이 할 수 있는 일은 뭐가 있을까?

"제발, 케빈, 그냥 가자."

그는 똑같이 험악한 시선을 나에게 돌렸다.

"당신이 무슨 짓을 하든 내가 힘들어져." 나는 다급하게 속삭였다. "가자! 당장!"

그는 나를 잠시 더 노려보다가 한숨을 쉬더니 손으로 이마를 문질렀다. 케빈이 말도 없이 앨리스를 계속 쳐다보기에 나도 고개를 돌려 그쪽을 보았다.

앨리스는 우리를 바라보고 있었다. 젖은 눈은 아니었지만, 다른 사람의 얼굴에서 본 적이 없는 고통이 담긴 눈으로 보고 있었다. 내 남편은 결국 돌아왔지만, 그녀의 남편은 오지 않을 것이다. 그러다가 고통스러운 표정이 사라지고 강인한 표정의 가면이 다시 돌아왔다.

그녀는 케빈에게 조용히 말했다. "다 너 말대로 하는 편이 나아요. 할 수 있을 때 데리고 나가세요. 그러지 않으면 우리의 훌륭한 주인님들이 어떻게 할지 말할 필요는 없겠죠."

"당신이 앨리스지, 그렇지 않소?" 케빈이 물었다.

그녀는 고개를 끄덕였다. 와일린이나 루퍼스에게라면 그러지 않았을 것이다. 그들에게라면 단조롭고 건조하게 "네, 나리" 하고 답했으리라. "가끔 이 부근에서 당신을 봤어요. 삶의 이치가 통하던 시절에요."

케빈은 웃음소리라고 하기 모호한 소리를 냈다. "그런 시절이 있긴 했나?" 그는 나를 흘긋 보더니 다시 앨리스를 보고 둘을 비교했다. "맙소사." 그는 혼자 중얼거리더니 앨리스에게 말했다. "일을 혼자 마쳐도 괜찮겠소?"

"괜찮아요. 그냥 다나를 데리고 나가세요."

케빈은 마침내 수긍하는 듯했다. 그는 나에게 말했다. "당신 소지품을 챙겨와."

내 소지품은 잊어버리라고 말할 뻔했다. 여벌옷과 약, 칫솔, 펜, 종이 따위. 그러나 이곳에서는 그런 물건들을 다시 구할 수 없었다. 나는 울타리를 넘어 집으로 갔고 최대한 빨리 다락방에 올라가서 물건을 모두 가방에 쑤셔넣었다. 나는 용케 아무에게도 들키지 않고, 질문에 대답해야 할 일도 없이 다시 나갈 수 있었다.

케빈이 빨래터 울타리 앞에서 말에게 무엇인가를 먹이면서 기다리고 있었다. 나는 그 암말이 얼마나 지쳤을지 생각했다. 쉬어야 하기 전까지 두 사람을 태우고 얼마나 멀리 갈 수 있을까? 또 케빈은 쉬지 않고 얼마나 멀리 갈 수 있을까? 나는 손을 뻗으면서 케빈을 보았다. 이제는 먼지투성이 주름 속에서 피곤을 읽을 수 있었다. 케빈이 얼마나 서둘러 왔을까 궁금했다. 마지막으로 잔 것은 언제일까?

우리는 잠시 동안 시간을 허비하고 서서 서로를 바라보았다. 어쩔 수 없었다. 어쨌든 나는 어쩔 수가 없었다. 새로 주름이 생겼든 어쨌든 케빈은 너무나 아름다웠다.

"나에게는 오 년이었어." 케빈이 말했다.

"알아." 내가 속삭였다.

케빈은 몸을 홱 돌렸다. "가자! 이 집은 영영 잊어버리자."

제발, 신이시여. 그러나 별로 그럴 것 같지는 않았다. 나는 작별 인사를 하려 몸을 돌리고 앨리스의 이름을 불렀다. 앨리스는 루퍼스의 바지를 두드리고 있었는데, 내 목소리를 들었다는 티도 내지 않고 계속 일만 했다.

"앨리스!" 나는 더 크게 불렀다.

앨리스는 고개를 돌리지 않았고, 멈추지 않고 바지만 계속 두드렸지만 이제는 내 목소리를 들었음을 알 수 있었다. 케빈이 내 어깨에 손을 올렸고, 나는 그를 흘긋 보고 다시 앨리스에게 말했다. "잘 있어, 앨리스." 이번에는 어떤 대답도 기대하지 않았다. 대답은 없었다.

케빈은 말에 올라서 나를 뒤에 태웠다. 우리는 그곳을 떠났고, 나는 케빈의 땀에 젖은 등에 몸을 기댄 채 앨리스가 규칙적으로 빨래를 두드리는 소리가 사라지기를 기다렸다. 그러나 우리는 아직도 그 소리를 희미하게 들을 수 있는 도로 위에서 루퍼스와 마주쳤다.

루퍼스는 혼자였다. 그나마 다행이었다. 그러나 루퍼스는 찌푸린 얼굴로, 우리에게서 1미터도 떨어지지 않은 곳에 멈춰서서 고의로 우리 앞을 막았다.

"젠장." 나는 중얼거렸다.

"그냥 떠나는 거군요." 루퍼스는 케빈에게 말했다. "고맙다는 말이고 뭐고 없이 그냥 다나를 데리고 가는 건가요."

케빈은 몇 초 동안 조용히 루퍼스를 노려보았다. 루퍼스가 화난 표정이 아니라 불편한 표정을 지을 때까지 노려보았다.

"맞았어." 케빈이 말했다.

루퍼스는 눈을 껌벅이다가 조금 부드러운 투로 말했다. "이봐요, 저녁이라도 먹고 가지 그래요. 그때쯤이면 아버지도 돌아오실 거예요. 당신이 묵고 갔으면 하실 거예요."

"네 아버지에게!"

나는 케빈의 어깨에 손가락을 파묻고, 말투만이 아니라 내용까지 모욕적인 말이 쏟아져나오기 전에 말을 잘랐다. 케빈은 겨우 말을 맺었다. "아버지에게 우리가 좀 급했다고 해라."

루퍼스는 앞에서 비켜서지 않았다. 그는 나를 쳐다보았다.

"잘 있어, 루피." 나는 조용히 말했다.

그리고 루퍼스는 경고도 없이, 알아차릴 수 있는 분위기 변화도 없이 몸을 살짝 돌리더니 우리에게 장총을 겨누었다. 나는 이제 총기에 대해 조금 알고 있었다. 가장 신뢰받는 노예가 아닌 한 총에 관심을 두는 것은 현명하지 못한 일이었지만, 나도 도망치기 전까지는 신뢰를 받고 있었다. 루퍼스의 총은 부싯돌식 발화장치가 달린, 길고 가느다란 켄터키 라이플이었다. 몇 번인가 나에게도 쏘아보게 해준 적이 있었다…… 예전에. 그리고 나는 루퍼스의 목숨을 구한 대가로 그런 총과 마주한 적이 있었다. 그러나 이번 총구는 케빈을 겨누었다. 나는 총을 보고, 그 총을 쥔 청년을 보았다. 계속 루퍼스를 안다고 생각했는데, 루퍼스는 계속 내가 틀렸음을 증명하고 있었다.

"루피, 뭐하는 거야!" 내가 물었다.

"케빈을 저녁식사에 초대하고 있지." 그는 나에게 답하고 케빈에게 말했다. "내려요. 아빠가 당신과 이야기를 하고 싶어하실지도 모르니까."

사람들은 계속 나에게 경고하고, 루퍼스가 보기보다 사납다는 암시를 계속 던졌다. 세라도 경고했었다. 대체로 루퍼스를 잃어버린 아들처럼 사랑했으면서도 그랬다. 그리고 나는 루퍼스가 가끔 앨리스에게 남긴 흉터들을 보았다. 그러나 그는 나에게 그런 식으로 군 적이 한 번도 없었다. 꽤 화가 났을 때조차도 그러지 않았다. 나는 루퍼스를 루퍼스의 아버지만큼 두려워한 적이 없었다. 심지어 지금도 그렇게 무섭지 않았다. 아마 더 무서워해야 했겠지만, 나를 위해서는 겁이 나지 않았다. 내가 루퍼스에게 도전한 것도 그래서였다.

"루피, 네가 누군가를 쏜다면 나여야 할 거야."

"다나, 입 다물어!" 케빈이 말했다.

"내가 쏘지 않을 줄 알아?" 루퍼스가 말했다.

"날 쏘지 않는다면 내가 널 죽여버릴 거야."

케빈이 얼른 말에서 내리더니 나를 끌어내렸다. 그는 루퍼스와 나의 관계를 이해하지 못했다. 우리가 얼마나 서로 의존하고 있는지를. 그러나 루퍼스는 이해하고 있었다.

"죽고 죽이는 이야기를 할 필요는 없어." 루퍼스는 마치 성난 아이를 달래듯이 부드럽게 말했다. 그러더니 좀 더 평범한 말투로 케빈에게 말했다. "그저 아빠가 당신과 나눌 말이 있을 거라고 생각할 뿐이야."

"무엇에 대해서?" 케빈이 물었다.

"글쎄…… 다나의 부양 문제라든가."

"부양 문제라고!" 나는 폭발해서 케빈에게서 몸을 떼어냈다. "부양이라니! 난 일했어. 네 아버지가 너무 심하게 때려서 일을 할 수 없을 때까지 매일 열심히 일했어! 너희는 나에게 빚을 지고 있어! 그리고 너는, 망할, 너는 나에게 평생 못 갚을 빚을 지고 있다고!"

루퍼스는 라이플을 내가 원하는 곳으로 돌렸다. 똑바로 나에게 겨누었다. 이제는 루퍼스를 자극해서 나를 쏘게 만들거나, 부끄러움을 느껴 우리를 보내주게 만들거나 둘 중 하나였다. 아니면 집으로 갈 수도 있었다. 다치거나 심하면 죽어서 가게 될지도 모르지만, 어떻게든 이 시대와 장소에서는 벗어나게 될 것이다. 그리고 이번에 집에 간다면 케빈도 함께 가리라. 나는 케빈의 손을 꼭 잡았다.

"어떻게 하려고, 루피? 총으로 우리를 여기에 붙잡아두고 케빈을 털게?"

"집으로 돌아가." 루퍼스의 목소리는 냉엄했다. 케빈과 나는 서로 마주 보았고, 나는 부드럽게 말했다.

"노예의 삶에 대해서 알고 싶었던 건 이미 다 알았어. 다시 돌아가느니 차라리 총에 맞고 말겠어."

"저것들이 당신을 데리고 있게 하진 않을게. 가자." 케빈이 다짐했다.

"아니!" 나는 케빈을 쏘아보았다. "당신은 머물든 가든 마음대로 해. 나는 저 집으로 돌아가지 않아!"

루퍼스가 욕을 내뱉었다. "케빈, 다나를 떠메고 들어가."

케빈은 움직이지 않았다. 움직였다면 내가 놀랐을 것이다.

"여전히 더러운 일은 다른 사람에게 시키려고 하는구나. 안 그래, 루퍼?" 나는 씁쓸하게 말했다. "처음에는 네 아버지에게, 이제는 케빈에게. 너 같은 쓸모없는 인생을 구하려고 내 시간을 허비하다니!" 나는 말에게 다가가서 다시 올라타려는 듯이 고삐를 붙잡았다. 그 순간 루퍼스의 평정이 깨어졌다.

"떠나지 마!" 그는 고함을 질렀다. 총 위로 몸을 웅크린 듯한 모습은 확실히 쏘기 직전이었다. "빌어먹을, 나를 버리고 떠나지 말라고!"

그는 쏠 것이다. 내가 너무 많이 밀어붙였다. 나는 그를 거부한 앨리스의 반복이었다. 저도 모르게 겁을 먹은 나는 암말의 머리 너머로 몸을 날렸다. 나와 라이플 사이에 장애물을 둘 수만 있다면 어떻게 쓰러지든 상관없었다.

나는 생각보다 아프지 않게 땅에 떨어졌고, 기어 일어나려고 했지만 그럴 수 없었다. 균형감각이 사라졌다. 고함소리가 들렸다. 케빈의 목소리, 루퍼스의 목소리…… 갑자기 총이 보였다. 흐릿했지만 내 머리에서 몇 센티미터 떨어지지 않은 곳에 있었다. 나는 총을 쳐내려 했지만 놓쳤다. 총은 내가 생각한 곳에 있지 않았다. 모든 것이 뒤틀리고 흐릿해졌다.

"케빈!" 나는 비명을 질렀다. 또다시 그를 두고 갈 수는 없었다. 내 비명소리 때문에 루퍼스가 총을 쏘는 한이 있어도 그럴 수는 없었다.

무엇인가 내 등에 무겁게 내려앉았고, 나는 다시 비명을 질렀다. 이번에는 고통의 비명이었다. 모든 것이 캄캄해졌다.

폭풍

The Storm

i

집이었다.

의식을 잃은 시간이 일 분을 넘지는 않았을 것이다. 나는 거실 바닥에서 정신을 차렸고, 케빈이 내 위로 몸을 굽히고 있었다. 이번에는 케빈을 다른 사람으로 착각할 이유가 없었다. 케빈이었다. 케빈이 집에 와 있었다. 우리는 집에 있었다. 또 맞기라도 한 것처럼 등이 아팠지만 상관없었다. 둘 다 총에 맞지 않고 집에 오는 데 성공했다는 점이 중요했다.

"미안해." 케빈이 말했다.

나는 그에게 초점을 맞추었다. "미안하다니, 뭐가?"

"등은 안 아파?"

나는 고개를 내려서 손으로 받쳤다. "아파."

"내가 당신 위로 쓰러졌어. 루퍼스와 말, 비명을 지르는 당신 사이에서 어쩌다 그렇게 됐는지는 모르겠지만……."

"그렇게 되어서 얼마나 다행인지 몰라. 미안해하지 마, 케빈. 당신이 여기에 있잖아. 내 위로 쓰러지지 않았다면 또 그곳에 남았을 거야."

그는 한숨을 내쉬고 고개를 끄덕였다. "일어날 수 있겠어? 내가 들어 올리려고 하다간 당신이 직접 걸을 때보다 아플 것 같은데."

나는 천천히, 조심스럽게 일어났고 누워 있을 때보다 서 있을 때가 더 아프지는 않다는 사실을 알았다. 이제는 머리도 맑았고, 아무 문제없이 걸을 수 있었다.

"침대로 가. 가서 좀 쉬어." 케빈이 말했다.

"같이 가."

케빈은 빨래터에서 만났을 때 지었던 표정을 다시 짓더니 내 손을 잡았다.

"같이 가." 나는 조용히 그 말을 되풀이했다.

"다나, 당신은 다쳤어. 당신 등이……."

"케빈."

그는 말을 멈추고 나를 더 가까이 끌어당겼다.

"오 년이라고?" 나는 속삭였다.

"그래. 그렇게 길었어."

"그자들이 이랬구나." 나는 케빈의 이마에 생긴 흉터를 만지작거렸다.

"아무것도 아니야. 벌써 몇 년 전에 다 나았어. 하지만 당신은……."

"제발 같이 가."

그는 내 말대로 했다. 그는 너무나 조심스러웠고, 나를 아프게 할까 봐 두려워했다. 물론 아프기는 했다. 그럴 줄 알고 있었지만, 상관없었다. 우리는 안전했다. 케빈은 집에 와 있었다. 내가 다시 데려왔다. 그것으로 충분했다.

우리는 결국 잠들었다.

깨어났을 때 그는 방 안에 없었다. 가만히 누워서 귀를 기울여 보니 부엌에서 문을 여닫는 소리가 들렸다. 그리고 케빈이 욕하는 소리도 들렸다. 그러고 보니 케빈의 말투에 살짝 독특한 억양이 묻어났다. 두드러지는 정도는 아니었지만, 약간 루퍼스와 톰 와일린 같은 억양이었다. 약간.

고개를 젓고 그런 생각을 머릿속에서 몰아내려 했다. 아무래도 케빈은 뭘 찾고 있는데, 오 년이 지나는 바람에 어디 있는지 모르는 것 같았다. 나는 일어나서 그를 도우러 갔다.

케빈은 스토브를 만지작거리고, 버너를 켜 파란 불꽃을 보다가 끄고, 오븐을 열어 안을 들여다보고 있었다. 등을 돌리고 있었는데, 나를 보거나 내가 다가오는 소리를 듣지는 못한 것 같았다. 무슨 말을 하기도 전에 그는 오븐 문을 쾅 닫고 고개를 저으면서 걸어가버렸다. 그는 중얼거렸다. "제기랄, 아직도 집에 온 게 아니라면 나에겐 집이 없는지도 모르겠군."

그는 나를 보지 못하고 식당으로 들어갔다. 나는 그 자리에 선 채로 생각했다. 기억했다.

와일린 가로 통하는 좁은 흙길을 걸어가다가 어스름 속에서 몇 군데 창문으로 노란 불빛이 새어나오던 상자 모양의 친숙한 집을 본 순간이 떠올랐다. 놀랍게도 와일린은 양초와 기름만큼은 사치스럽게 썼다. 다른 사람들은 그렇지 않다고 들었다. 어쨌든 그 집을 보고 느꼈던 안도감을, 집에 왔다고 생각했던 순간을 떠올릴 수 있었다. 멈춰 서서 생각을 바로잡아 내가 낯설고 위험한 장소에 있음을 상기해야 했던 순간을, 그런 곳을 집이라고 생각해버렸다는 사실에 놀랐던 순간을 떠올릴 수 있었다.

내가 루퍼스를 도우러 갔던 게 벌써 두 달도 더 전이었다. 나는 1976년의 집에, 이 집에 있었건만 이곳이 집처럼 느껴지지 않았다. 지금도 그랬다. 케빈과 내가 함께 이 집에 산 시간은 고작 이틀이었다. 나 혼자 이 집에서 여드레를 더 살았다는 사실은 별로 도움이 되지 않았다. 시간, 연도는 제대로지만 집은 친숙하게 느껴지지 않았다. 내 시대에서 있을 자리를 잃어가는 기분이 들었다. 루퍼스의 시대에 더 날카롭고 강렬한 현실이 있었다. 일은 더 힘들었고, 냄새와 맛은 더 강했고, 위험

은 더 컸고, 고통은 더 지독했다…… 루퍼스의 시대는 나에게
여태껏 요구받아본 적 없는 것들을 요구했고, 그 요구에 부응
하지 못하면 쉽사리 나를 죽일 수 있었다. 그것은 이 집의, 지
금의 편리함과 사치스러움이 범접할 수 없는 뚜렷하고 강력한
현실이었다.

내가 짧은 시간을 보내고도 그렇게 느낀다면, 오 년을 보낸
케빈은 어땠겠는가. 흰 피부 덕분에 내가 직면했던 많은 말썽
에서 벗어나기는 했겠지만, 그렇다고 해도 편한 시간을 보냈
을 리는 없었다.

케빈은 거실에서 텔레비전 다이얼을 돌리고 있었다. 집과
마찬가지로 텔레비전도 새 것이었다. 전원 스위치가 보이지
않게 화면 아래에 있는데, 케빈은 기억 못 하는 게 분명했다.

나는 다가가서 화면 아래에 손을 넣어 텔레비전을 켰다. 임
신했을 때는 의사를 찾아가고 자기 몸을 돌보라고 충고하는
공익 광고가 나왔다.

"꺼봐." 케빈이 말했다.

나는 그 말대로 했다.

"한번은 아이를 낳다가 죽은 여자를 봤어." 케빈이 말했다.

나는 고개를 끄덕였다. "본 적은 없지만, 그런 일이 일어난
다는 말은 계속 들었어. 그 시절에는 꽤 흔한 일이었겠지. 의
술이 형편없거나, 아예 없었으니까."

"아니, 내가 본 경우는 의술과는 아무 관계도 없었어. 그 여자의 주인이 손목을 묶어 매달아놓고 아기가 나올 때까지 때렸어. 아기가 땅으로 떨어질 때까지."

나는 침을 꿀꺽 삼키고, 내 손목을 문지르면서 눈을 피했다. "그렇구나." 와일린도 임신한 노예에게 그런 짓을 한 적이 있을까. 아마 없을 것이다. 와일린은 그보다는 계산속이 있는 사람이었다. 죽은 어미에 죽은 아기라니, 엄청난 손실이었다. 그러나 나 역시 무슨 짓이든 신경 쓰지 않고 저지르는 다른 노예주에 대한 이야기를 들었다. 와일린의 농장에는 글을 쓰다가 걸리는 바람에 전 주인이 오른손 손가락 세 개를 잘라버린 여자가 있었다. 그 여자는 거의 해마다 아기를 낳았다. 현재까지 아홉을 낳았고, 그중 일곱이 살아남았다. 와일린은 그 여자를 훌륭한 씨받이라고 불렀고, 절대 채찍질을 하지 않았다. 그러나 그 자식들은 하나씩 하나씩 팔아버렸다.

케빈은 텅 빈 TV 화면을 보고 있다가 쓴웃음을 지으며 몸을 돌렸다. "여기도 잠시 들르는 체류지처럼 느껴져. 어쩌면 다른 곳보다 조금 덜 현실적인……."

"체류지?"

"필라델피아처럼. 뉴욕과 보스턴처럼. 메인 주에 있던 농장처럼……."

"그러면 메인까지 갔던 거야?"

"그래. 거의 농장을 살 뻔했지. 그랬다면 멍청한 실수가 됐을 거야. 그러다가 보스턴에 있는 친구가 와일린의 편지를 보내줬어. 나는 마침내 집에 가겠구나 생각했고, 당신을……." 그는 나를 쳐다보았다. "뭐, 원했던 것 중에 반은 얻었어. 당신은 여전히 당신이니까."

나는 안도감을 느끼며 그에게 다가갔고, 그 안도감에 나도 놀랐다. 그때껏 나 역시 내가 '여전히' 내가 아닐지도 모른다는 걱정이 얼마나 컸는지 깨닫지 못하고 있었다.

"여긴 모든 게 너무 부드러워. 너무 편하고……." 케빈이 말했다.

"알아."

"좋기는 해. 제기랄, 돈을 준대도 내가 살았던 전염병 소굴로는 돌아가지 않겠어. 하지만 그래도……."

우리는 식당을 거쳐서 복도를 걷다가 내 작업실에 멈췄다. 케빈은 안으로 들어가서 내가 벽에 붙여놓은 미합중국 전도를 보았다. "난 동부 해안을 따라 올라갔어. 계속 갔다면 그다음은 캐나다였을 거야. 하지만 그렇게 여행을 하면서도 내가 유일하게 안도감을 느끼며 저기로 가고 싶다는 열망을 느낀 때가 언제였는지 알아?"

"알 것 같아." 나는 조용히 말했다.

"그건……." 그는 내가 무슨 말을 했는지 깨닫고 하던 말을 멈췄다. 그리고 내게 얼굴을 찌푸렸다.

"메릴랜드로 돌아갔을 때였겠지. 내가 왔는지 보려고 와일
린 가를 찾았을 때."

케빈은 놀란 얼굴이었지만, 이상하게 기뻐 보이기도 했다.
"어떻게 알았어?"

"내 말대로지?"

"맞아."

"지난번에 루퍼스가 불렀을 때 나도 느꼈어. 맹세코 아무 애
정도 없는데, 그 집을 다시 봤더니 꼭 집에 돌아온 기분이라서
겁이 났지."

케빈은 턱수염을 쓸었다. "이 수염은 다시 돌아오려고 기른
거야."

"왜?"

"변장하려고. 혹시 덴마크 베시라는 남자에 대해 들어봤
어?"

"사우스캐롤라이나에서 폭동을 계획했던 해방노예지."

"그래. 흠, 베시는 계획 단계까지밖에 가지 못했지만, 그것
만으로도 꽤 많은 백인에게 겁을 줬어. 그리고 많은 흑인이 그
일로 고통을 겪었지. 그 무렵에 난 노예들의 탈주를 돕는다는
비난을 받았어. 가까스로 폭도보다 먼저 빠져나왔지."

"그때 와일린 가에 있었어?"

"아니. 학교에서 가르치는 일을 맡고 있었어." 그는 이마의 흉터를 문질렀다. "다 말해줄게, 다나. 언젠가 때가 되면. 지금은 1976년으로 돌아가야 해. 할 수 있다면 말이지만."

"당신은 할 수 있어."

그는 어깨를 으쓱였다.

"한 가지만 더. 딱 한 가지만."

내 말에 그는 묻는 듯한 눈으로 나를 보았다.

"정말로 노예들의 탈주를 도왔어?"

"당연히 도왔지! 밥을 먹이고, 낮 동안에 숨겨주고, 밤이 오면 그다음 날에 숨겨주고 밥도 줄 만한 자유 흑인 가족의 집을 가르쳐줬어."

나는 미소 짓고 아무 말도 하지 않았다. 그는 화난 목소리로 말했고, 자기가 한 행동에 대해 방어적이기까지 했다.

"아무래도 그 마음을 이해하는 사람에게 말을 하는 데 익숙하지가 않은가 봐." 케빈이 말했다.

"알아. 당신이 그런 일을 한 것만으로도 충분해."

그는 다시 이마를 문질렀다. "오 년은 생각보다 길어. 훨씬 길어."

우리는 케빈의 작업실로 갔다. 우리의 작업실은 원래 우리가 산 튼튼하고 오래된 목조 가옥의 침실이었다. 크고 편안한 방이었는데, 조금은 와일린 가에 있는 방들이 연상되기도 했다.

아니다. 나는 고개를 저으며 그런 인상을 부정했다. 이 집은 와일린 가와 조금도 비슷하지 않았다. 나는 자기 작업실을 둘러보는 케빈을 지켜보았다. 그는 방을 한 바퀴 돌면서 책상 앞에, 서류함 앞에, 책장 앞에 걸음을 멈췄다. 그는 잠시 서서 《므리바의 물》증정본이 가득 꽂힌 칸을 보았다. 그의 최고 성공작이자 우리에게 이 집을 사준 소설이었다. 그는 증정본 한 권을 뽑으려는 듯이 건드렸다가 놓아두고 다시 타자기 앞으로 돌아갔다. 그는 잠시 동안 타자기를 만지작거리면서 어떻게 켜는지 기억해내더니, 옆에 쌓인 빈 종이더미를 보고 다시 껐다. 그러더니 갑자기 타자기를 주먹으로 내리쳤다.

나는 갑작스러운 소리에 펄쩍 뛰었다. "부서지겠어, 케빈."

"그런다고 뭐가 달라지는데?"

나는 지난번에 집에 왔을 때 글을 쓰려 해보았던 경험을 되살리고 얼굴을 찌푸렸다. 시도하고 또 시도했지만 쓰레기통만 가득 채웠을 뿐이었다.

"난 어떻게 하지?" 케빈이 타자기에 등을 돌리고 말했다. "맙소사, 여기에서도 아무것도 느낄 수 없다면……."

"느끼게 될 거야. 스스로에게 시간을 줘."

케빈은 자동 연필깎이를 집어들어서 무엇인지 모른다는 듯한 태도로 살펴보더니 기억해낸 것 같았다. 그는 연필깎이를 내려놓고, 책상에 놓인 도자기 컵에서 연필을 한 자루 뽑아 연필깎이에 밀어넣었다. 작은 기계는 열심히 연필을 깎아서 끝을 뾰족하게 만들었다. 케빈은 잠시 동안 연필 끝을 응시하다가 연필깎이를 보았다.

"장난감이야. 빌어먹을 장난감에 불과해."

"당신이 샀을 때 내가 그렇게 말했지." 나는 웃으면서 농담으로 몰아가려 했지만, 케빈의 목소리에 담긴 무엇인가에 겁이 났다.

그는 갑자기 팔을 휘둘러서 연필깎이와 컵을 책상에서 쓸어냈다. 연필이 흩어졌고 컵은 깨졌다. 연필깎이는 양탄자를 살짝 벗어나서 맨바닥에 세게 부딪쳤다. 나는 얼른 연필깎이 전원을 뽑았다.

"케빈……." 그는 내가 말을 다 하기도 전에 방에서 나갔다. 나는 쫓아나가서 그의 팔을 잡았다. "케빈!"

그는 멈춰 서더니 마치 감히 자기 몸에 손을 올린 낯선 사람을 보는 듯한 눈으로 나를 노려보았다.

"케빈, 한 번에 떠날 수 없는 것처럼 한 번에 돌아올 수도 없어. 시간이 걸린다고. 하지만 시간이 지나면 모든 게 제자리에 맞아 들어갈 거야."

케빈의 표정은 달라지지 않았다.

나는 양손으로 케빈의 얼굴을 잡고, 이제는 정말로 차가워진 그의 눈을 들여다보았다. "돌아올 수 있는지조차 가늠하지 못한 채 그렇게 오랫동안 떠나 있었던 일이 당신에게 어땠는지 나는 몰라. 절대 오롯이 알 수는 없을 거야. 하지만…… 당신을 영영 남겨두고 왔다고 생각했을 때 내가 살고 싶지 않았다는 건 알아. 그래도 이제는 당신이 돌아왔으니……."

그는 나에게서 몸을 떼어내고 방 밖으로 걸어나갔다. 케빈의 얼굴에 떠오른 표정은 톰 와일린의 얼굴에서 보던 표정과 비슷했다. 폐쇄적이고 적의 어린 표정.

나는 그를 쫓아가지 않았다. 어떻게 도와야 할지 알 수 없었고, 그에게서 와일린이 연상되는 면을 보고 싶지도 않았다. 하지만 침실로 갔더니 케빈이 있었다.

그는 화장대 옆에 서서 자기 사진을, 자기였던 사람의 사진을 보고 있었다. 그는 언제나 사진 찍기를 싫어했지만 그 사진만은 내가 설득해서 찍었다. 숱 많은 회색 머리 아래 젊은 얼굴과 짙은 눈썹, 색이 옅은 눈동자가 보이는 근접 사진을…….

그 사진도 집어던질까, 연필깎이를 부수려 했을 때처럼 내팽개칠까 두려웠다. 그의 손에서 사진을 빼앗았다. 그는 순순히 사진을 주고 고개를 돌려 거울에 비친 자기 모습을 보았다. 한 손으로 여전히 숱이 많은 회색 머리를 쓸었다. 아마 케빈이 대머리가 되는 일은 없을 것이다. 그러나 나이는 들어 보였다. 젊었던 얼굴은 새로 생긴 주름이나 턱수염만으로는 설명할 수 없을 만큼 변해버렸다.

"케빈?"

그는 눈을 감고 부드럽게 말했다. "한동안은 혼자 내버려둬, 다나. 나 혼자서 이…… 이 모든 것에 다시 익숙해져야 해."

갑자기 집을 뒤흔드는 커다란 파공음이 울렸고 케빈은 펄쩍 뛰어서 화장대에 기대며 무턱대고 주위를 둘러보았다.

"그냥 저 위로 제트기가 지나간 거야." 내가 말했다.

그는 거의 증오에 가까워 보이는 눈빛을 던지더니 내 옆을 스쳐 자기 작업실로 들어가 문을 닫았다.

나는 그를 혼자 내버려두었다. 달리 어떻게 해야 할지 몰랐다. 아니, 내가 할 수 있는 일이 있는지조차 알 수 없었다. 케빈이 직접 해결해야 할 문제일 수도 있고, 오직 시간만이 해결할 문제일 수도 있었다. 아니면 다른 무엇이 도울 수 있을지도 몰랐다. 그러나 복도 저편에 닫힌 문을 보자 끔찍할 만큼 무력한 기분이 들었다. 결국 나는 씻으러 갔고, 목욕하는 동안에는 아파서 다른 곳에 관심이 가지 않았다. 그런 다음 나는 데님 가방을 확인하고 그 속에 소독제 한 병, 케빈의 커다란 엑세드린* 병, 그리고 이전의 스위치블레이드를 대신할 오래된 주머니칼을 집어넣었다. 이 칼은 크기가 커서, 잃어버린 칼만큼 치명적일 수는 있었지만 그만큼 빨리 휘두를 수는 없을 테고, 상대를

---

* 두통약.

놀라게 하기도 힘들 터였다. 대신 부엌칼을 챙길까 고려해보았지만, 효과를 발휘할 만큼 큰 칼이라면 도저히 숨길 수 없을 듯했다. 이제까지 어떤 칼이든 별로 쓸모는 없었지만 말이다. 그저 칼을 갖고 있으면 한결 안전한 기분이 들 뿐이었다.

그 칼을 가방 속에 떨구고 비누와 치약, 옷과 다른 몇 가지 물건을 바꿔넣었다. 내 생각은 다시 케빈에게 돌아갔다. 케빈이 잃어버린 오 년을 내 탓으로 돌릴지 궁금했다. 지금 내 탓을 하지 않는다 하더라도, 다시 글을 쓰려고 할 때는 어떨까? 그는 쓰려고 할 것이다. 글쓰기가 그의 직업이니까. 나는 그가 오 년 동안 글을 쓸 수 있었을지, 아니 그보다는 책을 출판할 수 있었을지 궁금했다. 분명히 글을 쓰기는 했을 것이다. 우리 둘 다 글을 쓰지 않고 오 년을 지낸다는 것은 상상할 수 없는 사람들이었다. 케빈은 일기를 쓰거나 했을 것이다. 그는 변했다. 오 년 동안 변하지 않을 수는 없었다. 그러나 그가 글을 써서 팔던 시장은 변하지 않았다. 그는 한동안 좌절의 시간을 보낼지도 모른다. 그렇게 되면 나를 탓할지도 모른다.

케빈을 다시 보고, 사랑을 확인하고, 그의 유배생활이 끝났음을 알게 되어 정말 좋았다. 다 괜찮아질 줄 알았다. 하지만 이제는 뭐든 괜찮아지는 것이 있기나 할지 의문이 들었다.

헐렁한 드레스를 입고 부엌에 가서 만들어 먹을 만한 것이 있나 보았다. 케빈에게 식사를 시킬 수 있다면 말이지만……

내가 두 달도 더 전에 해동하려고 꺼내둔 고기 조각은 아직도 얼어 있었다. 그렇다면 우리는 얼마나 오랫동안 떠나 있었던 것일까? 오늘이 며칠일까? 어째서인지 우리 둘 다 그 점을 알아내려 하지 않았다.

나는 라디오를 켜고 뉴스 주파수를 찾았다. 마침 레바논 내전에 대한 뉴스가 나오고 있었다. 전쟁 상황은 더 나빠졌다. 대통령이 공무원을 제외한 미국인에게 대피를 지시하고 있었다. 루퍼스가 나를 불렀던 날 내린 지시 같았다. 잠시 후에 아나운서가 날짜를 언급해 내 생각을 뒷받침해주었다. 내가 떠난 후로 몇 시간밖에 지나지 않았다. 케빈은 여드레 동안 떠나 있던 셈이었다. 1976년은 우리 없이 달려가지 않았다.

뉴스는 남아프리카 공화국에 대한 이야기로 바뀌었다. 흑인들이 폭동을 일으켰고 백인 우월주의 정부의 정책을 두고 경찰과 싸우다가 대규모 사상자가 발생했다.

나는 라디오를 끄고 평화롭게 요리나 하려고 했다. 전에는 남아프리카 공화국의 백인은 19세기나 18세기라면 더 행복하게 살았을 사람들이라고 생각했다. 사실 인종 관계 면에서 그들은 여전히 과거에 살고 있었다. 엄청난 수의 흑인이 가난에서 벗어나지 못하게 해놓고 업신여기면서, 그 흑인 덕분에 편하고 안락하게 살았다. 톰 와일린이 집처럼 여길 만한 곳이었다.

잠시 후, 음식 냄새를 맡은 케빈은 작업실에서 나왔지만, 말없이 먹기만 했다.

"내가 도울 수는 없어?" 나는 결국 물었다.

"뭘 도와?"

날이 선 목소리라서 경계할 수밖에 없었다. 나는 대답하지 않았다.

"난 괜찮아." 그는 퉁명스럽게 말했다.

"아니, 괜찮지 않아."

그는 포크를 내려놓았다. "당신은 이번에 얼마나 오래 떠나 있었어?"

"몇 시간. 아니면 두 달 남짓한 시간. 마음대로 골라."

"작업실에 신문이 있었어. 그걸 읽고 있었지. 얼마나 오래된 신문인지는 모르지만……."

"오늘 신문이야. 루퍼스가 부른 날 아침에 왔어. 달력을 믿는다면 그게 바로 오늘 아침이지. 6월 18일."

"아무래도 상관없어. 신문을 읽느라 시간만 버렸어. 대부분은 도대체 무슨 말을 하는지 모르겠더군."

"내가 말한 대로야. 혼란이 한꺼번에 사라지지는 않아. 나도 그래."

"처음에는 집에 와서 정말 좋았는데."

"좋았지. 여전히 좋아."

"나는 모르겠어. 아무것도 모르겠어."

"당신은 너무 서두르고 있어. 당신……." 나는 의자에 앉은 몸이 조금씩 흔들리고 있음을 깨닫고 말을 멈췄다. "오, 하느님, 안 돼!" 나는 속삭였다.

"내가 생각해도 그런 것 같아." 케빈이 말했다. "막 출소한 사람들은 어떻게 다시 적응할 수 있나 모르겠군."

"케빈, 가서 내 가방 가져와. 침실에 두고 왔어."

"뭐라고? 왜……?"

"어서, 케빈!"

그는 겨우 상황을 이해하고 침실로 향했다. 나는 가만히 앉아서 제발 케빈이 제시간에 돌아오기를 기도했다. 얼굴에 흘러내리는 눈물이 느껴졌다. 이렇게 빨리, 이렇게 빨리…… 왜 며칠만이라도 케빈과 같이 보낼 수는 없단 말인가? 며칠만이라도 집에서 평화롭게 지낼 수는 없나?

나는 무엇인가가 손을 누르는 것을 느끼고 붙잡았다. 내 가방이었다. 눈을 뜨자 시커먼 얼룩 같은 가방이 보였고, 케빈은 더 큰 얼룩이 되어 내 근처에 서 있었다. 케빈이 어떻게 할지 몰라 불쑥 겁이 났다.

"떨어져, 케빈!"

케빈이 무슨 말을 했지만, 갑자기 지독한 소음이 쏟아져 들을 수 없었다. 그가 아직 그 자리에 있었다 해도 듣지 못했으리라.

2

물이, 비가 쏟아져내리고 있었다. 나는 가방을 틀어쥐고 진흙탕 속에 앉아 있었다.

가방을 최대한 보호하면서 일어섰다. 그래야 나중에 마른 옷으로 갈아입을 수 있을 테니까 말이다. 나는 암울한 기분으로 루퍼스를 찾아 주위를 둘러보았다.

찾을 수 없었다. 어둑한 회색빛을 뚫고 주위를 둘러보다가 겨우 내가 어디에 있는지 깨달았다. 멀리 눈에 익은 네모난 와일린 가를 볼 수 있었다. 창문 하나에서 노란 불빛이 흘러나오고 있었다. 이번에는 길게 걷지는 않아도 된다는 뜻이었다. 이 폭풍 속에서는 그런 일도 고마웠다. 하지만 루퍼스는 어디에 있나? 루퍼스가 집 안에서 곤란에 처했다면, 나는 왜 바깥에 도착했을까?

나는 어깨를 으쓱이고 집 쪽으로 걷기 시작했다. 루퍼스가 집 안에 있다면 밖에서 시간을 허비하는 것은 어리석은 일이었다. 몸만 더 젖을 뿐이었다.

나는 루퍼스에게 걸려 넘어질 뻔했다.

그는 머리가 다 잠길 정도로 깊은 물웅덩이 속에 엎드려 있었다. 얼굴을 아래로 하고서.

루퍼스를 잡고 물 밖으로 끌어내어 조금이나마 비를 막아줄

나무 쪽으로 끌고 갔다. 잠시 후 천둥 번개가 쳤고, 나는 다시 그를 나무에서 멀리 끌고 갔다. 불운을 부르는 루퍼스의 능력을 생각하면 굳이 위험을 감수하고 싶지 않았다.

루퍼스는 살아 있었다. 그는 내가 끌고 다니는 동안에 혼자 토했고, 나에게도 토사물이 튀었다. 하마터면 나도 같이 토할 뻔했다. 루퍼스는 기침을 하면서 중얼거리기 시작했고 나는 그가 취했거나 아니면 아프다는 사실을 깨달았다. 취했을 가능성이 더 높았다. 게다가 루퍼스는 무겁기도 했다. 마지막으로 봤을 때보다 덩치가 커지지는 않았지만, 지금은 온몸이 흠뻑 젖은 데다가 약하게 몸부림까지 치기 시작했다.

루퍼스가 가만히 있는 동안에는 집 쪽으로 끌고 갈 수 있었지만, 이제는 나도 진저리가 나서 그를 내팽개치고 혼자 집으로 향했다. 좀 더 힘이 세고 인내심 강한 사람이라면 끌거나 메고 마저 올 수 있을 터였다.

문을 두드리자 나이절이 나와서 나를 내려다보았다. "도대체 누가……?"

"나야, 나이절."

"다나?" 그는 퍼뜩 경계했다. "무슨 일이에요? 루피 도련님은 어디 있어요?"

"바깥에 있어. 내가 데려오기에는 너무 무거워."

"어디요?"

온 길을 돌아보았는데 루퍼스가 보이지 않았다. 혹시 다시 넘어지기라도 했다면…….

"젠장!" 나는 중얼거렸다. "이리 와." 나는 나이절을 끌고 루퍼스로 추정되는 회색 덩어리에게 돌아갔다. 얼굴은 위로 하고 있었다. "조심해. 나한테 대고 토했어."

나이절이 루퍼스를 곡식부대처럼 들어 올려서 어깨에 걸치고, 내가 뛰어야 겨우 따라잡을 수 있는 보폭으로 성큼성큼 집으로 돌아갔다. 루퍼스는 나이절의 등에 대고 다시 토했지만, 나이절은 신경 쓰지 않았다. 쏟아지는 비가 집에 도착하기 전에 두 사람 모두를 깨끗이 씻어내렸다.

안으로 들어간 우리는 계단을 내려오던 톰 와일린과 마주쳤다. 그는 우리를 보고 딱 멈춰 섰다. "너!" 와일린이 나를 응시하면서 말했다.

"안녕하세요, 와일린 씨." 나는 지친 목소리로 말했다. 그는 등이 굽었고 전보다 늙고 말라 보였다. 지팡이를 짚고 걷기까지 했다.

"루퍼스는 괜찮은 거냐? 혹시……?"

"살아 있습니다. 도랑에 얼굴을 처박고 정신을 잃은 걸 발견했어요. 조금만 늦었으면 익사했을 겁니다."

"네가 여기 있다면 그럴 줄 알았다." 노인은 나이절을 보았다. "방으로 데려가서 눕혀라. 다나, 너는……." 그는 말을 멈추고 내 몸에 달라붙은 채 물이 뚝뚝 떨어지는, 그가 보기에는 천박할 정도로 짧은 드레스를 쳐다보았다. 그것은 일을 할 나이가 되기 전의 어린아이들이 입는 헐렁한 겉옷 같은 옷이었다. 와일린은 내가 바지를 입었을 때보다 더 불쾌해했다. "단정한 옷은 없는 거냐?" 그는 물었다.

나는 젖은 가방을 보았다. "단정한 옷은 있을지도 모르지만 마른 옷은 없을 것 같습니다."

"가서 가진 옷이라도 걸치고 서재로 내려와라."

와일린이 나와 이야기를 하고 싶어하다니. 길고 엉망진창이었던 하루에 딱 필요한 마무리였다. 와일린은 보통 명령을 내릴 때가 아니면 말을 걸지 않았다. 가끔 대화할 때는 끔찍했다. 나는 말할 수 없는 것이 너무 많았고, 그는 너무 쉽게 화를 냈다.

나는 나이절을 따라 계단을 올라간 다음, 다시 좁은 사다리 같은 다락방 계단을 올라갔다. 예전에 쓰던 구석자리가 비어 있었기에 그리로 가서 가방을 내려놓고 안을 뒤졌다. 거의 젖지 않은 셔츠와 발목만 젖은 리바이스 청바지가 있었다. 몸을 닦고, 옷을 갈아입고, 머리를 빗은 다음 제일 심하게 젖은 옷들을 펼쳐놓고 와일린에게 내려갔다. 다락방에 물건을 두고 간다고 걱정할 필요는 없었다. 다른 가내 하인들이 살펴보기는 했다. 가끔 그러는 모습을 보았기에 알고 있었다. 이제까지 없어진 물건은 없었다.

불안한 마음으로 서재문을 통과했다.

"너는 전과 똑같이 젊어 보이는구나." 와일린은 나를 보자 심술궂게 투덜거렸다.

"네, 그렇습니다." 그에게서 조금이라도 빨리 벗어날 수만 있다면 무슨 말에든 맞장구를 칠 작정이었다.

"거긴 어떻게 된 거냐? 얼굴 말이다."

나는 상처를 만졌다. "와일린 씨께서 걷어차셨던 곳입니다."

그는 닳아 해진 낡은 안락의자에 앉아 있다가, 젊은이처럼 벌떡 일어나서 지팡이를 무딘 나무칼처럼 휘둘렀다. "무슨 소리를 하는 거냐! 널 본 지가 육 년이 지났는데."

"네, 와일린 씨."

"그러면!"

"제게는 몇 시간밖에 지나지 않았습니다." 나는 와일린이 믿든 믿지 않든 간에 루퍼스와 케빈에게 이 말을 이해할 정도는 들었으리라 생각했다. 그리고 그는 이해한 것 같았다. 그리고 더 화가 난 모양이었다.

"도대체 어떤 놈이 너보고 교육받은 검둥이라더냐? 넌 거짓말도 제대로 할 줄을 몰라. 나에게 육 년이 지났으면 너에게도 육 년이지!"

"네, 와일린 씨." 그는 왜 굳이 나에게 질문을 했을까? 나는 왜 굳이 답을 했을까?

그는 다시 앉아서 한 손을 지팡이에 대고 몸을 앞으로 기울였다. 그러나 입을 열었을 때 나온 목소리는 한결 부드러웠다. "프랭클린 그 친구는 집에 무사히 돌아갔나?"

"네, 와일린 씨." 그 집이 어디라고 생각하느냐고 묻는다면 어떻게 답해야 할까? 하지만 와일린이 어떤 존재든 간에, 그는 케빈과 나를 위해 적어도 한 가지 친절은 베풀었다. 나는 잠시 그와 눈을 마주쳤다. "고맙습니다."

"널 위해서 한 일이 아니다."

느닷없이 내 성질이 폭발했다. "왜 했는지 따위는 아무래도 좋습니다! 한 인간으로서 다른 인간에게 고맙다고 말하는 것뿐입니다. 그 정도도 그대로 받아들일 수 없나요?"

노인의 얼굴이 창백해졌다. "네가 제대로 맞아보고 싶나 보구나. 분명히 채찍으로 맞아본 지가 꽤 됐겠지."

나는 아무 말도 하지 않았다. 그러나 그 순간, 와일린이 한 번만 더 나를 때린다면 그 앙상한 목을 부러뜨리고 말리라는 사실을 깨달았다. 다시는 참지 않을 것이다.

와일린은 다시 의자에 등을 기대며 중얼거렸다. "루퍼스는 언제나 네가 야생짐승만큼도 제 분수를 모른다고 했지. 나는 언제나 너는 그냥 또 하나의 미친 검둥이에 불과하다고 했고."

나는 가만히 서서 그를 바라보았다.

"왜 내 아들을 또 구해줬느냐?" 와일린이 물었다.

나는 흥분을 조금 가라앉히고 어깨를 으쓱였다. "누구든 그렇게 죽어서는 안 되지요. 도랑 속에 처박혀서, 진흙과 위스키와 자기 토사물에 익사하다니."

"그만!" 와일린이 고함을 쳤다. "내가 직접 네 등가죽을 벗겨놓고 말겠다! 내가……." 그는 말을 잇지 못하고 씨근거렸다. 아직도 얼굴이 새하얗게 질려 있었다. 예전 같은 통제력을 조금이라도 되찾지 못한다면 정말로 쓰러질 판이었다.

나는 무관심한 태도로 돌아갔다. "네, 와일린 씨."

그는 잠시 후에 자제력을 찾았다. 정확히 말하면 완벽하게 침착을 되찾았다. "지난번에 봤을 때 너와 루퍼스 사이에는 문제가 좀 있었지."

"네, 와일린 씨." 루퍼스가 나를 쏘려고 했으니 상당한 문제이기는 했다.

"난 네가 계속 그 녀석을 도와줬으면 한다. 그러기만 한다면 여기는 언제나 네 집이다."

나는 저도 모르게 살짝 웃고 말았다. "저 같은 나쁜 검둥이라도 말씀입니까?"

"넌 스스로를 그렇게 생각하나?"

나는 쓴웃음을 지었다. "아니오. 자기 비하는 많이 하지 않습니다. 아드님은 아직 살아 계십니다. 그렇지 않나요?"

"너는 충분히 나쁘다. 다른 어떤 백인도 널 참아주진 않을 거야."

"조금만 더 참아주신다면 저도 계속 루퍼스 씨를 위해 할 수 있는 일을 하겠습니다."

그는 얼굴을 찌푸렸다. "지금 무슨 말을 하는 거냐?"

"제가 한 번만 더 맞는 날에는, 아드님은 혼자가 된다는 말입니다."

그는 눈을 크게 떴다. 아마 놀라서였으리라. 그러더니 그는 몸을 벌벌 떨기 시작했다. 사람이 말 그대로 분노 때문에 몸을 떠는 모습을 보기는 처음이었다. 그는 말까지 더듬었다. "네가 그 녀석을 위협하다니! 맙소사, 미쳤구나!"

"미쳤든, 제정신이든 전 진심입니다." 등과 옆구리가 경고하듯이 욱신거렸지만, 그 순간에는 두렵지 않았다. 대하는 태도야 어떻든 간에 와일린은 자기 아들을 사랑했고, 내가 진심이라는 사실을 알고 있었다. 나는 말했다. "루퍼스 씨가 사고를 당하는 확률을 생각할 때 제가 없으면 육칠 년쯤은 더 살겠군요. 저라면 그 이상은 기대하지 않겠습니다."

"이 저주받을 검은 마녀!" 와일린은 지팡이를 늘어난 집게손가락처럼 들고 흔들었다. "네가 협박을 하고도…… 내게 명령을 내리고도 빠져나갈 수 있을 줄 안다면……." 숨이 차서 다시 씨근거리기 시작했다. 나는 아무런 동정심 없이 그 모습을 보면서 혹시 이미 지병을 앓고 있는 걸까 생각했다. 와일린이 헐떡거리며 외쳤다. "나가라! 루퍼스에게 가봐. 그 녀석을 돌봐줘. 그 녀석에게 무슨 일이라도 생기면 산 채로 껍질을 벗길 줄 알아!"

어렸을 때, 내가 짜증나는 일을 저지르면 외숙모가 그 비슷한 말을 하곤 했다. "내가 산 채로 네 껍질을 벗기고 말테다!" 그리고 외숙모는 외삼촌의 허리띠를 가져다가 나를 때렸다. 그러나 지금의 와일린처럼 진심으로 그런 위협을 전달할 수 있는 사람이 있을 줄은 미처 몰랐다. 나는 내가 용기를 잃었다는 사실이 드러나기 전에 몸을 돌려 방을 나갔다. 그는 이웃들에게, 순찰대원들에게, 어쩌면 이 지역에 존재하는 경찰 조직에게도 도움을 받을 수 있었다. 그는 나에게 무슨 일이든 원하는 대로 할 수 있었고, 나는 행사할 수 있는 권리가 없었다. 전혀 없었다.

3

루퍼스는 다시 상태가 나빠졌다. 방에 가 보니 루퍼스는 침대에 누워서 심하게 몸을 떨고 있고 나이절이 담요로 싸서 진정시키려 하고 있었다.

"문제가 뭐지?" 내가 물었다.

"별것 아니에요. 다시 학질이 들었나 봐요." 나이절이 대답했다.

"학질?"

"전에 걸린 적이 있거든요. 괜찮아질 거예요."

내 눈에는 괜찮아 보이지 않았다. "누가 의사를 부르러 가긴 했어?"

"주인님도 학질 가지고는 웨스트 선생님을 부르진 않아요. 의사가 아는 거라고는 피 뽑고 물집 터뜨리고 설사시키고 토하게 해서 처음보다 더 아프게 만드는 것뿐이라고 하시죠."

내가 무척 싫어했던 거만하고 몸집 작은 남자를 떠올리고 침을 삼켰다. "그 의사가 정말 그렇게 나쁘니, 나이절??"

"예전에 받은 약을 먹고 죽을 뻔한 적이 있어요. 그 후로는 아프면 그냥 세라에게 치료를 받죠. 최소한 세라는 검둥이에게 말이나 노새처럼 약을 먹이진 않으니까."

나는 고개를 설레설레 젓고 루퍼스의 침대 가까이 다가갔다. 루퍼스는 비참해 보였고, 고통스러워 보였다. 나는 학질이 무엇일까 생각해내려 했다. 귀에 익은 이름인데, 학질에 대해서 듣거나 읽은 내용을 기억해낼 수 없었다.

루퍼스는 빨갛게 충혈된 눈으로 나를 올려다보며 미소를 지었지만, 겨우 지어낸 우거지상은 즐거운 표정과는 거리가 멀었다. 놀랍게도 그의 시도는 내 마음을 건드렸다. 내가 아직까지도 나와 내 가족을 위해서가 아니라 루퍼스 자체에게 마음을 쓸 줄은 생각지 못했다. 그러고 싶지 않았다.

"멍청이." 나는 그에게 중얼거렸다.

그는 상처받은 표정을 지었다.

나는 나이절을 보고 과연 이 병이 나이절 생각만큼 대수롭지 않은 것일까 생각했다. 자기가 누워서 덜덜 떠는 입장이 되어보았다면 대수롭게 생각했을까?

나이절은 피부에 달라붙는 젖은 셔츠를 잡아당기느라 바빴다. 나는 아무도 그에게 옷을 갈아입을 기회를 주지 않았다는 사실을 깨달았다.

"나이절, 몸을 말리러 가고 싶으면 여기엔 내가 있을게." 내가 말했다.

그는 나를 쳐다보고 미소 지었다. "육 년이나 떠나 있었는데 돌아오자마자 바로 어울리네요. 마치 떠난 적이 없었던 사람 같아요."

"갈 때마다 다시는 돌아오지 않기를 빌지만 말이야."

그는 고개를 끄덕였다. "그래도 다나는 잠시 자유를 누리기는 하잖아요."

나는 이상한 죄책감을 느끼며 눈을 돌렸다. 그래, 나는 자유의 시간을 누렸다. 충분하지는 않았지만 아마 나이절이 평생

토록 누릴 자유를 능가하겠지. 그런 점에 죄책감을 느끼고 싶지 않았다. 그러다가 무엇인가가 귀를 물어서 나는 죄책감을 잊었다. 귀를 찰싹 때리면서 나는 겨우 학질의 정체를 기억해냈다.

말라리아였다.

나는 멍하니 방금 나를 문 모기가 병균을 옮기고 있을까 생각했다. 이제까지 책을 읽으면서 말라리아에 대한 정보를 많이 본 편이었는데 그중 어떤 내용을 보아도 나이절이 생각하는 것처럼 대수롭지 않은 병이라고 할 수는 없었다. 말라리아 자체는 사람을 죽이지 않을지도 모르지만, 약해졌다가도 재발했고 다른 질병에 대한 저항력을 떨어뜨릴 수 있었다. 게다가 루퍼스가 지금처럼 모기의 공격에 노출되어 있으면 말라리아가 농장 전체와 그 너머까지도 퍼질 수 있었다.

"나이절, 루퍼스에게 모기가 접근하지 못하게 매달아둘 수 있는 물건이 있을까?"

"모기요? 지금 같으면 모기 스무 마리가 물어도 모를걸요."

"아니, 루퍼스는 모르겠지만 다른 사람들은 결국 느끼게 될 거야."

"무슨 소리예요?"

"지금 학질에 걸린 사람이 또 있어?"

"없을걸요. 아이들이 몇 아프기는 한데, 얼굴이 잘못되는 병 같아요. 얼굴 한쪽이 다 부어올랐어요."

볼거리[•]일까? 그거라면 상관없었다. "그러면 이 병이 퍼지지 않게 막을 수 있을지 보자. 여기 모기장이라든가 그런 물건이 있을까?"

"백인들이 쓰는 모기장은 있죠. 하지만……."

"좀 가져와줄래? 침대 캐노피까지 동원하면 루퍼스를 완전히 에워쌀 수 있을 거야."

"다나, 내 말 좀 들어요!"

나는 나이절을 보았다.

"모기가 학질과 무슨 상관인데요?"

나는 놀라서 눈을 깜박이며 나이절을 바라보았다. 그는 모르고 있었다. 당연히 몰랐다. 이 시대의 의사들도 몰랐다. 그렇다면 내가 말을 해도 나이절이 믿지 않을 수 있다는 뜻이었다. 어떻게 모기 같은 작은 것이 사람을 아프게 만들 수 있겠는가? "나이절, 넌 내가 어디에서 왔는지 알지. 그렇지?"

나이절은 딱히 미소라고 하기 힘든 표정을 지었다. "뉴욕은 아니죠."

"그래."

"루피 도련님이 다나가 어디에서 왔는지는 말해줬어요."

[•] 유행성 이하선염.

"루피의 말을 믿기가 어렵지는 않았을 텐데. 내가 집으로 가는 모습을 적어도 한 번은 봤잖아."

"두 번이었죠."

"그래서?"

나이절은 어깨를 으쓱였다. "내가 무슨 말을 하겠어요. 다나가…… 집으로 가는 모습을 직접 보지 못했다면 그냥 미친 검둥이라고 생각하고 말았을 거예요. 하지만 다나가 한 것 같은 일을 하는 사람은 본 적이 없어요. 다나 말을 믿고 싶지는 않은데, 믿고 있는 것 같아요."

"좋아." 나는 숨을 깊이 들이마셨다. "내가 온 곳에서는 모기가 학질을 옮긴다고 배웠어. 모기가 학질로 아픈 사람을 문 다음에 건강한 사람을 물면, 병이 드는 거야."

"어떻게요?"

"아픈 사람의 피를 빨아서…… 건강한 사람을 물 때 뭔가를 옮겨. 미친개에게 물린 사람이 미치는 것과 비슷해." 미생물에 대해서는 말하지 않기로 했다. 내 말을 믿지 않는 데 그치지 않고 내가 정말로 미쳤다고 생각할 수도 있었으니까.

"의사 선생님은 공기 중에 있는 뭔가가 학질을 옮긴다던데요. 썩은 물과 쓰레기에서 나오는 뭔가요. 독기라고 하던가."

"의사가 틀렸어. 피 뽑기와 설사시키기도 틀렸고, 너에게 약을 줬을 때도 틀렸잖아. 지금도 틀렸어. 환자들 중에 살아남는 사람이 있다는 게 놀라워."

"다리나 팔을 자를 때는 솜씨도 좋고 빠르다고 들었어요."

나는 혹시 소름끼치는 농담이라도 하는 건가 싶어서 나이절을 보았다. 그는 농담을 한 것이 아니었다. 나는 맥없이 말했다. "모기장을 가져다줘. 여기에 그 푸주한이 들어오지 못하게 하자."

나이절은 고개를 끄덕이고 나갔다. 나이절이 내 말을 믿고 있을까 궁금했지만, 사실은 아무래도 좋았다. 이런 사소한 예방책은 아무 비용도 들지 않았다.

루퍼스를 내려다보니 떨림은 멈추었고, 눈을 감고 있었다. 호흡도 규칙적이어서 나는 그가 자는 줄 알았다.

"왜 계속 죽지 못해서 안달이야?" 나는 부드럽게 말했다.

답을 기대하고 한 말이 아니었기 때문에, 루퍼스가 조용히 대답했을 때는 놀라고 말았다. "산다고 아등바등할 가치가 별로 없거든."

나는 침대 옆에 앉았다. "네가 정말로 죽고 싶어한다는 생각은 해본 적이 없는데."

"죽고 싶지는 않아." 루퍼스는 눈을 뜨고 나를 보더니, 다시 눈을 감고 손으로 가렸다. "하지만 눈과 머리와 다리가 지금 나처럼 아프다면 죽는 것도 괜찮아 보일걸."

"눈이 아파?"

"주위를 둘러보면."

"학질에 걸리기 전에도 아팠어?"

"아니. 이건 학질이 아니야. 학질도 아프긴 하지만. 지금은 다리가 떨어져나갈 것 같고, 머리는……!"

겁이 더럭 났다. 고통이 심해지는 듯, 루퍼스는 고통에서 도망치려는 듯 몸을 뒤틀더니 금세 다시 몸을 풀고 드러누워 숨을 헐떡였다.

"루피, 가서 네 아버지를 데려올게. 네가 얼마나 아픈지 보면 의사를 부르실 거야."

루퍼스는 통증에 사로잡힌 나머지 대답을 못 하는 것 같았다. 나이절이 돌아올 때까지는 그 곁을 뜨고 싶지 않았지만, 내가 무엇을 해줄 수 있을지 알 수 없었다. 내 고민은 와일린이 나이절과 함께 돌아오면서 풀렸다.

"모기 때문에 사람들 학질에 걸린다는 소리는 다 뭐냐?" 와일린이 물었다.

"그 문제는 잊어도 될지도 모르겠습니다. 이건 말라리아처럼 보이지 않습니다. 그러니까 학질 말씀입니다. 고통이 심합니다. 누가 가서 의사를 불러와야 할 것 같습니다."

"의사는 너로 충분해."

"하지만……." 나는 말을 멈추고, 숨을 깊이 들이마시고 마음을 가라앉혔다. 내 뒤에서 루퍼스가 신음하고 있었다. "와일린 씨, 저는 의사가 아닙니다. 무엇이 잘못되었는지 저로서는 알 수 없습니다. 어떤 전문적인 도움이든 가능하다면 불러오셔야 합니다."

"그래야 하나?"

"아드님 목숨이 위태롭습니다."

와일린이 입을 일자로 꾹 다물었다. "이 녀석이 죽으면 너도 죽는 것이고, 편히 죽지도 못할 게다."

"그 말씀은 이미 하셨습니다. 하지만 제게 무슨 짓을 하시든 아드님은 죽어 있을 겁니다. 그걸 원하십니까?"

"네가 제대로만 하면 살겠지." 그는 완고하게 말했다. "너는 뭔가 달라. 나도 뭔지는 모르지. 마녀든 악마든 상관없다. 네 정체가 뭐든 간에, 지난번에 왔을 때 넌 계집애 하나를 살려놨어. 네가 도우러 온 상대도 아니었는데 말이야. 넌 허공에서 나타나서 허공으로 돌아가지. 예전이었다면 너 같은 사람은 있을 수 없다고 맹세라도 했을 거야. 넌 자연스러운 존재가 아니야! 그렇지만 너도 고통은 느낄 수 있고 죽을 수도 있지. 그걸 명심하고 할 일을 해. 네 주인을 돌보란 말이다."

"하지만, 저는……."

와일린은 걸어나가서 방문을 닫았다.

4

우리는 만약에 대비하여 모기장을 쳤다. 나이절이 말하길 와일린은 사실 우리가 모기장을 치든 말든 신경 쓰지 않았다고 했다. 그저 모기에 대한 헛소리를 더 듣고 싶지 않았을 뿐이라고 말이다. 와일린은 바보 취급당하는 것을 싫어했다.

"주인님이 무엇인가 무서워한다면 다나가 거기에 제일 가깝겠죠. 그걸 인정하느니 차라리 죽이려고 들겠지만요." 나이절이 말했다.

"난 두려워하는지 모르겠는데."

"주인님을 나처럼 알지 못하니까요." 나이절은 멈칫하다가 물었다. "주인님이 다나를 죽일 수도 있나요?"

"모르겠어. 그럴 수도 있지."

"그렇다면 루피 도련님을 치료해야겠네요. 세라에게 학질에 도움이 되는 차가 있어요. 지금 루피 도련님이 걸린 게 뭐든 그 차가 도움이 될지도 몰라요."

"세라에게 그 차 한 주전자 끓여달라고 할래?"

나이절은 고개를 끄덕이고 나갔다.

세라는 루퍼스에게 차를 가져다줄 겸, 나를 볼 겸 함께 올라왔다. 이제는 세라도 늙어 보였다. 머리는 희끗희끗했고 얼굴에는 주름이 졌다. 다리까지 절룩거렸다.

"발등에 주전자를 떨어뜨렸지 뭐야. 한동안은 걷지도 못했어." 그렇게 말하는 세라를 보니 모두가 나를 지나쳐서 늙어간다는 느낌이 들었다. 세라는 내 몫으로 구운 고기와 빵을 가져왔다.

루퍼스는 이제 고열에 시달렸다. 그는 차를 마시고 싶어하지 않았으나 내가 달래고 겁을 줘서 삼키게 만들었다. 그런 다음 우리 모두는 차의 효과를 기다렸지만, 루퍼스의 반대쪽 다리만 아프기 시작했다. 루퍼스는 눈동자를 움직일 때마다 아파했는데, 그러면서도 계속 방 안을 돌아다니는 나나 나이절의 움직임을 눈으로 좇았다. 결국 나는 차갑게 적신 천을 루퍼스의 눈 위에 덮었다. 도움이 되는 것 같았다. 루퍼스는 여전히 관절에, 팔에, 다리에, 온몸에 통증을 많이 느꼈다. 그런 통증은 내가 덜어줄 수 있을 것 같아서, 촛불을 들고 가방을 놓아둔 다락방으로 올라갔다. 막 다락방에 들어서는데 어린 여자아이 하나가 엑세드린 병 뚜껑을 열어보려고 하고 있었다. 더럭 겁이 났다. 아이가 엑세드린이 아니라 수면제를 집어들 수도 있는 일이었다. 다락방은 내 생각만큼 안전한 장소가 아니었다.

"안 돼, 애. 그거 이리 주렴."

"언니 물건?"

"그래."

"사탕이야?"

오, 주여. "아니, 약이야. 쓴 약."

"우엑!" 아이는 나에게 약통을 돌려주더니 다른 아이 옆에 깔린 잠자리로 돌아갔다. 새로 들어온 아이들이었다. 나는 그전에 있던 남자아이 둘은 팔려갔을까, 밭으로 나갔을까 생각했다.

나는 엑세드린과 남은 아스피린, 그리고 수면제를 들고 내려갔다. 루퍼스의 방 안 어딘가에 보관하지 않으면 결국 아이들 중 하나가 안전 뚜껑을 여는 방법을 알아내고 말 것이다.

돌아가 보니 루퍼스는 젖은 천을 던져버리고 옆으로 몸을 웅크린 채 괴로워하고 있었다. 나이절은 벽난로 앞 바닥에 누워서 자고 있었다. 자기 오두막으로 돌아갈 수도 있었지만, 내가 돌아온 첫날 밤이었기에 혹시 같이 있었으면 하는지 물었고 나는 그렇다고 대답했다.

나는 아스피린 세 알을 물에 녹여서 루퍼스에게 먹이려고 했다. 루퍼스는 입도 열지 않았다. 그래서 나는 나이절을 깨워서 붙잡고 있게 한 다음, 루퍼스의 코를 잡고 공기를 찾아 벌린 입에 지독한 맛이 나는 약을 부어넣었다. 루퍼스는 우리를 욕했지만, 잠시 후에는 조금 상태가 나아졌다. 일시적이기는 해도 그랬다.

끔찍한 밤이었다. 나는 별로 잠을 자지 못했다. 이어지는 엿

새 낮과 밤 동안에도 별로 자지 못했다. 정체는 몰라도 루퍼스가 걸린 병은 끔찍했다. 그는 지속적인 통증에 시달렸고 열이 올랐다. 나이절을 불러 붙잡게 한 뒤 몸을 묶어서 자해하지 못하게 한 적도 있었다. 나는 루퍼스에게 아스피린을 먹였다. 너무 많은 양이었지만, 루퍼스가 원하는 만큼 많지는 않았다. 육즙과 수프, 과일과 채소 주스도 먹였다. 루퍼스는 먹고 싶어하지 않았다. 아무것도 먹고 싶어하지 않았지만, 그렇다고 나이절에게 붙잡혀 있기도 싫었기에 먹었다.

가끔 앨리스가 나를 구제하러 왔다. 세라와 마찬가지로 앨리스도 나이 들어 보였다. 더 단단해 보이기도 했다. 그녀는 내가 예전에 알던 여자의 차분하고 신랄한 언니 같았다.

"루피 도련님 때문에 사람들이 앨리스를 심하게 대해요." 나이절이 나에게 말했다. "이렇게 오래 같이 있는 걸 보면 좋아하는 게 분명하다고 생각하죠."

그리고 앨리스는 경멸조로 말했다. "검둥이 떼가 무슨 생각을 하든 누가 상관한대!"

나이절은 나에게 말했다. "앨리스는 아기를 둘 잃었어요. 그리고 남은 아이도 잘 앓아누워요."

"하얀 애들이었어." 앨리스가 말했다. "나보다는 그놈을 더 닮았지. 조는 심지어 머리도 빨간색이야." 조가 유일하게 살아남은 아이였다. 그 이름을 듣고 울 뻔했다. 아직도 헤이거는 없었다. 나는 이 여행을 계속하는 데 정말이지 진절머리가 났다. 끝내고 싶은 마음이 간절했다. 나를 위해 싸워주고 아플때 간호해준 친구에게 연민을 느낄 여유조차 없었다. 자기 연민만으로도 바빴다.

병석에 누운 지 사흘째, 루퍼스의 열이 내렸다. 약해진 상태였고 몸무게가 몇 킬로그램 줄기는 했지만, 열과 통증에서 벗어난 것만으로도 마음이 놓여서 다른 것은 아무래도 좋았다. 그는 자기가 낫고 있다고 생각했다. 그러나 아니었다.

열과 통증이 다시 찾아와 사흘간 이어졌고 발진이 일어났다. 루퍼스는 가려워하다가 끝내는 피부가 벗겨졌다…….

결국 루퍼스는 나아졌고 다시 나빠지지 않았다. 나는 루퍼스가 걸린 병이 무엇이었든 간에 내가 그 병에 걸리지 않기를, 그 병에 걸린 다른 사람을 간호할 필요가 없기를 빌었다. 최악의 증상들이 사라지고 나서 며칠이 지나자 나도 다락방에서 잘 수 있었다. 나는 세라가 만들어둔 자리에 고마운 마음으로 쓰러졌다. 얇은 거적때기도 그때만큼은 세상에서 제일 부드러운 침대였다. 나는 다음 날 오전 늦게까지 깨지 않고 오랫동안 깊고 온전한 잠을 잤다. 내가 아직 정신을 차리지 못하고 있을 때 앨리스가 다락방 계단을 달려 올라왔다.

"주인님이 아파. 루피 도련님이 다나를 불러오래."

"아, 안 돼." 나는 중얼거렸다. "의사를 불러오라고 해."

"벌써 부르러 갔어. 하지만 주인님은 가슴 통증이 꽤나 심한가 봐."

사태의 심각성이 천천히 머릿속에 흘러들어왔다.

"가슴 통증이라고?"

"그래. 서둘러. 둘 다 응접실에 있어."

"맙소사, 심장마비 같은데. 내가 할 수 있는 일이 없어."

"그냥 가. 널 찾으시니까."

나는 바지를 입고 셔츠를 꿰어 입으며 달렸다. 이 사람들이 나에게 뭘 원하는 거지? 마법? 와일린이 심장마비를 일으켰다면 내가 어떻게 할 수 있는 일이 아니었다.

계단을 달려내려가서 응접실에 들어서니 와일린이 소파에 누워 있었는데, 불길하게도 조용하고 움직임이 없었다.

"뭐든 해봐!" 루퍼스가 호소했다. "살려줘!" 루퍼스의 목소리는 모습만큼이나 가늘고 약했다. 앓아누운 후유증이 남아 있었다. 나는 루퍼스가 어떻게 1층까지 내려갔을까 궁금했다.

와일린은 숨을 쉬지 않았고, 맥박을 찾을 수도 없었다. 나는 잠시 동안 마음을 정하지 못하고, 혐오감을 느끼면서 그 모습을 응시했다. 숨을 불어넣는 건 고사하고 다시 그 몸을 건드리고 싶지도 않았다. 그러다가 혐오감을 누르고 인공호흡과 심장마사지를 시작했다. 그걸 뭐라고 부르더라? 심폐소생술. 그 이름을 알고, 텔레비전에서 누군가가 하는 모습을 본 적은 있었다. 그 외에는 전혀 알지 못했다. 나는 왜 내가 와일린을 살리려고 애쓰고 있는지조차 알지 못했다. 와일린은 살릴 가치가 없었다. 게다가 앰뷸런스도 없고, 내가 어찌어찌 와일린의 심장이 다시 뛰게 만든다 해도 넘겨받을 전문가가 없는 시대에 심폐소생술이 무슨 소용이 있을지도 알지 못했다. 물론 내가 성공하리라 기대하지도 않았지만 말이다.

기대는 어긋나지 않았다.

결국 나는 포기했다. 주위를 둘러보니 루퍼스가 근처 바닥에 앉아 있었다. 자진해서 앉았는지, 주저앉았는지는 몰라도 지금 루퍼스가 앉아 있어서 다행이었다.

"미안해, 루피. 돌아가셨어."

"아빠가 죽게 놔뒀어?"

"내가 왔을 때 이미 돌아가셨어. 네가 물에 빠졌을 때 했던 식으로 되살리려고 노력했지만, 실패했어."

"아빠가 죽게 놔둔 거야."

루퍼스는 울음을 터뜨리기 직전의 아이 같았다. 병 때문에 약해진 만큼, 정말로 울지도 모른다고 생각했다. 건강한 사람들도 부모가 죽으면 울고 비이성적인 짓을 하기 마련이었다.

"내가 할 수 있는 일은 했어, 루피. 미안해."

"지옥에나 떨어져, 아빠가 죽게 놔두다니!" 루퍼스는 나에게 달려들려다가 넘어지고 말았다. 나는 루퍼스를 부축해 일으키려다가 나를 밀어내기에 그만두었다.

"나이절을 보내. 나이절을 데려와." 루퍼스가 속삭였다.

나는 일어나서 나이절을 찾으러 갔다. 등 뒤에서 루퍼스가
한 번 더 말했다. "넌 아빠가 죽게 그냥 놔뒀어."

5

사건들이 너무 빠른 속도로 내게 밀려들고 있었다. 루퍼스
에게 무시당하고, 세라와 캐리와 같이 일하는 처지로 돌아가
서 기쁘기까지 했다. 나 자신을 추스르고 농장에서의 삶을 따
라잡을 시간이 필요했다. 캐리와 나이절은 이제 아들을 셋이
나 두었는데, 나이절은 이제까지 나에게 그런 말을 하지 않았
다. 막내가 벌써 두 살이었기 때문에, 내가 모른다는 사실을
잊고 있었던 것이다. 한번은 둘이 같이 아이들이 노는 모습을
지켜보기도 했다. 나이절은 부드럽게 말했다. "자식을 둔다는
건 좋은 일이에요. 아들을 두는 건요. 하지만 내 자식이 노예
가 되는 꼴을 보는 건 참 힘들죠."

나는 앨리스의 마르고 창백한 아들도 만났고, 말이야 어떻
게 하든 앨리스가 자식을 사랑한다는 사실에 안심했다.

"어느 날 잠에서 깨면 조도 다른 애들처럼 차가워져 있을지

도 모른다는 생각을 떨칠 수 없어." 앨리스가 어느 날 부엌채에서 말했다.

"다른 아이들은 어쩌다가 죽었어?" 내가 물었다.

"열병이었어. 의사가 와서 피를 뽑고 설사약을 먹였는데, 그래도 죽어버렸지."

"아기들 피를 뽑고 설사를 시켰다고?"

"두 살, 세 살이었어. 그러면 열이 멎을 거랬지. 열은 멎었어. 다만…… 죽어버렸어."

"앨리스, 나라면 그런 놈은 절대로 조 근처에 오지도 못하게 할 거야."

앨리스는 부엌채 바닥에 앉아서 옥수수 죽과 우유를 먹고 있는 아들을 바라보았다. 조는 다섯 살이었고 어머니인 앨리스의 검은 피부에도 불구하고 거의 백인처럼 보였다. "난 다른 두 아이 근처에도 오게 하고 싶지 않았어. 루퍼스 씨가 의사를 불렀지. 의사를 불러와서, 그놈이 내 아기들을 죽여도 막지 못하게 했어."

루퍼스의 의도는 선했다. 아마 의사도 의도는 그랬을 것이다. 그러나 앨리스는 자기 자식들이 죽었다는 사실밖에 몰랐고 그걸 루퍼스 탓으로 돌렸다. 이제 루퍼스가 나에게 똑같은 사고방식을 적용했다.

톰 와일린이 묻히던 날, 루퍼스는 나에게 아버지를 죽게 놓아둔 벌을 내리기로 했다. 나는 루퍼스가 정말로 내가 그런 짓을 했다고 믿고 있는지 어떤지조차 몰랐다. 그는 아마 그냥 누군가에게 상처를 입혀야 했을 것이다. 그는 자기 마음이 아프면 다른 사람들을 공격했다. 가끔 본 적 있는 모습이었다.

그래서 장례식이 끝난 오전, 그는 현재의 감독관인 에반 파울러라는 억센 남자를 부엌채로 보내어 나를 끌어냈다. 제이크 에드워즈는 내가 자리를 비운 육 년 사이에 그만두었거나 해고당한 것 같았다. 파울러는 부엌채에 와서 나에게 밭에서 일하라고 말했다.

그 남자에게 떠밀려 나가면서도 믿기지가 않았다. 나는 파울러도 제이크 에드워즈처럼 권력을 휘두르고 있을 뿐이라고 생각했다. 그러나 밖으로 나가 보니 루퍼스가 기다리고 서서 지켜보고 있었다. 나는 루퍼스를 쳐다보고 다시 파울러를 보았다.

"이거 맞습니까?" 파울러가 루퍼스에게 물었다.

"그 여자야." 루퍼스는 몸을 돌려 본채로 들어가버렸다.

나는 말문이 막힌 채 파울러가 내 손에 밀어넣은 낫처럼 생긴 옥수수 칼을 받아들고 옥수수 밭으로 내몰렸다. 내몰렸다고밖에 할 수 없다. 파울러가 말을 타고 바로 뒤에서 따라오는 가운데 걸어야 했으니까. 한참을 걸었다. 그 옥수수 밭은 지난번에 내가 떠난 곳이 아니었다. 보아하니 이 시대에도 농장주들은 윤작을 시행하는 모양이었다. 나에게는 아무래도 상관없는 일이었지만 말이다. 도대체 옥수수 밭에서 내가 무슨 일을 할 수 있단 말인가?

나는 파울러를 돌아보았다. "전 밭일을 해본 적이 없어요. 방법을 몰라요."

"배우게 될 거다." 파울러는 채찍 손잡이로 자기 어깨를 긁었다.

진작 저항했어야 했다는 사실, 나에게 무슨 일이 일어나든 다른 노예들밖에 보지 못할 이 바깥으로 데리고 나오지 못하게 했어야 했다는 사실이 사무쳐왔다. 이제는 너무 늦었다. 불길한 날이었다.

노예들이 옥수수 줄 옆으로 걸으며 칼을 골프채처럼 휘둘러서 줄기를 잘라내고 있었다. 한 줄에 노예 두 명이 서로를 향해 걸으면서 작업했다. 그러다가 잘라낸 줄기들을 모아서 그 줄에서 마주 보는 양쪽 끝에 다발로 세웠다. 쉬워 보였지만, 그렇게 하루만 일해도 허리가 망가질 듯했다.

파울러가 말에서 내리더니 한 줄을 가리켰다.

"다른 녀석들처럼 잘라라. 다른 녀석들이 하는 대로만 해. 이제 일해." 그는 나를 그 줄 쪽으로 밀었다. 이미 반대쪽 끝에서 누군가가 내 쪽으로 작업을 진행하고 있었다. 나는 한동안 빠르지도 강하지도 못할 것 같았기에, 상대가 빠르고 강하기를 빌었다. 빨래와 집안 청소, 원래 시대에서 했던 공장과 창고에서의 일만으로도 여기에서 살아남을 수 있을 만큼 강한 몸이 되었기를 빌었다.

나는 칼을 들어 올리고 첫 번째 줄기를 잘랐다. 줄기는 반쯤만 잘린 채로 구부러졌다.

그와 동시에 파울러가 내 등을 세게 내리쳤다.

나는 비명을 지르며 비틀거리다가 칼을 쥔 채로 몸을 빙글 돌려 그를 마주 보았다. 그는 아무렇지도 않게 내 가슴팍에 채찍을 내리쳤다.

눈앞이 번쩍하는 아픔에 무릎을 꿇고 몸을 반으로 접었다. 눈물이 흘러내렸다. 톰 와일린도 여자 노예를 이런 식으로 때리지는 않았다. 남자 노예의 삶을 걷어차지도 않았고 말이다. 파울러는 짐승이었다. 나는 고통과 증오를 담아 그를 노려보았다.

"일어나!" 파울러가 말했다.

일어날 수 없었다. 그 순간에는 무슨 일이 있어도 일어날 수 없을 것 같았다. 파울러가 채찍을 다시 들어 올리는 모습을 보기 전까지는 그렇게 생각했다.

나는 어떻게든 일어섰다.

"이제 다른 것들이 하는 대로 일해. 땅 가까운 데를 베란 말이다. 세게!"

나는 칼을 움켜쥐었다. 파울러를 베고 싶은 충동이 일었다.

"좋아. 덤벼보고 끝내라. 넌 똑똑한 노예인 줄 알았다만."

파울러는 덩치 큰 남자였다. 몸이 빠를 것 같지는 않지만, 힘은 강했다. 어떻게 상처를 입힐 수 있다 해도, 나를 해치지 못할 정도로 치명상이 아닐까 봐 두려웠다. 어쩌면 그자가 나를 죽이려 하게 만들어야 할지 모른다. 그러면 사람이 은혜를 원수로 갚는 이 끔찍한 곳에서 벗어나게 될지도 모른다. 집으로 가게 될지도 모른다. 그러나 온전한 몸으로 갈 수 있을까? 파울러는 나에게서 칼을 빼앗아서 내 몸에 박아넣을 터였다.

나는 몸을 돌리고 미친 듯이 옥수수 줄기를 내리 베고, 다음 줄기를 베었다. 등 뒤에서 파울러가 웃음을 터뜨렸다.

"그래도 정신머리가 있기는 있었나 보군."

파울러는 한동안 나를 지켜보다가 채찍을 휘둘러가며 재촉했다. 파울러가 가버렸을 때쯤 나는 땀범벅이 되어 몸을 떨면서 굴욕감을 맛보고 있었다. 내 쪽으로 줄기를 베어오던 여자가 나와 마주치더니 속삭였다. "속도 늦춰! 차라리 한두 대 맞고 말아. 오늘 죽도록 일했다가는 저놈이 날마다 그렇게 몰아붙일 거야."

사려 깊은 말이었다. 젠장, 지금까지의 속도대로 계속 일했다가는 오늘도 다 버티지 못할 판이었다. 벌써 어깨가 아프기 시작했다.

파울러는 내가 옥수수 줄기를 모으고 있을 때 돌아왔다. "대체 뭘 하고 있는 거냐!" 파울러가 다그쳤다. "지금쯤이면 다음 줄 절반은 갔어야지!" 그는 허리를 굽히는 내 등을 내리쳤다. "움직여! 지금 넌 부엌채에서 살이나 찌우며 빈둥거리는 신세가 아니야. 움직여!"

온종일 그런 식이었다. 파울러는 갑자기 나타나서 고함을 치고, 내가 아무리 빨리 일을 하고 있어도 더 빨리 하라고 명령하고, 욕을 하고, 위협했다. 자주 때리지는 않았지만, 언제 채찍이 떨어질지 알 수 없었기에 계속 신경이 곤두섰다. 파울러가 오는 소리만 들어도 무서웠다. 나는 어느새 파울러의 목소리에 움츠러들고 소스라치고 있었다.

나와 같은 줄에서 일하는 여자가 설명했다. "저놈은 언제나 새로 온 검둥이에게 엄해. 일을 빨리 하게 몰아쳐서, 얼마나 빨리 일할 수 있는지 보는 거야. 그랬다가 나중에 일손이 느려지면 게으르다고 채찍을 휘두르지."

나는 속도를 늦췄다. 어렵지 않은 일이었다. 내 어깨는 부러졌다고 해도 그렇게 아플 수 있을까 싶을 정도로 아팠다. 눈으로 땀이 흘러들어갔고 손에는 물집이 잡히기 시작했다. 등은 근육통만이 아니라 채찍에 맞은 것 때문에도 아팠다. 시간이 지나자 나를 더 밀어붙이는 일이 파울러에게 맞는 것보다 더 고통스러웠다. 시간이 더 지나자 너무 피곤해서 어느 쪽이든 상관없어졌다. 고통은 고통이었다. 나중엔 그저 옥수수 줄 사이에 누워서 다시는 일어나지 않고 싶어졌다.

나는 비틀거리다가 쓰러졌고, 일어났다가 다시 쓰러졌다. 결국에는 흙 속에 얼굴을 처박은 채 일어설 수 없었다. 그리고 반가운 암흑이 찾아왔다. 집에 가든, 죽든, 기절하든 나에게는 아무 차이도 없었다. 어쨌든 고통으로부터는 달아날 수 있었다. 그게 다였다.

6

정신을 차렸을 때 나는 누워 있었고 바로 위에는 하얀 얼굴이 떠다니고 있었다. 정신없는 한순간, 그 얼굴이 케빈이라고 생각했고 집에 왔다고 생각했다. 나는 간절히 그의 이름을 불렀다.

"나야, 다나."

루퍼스의 목소리였다. 나는 아직 지옥에 있었다. 다음에 무슨 일이 일어나든 신경 쓰지 않고 눈을 감아버렸다.

"일어나. 내가 떠메고 가면 직접 걸을 때보다 더 아플걸."

그 말이 이상하게 머릿속에 메아리쳤다. 언젠가 케빈이 그 비슷한 말을 한 적이 있었다. 루퍼스가 확실한지 보려고 다시 눈을 떴다.

루퍼스였다. 나는 아직도 옥수수 밭 흙바닥에 누워 있었다.

"데리러 왔어. 조금 늦은 것 같지만." 루퍼스가 말했다.

나는 버둥버둥 일어섰다. 루퍼스가 도와주겠다고 손을 내밀었지만 무시했다. 몸을 조금 털고 루퍼스를 따라서 말이 있는 곳까지 걸어갔다. 그곳에서부터 우리는 말을 타고 한마디 말도 없이 집으로 돌아갔다. 집에 도착한 나는 곧장 우물로 가서 물을 한 통 뜬 다음, 어찌어찌 계단 위까지 들고 올라가서 몸을 씻고, 새로 생긴 상처에 소독제를 바르고, 깨끗한 옷으로 갈아입었다. 그다음에는 두통 때문에 결국 엑세드린을 가지러 루퍼스의 방으로 내려갈 수밖에 없었다. 아스피린은 루퍼스가 다 써버린 후였다.

불행히도 루퍼스는 자기 방에 있었다.

"흠, 당신이 밭에서 쓸모가 없는 건 확실하네." 루퍼스는 나를 보자 말했다.

나는 걸음을 멈추고 고개를 돌려서 그를 응시했다. 그저 응시하기만 했다. 루퍼스는 침대에 앉아서 머리판에 몸을 기대고 있었는데, 이제 허리를 펴고 나를 마주했다.

"멍청한 짓은 하지 마, 다나."

나는 부드럽게 대꾸했다. "맞아. 멍청한 짓이라면 벌써 충분히 했지. 이제까지 내가 네 목숨을 몇 번이나 구했지?" 두통이

밀려왔기 때문에 루퍼스의 책상으로 가서 엑세드린을 찾았다. 그리고 세 알을 손에 덜어냈다. 그렇게 여러 알을 먹어본 적은 없었다. 그렇게 여러 알이 필요했던 적이 없었다. 손이 부들부들 떨렸다.

"내가 막지 않았다면 파울러가 채찍질을 제대로 했을 거야. 내가 당신을 채찍질에서 구해준 것도 처음은 아니지."

엑세드린은 이제 충분했다. 나는 몸을 돌려 방에서 나가려 했다.

"다나!"

나는 걸음을 멈추고 루퍼스를 보았다. 그는 마르고 약했고 텅 빈 눈을 하고 있었다. 앓아누운 후유증이 확연했다. 아마 하려고 했어도 나를 말이 있는 곳까지 떠메고 가지는 못했을 것이다. 그리고 지금 내가 나가지 못하게 막을 힘도 없었다. 나는 그렇게 생각했다.

"날 두고 떠났다간 한 시간 안에 밭으로 돌아갈 줄 알아!"

그 협박은 나를 마비시켰다. 루퍼스는 진심이었다. 나를 다시 내보낼 작정이었다. 나는 이제 노여움이 아니라 놀라움과 공포를 느끼며 그를 바라보았다. 루퍼스는 그럴 수 있었다. 나중에 내가 갚아줄 기회가 있을지는 몰라도, 당장은 자기 좋을 대로 할 수 있었다. 마치 루퍼스의 아버지가 한 말 같았다. 심지어 그 순간에는 모습도 자기 아버지와 비슷해 보였다.

"다시는 나를 두고 떠나지 마!" 루퍼스가 말했다.

이상하게도 이제 조금은 두려워하는 듯한 목소리였다. 그는 단어 하나하나를 끊어서 강조해가며 그 말을 되풀이했다. "다시는 나를 두고 떠나지 마!"

나는 욱신거리는 머리로 그 자리에 서 있었다. 최대한 무표정하게 있으려고 했다. 아직 내게도 자존심은 남아 있었다.

"이리 돌아와!" 루퍼스가 말했다.

나는 잠시 더 버티다가 루퍼스의 책상으로 돌아가서 앉았다. 그러자 루퍼스는 맥이 풀렸다. 아버지를 연상시키던 표정도 사라졌다. 그는 다시 본인으로 돌아왔다. 그게 누구든 간에.

"다나, 자꾸 이런 식으로 말하게 만들지 말고 그냥 내 말대로 해." 루퍼스는 지친 듯이 말했다.

나는 해도 안전할 만한 말을 생각할 수 없어서 고개만 흔들었다. 약해졌던 것 같다. 부끄럽게도 거의 울기 직전이었다. 절실히 혼자 있고 싶었다. 나는 겨우 눈물을 삼켰다.

루퍼스가 눈치챘는지도 모르지만 아무 말도 하지 않았다. 나는 아직 엑세드린 알약을 손에 쥐고 있었음을 기억하고, 입에 넣고 물 없이 삼키면서 약효가 빨리 나타나서 조금이라도 나를 지탱해주기를 빌었다. 시선을 돌리자 루퍼스는 다시 등을 기대고 있었다. 방에 남아서 루퍼스가 자는 모습을 지켜보기라도 해야 하는 걸까?

"어떻게 약을 그런 식으로 삼킬 수 있는지 모르겠어." 그는 자기 목을 문지르면서 말했다. 긴 침묵이 흐르고 다른 명령이 떨어졌다. "무슨 말이든 해! 말을 하라고!"

"아니면?" 내가 물었다. "말을 하지 않는다는 이유로 때리게 하려고?"

루퍼스는 잘 들리지 않는 소리를 중얼거렸다.

"뭐?"

침묵. 그리고 쓰라린 기분이 치밀어올랐다.

"난 네 목숨을 구했어, 루퍼스! 몇 번이고 몇 번이고 말이야." 나는 잠시 말을 멈추고 숨을 골랐다. "그리고 네 아버지의 목숨도 구하려고 했지. 넌 내가 노력했다는 걸 알아. 내가 죽이지도, 죽게 내버려두지도 않았다는 걸 알아."

루퍼스는 얼굴을 약간 찌푸리면서 불편한 듯 움찔거렸다. "그 약 좀 줘."

어째서인지 나는 약병을 던지지 않고 일어서서 건네주었다.

"열어. 그 망할 뚜껑 잡고 씨름하고 싶지 않아."

나는 뚜껑을 열고 한 알을 루퍼스의 손에 떨어트린 다음 다시 닫았다.

그는 알약을 보았다. "겨우 하나?"

"이 약은 다른 약보다 강해." 나는 말했다. 사실은 최대한 오랫동안 그 약을 남겨 의지하고 싶기도 했다. 루퍼스가 나에게 그 약이 필요할 일을 얼마나 많이 만들지 누가 알겠는가. 이미 삼킨 약이 도움이 되기 시작했다.

"당신은 세 알을 먹었잖아." 루퍼스가 심통을 부렸다.

"나에겐 세 알이 필요했지. 넌 아무에게도 맞지 않았잖아."

루퍼스는 눈을 피하고 알약을 입에 넣었다. 그는 아직도 알약을 씹고 나서야 삼킬 수 있었다. "다른 약보다 맛이 더 지독하네." 그는 불평했다.

나는 그를 무시하고 약병을 책상 안에 넣었다.

"다나?"

"뭐야?"

"아빠를 도우려고 했다는 거 알아. 알고 있어."

"그렇다면 왜 날 밭으로 내보냈지? 내가 왜 그런 일을 겪어야 했지?"

그는 어깨를 으쓱이고, 얼굴을 찌푸리고 어깨를 문질렀다. 아직도 근육통은 상당히 남아 있는 모양이었다. "그저 누군가에게 대가를 치르게 해야 했나 봐. 그리고 보기에는…… 글쎄, 당신이 간호하면 사람들이 죽지 않잖아."

"나는 기적을 일으키는 사람이 아니야."

"그래. 하지만 아빠는 당신이 기적을 일으킨다고 생각했어. 당신을 좋아하지는 않았지만, 의사보다 당신이 더 치료를 잘한다고 생각했지."

"그렇지 않아. 가끔 의사보다 죽일 위험이 덜했을 뿐이야. 그게 다라고."

"죽여?"

"난 피를 뽑거나, 설사와 구토를 일으켜서 애꿎은 힘을 빼지 않아. 그리고 상처를 깨끗이 유지해야 한다는 정도는 알지."

"그게 다야?"

"그것만으로도 여기에서는 몇 사람 목숨을 구할 수 있지만, 아니, 그게 다는 아니야. 나는 몇 가지 병에 대해 조금 아는 것뿐이야. 아주 조금."

"아이를…… 아이를 낳다가 다친 여자에 대해서는?"

"어떻게 다쳤는데?" 혹시 앨리스 이야기인가 궁금했다.

"나는 몰라. 의사가 더는 아이를 낳을 수 없다고 했는데, 아이를 가졌어. 아기들은 죽었고 본인도 죽을 뻔했지. 그 후로 쭉 좋지 않아."

그제야 누구 이야기인지 알았다. "네 어머니?"

"응. 집으로 오고 계셔. 당신이 돌봐줬으면 해."

"맙소사! 루피, 나는 그런 문제에 대해서는 아무것도 몰라! 정말이야, 전혀 모른다고." 그 여자까지 내가 돌보다가 죽으면 어쩐단 말인가. 나를 때려죽이고 말 텐데!

"어머니는 이제 집으로 돌아오고 싶어하셔…… 집으로 오고 싶어하셔."

"나는 돌볼 수 없어. 방법을 몰라." 나는 멈칫했다. "어차피 너희 어머니도 나를 좋아하지 않아, 루피. 너도 나만큼 잘 알 텐데." 그녀는 나를 싫어했다. 마거릿이라면 순수한 심술로도 내 삶을 지옥으로 만들고 말 것이다.

"믿을 수 있는 사람이 달리 없어. 캐리에게는 이제 자기 가 족이 있지. 캐리에게 시키려면 나이절과 아이들에게서 떼어놓 고 그 오두막에서 나오게 해야 해……."

"어째서?"

"밤새 붙어 있을 사람이 필요해. 엄마에게 뭔가 필요하기라 도 하면 어떻게 해?"

"그러니까 내가 그 방에서 자야 한다는 소리야?"

"그래. 전에는 엄마도 방에 하인을 재운 적이 없었지. 하지 만 이제는 익숙해졌어."

"나에게 익숙해지지는 못할걸. 정말이야, 나를 받아들이지 않을 거야." 하늘이여 제발!

"난 받아들이실 거라고 봐. 이젠 엄마도 나이가 많아. 그렇 게 기운이 넘치지 않아. 필요할 때마다 아편제만 드리면 별로 귀찮게 굴지도 않을 거야."

"아편제?"

"엄마 약이야. 메이 이모 말로는 통증 때문에 필요한 건 아 니래. 하지만 여전히 드시기는 해야 해."

아편제는 아편 추출물이니 당연히 계속 필요로 할 터였다. 마약 중독자를 맡을 판이었다. 그것도 나를 싫어하는 마약 중독자를. "루피, 혹시 앨리스는⋯⋯."

"안 돼!" 상당히 날카로운 거절이었다. 그러고 보니 마거릿 와일린에게는 나를 싫어할 이유보다 앨리스를 싫어할 이유가 더 많다는 생각이 떠올랐다.

"앨리스는 몇 달 뒤에 아이를 낳을 거야." 루퍼스가 말했다.

"그래? 그렇다면⋯⋯." 나는 입을 다물었지만, 생각은 계속 이어졌다. 그렇다면 이 아이가 헤이거일지도 모른다. 이번만은 내가 이곳에 머물러서 얻을 것이 있는지도 모른다. 혹시라도 그저⋯⋯.

"그렇다면 뭐?"

"아무것도 아니야. 상관없어. 루피, 부탁인데 네 어머니를 위해서나, 나를 위해서나 나에게 맡기지 말아줘."

그는 이마를 문질렀다. "생각해보고 어머니와 이야기할게, 다나. 어쩌면 어머니가 좋아하는 누군가를 기억하실지도 모르지. 이젠 자게 해줘. 내 몸은 아직도 너무 약해."

나는 방에서 나가려 일어섰다.

"다나."

"응?" 이젠 또 뭔가?

"가서 책을 읽든가 해. 오늘은 아무 일도 더 하지 마."

"책을 읽으라고?"

"뭐든 하고 싶은 일을 해."

다시 말해서 미안하다는 뜻이었다. 그는 언제나 미안해했다. 내가 용서하기를 거부한다면 이해하지 못하고 깜짝 놀랄 것이었다. 갑자기 루퍼스가 어머니를 어떻게 대했는지 기억이 났다. 부드러운 태도로 원하는 바를 얻어내지 못하면 야멸차게 대하던 모습을. 왜 안 그러겠는가? 언제나 용서하는데.

1

마거릿 와일린은 나를 곁에 두고 싶어했다. 그녀는 마르고 창백하고 약했으며 나이보다 늙어 있었다. 아름답던 외모는 부서질 듯한 수척함으로 변했다. 나를 다시 소개받을 때 그녀는 작은 적갈색 음료수 병을 들고 홀짝이면서 관대한 미소를 지었다.

위층에 있는 방까지는 나이절이 안아서 날랐다. 마거릿은 조금씩 걸을 수 있었지만 계단은 감당하지 못했다. 조금 후에 그녀는 나이절의 아이들을 보고 싶어했다. 아이들에게는 설탕처럼 달콤하게 굴었다. 예전에는 루퍼스 말고는 누구에게도 그렇게 대하는 모습을 본 기억이 없었다. 노예 아이들은 남편의 자식이 아닌 이상 아무 관심도 끌지 못했다. 물론 부정적인 관심이었지만 말이다. 그러나 지금 그녀는 나이절의 아이들에게 사탕을 주었고 아이들은 그녀를 좋아했다.

그녀는 내가 모르는 다른 노예도 보고 싶어했는데, 그 노예가 팔려가고 없다는 말을 듣자 조금 울었다. 마거릿 와일린은 한없이 상냥하고 자비로웠다. 나는 그 모습이 조금 무서웠다. 그녀가 그렇게까지 변했다니 믿을 수 없었다.

"다나, 여전히 예전처럼 읽을 수 있니?" 마거릿이 물었다.

"네, 마님."

"네가 얼마나 글을 잘 읽었는지 기억이 나서 옆에 두고 싶었단다."

나는 애써 무표정을 유지했다. 그녀는 나의 낭독에 대해 어떻게 생각했는지 기억하지 못한다 해도 나는 기억했다.

"성경을 읽어다오."

"지금 말씀인가요?" 그녀는 이제 막 아침식사를 끝낸 참이었다. 나는 아직 아무것도 먹지 못했고, 배가 고팠다.

"그래, 지금. 산상수훈을 읽으렴."

마거릿과 하루 종일 함께한 첫날은 그렇게 시작했다. 그녀는 낭독을 듣다가 지치면 나에게 시킬 다른 일들을 생각해냈다. 예를 들면 빨래가 있었다. 그녀는 다른 누구도 믿고 빨래를 맡기지 않았다. 보통 앨리스가 빨래를 한다는 사실을 진작에 알고 있었던 걸까 궁금했다. 청소도 있었다. 그녀는 내가 청소하는 모습을 직접 보지 않고는 자기 방을 쓸고 닦았다고 믿지 않았다. 내가 내려가서 세라를 데리고 돌아와 직접 지시를 받기 전에는 자기가 원하는 저녁식사 준비를 제대로 이해했다고 믿지 않았다. 캐리와 나이절도 불러다가 청소를 어떻게 할지 이야기해야 했다. 식탁 시중을 드는 사내아이, 계집아이도 감시해야 했다. 다시 말해서 그녀는 자신이 다시 이 집을 운영하고 있음을 증명해야 했다. 안주인 없이도 몇 년을 잘 지낸 집이었지만, 이제는 그녀가 돌아왔으니 말이다.

마거릿은 나에게 바느질을 가르치기로 했다. 원래 집에는 오래된 싱거 재봉틀이 하나 있어서 나와 케빈에게 필요한 만큼 바느질을 해결할 수 있었다. 그러나 나에게 손바느질, 특히 '즐거움'을 위한 손바느질은 느린 고문이었다. 마거릿 와일린은 나에게 배우고 싶은지 묻지 않았다. 그녀는 시간을 보내야 했고, 그걸 돕는 것이 내가 맡은 일이었다. 그래서 나는 그녀의 작고 정돈되고 고른 바늘땀을 흉내 내려고 애쓰면서 길고 지루한 시간을 보냈고, 그녀는 내가 바느질한 걸 찢어버리고 친절하다고는 할 수 없는 태도로 얼마나 못했는지 강의하면서 시간을 보냈다.

하루하루 지나면서 나는 심부름을 갈 때 필요 이상의 시간을 들이는 요령을 익혔다. 폭발하기 직전이라는 생각이 들 때 거짓말을 하고 빠져나오는 요령도 익혔다. 그녀가 끝없이, 주로 볼티모어가 여기보다 훨씬 좋은 점에 대해 말하고 말하고 또 말하는 동안 말없이 귀 기울이는 요령도 익혔다. 방바닥에서 잘 자는 요령만큼은 절대 익히지 못했지만, 그 방에 바퀴 달린 침대를 들이게 허락해줄 리는 없었다. 사실 그녀는 바닥에서 자는 것이 나에게 힘들 이유를 전혀 알지 못했다. 검둥이는 늘 바닥에서 잤으니 당연했다.

성가시기는 해도, 마거릿 와일린은 부드러웠다. 예전같이 폭발하는 성질은 없었다. 아편제 덕분인지도 모르지만.

"넌 좋은 아이야." 한번은 내가 침대 옆에 앉아서 덮개를 꿰매고 있는데 그렇게 말하기도 했다. "예전보다 훨씬 낫구나. 누군가가 올바르게 처신하는 법을 가르쳐준 모양이지."

"네, 마님." 나는 눈도 들지 않았다.

"잘됐어. 예전의 너는 건방졌지. 건방진 검둥이보다 더 나쁜 건 없단다."

"네, 마님."

나는 마거릿 와일린 때문에 우울하고, 지겹고, 화나고, 미칠 것 같았다. 그러나 그녀와 함께 있는 동안 내 등은 완전히 나았다. 일은 힘들지 않았고 그녀는 바느질 외에는 무엇에 대해서도 불평하지 않았다. 나를 위협하지도 않았고 내가 채찍질을 당하게 하려고 하지도 않았다. 루퍼스는 어머니가 나에게

426

만족하고 있다고 했다. 루퍼스마저도 놀라는 눈치였다. 그래서 나는 말없이 그녀를 참아냈다. 이제 나는 언제 지내기가 편한지 깨달을 만큼은 알고 있었다. 아니, 나는 안다고 생각했다.

"지금 네 꼴을 직접 좀 봐야 해." 앨리스는 어느 날 내가 그녀의 오두막에, 그러니까 앨리스가 첫 아이를 낳기 직전에 루퍼스가 나이절을 시켜서 지어준 오두막에 숨어있을 때 그렇게 말했다.

"무슨 뜻이야?" 나는 물었다.

"루퍼스 씨가 너한테 겁 한번 제대로 준 거지. 안 그래?"

"겁이라니…… 무슨 소리를 하는 거야?"

"그 여자를 진짜 좋아하는 사람처럼 허드렛일을 하고 다니잖아. 겨우 반나절 밭에 내보낸 걸로 그렇게 됐지."

"빌어먹을, 앨리스, 나 좀 가만히 내버려둬. 오전 내내 헛소리를 듣고 지냈어. 너에게까지 헛소리 들을 필요는 없잖아."

"내 말을 듣고 싶지 않거든 여기에서 나가. 네가 그 여자한테 알랑거리는 꼴을 보면 누구라도 속이 뒤집힐 테니까."

나는 일어나서 부엌채로 갔다. 앨리스에게는 논리를 기대해봐야 어리석은 때가, 분명한 사실을 지적해봐야 소용이 없을 때가 있었다.

부엌채에는 밭 일꾼 두 명이 와 있었다. 하나는 부러진 다리에 부목을 댔는데 아무래도 비뚤게 붙을 것 같은 젊은이였고,

하나는 더는 일을 많이 못 하는 노인이었다. 안으로 들어가기 전부터 두 사람의 말소리를 들을 수 있었다.

"루퍼스 씨는 할 수만 있으면 날 치워버릴 거예요." 젊은이가 말했다. "아무 쓸모가 없잖아요. 그 아버지라면 날 치웠을 거예요."

"나야 아무도 사지 않을 테지. 오래전에 기력이 다했으니 말이야. 걱정해야 할 건 너 같은 젊은이들이야." 노인이 말했다.

내가 부엌채 안으로 들어가자 무슨 말을 하려는 듯 입을 벌리고 있던 젊은이가 바로 입을 닫더니 공공연히 적개심을 드러내면서 나를 쳐다보았다. 노인은 그냥 등을 돌렸다. 앨리스에게 그런 모습을 보이는 노예라면 전에도 보았지만, 나를 그렇게 대한다는 걸 이제까지 알아차리지 못하고 있었다. 갑자기 부엌채도 앨리스의 오두막보다 편할 것이 없어졌다. 세라나 캐리가 있다면 달랐을지도 모르지만, 두 사람 다 없었다. 나는 외로운 마음으로 부엌채를 떠나서 본채로 돌아갔다.

그러나 일단 안에 들어서자 내가 왜 그렇게 슬며시 자리를 피했나 싶어졌다. 왜 맞서 싸우지 않았을까? 앨리스의 비난은 말도 안 되는 소리였고, 본인도 그것을 알고 있었다. 그러나 밭 일꾼들은…… 그들은 그저 나를 몰랐고, 내가 루퍼스나 마거릿에게 얼마나 충성스러울지, 내가 일러바칠지 어떨지를 신경 썼다.

내가 반박했다면 그들이 과연 내 말을 얼마나 믿었을까?

그렇다 해도…….

복도를 따라 천천히 계단으로 향하면서 왜 내가 자기변호에 나서지 않았을까 생각했다. 적어도 시도는 해보았어야 하지 않나. 나도 순종하는 삶에 익숙해지고 있는 걸까?

위층으로 올라가니 마거릿 와일린이 지팡이로 바닥을 쿵쿵 때리는 소리가 들렸다. 그녀는 거의 걷지 않았기 때문에 지팡이도 걷는 데에는 별로 쓰지 않았다. 주로 나를 부르는 용도로 썼다.

나는 몸을 돌려 다시 집 밖으로, 숲 쪽으로 나갔다. 생각을 해야 했다. 그동안 혼자만의 시간이 부족했다. 예전, 도대체 얼마나 오래전인지 알 수도 없지만, 예전에는 내가 이 낯선 시대에 너무 거리를 둔다고 걱정했다. 그런데 이제는 거리가 전혀 없었다. 언제부터 연기가 아니게 되었던가? 왜 그랬던가?

숲에서 내 쪽으로 오는 사람들이 있었다. 몇 사람이 도로 위에 있었고, 나는 도로에서 약간 떨어져 있었다. 그들이 지나가기를 기다리려고 나무 사이에 몸을 웅크렸다. 백인의 "여기에서 뭘 하고 있지? 네 주인은 누구냐?" 같은, 멍청하지만 피할 수 없는 질문에 대답할 기분이 아니었다.

문제없이 대답할 수는 있었다. 와일린의 토지 경계선 근처도 아니었다. 하지만 잠시만이라도 내가 나의 주인으로 있고 싶었다. 그게 어떤 느낌이었는지 잊어버리기 전에.

말을 탄 백인 남자가 사슬에 둘씩 묶인 흑인 남자 이십여 명을 끌고 가는 중이었다. 사슬에 묶인 사람들. 모두 수갑과 강철 목걸이를 찼고 목걸이에 연결된 사슬은 두 줄로 선 사람들 사이로 길게 이어지는 중앙 사슬과 이어져 있었다. 남자들 뒤에서는 여자들 몇 명이 목에서 목으로 밧줄이 연결된 채 걷고 있었다. 사슬에 묶인 한 무리의 노예들…… 팔려고 내놓은 노예들이었다.

부엌채에 있던 노예들이 괜히 팔려갈 가능성을 두고 왈가왈부하고 있었던 것이 아니라는 생각이 퍼뜩 떠올랐다. 그들은 노예상이 온다는 사실을 알고 있었다. 본채에는 발도 들인 적이 없는 밭 일꾼들인데 알고 있었다. 나는 한마디도 듣지 못했는데 말이다.

최근에 루퍼스는 아버지의 사업을 정리하거나 자면서 시간을 보냈다. 병의 후유증으로 아직도 몸이 약했고, 나에게 쏟을 시간이 없었다. 어머니와 함께 보낼 시간도 거의 없었다. 그런데 노예를 팔 시간은 있었던 것이다. 아버지를 닮아갈 시간은 충분했다.

나는 노예행렬이 집에 도착하고 한참이 지나서 돌아갔다. 내가 집에 다다랐을 때 만난 행렬에는 이미 세 명이 더해져 있었다. 남자가 둘이었는데 한 명은 엄격한 표정이었고 한 명은 대놓고 흐느끼고 있었다. 그리고 여자 하나는 몽유병자처럼 움직였다. 가까이 다가가 보니 여자의 모습이 눈에 익었다. 나는 그 여자의 정체를 알고 싶지 않은 마음에 걸음을 멈췄다. 큰 키와 튼튼한 몸에 잘생긴 여자였다.

테스였다.

이번 여행에서 나는 테스를 두세 번밖에 보지 못했다. 그녀는 여전히 밭에서 일하고, 밤에는 감독관에게 봉사하고 있었다. 자식은 하나도 없었다. 어쩌면 그래서 팔려가는 건지도 모른다. 아니면 마거릿 와일런이 정한 일일 수도 있었다. 남편이 잠시나마 테스에게 관심을 두었다는 사실을 알고 그렇게 보복하는지도 모른다.

내가 테스 쪽으로 다가가자 막 그녀의 목에 밧줄을 묶어서 줄에 고정시킨 백인 남자가 나를 보았다. 그는 총을 뽑아들고 몸을 돌려 나를 마주했다.

위협으로 느껴질 만한 움직임은 조금도 취하지 않았던 나는 놀라고 당황해서 걸음을 멈추었다. "그냥 친구에게 작별 인사를 하고 싶었을 뿐이에요." 나는 무슨 영문인지 속삭이듯이 말했다.

"거기에서 말해. 들을 수 있을 테니."

"테스?"

테스는 고개를 숙이고, 어깨를 구부리고, 한 손에는 작은 붉은색 짐 꾸러미를 늘어뜨리고 서 있었다. 분명히 내 말을 들었을 테지만, 나는 그녀가 듣지 못한 줄 알고 다시 말했다.

"테스, 나 다나야."

테스는 고개를 들지 않았다.

"다나!" 현관 계단 근처에서 다른 백인과 이야기를 나누고 있던 루퍼스의 목소리가 날아왔다. "물러나. 안으로 들어가."

"테스?" 나는 대답을 들으려고 한 번 더 그녀의 이름을 불렀다. 테스는 분명히 내 목소리를 알고 있었다. 왜 고개를 들지 않을까? 왜 말을 하지 않을까? 왜 움직이지도 않을까? 마치 내가 존재하지도 않고, 현실도 아닌 것처럼…….

나는 테스 쪽으로 걸음을 옮겼다. 테스에게 가서 목에 걸린 밧줄을 벗기겠다고, 아니면 시도라도 해보다가 총에 맞겠다고 생각했다. 하지만 그 순간에 루퍼스가 왔다. 그는 나를 붙잡고 집 안으로, 서재 안으로 끌고 들어갔다.

"여기에 있어!" 루퍼스가 명령했다. "그냥 가만히……." 그는 말을 멈추고 비틀거리더니 나를 붙잡았다. 나를 잡아두기 위해서가 아니라 자기 몸을 가누기 위해서였다. "젠장!"

"어떻게 그런 짓을 할 수 있어!" 나는 자세를 바로잡는 루퍼스를 비난했다. "테스를…… 다른 사람들을……."

"모두 내 재산일 뿐이야!"

나는 도저히 믿을 수 없어서 그를 멍하니 응시했다. "하느님 맙소사……!"

그는 한 손으로 얼굴을 쓸면서 몸을 돌렸다. "이봐, 이건 아버지가 돌아가시기 전에 정해둔 거래야. 당신이 할 수 있는 일은 없으니까 좀 빠져 있어!"

"안 그러면 어쩔 건데? 나도 팔아버리게? 그러는 편이 좋을지도 모르겠네!"

루퍼스는 대답 없이 다시 밖으로 나갔다. 잠시 후, 나는 톰 와일린의 닳아빠진 안락의자에 주저앉아서 책상 위에 머리를 기댔다.

8

마거릿 와일린 쪽의 일은 캐리가 대신해주었다. 캐리는 다시 위층으로 올라가던 나와 마주치자 그 점을 알리려 했다. 사실 내가 왜 위층으로 가고 있는지 몰랐다. 한동안은 루퍼스를 다시 보고 싶지 않았고, 달리 갈 곳이 없을 뿐이었다.

캐리는 계단에서 나를 멈춰 세우더니 비난하는 눈빛을 던지고는 내 팔을 거칠게 잡아채 자기 오두막으로 데려갔다. 캐리가 무슨 생각을 하는지 알지도 못했고 신경 쓰지 않았지만, 몸짓으로 하는 말을 보고 캐리가 마거릿 와일린에게 내가 아프다고 했음을 이해했다. 그러더니 캐리는 양손 엄지와 집게손 가락으로 둥글게 자기 목을 쥐고 나를 쳐다보았다.

"봤어. 테스와 다른 두 사람." 나는 떨리는 숨을 들이쉬었다. "이 농장에서는 그런 일은 끝난 줄 알았어. 톰 와일린과 함께 죽은 줄 알았어."

캐리는 어깨를 으쓱였다.

"루퍼스가 진흙 속에 엎어져 있게 놔둘 걸 그랬어. 내가 살린 덕분에 이런 짓을 할 수 있었다고 생각하면……!"

캐리는 내 손목을 잡고 맹렬히 고개를 저었다.

"아니라니, 무슨 뜻이야? 루퍼스가 나빠. 이젠 다 자라서 이 체계의 일부가 되어버렸어. 아버지가 운영할 때는 우리를 불쌍히 여길 수 있었겠지. 자기도 완전히 자유의 몸이 아니었을 때는 말이야. 하지만 이제는 책임자야. 그리고 당장 일을 벌여서 그 점을 증명해야 했겠지."

캐리는 다시 자기 목을 잡았다. 그러더니 나에게 더 가까이 다가와서 내 목을 잡았다. 마지막에는 최근 막내가 몸집이 커지면서 쓰지 않게 된 아기 침대 쪽으로 가더니 작은 목을 상징하려는 듯 허공을 쥐었다.

그녀는 몸을 바로 하고 나를 쳐다보았다.

"모두 다?" 내가 물었다.

캐리는 고개를 끄덕이면서 주위에 한 무리의 사람들을 모으

듯이 팔을 넓게 벌렸다. 그러더니 다시 한 번 양손으로 자기 목을 쥐었다.

나는 고개를 끄덕였다. 캐리의 생각은 확실히 옳았다. 마거 릿 와일린은 농장을 운영할 수 없었다. 땅도 사람도 팔아버릴 것이다. 그리고 톰 와일린의 예를 생각하면, 결코 가족 관계를 고려하여 팔지는 않을 것이다.

캐리는 내 생각을 읽은 것처럼 그 자리에 서서 아기 침대를 내려다보았다.

"내가 배신자가 된 기분이 들던 참이었어. 루퍼스를 구했다 는 사실에 죄책감을 느꼈고. 지금은…… 어떻게 생각해야 할 지 모르겠어. 어째서인지 루퍼스가 나에게 무슨 짓을 해도 언 제나 용서해버리는 것 같아. 미워해야 마땅한데, 다른 사람에 게 하는 짓을 보기 전까지는 미워할 수 없어." 나는 고개를 설 레설레 저었다. "왜 여기에 내가 흑인이라기보다는 백인에 가 깝다고 생각하는 사람이 있는지 알 것도 같아."

캐리는 짜증난다는 표정으로 재빨리 손을 뿌리치는 몸짓을 했다. 그리고 다가와서 손가락으로 내 한쪽 얼굴을 문질렀다. 세게 문질렀다. 내가 물러서자 캐리는 그 손가락을 들어 올리 고 양면을 번갈아 보여주었다. 하지만 이번만큼은 그녀의 몸 짓을 이해할 수 없었다.

좌절한 캐리는 내 손을 잡고 나이절이 장작을 패고 있는 곳으로 데려갔다. 그리고 나이절 앞에서 내 얼굴을 문지르는 몸짓을 반복했다. 나이절은 고개를 끄덕였다.

그는 조용히 말했다. "다나, 흑인이란 건 벗겨지지 않는 거래요. 당신보고 당신이 아니라고 말하는 작자들 따위 알 게 뭐냐는군요."

나는 캐리를 끌어안았다가 재빨리 그들 곁을 떠났다. 눈물을 흘리기 직전이라는 사실을 보이고 싶지 않았다. 마거릿 와일린에게 올라가 보니 막 아편제를 먹은 직후였다. 그런 때에는 마거릿과 함께 있는 것이 혼자 있는 것과 비슷했다. 그리고 나에게는 혼자만의 시간이 절실했다.

9

나는 노예거래 이후 사흘 동안 루퍼스를 피했다. 루퍼스 쪽에서 피하기 쉽게 만들어주었다. 그도 나를 피했으니 말이다. 그리고 나흘째에 그가 나를 찾으러 왔다. 그때 나는 마거릿의 방에서, 마르고 연약한 그녀가 창가에 앉아 지켜보는 동안 '네, 마님' 하고 답하며 침대보를 갈고 있었다. 마거릿은 거의 먹지 않았다. 나는 어느새 그녀를 구슬러가며 밥을 먹이고 있었다. 그러다가 그녀가 그런 상황을 즐긴다는 사실을 깨달았다. 가끔은 그녀도 우월감을 잊고 누군가의 늙은 어미가 될 수 있었다. 루퍼스의 어머니가 될 수 있었다. 불행히도 말이다.

루퍼스는 방에 들어와서 말했다. "그 일은 캐리에게 마무리시켜, 다나. 다른 할 일이 있어."

"오, 지금 데려가야겠니?" 마거릿이 말했다. "이제 막······."

"나중에 돌려보낼게요, 엄마. 그리고 금방 캐리가 올라와서 침대 정리를 마칠 거예요."

나는 루퍼스가 무슨 생각을 품고 있는지 기대하지 않고 말없이 방을 나섰다.

"서재로 내려가." 루퍼스가 바로 뒤에서 말했다.

흘긋 돌아보고 루퍼스의 기분을 가늠해보려 했지만, 그저 피곤해 보이기만 했다. 루퍼스는 잘 먹었고, 필요한 휴식 시간의 두 배씩 쉬었는데도 언제나 피곤해 보였다.

"잠깐만." 루퍼스가 말했다.

나는 멈춰 섰다.

"이번에도 안에 잉크가 든 펜을 가져왔어?"

"응."

"가져와."

나는 아직도 대부분의 소지품을 보관해두던 다락방으로 올라갔다. 이번에는 펜 세 자루를 한 묶음으로 가져왔지만, 하나만 가지고 내려갔다. 혹시 루퍼스가 지난번처럼 잉크를 낭비하면서 놀 경우에 대비해서였다.

"뎅기열이라고 들어봤어?" 루퍼스는 계단을 내려가면서 물었다.

"아니."

"흠, 시내 의사 말에 따르면 내가 걸린 병이 그거였대. 내가 이야기해봤거든." 그는 아버지가 죽은 후로 꽤 자주 시내를 오갔다. "의사가 어떻게 피도 뽑지 않고 구토제도 먹지 않고 이겨냈는지 모르겠다더군. 몸에서 독을 다 몰아내지 않아서 아직까지 몸이 약한 거라나."

나는 차분히 대꾸했다. "그 의사 손에 몸을 맡기지 그래. 운만 조금 따른다면 우리 둘의 문제가 다 해결될 텐데."

그는 모호하게 얼굴을 찌푸렸다. "무슨 뜻이야?"

"아무 뜻도 없어."

그는 몸을 돌리고 내 어깨를 잡았다. 아프게 잡을 의도였겠지만, 아프지 않았다. "내가 죽었으면 좋겠다는 소리를 하려는 거야?"

나는 한숨을 쉬었다. "그랬다면 넌 이미 죽었겠지. 안 그래?"

침묵. 그는 나를 놓아주었고 우리는 서재로 들어갔다. 그는 아버지의 낡은 안락의자에 앉았고 나에게는 근처에 놓인 딱딱한 원저의자에 앉으라는 몸짓을 했다. 언제나 교장실에 불려간 학생처럼 자기 앞에 서 있게 하던 그의 아버지보다는 한 계단 올라간 대접이었다.

"그런 소규모 판매가 나쁘다고 생각한다면, 그것도 정말로 아빠가 정해둔 일이었지만, 어쨌든 그렇다면 나에게 아무 일도 일어나지 않게 해야 할 거야." 루퍼스는 등을 기대고 지친 얼굴로 나를 보았다. "내가 죽으면 여기 사람들에게 무슨 일이 일어나는지 알아?"

나는 고개를 끄덕였다. "나는 네가 살아 있으면 그들에게 무슨 일이 일어날지가 더 신경 쓰여."

"정말로 내가 무슨 짓이든 하리라고 생각하는 건 아니지?"

"넌 할 거야. 그리고 나는 지켜보고, 기억하고, 네가 너무 멀리 갔을 때는 결정을 내려야 하겠지. 내 말 믿어, 나도 그런 일을 고대하지는 않아."

"혼자 많은 것을 걸머지는군."

"내가 원한 건 아니었어."

그는 들리지 않게, 싫은 소리를 중얼거렸다. 그리고 덧붙여 말했다. "당신은 밭에 있었어야 해. 도대체 내가 왜 그냥 밖에 내버려두지 않았나 몰라. 그랬더라면 몇 가지는 배웠을 텐데."

"난 죽었겠지. 너는 직접 자기 몸을 돌봐야 했을 테고." 나는 어깨를 으쓱이며 덧붙였다. "너에게 그럴 재주가 있을지 모르겠지만 말이야."

"빌어먹을, 다나…… 여기 앉아 협박을 주고받는 게 무슨 소용이 있어? 내가 당신을 해치고 싶지 않은 만큼 당신이 날 해치고 싶어한다고도 믿지 않아."

나는 아무 말도 하지 않았다.

"싸우자고 데려온 게 아니라 날 위해 편지를 몇 통 써달라고 데려온 거야."

"편지?"

그는 고개를 끄덕였다. "실은 말이지, 나는 글을 쓰기가 싫어. 읽기는 그렇게 싫지 않은데 쓰기는 싫어."

"육 년 전에는 싫어하지 않았잖아."

"그때는 그럴 필요가 없었지. 답장을 바라는 사람이 여덟아홉 명씩 있지 않았거든. 그것도 당장 바라는 사람들 말이야."

나는 손에 쥔 펜을 비틀었다. "내 시대에서 이런 직업을 피하려고 얼마나 힘들게 일했는지 넌 절대 모를 거야."

그는 느닷없이 히죽 웃었다. "사실은 알아. 케빈이 말해줬어. 당신이 쓴 책에 대해서도 말했지. 당신 책 말이야."

"그이와 나는 책을 써서 생계를 잇고 있어."

"그래. 뭐, 당신이 그리워할지도 모른다고 생각했어. 자기 글을 쓰는 것 말이야. 그래서 내 편지만이 아니라 당신이 따로 쓸 종이까지 구해놨어."

나는 제대로 들은 건지 확신하지 못하고 그를 바라보았다. 이 시대에는 종이가 비쌌다고 읽었고, 직접 보기로도 톰 와일린은 절대로 종이를 많이 쌓아두는 일이 없었다. 하지만 지금 루퍼스의 제안은…… 지금 그는 무엇을 내미는 것일까? 뇌물? 또 다른 사과?

"뭐가 문제야? 내가 보기에는 이제까지 내가 한 어떤 제안보다 좋은데."

"그건 그렇지."

루퍼스는 종이를 준비하고 책상 앞에 내가 앉을 공간을 마련했다.

"루피, 또 누군가를 팔 거야?"

그는 머뭇거렸다. "그럴 일은 없었으면 좋겠어. 나도 그러고 싶지 않아."

"왜 생각만이야? 왜 그냥 안 하면 안 되고?"

다시 한 번의 머뭇거림. "아빠가 빚을 남겼어, 다나. 돈에 관해서라면 내가 아는 누구보다 조심스러운 사람이었는데도 말이야."

"하지만 농작물 소출로 메워지지 않아?"

"일부는 그렇지."

"그러면 어떻게 하려고?"

"생계로 글을 쓰는 사람을 데려다가 굉장히 설득력 있는 편지를 쓰게 해야지."

10

나는 루퍼스의 편지를 대필했다. 우선 그 시대의 과장된 형식을 이해하기 위해 루퍼스가 받은 편지를 몇 통 읽어야 했다. 루퍼스가 나의 20세기식 간결함 때문에 화가 난 채권자를 마주하는 일은 없어야 했다. 19세기에는 그런 간결함이 퉁명스러움으로, 심지어는 무례함으로 해석될 수도 있었다. 루퍼스는 무슨 말을 하고 싶은지 대충 알려준 다음, 내가 쓴 편지를 승인하거나 승인하지 않거나 했다. 보통은 승인했다. 그러고 나서 우리는 톰 와일린의 회계장부를 함께 검토했다. 나는 마거릿 와일린에게 돌아가지 않았다.

그리고 마거릿에게 종일 붙어 있어야 할 일도 없어졌다. 루퍼스는 밭에서 베스라는 어린 처녀를 데려와서 집안일을 돕게 했다. 그 덕분에 캐리는 마거릿과 시간을 더 보낼 수 있게 되었다. 나는 여전히 마거릿의 방에서 잤는데, 캐리는 최소한 밤만이라도 자기 가족과 함께 있어야 한다는 루퍼스의 생각에 동의했기 때문이었다. 그것은 마거릿이 잠을 이루지 못할 때 날 깨워서, 자기와 내가 잘 지내기 시작했을 때 루퍼스가 데려가버렸다고 투덜거리는 상황을 참아야 한다는 뜻이었다…….

"그 애가 네게 무슨 일을 시키는 거지?" 마거릿은 의심스러운 투로 몇 번이고 물었다.

나는 대답했다.

"그런 일이라면 직접 할 수 있을 텐데. 톰은 언제나 직접 처리했어."

나는 루퍼스도 직접 할 수 있으리라 생각했지만, 절대로 그 생각을 소리 내어 말하지는 않았다. 루퍼스는 그저 혼자 일하기를 싫어할 뿐이었다. 사실은 일하는 것 자체를 싫어했다. 하지만 그래도 해야 한다면, 누군가와 같이하고 싶어했다. 그중에서도 특히 나와 함께 있기를 얼마나 좋아하는지는, 어느 날밤에 약간 취해 들어온 루퍼스가 앨리스의 오두막에서 같이 저녁을 먹는 앨리스와 나를 찾아냈을 때 겨우 깨달을 수 있었다. 그는 시내에 사는 어느 가족과 식사를 하러 나갔었다. "치우고 싶은 딸이 있는 가족이겠지." 앨리스는 그렇게 말했다. 루퍼스가 결혼을 하면 자신의 삶이 훨씬 힘들어질 수 있다는 사실을 알면서도 별로 신경 쓰지 않는 말투였다. 루퍼스에게는 재산과 노예가 있었고, 보기에는 꽤 괜찮은 결혼 상대였다.

그는 집 안에서 우리를 찾지 못하자 앨리스의 오두막으로 왔다. 그는 문을 열고, 식탁에서 고개를 들고 자기를 쳐다보는 우리 둘을 보더니 행복하게 미소 지었다.

"이 여인을 보라." 그는 그렇게 말하더니 우리 둘을 번갈아 바라보았다. "너희는 사실 한 여자야. 그거 알고 있었어?"

그는 비틀거리며 가버렸다.

앨리스와 나는 서로를 마주 보았다. 나는 앨리스가 웃음을 터뜨릴 줄 알았다. 앨리스는 루퍼스를 비웃을 기회만 생기면 웃었으니까 말이다. 때릴 수도 있으니 면전에 대고 웃지는 않았지만······.

앨리스는 웃지 않았다. 몸서리를 치더니, 임신한 태가 나는 몸인 만큼 썩 우아하지는 않게 일어서서, 문밖으로 멀어지는 루퍼스의 뒷모습을 바라보았다.

그녀는 잠시 후에 물었다. "루피가 널 침대로 데려간 적 있어, 다나?"

나는 소스라쳤다. 앨리스의 솔직함은 여전히 나를 놀라게 했다. "아니. 루피는 나를 원하지 않고 나 역시 그를 원하지 않아."

앨리스는 한쪽 어깨 너머로 나를 돌아보았다. "네가 원하고 말고가 상관 있을 것 같아?"

나는 앨리스를 좋아했기 때문에 아무 말도 하지 않았다. 그리고 내가 내놓을 수 있는 어떤 대답도 앨리스에 대한 비난처럼 들릴 수 있었다.

"그거 알아? 네가 있으면 루피는 나에게 부드러워져. 네가 여기 있을 때는 나를 거의 때리지 않지. 그리고 절대로 너를 때리는 일도 없어."

"대신 다른 사람들이 날 때리게 하지."

"그렇다 해도…… 난 루피 말이 무슨 뜻인지 알아. 그는 침대 안에서는 나를, 침대 밖에서는 너를 좋아하지, 사람들 말을 믿는다면 우리는 꽤 비슷하게 생겼어."

"우리가 봐도 비슷하게 생겼지!"

"그렇겠지. 어쨌든 그건 우리가 같은 여자의 반쪽씩이라는 뜻이야. 적어도 루피의 미친 머릿속에서는."

ii

부디 이번에는 헤이거이기를 바라며 아기의 탄생을 기다리는 동안 시간은 천천히, 평온하게 흘러갔다. 나는 계속 루퍼스와 루퍼스 어머니를 도왔다. 계속 속기로 일기를 적었다. ("도대체 이 닭발 같은 건 뭐야?" 어느 날은 루퍼스가 내 어깨 너머로 일기를 보고 그렇게 묻기도 했다.) 글을 통해서라도 나나 다른 사람이 말썽에 휘말릴 걱정 없이 내 생각을 말할 수 있다는 것은 정말 큰 위안이었다. 비서 수업이 이제야 겨우 유용하게 쓰인 셈이었다.

옥수수 껍질 벗기는 일을 해보기도 했다. 경험 많은 밭 일꾼들이 즐기며 수월하게 속도를 내는 동안 내 느리고 서툰 손에는 물집이 잡혔다. 굳이 내가 함께할 이유는 없었지만, 루퍼스가 일에 도움이 될 위스키를 내리기도 해서 그런지 옥수수 껍질 벗기기는 잔치 같았고, 나에게는 잔치가 필요했다. 무엇이든 지루함을 덜어줄 일이, 관심을 다른 곳으로 돌려줄 일이 필요했다.

그래, 잔치였다. 아무도 '주인의 여자들', 즉 앨리스와 내가 있다는 이유로 기죽지 않는 거칠고 소란스러운 잔치였다. 작은 산처럼 쌓인 옥수수를 둘러싸고 내 근처에서 일하던 사람들은 내 손의 물집을 보고 웃었으며 나보고 초보 딱지를 떼고 있다고 했다. 술병이 돌았고, 나는 맛을 보다가 켁켁거려서 더 많은 웃음소리를 끌어냈다. 놀라울 정도로 친근한 웃음이었다. 근육이 엄청난 남자 하나는 나에게 벌써 임자가 있어서 아깝다고 말했고, 그 덕분에 나는 여자 셋에게 적대적인 시선을 받아야 했다. 일이 끝난 후에는 먹을 것이 쏟아졌다. 닭고기, 돼지고기, 채소, 옥수수빵, 과일…… 밭 일꾼들이 지겹도록 보던 청어와 옥수수 죽보다 훨씬 나은 음식들이었다. 그렇게 훌륭한 식사를 제공한 생색을 내려고 루퍼스가 나왔고, 사람들은 그가 원하는 찬사를 바쳤다. 그리고 그의 등 뒤에서는 심한 농담을 던졌다. 이상하게도 그들은 루퍼스를 좋아하는 것 같았고, 업신여기면서도 무서워했다. 그런 모습은 혼란스러웠다. 나도 루퍼스에 대해 그들과 똑같이 뒤섞인 감정을 느꼈기 때문이다. 그와 나의 관계가 워낙 이상하기 때문에 내 감정도 복잡한 줄 알았다. 그러나 생각해보면 어떤 종류의 예속이든 이상한 관계를 형성하기 마련이었다. 잠시 나타난 것만으로, 모순 없이 미움과 두려움만 불러일으킨 사람은 감독관뿐이었다. 하지만 원래 주인이 손을 더럽히지 않는 동안 미움과 두려움을 사는 것이 감독관의 일이기도 했다.

시간이 조금 지나자 젊은이들은 쌍쌍으로 사라지기 시작했다. 나이가 더 있는 사람들은 먹고 마시거나, 노래하거나, 이야기를 하다 말고 젊은이들에게 불만스러운 눈빛을 보내거나, 이해하고 그리워하는 눈빛을 보냈다. 나는 케빈이 그리웠다. 그날 밤에는 잠을 제대로 잘 수 없을 것 같았다.

크리스마스에도 잔치가 있었다. 춤과 노래가 있었고, 세 쌍이 결혼했다.

"아빠는 옥수수 껍질을 벗기는 때나 크리스마스 때까지 결혼을 미루게 하곤 했지." 루퍼스는 나에게 말했다. "결혼을 할 때는 잔치를 벌이고 싶어하니까, 잔치를 합쳐서 치른 거야."

"몇 푼이라도 줄일 수 있다면 뭐든 했겠지." 나는 무뚝뚝하게 말했다.

그는 나를 흘긋 보았다. "아빠가 돈을 낭비하지 않아서 다행인 줄 알아. 급전이 필요해지면 속상할 사람은 당신이니까."

그제야 경각심을 되찾은 나는 입을 다물었다. 루퍼스는 아직까지 다른 사람을 팔지 않았다. 수확은 좋았고 빚쟁이들은 참을성이 있었다.

"같이 빗자루를 뛰어넘고 싶은 사람이라도 찾았어?" 루퍼스
가 물었다.

깜짝 놀라서 쳐다보았지만, 루퍼스는 진지한 얼굴이 아니었
다. 그는 노예들이 밴조 음악에 맞추어 절을 하고 짝을 바꾸어
춤추는 모습을 웃으면서 지켜보고 있었다.

"찾아냈다면 어떻게 하려고?" 나는 물었다.

"팔아야지." 미소는 그대로였지만, 그 안에 웃음기는 없었
다. 나는 루퍼스가 나와 춤을 추려고 했던 덩치 큰 근육질 남
자를 바라보고 있음을 알아차렸다. 옥수수 껍질을 벗길 때 나
에게 말을 건 그 사람이었다. 세라를 통해 다시는 나에게 말을
걸지 말라고 전해야 했다. 그에게는 별 뜻이 없었겠지만, 루퍼
스가 화가 난다면 별 뜻 없었다는 말로는 그를 구할 수 없을
터였다.

"나에게 남편은 하나로 충분해." 내가 말했다.

"케빈?"

"당연히 케빈이지."

"멀리 떨어져 있잖아."

그의 말투에는 있어서는 안 될 무엇인가가 담겨 있었다. 나
는 몸을 돌려 루퍼스를 마주했다. "바보 같은 소리 하지 마."

루퍼스는 소스라치더니 누가 듣지 않았나 싶어서 얼른 주위

를 둘러보았다.

"입 조심해." 그가 말했다.

"네 입이나 조심해."

그는 발끈해서 걸어가버렸다. 우리는 최근 들어서 같이 일하는 시간이 너무 많았다. 특히 앨리스가 임신 후기에 들어서면서 더 그랬다. 앨리스가 나에게 다른 일거리를, 그러니까 정기적으로 루퍼스 옆을 떠날 수 있는 일을 만들어줘서 얼마나 고마운지 몰랐다. 크리스마스 휴가 기간 중에 앨리스가 루퍼스를 설득해서 내가 둘의 아들인 조에게 읽고 쓰기를 가르치게 했던 것이다. 앨리스는 나에게 말했다. "그게 내가 받은 크리스마스 선물이야. 나보고 뭘 갖고 싶냐고 묻기에, 내 아들이 무식하지 않았으면 좋겠다고 했지. 그러겠다고 할 때까지 일주일 내내 싸워야 했지 뭐야!"

그래도 결국 루퍼스는 승낙했고, 조는 매일 나에게 찾아와서 루퍼스가 사준 석판에 크고 서툴게 글자를 쓰고, 루퍼스가 썼던 책으로 간단한 단어와 시를 읽었다. 하지만 루퍼스와 달리 조는 배움을 지겨워하지 않았다. 오히려 즐거움을 위해 펼쳐진 퍼즐, 좋아하는 퍼즐을 풀듯이 수업에 매달렸다. 수업에 얼마나 몰두하는지, 이해가 가지 않는 부분이 있으면 소리를 지르고 발버둥을 칠 정도였다. 그러나 조가 이해하지 못하는 부분은 많지 않았다.

나는 루퍼스에게 말했다. "넌 굉장히 똑똑한 자식을 뒀어. 자랑스러워해야 할 일이야."

루퍼스는 놀란 얼굴이었다. 그 몸집 작은 코흘리개 아이에게 특별한 구석이 있을지도 모른다는 생각은 해본 적도 없는 듯했다. 그는 평생 동안 자기 아버지가 흑인 여자들과의 사이에서 낳은 아이들을 무시하고, 심지어는 팔아버리기까지 하는 모습을 지켜보았다. 보아하니 그런 전통을 깨야 한다는 생각은 해보지 않은 모양이었다. 그전까지는.

그는 비로소 아들에게 관심을 두기 시작했다. 처음에는 호기심에 불과했겠지만, 조는 루퍼스를 사로잡았다. 한번은 둘이 서재에 있는 모습을 보기도 했는데, 조는 루퍼스의 무릎에 앉아서 루퍼스가 막 집에 가져온 지도를 자세히 들여다보고 있었다. 지도는 루퍼스의 책상 위에 펼쳐져 있었다.

"이게 우리 강이에요?" 조가 물었다.

"아니, 이건 북동쪽에 있는 마일즈 강이야. 이 지도에 우리 강은 나오지 않아."

"왜요?"

"너무 작아서."

"뭐가요?" 조는 루퍼스를 올려다보았다. "우리 강이요, 이 지도가요?"

"둘 다인 것 같구나."

"그럼 우리가 그려넣어요. 우리 강은 어디 있어요?"

루퍼스는 머뭇거렸다. "여기 어디쯤이야. 하지만 우리가 그려넣을 필요는 없어."

"왜요? 지도가 제대로면 좋지 않아요?"

내가 소리를 내자 루퍼스는 나를 쳐다보았다. 잠시 동안이지만 그는 부끄러워하는 것 같았다. 그는 얼른 아이를 내려놓고 손짓해서 쫓아보냈다.

"계속 질문만 한다니까." 루퍼스는 나에게 불평했다.

"즐겁게 받아들여, 루피. 그래도 조는 마구간에 불을 지르거나 물에 빠져 죽으려고 하지는 않잖아."

그는 웃음을 참지 못했다. "앨리스도 그런 말을 했지." 그는 얼굴을 살짝 찌푸렸다. "앨리스는 조를 풀어주길 원해."

나는 고개를 끄덕였다. 앨리스는 이미 나에게도 아들을 자유민으로 만들어달라고 부탁할 작정이라는 말을 했다.

"당신이 그러라고 부추겼겠지."

나는 루퍼스를 응시했다. "루피, 이 집에 결단력이 있는 사람이 있다면 바로 앨리스야. 나는 아무것도 부추기지 않았어."

"흠…… 다른 문제에 대해서도 결단을 내려야 할 텐데."

"뭐?"

"아무것도 아니야. 그저 앨리스가 원하는 것을 얻으려면 대가가 있어야 한다는 뜻이야."

그 이상은 캐낼 수 없었다. 결국 루퍼스가 무엇을 원하는지에 대해서는 앨리스가 말해주었다.

"내가 자기를 좋아하길 바라는 거야." 앨리스는 심한 경멸을 담아서 말했다. "아니면 자기를 사랑하기까지 바랄지도 모르지. 내가 좀 더 너처럼 되길 바랄걸!"

"장담하는데 그건 아니야."

앨리스는 눈을 감았다. "그 사람이 뭘 원하든 상관없어. 그렇게 해서 내 자식들을 풀어줄 거라고 생각했다면 나도 그렇게 해볼 거야. 하지만 루피는 거짓말만 해! 게다가 종이에 적어주지도 않을 거야."

"루피는 조를 좋아해. 좋아할 수밖에 없지. 조는 피부색이 조금 어둡다 뿐이지 그 나이 때 루피와 똑같잖아. 어쨌든 루피가 알아서 조를 풀어줄 수도 있어."

"그러면 이 아이는?" 앨리스는 자기 배를 두드렸다. "그리고 다른 아이들은? 분명히 아이는 또 생길 텐데."

"모르겠다. 내가 가능할 때마다 압력을 넣어볼게."

"다시 임신하기 전에 조를 데리고 도망쳤어야 했어."

"아직도 도망칠 생각을 하고 있어?"

"자유로워질 방법이 달리 없다면 너는 그러지 않겠어?"

나는 고개를 끄덕였다.

"여기에서 내 아이들이 노예로 자라고 팔리는 모습을 보면서 평생을 보낼 생각은 없어."

"설마 그런 일은……."

"넌 루피가 무슨 짓을 할지 몰라! 너는 나처럼 대하지 않으니까. 이 아이를 낳고 다시 건강해지면 난 떠날 거야."

"아기를 데리고?"

"내 아이를 여기에 두고 갈 거라고 생각하진 않겠지?"

"하지만…… 어떻게 해낼 수 있을지 모르겠어."

"이젠 나도 아이작과 같이 도망쳤을 때보다 많이 알아. 해낼 수 있어."

나는 숨을 깊이 들이마셨다. "그때가 오면, 내가 도울 수 있다면 도울게."

"아편제를 한 병 구해줘." 앨리스가 말했다.

"아편제라니!"

"아기를 조용히 시켜야 할 테니까. 노마님이 나는 가까이 가지도 못하게 하겠지만, 너는 좋아하지. 구해다줘."

"알았어." 마음에 들지는 않았다. 앨리스가 갓난아기와 어린 아이를 데리고 도망치려고 한다는 것도 마음에 들지 않았고, 도망치려고 한다는 것 자체도 탐탁지 않았다. 하지만 앨리스 말이 옳았다. 내가 그런 처지였다면 도망치려고 했을 것이다. 더 일찍 시도했다가 더 일찍 죽었겠지만, 나라면 홀몸이었을 때 도망쳤을 것이다.

"이 문제는 좀 더 오래 생각해봐. 아편제든 뭐든 내가 구해줄 수 있는 건 다 구해주겠지만, 그래도 생각은 해봐."

"벌써 생각했어."

"충분히 생각하지는 않았지. 이런 말을 해선 안 되겠지만, 걔들이 조를 덮치거나, 너를 쓰러뜨리고 아기를 붙잡으면 무슨 일이 일어날지 생각해봐."

12

아기는 여자아이였고, 이듬해 둘째 달에 태어났다. 엄마 쪽을 더 닮은 아이였다. 조는 아마 평생토록 그 정도로 피부색이 어두워질 일이 없을 터였다.

"날 닮은 아이를 낳을 때도 됐지." 앨리스가 아기를 보고 말했다.

"그래도 빨간 머리일 수도 있었을 텐데." 루퍼스가 말했다. 루퍼스도 그 자리에서 주름진 아기의 작은 얼굴을 들여다보았고, 땀범벅이 되어 지친 앨리스의 얼굴은 더 걱정하는 눈으로 보고 있었다.

나는 처음으로 앨리스가 루퍼스에게 미소 짓는 모습을 보았다. 냉소도, 조소도 아닌 진짜 미소였다. 그 미소를 본 루퍼스는 몇 초 동안 말을 잇지 못했다.

출산을 도운 사람은 캐리와 나였다. 우리는 입을 다물고 조용히 있었는데, 아마 둘 다 같은 생각을 했을 것이다. 앨리스와 루퍼스가 드디어 화해할 분위기라면 그 분위기를 깨뜨리고 싶지는 않다는 생각을.

그들은 아기에게 헤이거라는 이름을 붙였다. 루퍼스는 그렇게 흉한 이름은 들어본 적이 없다고 했지만, 앨리스의 선택이었기에 그대로 넘어갔다. 나는 그렇게 아름다운 이름은 처음 듣는다고 생각했다. 거의 자유의 몸이 된 기분이었다. 반은 자유의 몸이 되어 반은 집으로 간 기분이었다. 처음에는 마냥 기뻤고, 몰래 우쭐대기도 했다. 심지어 앨리스에게 자식들의 이름 선택을 두고 농담을 하기도 했다. 조셉과 헤이거. 그리고 소리 내어 말하지는 않았지만 죽은 두 아이의 이름, 미리암과 아론도 생각했다. "언젠가 루퍼스가 종교적인 사람이 되어서 성경을 읽으면 아이들 이름에 대해 의심스러워할지도 몰라."

앨리스는 어깨를 으쓱였다. "헤이거가 남자애였다면 이스마엘이라고 불렀을 거야. 성경에 나오는 사람들은 한동안 노예로 살았지만 평생 노예로 살 필요는 없었지."

기분이 너무 좋았던 나머지 나는 웃음을 터뜨릴 뻔했다. 그러나 앨리스는 이해하지 못할 터였고, 나는 설명할 수 없었다. 어째서인지 나는 그 문제를 혼자 간직했고, 노예들이 자유를 얻는 곳이 성경만은 아니라는 사실을 혼자 축하했다. 앨리스가 고른 이름들은 상징에 불과했지만, 나에게는 그 이름들이 자유가 가능하고, 유망하며, 심지어는 아주 가까이 있다는 증거였다.

아니, 과연 그랬던가?

나는 서서히 마음을 가라앉혔다. 그래, 우리 가족의 존재 위험은 지나갔다. 헤이거는 태어났다. 그러나 나 개인의 위험은…… 나 개인에 대한 위험은 여전히 걸어다니고 말을 했으며 때로는 저녁때 오두막집에서 헤이거를 돌보는 앨리스와 함께 앉아 있기도 했다. 몇 번은 나도 그들과 함께 있었는데, 방해자가 된 기분이었다.

나는 자유의 몸이 아니었다. 앨리스나 앨리스가 이름 붙인 아이들이 자유롭지 않듯이 나도 자유롭지 않았다. 앨리스는 어느 날 저녁에 혼자 있는 나를 잡더니 자기 오두막으로 끌고 들어갔다. 잠든 헤이거 말고는 아무도 없었다. 조는 바깥에서 억센 아이들에게 상처와 멍을 얻고 있었다.

"아편제는 구했어?" 앨리스가 말했다.

나는 어둑어둑한 집 안에서 앨리스를 응시했다. 루퍼스가 양초를 넉넉하게 대주었지만 그 순간에는 조명이라고는 창문으로 새어드는 빛과 냄비 두 개를 끓이는 약한 불밖에 없었다. "앨리스, 정말 아직도 그걸 원해?"

앨리스가 얼굴을 찌푸렸다. "당연하지! 원하고말고! 대체 왜 이래?"

나는 약간 애매한 태도를 취했다. "너무 이르잖아…… 아기가 태어난 지 몇 주밖에 안됐는데."

"그걸 구해다줘야 내가 원할 때 떠날 수 있지!"

"구해뒀어."

"그러면 줘!"

"빌어먹을, 앨리스, 서두르지 마! 루퍼스에게 지금 같은 식으로만 하면 네가 원하는 건 뭐든 얻어내고 그걸 즐기면서 살수 있잖아."

놀랍게도, 앨리스는 돌같이 무표정하던 얼굴을 일그러뜨리더니 울기 시작했다. "루퍼스는 우리 둘 다 절대로 놓아주지 않을 거야. 더 주면 줄수록 더 원할 뿐이야." 앨리스는 말을 멈추고 눈물을 닦더니 가만히 덧붙여 말했다. "난 아직 떠날 수 있을 때 가야해. 내가 사람들이 말하는 그대로의 여자가 되기 전에." 앨리스는 나를 쳐다보더니, 너무나 루퍼스와 닮은 행동을 했다. 두 사람 다 깨닫지 못했겠지만 말이다. 쓰라린 말을 한 것이다. "난 너처럼 되기 전에 떠나야 해!"

언젠가 세라가 나를 추궁하면서 말한 적이 있었다. "왜 걔가 그 따위로 말하게 놔둬? 다른 사람한테 그렇게 말했다간 무사히 넘어가지 못할 텐데."

나는 이유를 몰랐다. 어쩌면 죄책감 때문이었으리라. 모든 상황에도 불구하고 내 삶은 앨리스의 삶보다 나았다. 어쩌면 앨리스의 독설을 받아줌으로써 그 점을 벌충하려 했는지도 모른다. 그러나 무엇에든 한계는 있었다.

"앨리스, 내 도움이 필요하거든 입 조심해!"

"네 입이나 조심해." 앨리스는 내 흉내를 냈다.

나는 경악해서 앨리스를 응시했다. 그녀가 정확히 언제 그 말을 엿들었을지 알았다.

"내가 루퍼스에게 너처럼 말했다면 날 헛간에 매달았을걸." 앨리스가 말했다.

"계속 나에게 그런 식으로 말하면 루퍼스가 너에게 무슨 짓을 하든 신경 쓰지 않을 거야."

앨리스는 아무 말 없이 한참 동안 나를 바라보았다. 그러더니 결국 미소를 지었다. "신경 쓸걸. 그리고 날 도와줄 거야. 그렇지 않으면 넌 스스로를 하얀 검둥이로 보아야 할 테고, 그건 참을 수 없을 테니까."

루퍼스는 내게 엄포대로 해보라고 대든 적이 없었다. 앨리스는 자동으로 대들었다. 실제로 내게는 엄포뿐이었기 때문에, 앨리스는 아무 해도 입지 않았다. 나는 일어나서 걸어나갔다. 뒤에서 웃음소리가 들린 듯했다.

며칠 후, 나는 앨리스에게 아편제를 넘겼다. 같은 날 늦은 시각에 루퍼스는 조가 조금 더 크면 북부에 있는 학교에 보내겠다는 이야기를 꺼냈다.

"조를 자유민으로 만들 생각이야, 루피?"

그는 고개를 끄덕였다.

"잘됐네. 앨리스에게 말해줘."

"그럴 기회가 오면."

나는 루퍼스와 언쟁을 벌이지 않았다. 그 대신 내가 직접 말했다.

앨리스는 이렇게 반응했다. "루퍼스가 무슨 말을 하는지는 중요하지 않아. 루퍼스가 자유 증서라도 보여줬어?"

"아니."

"루퍼스가 자유 증서를 보여준다면, 그리고 네가 그 내용을 나에게 읽어준다면, 그때는 나도 믿을지 모르지. 말해두는데 그놈은 이 아이들을 말에게 물리는 재갈처럼 쓰고 있어. 난 재갈을 물고 사는 데 신물이 나."

나는 앨리스를 비난하지 않았다. 그래도 여전히 앨리스가 도망치기를 바라지는 않았다. 앨리스가 조와 헤이거를 위험에 몰아넣는 사태를 바라지 않았다. 욕이 나오지만, 앨리스 본인이 위험해지는 사태도 바라지 않았다. 다른 곳, 다른 상황에서라면 나도 앨리스를 싫어했을지 모른다. 그러나 이곳에는 우리를 묶어주는 공통의 적이 있었다.

13

나는 앨리스가 떠나는 모습을 보고, 이번에는 앨리스가 자유를 찾을 수 있을지 알게 될 때까지 와일린 농장에 머물 계획이었다. 앨리스에게 초여름이 가기 전까지 기다리라고 했다. 나도 그때까지는 기다려보고 나서, 나를 집으로 보내줄지도 모르는 위험한 수법을 시도해보리라 각오했다. 집이 그리웠고 케빈이 그리웠으며 마거릿 와일린의 방바닥과 앨리스의 입놀림이 지긋지긋했지만, 그래도 몇 달은 더 기다릴 수 있었다. 기다릴 수 있다고 생각했다.

루퍼스에게 나이절의 큰아들과 둘째 아들, 그리고 식탁 시중을 드는 아이들 둘을 조와 함께 가르치게 해달라고 했다. 놀랍게도 아이들은 수업을 좋아했다. 내가 그 나이 또래였을 때에는 학교를 좋아한 기억이 별로 없었다. 루퍼스도 그 수업을 좋아했는데, 내 말대로 조가 똑똑했기 때문이었다. 똑똑하고 경쟁심도 있었다. 조는 다른 아이들보다 유리하게 출발했고, 그 유리한 자리를 잃을 생각이 없었다.

"너는 왜 배움에 대한 자세가 조 같지 않았을까?" 루퍼스에게 물었다.

"성가시게 굴지 마." 그는 중얼거렸다.

이웃 사람들 몇 명이 내가 하는 일을 알고는 루퍼스에게 자상한 충고를 했다. 그들은 노예를 교육하는 것은 위험하다고 경고했다. 교육받은 흑인들은 노예제에 불만을 품는다고, 밭일을 망친다고 말이다. 감리교 목사는 교육이 흑인을 반항적으로 만들고, 주님께서 허락하신 것 이상을 원하게 만든다고 했다. 또 어떤 남자는 노예교육은 불법이라고도 했다. 루퍼스가 확인해보고 메릴랜드에서는 불법이 아니라고 대꾸하자 그는 불법이어야 마땅하다고 말했다. 그런 온갖 이야기들. 루퍼스는 그런 말들을 얼마나 믿는지 말하는 법도 없이 무시해버렸다. 내게는 그의 지지만으로 충분했고, 학교는 계속되었다. 앨리스가 그를 계속 행복하게 해주고 있다는 느낌이 들었다. 그리고 마침내 그 과정에서 본인도 조금씩 즐겼는지도 모른다. 앨리스가 했던 말을 통해, 그것이야말로 앨리스가 제일 무서워하는 일이고, 농장을 떠나려는 이유자, 나에게 심한 말을 해대는 이유라고 생각했다. 죄책감에 대한 반응이었다.

그러나 앨리스는 기다리면서 자기 재량을 이용하기도 했다. 나는 마음을 놓고, 남는 시간이면 집으로 돌아갈 방법을 생각해보려고 했다. 다시는 다른 사람의 우연한 폭력, 내가 원하는 것보다 더한 효과를 발휘할 수 있는 폭력에 의지하고 싶지 않았다.

그러다가 샘 제임스가 부엌채 밖에서 나를 멈춰 세우면서 나의 자기만족도 끝났다.

그는 부엌채 문 옆에서 나를 기다리고 있었다. 덩치 큰 젊은 이였다. 처음에는 나이절로 잘못 보았다가, 뒤늦게 알아보았다. 세라가 이름을 말해준 적이 있었다. 옥수수 껍질을 벗길 때, 그리고 크리스마스 때 다시 나에게 말을 건 그 남자였다. 그 후에는 세라가 나 대신 자제를 당부했고 샘은 다른 말을 하지 않았다. 이제까지는.

"난 샘이라고 해요. 크리스마스 때 기억나요?"

"기억해요. 하지만 세라가 말한 줄 알았는데……."

"했죠. 저기, 그런 거 아니에요. 그냥 혹시 내 동생들에게도 읽기를 가르쳐줄 수 있나 보려고요."

"당신의…… 아. 몇 살이죠?"

"여동생은 당신이 지난번에 여기 왔을 때 태어났고…… 남동생은, 그전 해에 태어났죠."

"허락을 얻어야 해요. 며칠 후에 세라에게 물어보고, 나한테는 다시 찾아오지 말아요." 나는 루퍼스가 이 남자를 보았을 때 지었던 표정을 생각했다. "내가 지나치게 조심하는지도 모르지만, 당신이 나 때문에 곤란해지지는 않았으면 좋겠어요."

그는 한참동안 살피는 듯한 눈초리로 나를 보았다. "그 백인과 같이 있고 싶어요, 아가씨?"

"내가 다른 곳에 있다면 여기 있는 흑인 아이들은 아무도 아무것도 배우지 못하겠죠."

"그런 뜻이 아닌데요."

"아니, 그런 뜻이 맞아요. 다 같은 문제의 일부분이에요."

"어떤 친구들 말로는……."

"가만." 갑자기 화가 났다. "'어떤 친구들' 말은 듣고 싶지 않네요. 그 '어떤 친구들'은 파울러가 매일 자기들을 밭에 몰아넣고 노새처럼 일을 시키도록 놓아두죠."

"놓아둔다고……?"

"놓아두는 거죠! 등가죽을 지키고 숨 쉬고 살자고 하는 짓이잖아요. 온전한 몸으로 살아남으려고 하기 싫은 일을 해야 하는 게 그 작자들만은 아니라고요. 이제 '어떤 친구들'에게 그게 왜 그렇게 이해하기 힘든지 말해줄래요?"

샘은 한숨을 내쉬었다. "나도 그렇게 말했어요. 하지만 당신이 그래도 자기들보다는 나으니까, 질투하는 거예요." 그는 다시 한 번 살피는 눈으로 한참이나 나를 보았다. "난 아직도 당신에게 벌써 임자가 있어서 아깝다고 생각해요."

나는 씩 웃었다. "썩 꺼져요, 샘. 밭 일꾼만 질투할 줄 아는 건 아니거든요."

샘은 갔다. 그게 다였다. 무해한, 그야말로 무해한 대화였다. 그러나 사흘이 지나자, 노예상이 샘을 사슬에 묶어 어딘가로 끌고 갔다.

루퍼스는 나에게 한마디도 하지 않았다. 어떤 비난도 하지 않았다. 마거릿 와일린의 방 창문을 내다보았다가 노예행렬을 보지 못했다면 샘이 팔려간 줄도 몰랐을 것이다.

나는 마거릿에게 급조한 거짓말을 늘어놓고 방 밖으로, 계단을 내려가 문밖으로 뛰쳐나갔다. 나는 루퍼스에게 부딪혀 곤두박질쳤고, 나를 잡아 세우는 루퍼스의 손길을 느꼈다. 뎅기열의 후유증을 다 떨쳐버린 그의 손아귀 힘은 무서웠다.

"집 안으로 들어가!" 그는 듣기 싫은 목소리로 말했다.

루퍼스 뒤로 사슬 행렬에 묶여 들어가는 샘이 보였다. 몇 걸음 떨어진 곳에서 사람들이 큰 소리로 울부짖고 있었다. 여자 둘과 남자아이 하나, 여자아이 하나. 샘의 가족이었다.

나는 필사적으로 매달렸다. "루피, 이러지 마. 이럴 필요가 없어!"

그는 나를 문쪽으로 떠밀었고 나는 악착같이 맞섰다.

"루피, 제발! 샘은 자기 동생들에게 글을 가르쳐달라고 부탁하러 온 거야. 그게 다야!"

벽에 대고 말하는 느낌이었다. 내가 겨우 그에게서 잠시 몸을 떼어냈을 때 울고 있던 여자들 중 젊은 쪽이 나를 보았다.

"이 창녀!" 여자는 빽 소리를 질렀다. 그녀는 노예행렬에는 가까이 다가갈 수 없었지만, 나에게는 다가왔다. "이 쓸모없는 검둥이 창녀야, 왜 우리 오빠를 가만히 내버려두지 못한 거야!"

그녀는 나를 공격했을 것이다. 그리고 밭 일꾼으로 힘든 일에 다져진 만큼, 자기 성에 찰 만큼 나를 때릴 수 있었을 것이다. 그러나 루퍼스가 우리 둘 사이에 끼어들었다.

"일터로 돌아가, 샐리!"

그녀는 움직이지 않았다. 더 나이 든 여자, 아마도 어머니일 여자가 다가와 끌어당기기 전에는 가만히 서서 루퍼스를 노려보기만 했다.

나는 루퍼스의 손을 잡고 작은 소리로 말했다. "제발, 루피. 이런 짓을 하면 넌 네가 유지하려는 걸 부수게 될 거야. 제발 하지……."

그는 나를 때렸다.

처음이었고, 전혀 예상하지 못한 일이었기 때문에 나는 비틀거리면서 뒷걸음치다 쓰러지고 말았다.

그것은 실수였다. 우리 사이에 맺어진 암묵적인 협정, 아주 기본적인 협정을 깨뜨리는 일이었고 루퍼스도 그것을 알았다.

나는 분노와 배신감 속에서 루퍼스를 바라보며 천천히 일어났다.

"집 안에 들어가 있어." 루퍼스가 말했다.

나는 등을 돌리고 부엌채로 들어갔다. 일부러 명령을 무시했다. 노예상이 하는 말이 들렸다. "저것도 파셔야겠구먼. 골칫거리야!"

부엌채에서 물을 끓였다. 뜨겁지는 않게, 따듯한 정도로만 데웠다. 그런 다음 대야에 그 물을 담아서 다락방으로 들고 올라갔다. 다락방은 더웠고, 깔려 있는 잠자리들과 구석에 놓인 내 가방을 빼면 텅 비어 있었다. 나는 구석으로 가서 소독제로 칼을 씻은 다음, 가방줄을 어깨에 걸었다.

그리고 따듯한 물 속에서 손목을 그었다.

밧줄
The Rope

i

어둠 속에서 깨어나서 몇 초 동안 가만히 누운 채 내가 어디에 있는지, 언제 잠들었는지 생각해내려 했다.

믿을 수 없을 만큼 부드럽고 편안한 데 누워 있었다…….

내 침대. 집. 케빈?

옆에서 규칙적인 숨소리가 들렸다. 일어나 앉아서 램프를 켜려고 손을 뻗었다. 아니, 그러려고 했다. 일어나 앉기만 해도 현기증이 났다. 순간 집을 제대로 보지도 않았는데 루퍼스가 다시 끌어당기는 줄 알았다. 그러다가 손목에 붕대가 감겨 있고 쿡쿡 쑤신다는 사실을 깨달았다. 그리고 내가 무슨 짓을 했는지 기억해냈다.

케빈 옆의 램프가 켜졌고, 턱수염은 없어졌지만 덥수룩한 회색 머리는 다듬지 않은 그의 모습을 볼 수 있었다.

나는 다시 누워서 기분 좋게 케빈을 올려다보았다. "당신 참아름다워. 예전에 본 앤드류 잭슨의 영웅적인 초상화를 조금닮기도 했고."

"그럴 리가. 그 사람은 꼬챙이처럼 삐쩍 말랐어. 내가 직접봤다고."

"하지만 내가 말한 영웅적인 초상화는 못 봤지."

"도대체 어쩌다가 손목을 다쳤어? 출혈로 죽을 수도 있었어! 설마 직접 그은 거야?"

"응. 그래서 집에 올 수 있었어."

"더 안전한 방법이 있었을 텐데."

나는 조심스럽게 손목을 문질렀다. "죽음 직전에 이르는 안전한 방법은 없어. 수면제는 무서웠어. 혹시…… 혹시 죽고 싶어지면 죽을 수 있게 챙겨간 수면제인데, 집에 오려고 그걸 썼다가는 당신 앞에서 죽거나, 어느 의사가 나에게 무슨 문제가있는지 알아낼까 봐 겁이 났어. 아니면 죽지는 않더라도 소름끼치는 부작용이 남을지도 모르잖아. 괴저°라든가."

"알겠어." 케빈은 잠시 후에 말했다.

"붕대는 당신이 감았어?"

"내가? 아니, 나 혼자 처리하기에는 너무 심각한 일이라고

° 산소 공급이 되지 않아 조직이 썩는 증상.

생각했어. 최대한 출혈을 멈추고 나서 루 조지를 불렀지. 그 친구가 감았어." 루 조지는 케빈이 글을 쓰다가 만난 의사 친구였다. 케빈이 어떤 기사 때문에 조지를 인터뷰하면서 만났는데, 두 사람 다 서로를 마음에 들어했다. 그들은 함께 논픽션 책을 쓰기로 했다.

"루 말로는 용케 양쪽 팔 다 동맥은 피했다는군. 피부만 긁은 정도라고 했어."

"피가 그렇게 많이 났는데!"

"많이 나지 않았어. 아마 겁에 질려서 깊이 긋지 못했겠지."

나는 한숨을 내쉬었다. "음…… 내가 그렇게 심한 상처를 입히지 못했다니 기뻐해야겠지. 집에 돌아온 이상."

"정신과 상담의를 만나보는 건 어때?"

"누구를…… 농담해?"

"나는 농담이지만, 루는 농담이 아니었어. 당신이 이런 짓을 하고 있다면 도움을 받아야 한다는군."

"이런 맙소사. 그래야 하나? 내가 무슨 거짓말을 해야 할지 생각해봐!"

"아니, 이번에는 그러지 않아도 될 거야. 루는 친구니까. 하지만 또 그러면…… 좋든 싫든 정신과 치료병동에 갇힐 수도 있어. 법은 당신 같은 사람들이 자신을 해치지 못하게 지켜주려고 애쓰거든."

나도 모르게 웃음을 터뜨렸다. 우는 것 같은 웃음이었다. 나는 케빈의 어깨에 머리를 기대고, 어느 정신병원에서 보내는 몇 시간이 몇 달의 노예생활보다 나쁠 수 있을까 생각했다. 그럴 것 같지 않았다.

"이번에는 얼마나 오래 떠나 있었어?" 나는 물었다.

"세 시간쯤. 당신에게는 얼마 동안이었는데?"

"여덟 달."

"여덟……." 그는 나를 끌어안았다. "손목을 그은 것도 당연하군."

"헤이거가 태어났어."

"태어났어?" 잠시 침묵이 흐르고. "그게 어떤 의미일까?"

나는 불편하게 몸을 비틀다가 손목에 압력을 가하고 말았다. 갑작스러운 통증에 헉 소리가 났다.

"조심해. 가끔은 자기 몸을 소중히 다뤄줘."

"가방은 어디 있어?"

"여기." 그는 담요를 당겨서 내 몸에 단단히 묶여 있는 데님 가방을 보여주었다. "어떻게 할 거야, 다나?"

"모르겠어."

"지금 그 녀석은 어때?"

그 녀석. 루퍼스. 그가 내 삶에 단단히 정착해버린 탓에 이름을 말할 필요조차 없었다. "아버지가 죽었어. 지금은 직접 농장을 운영해."

"잘해?"

"모르겠어. 노예를 소유하고 거래할 때 어떻게 해야 잘하는 걸까?"

"잘하진 못하는군." 케빈은 판단을 내렸다. 그는 일어서서 부엌으로 갔다가 물 한 잔을 들고 돌아왔다. "먹고 싶은 건 없었어? 사다줄 수 있는데."

"배 안 고파."

"그놈이 당신에게 무슨 짓을 했길래 손목을 그은 거야?"

"내게는 아무 짓도 하지 않았어. 중요하다고 할 만한 일은 없었지. 그럴 필요까지는 없었는데 한 남자를 가족에게서 떼어내 팔아버렸어. 내가 반대하자 날 때렸고. 자기 아버지만큼 냉혹한 남자가 되지 않을지는 몰라도, 역시 그 시대 남자야."

"그렇다면…… 당신 앞에 놓인 결정도 어렵지는 않아 보이는데."

"하지만 어려워. 캐리와 이야기해본 적이 있는데, 캐리 말이……."

"캐리?" 그는 이상한 눈으로 나를 보았다.

"그래. 캐리 말이…… 아. 캐리도 자기 생각은 전할 수 있어, 케빈. 그 집에 그만큼 오래 있었으면서 몰랐어?"

"나에게 뭘 전하려고 한 적이 없었어. 난 캐리가 조금 정신지체가 아닌가 생각했지."

"세상에, 아니야! 정신지체와는 거리가 멀어. 캐리를 조금만 알게 되어도 그런 의심은 하지 않을 거야."

케빈은 어깨를 으쓱였다. "뭐, 어쨌든 캐리가 무슨 말을 했다고?"

"내가 루퍼스가 죽게 내버려두면, 모두가 다 팔려간다고 했어. 더 많은 가족이 찢어지게 된다고. 지금 캐리에게는 아이가 셋 있어."

케빈은 몇 초 동안 침묵했다. "아이들이 어리다면 함께 팔려갈 수도 있겠지. 하지만 남편과 함께 지내게 해주려고 신경 쓸 사람은 없어. 누군가가 사서 새로운 남자에게 붙여줄 거야. 당신도 알겠지만, 그건 결혼이 아니라 교배야."

"그래. 그러니 당신도 알겠지, 내 결정은 당신 생각만큼 쉽지 않아."

"하지만…… 어차피 지금도 팔고 있잖아."

"모두는 아니야. 맙소사, 케빈, 그 사람들의 삶은 지금도 충분히 힘들어."

"당신 삶은 어떻고?"

"그 사람들 대부분이 평생 겪을 어떤 삶보다 더 낫지."

"그 녀석이 나이를 더 먹으면 그렇지 않을 수도 있어."

나는 약해진 몸을 무시하려고 애쓰면서 일어나 앉았다. "케빈, 내가 어떻게 했으면 좋겠는지 말을 해."

그는 눈길을 피하고 아무 말도 하지 않았다. 몇 초를 기다렸지만 계속 침묵을 지켰다.

나는 부드럽게 말했다. "이제는 진짜가 됐지. 그렇지? 예전에도, 도대체 그게 얼마 전인지 모르겠지만 그런 이야기를 했지. 하지만 그때는 추상적이었어. 이제는…… 케빈, 차마 당신 입으로 말할 수도 없다면, 어떻게 내가 그런 짓을 하길 바랄수 있어?"

2

이번에는 꼬박 보름을 함께 지냈다. 나는 달력에 날짜를 표시했다. 6월 19일부터 7월 3일까지. 무슨 역설적인 상징인지 루퍼스가 나를 다시 부른 건 7월 4일*이었다. 그래도 케빈과 나에게는 20세기에 다시 익숙해질 기회가 있었다. 우리의 관계는 다시 되살릴 필요가 없는 듯했다. 헤어진 시간이 서로에게 좋지는 않았지만, 그렇다고 관계에 많이 해를 끼치지도 않았다. 다른 누구도 믿지 않을 경험을 공유하고 있기에, 함께

---

* 미국의 독립기념일이다.

있기도 편안했다. 그러나 다른 사람들과 함께 있는 건 편하지 않았다.

사촌이 집에 들렀는데, 케빈이 문을 열러 나갔을 때 그를 알아보지 못했다.

"저 사람 어떻게 된 거니?" 사촌은 나와 둘만 있게 되자 속삭였다.

"아팠어." 나는 거짓말을 했다.

"무슨 병으로?"

"의사도 확실히는 몰라. 그래도 지금은 많이 좋아졌어."

"꼭 내 친구 아버지처럼 변했는데, 그분은 암이셨어."

"세상에, 줄리!"

"미안해. 하지만…… 신경 쓰지 마. 또 널 때리진 않았지, 그렇지?"

"그래."

"그래, 그게 어디니. 건강 좀 챙기는 게 좋겠다. 너도 별로 좋아 보이진 않아."

케빈은 운전을 해보려고 했다. 오 년 동안 말과 마차만 탄 후의 첫 시도였다. 그는 교통 때문에 혼란스럽고, 이유도 없이 더 불안해지더라고 했다. 몇 사람을 죽일 뻔했다고도 했다. 그는 차를 차고에 집어넣고 그대로 내버려두었다.

물론 나는 운전을 하지 않았고, 루퍼스가 나를 낚아채갈 가능성이 남아 있는 동안에는 다른 사람과 함께 차를 타지도 않았다. 그러나 일주일이 지나자 케빈은 내가 과연 다시 불려갈까 의심을 품었다.

나는 의심하지 않았다. 루퍼스의 손에 목숨이 달린 다른 사람들을 위해서 그가 죽지 않기를 바라기는 했지만, 그가 죽었다는 사실을 알기 전까지는 편히 쉴 수 없었다. 이제까지 상태로 보아서 그는 조만간 또 곤경에 처해서 나를 부를 터였다. 나는 데님 가방을 늘 근처에 두었다.

"당신도 알겠지만, 언젠가는 그 가방을 놓고 생활로 돌아와야 할 거야." 두 주가 지나고 케빈은 그렇게 말했다. 그는 막 운전을 다시 시도해본 참이었고, 집으로 들어오면서 양손을 떨고 있었다. "젠장, 반쯤은 당신이 메릴랜드로 돌아가고 싶어 하나 싶단 말이야."

나는 텔레비전을 보고 있었다. 아니, 보고 있지는 않았지만 켜두기는 했다. 사실 가방 속에 넣어서 가져온 일기를 뒤적이면서 이 기록으로 소설을 만들어낼 수 있을까 생각하고 있었다. 그러다가 그 말을 듣고 케빈을 올려다보았다. "내가?"

"왜 아니겠어? 어쨌든 여덟 달이나 보냈는데."

나는 일기를 적은 종이를 내려놓고 텔레비전을 끄려고 일어섰다.

"그냥 둬." 케빈이 말했다.

나는 텔레비전을 껐다. "당신, 나에게 할 말이 있는 모양인데 제대로 들어야 할 것 같아."

"당신은 아무 말도 듣고 싶지 않잖아."

"그래, 듣고 싶지 않아. 하지만 들을 거야. 안 그래?"

"맙소사, 다나. 이 주가 지났는데……."

"지난번에는 여드레가 지나간 다음에 갔어. 그리고 세 시간 정도 만에 돌아왔지. 여행과 여행 사이의 간격은 아무 의미가 없어."

"지난번에 그 녀석은 몇 살이었지?"

"내가 오기 전에 스물다섯 살이 됐지. 그리고 영영 증명할 수 없겠지만 나도 스물일곱 살이 됐어."

"그 녀석도 어른이 됐군."

나는 어깨를 으쓱였다.

"그 녀석이 당신을 쏘려고 하기 직전에 무슨 말을 했는지 기억해?"

"아니. 다른 일들에 사로잡혀 있었어."

"나도 잊고 있었지만, 다시 떠올랐어. 이렇게 말했지. '날 버리고 떠나지 마'."

나는 잠시 생각했다. "그래, 그 말이 맞는 것 같네."

"나에게는 맞는 말 같지 않은데."

"그렇게 말한 게 맞단 뜻이야! 내가 루퍼스가 하는 말까지

좌우할 수는 없잖아."

"그렇다고 해도……." 케빈은 멈칫하더니 내가 무슨 말을 하기를 기대하는 것처럼 쳐다보았다. 나는 할 말이 없었다. "그건 당신이 떠난다면 내가 할 만한 말처럼 들렸어."

"그래?"

"내 말이 무슨 뜻인지 알 텐데."

"그 뜻을 말해. 당신이 말하지 않으면 나도 대답할 수 없어."

그는 숨을 깊이 들이마셨다. "좋아. 당신은 그 녀석이 그 시대 남자라고 했고, 앨리스에게 무슨 짓을 했는지도 말했어. 당신에게는 무슨 짓을 했지?"

"나를 밭으로 내보내고, 맞게 만들고, 거의 여덟 달 동안 자기 어머니 방 바닥에서 자게 하고, 사람들을 팔았지…… 많은 일을 했지만, 최악의 일은 다른 사람들에게 했어. 루퍼스는 나를 강간하지 않았어, 케빈. 당신은 이해하지 못하는 것 같지만, 루퍼스는 그게 자살 행위라는 걸 이해하고 있어."

"그러니까 결국에는 당신이 그놈을 죽일 만한 일도 있기는 하다는 뜻인가?"

나는 한숨을 내쉬고 다가가서 케빈이 앉은 의자 팔걸이에 걸터앉았다. 그리고 그를 내려다보며 말했다. "내가 거짓말을 하는 거라고 믿는다면 그렇다고 말해."

그는 자신 없는 얼굴로 나를 보았다. "이봐, 혹시 무슨 일이 있었다 해도 난 이해할 수 있어. 그 시대가 어떤지 나도 알아."

"내가 강간당해도 용서할 수 있다는 말을 하고 싶어?"

"다나, 나는 그 시대에 살았어. 그 사람들이 어떤지 알아. 그리고 당신을 대하는 루퍼스의 태도는……."

"대부분 시간 동안에는 분별력이 있었지. 루퍼스는 내가 그냥 제때 등을 돌리기만 하면 자기를 죽일 수 있다는 걸 알고 있었어. 그리고 내가 자기를 사랑하니까 그러지 않을 거라고 믿었어. 비슷한 말을 한 적이 있어. 그 생각은 틀렸지만, 나는 틀렸다고 말해주지 않았어."

"틀렸다고?"

"다는 아니라도 틀리기는 했지. 물론 나는 당신을 사랑하고, 다른 사람은 원치 않아. 하지만 다른 이유가 있어. 그 시대로 돌아갔을 때는 그게 가장 중요한 이유였어. 루퍼스가 그 이유를 이해했을 것 같지 않아. 아마 당신도 이해하지 못할 거야."

"말해봐."

나는 잠시 생각하면서 정확한 표현을 찾으려 했다. 케빈을 이해시킬 수 있다면 그도 확실히 나를 믿을 것이었다. 믿어야 했다. 그는 나에게 이 시대에 내린 닻이었다. 내가 어떤 일을 헤쳐 나가는지 조금이라도 알고 있는 유일한 사람이었다.

"테스가 노예행렬에 묶인 모습을 보고 내가 무슨 생각을 했는지 알아?" 테스와 샘에 대해서는 이미 말했다. 내가 아는 사람들이고, 루퍼스가 그들을 팔아버렸다고. 그러나 세세한 부분까지 이야기하지는 않았다. 특히 샘이 팔려간 이유에 대해서는 말하지 않았다. 나는 지난 두 주 동안 케빈의 생각이 지금 같은 방향으로 가지 않게 하려고 애썼다.

"테스가 무슨 상관이······?"

"나는 생각했어. 나일 수도 있다고, 그 자리에서 목에 밧줄을 걸고 개처럼 끌려가기를 기다리는 사람이 나일 수도 있다고!" 나는 말을 멈추고 케빈을 내려다본 다음, 부드럽게 말을 이었다. "나는 재산이 아니야, 케빈. 말이나 밀 포대가 아니야. 내가 재산처럼 보여야 한다면, 루퍼스를 위해 내 자유에 한계를 받아들여야 한다면, 루퍼스 역시 한계를 받아들여야 해. 나에 대한 태도 말이야. 죽고 죽이는 것보다는 사는 게 나아 보일 만큼이라도, 내가 내 삶을 통제하게 해줘야 해."

"당신의 흑인 조상들이 그런 식으로 생각했다면, 당신은 이 자리에 있지도 않을 거야." 케빈이 말했다.

"이 모든 일이 시작됐을 때, 나에게는 조상들 같은 인내력이 없다고 말했지. 아직도 그래. 어떤 사람들은 무슨 일이 있어도 계속 전력을 다해서 살아남겠지. 나는 그렇지 않아."

그는 살짝 미소를 머금었다. "과연 그럴까."

나는 고개를 저었다. 그는 내가 겸손을 떤다고 생각하고 있었다. 이해하지 못하고 있었다.

나는 케빈이 미소를 지었다는 사실을 뒤늦게 깨달았다. 나는 미심쩍은 눈으로 그를 내려다보았다.

그는 침착했다. "나는 알아야 했어."

"그래서 이제 알겠어?"

"그래."

그 말은 진실처럼 느껴졌다. 케빈이 내 마음을 반밖에 이해하지 못했다 해도 상관없을 만큼 진실되게 느껴졌다.

"루퍼스에 대해 어떻게 할지 결정했어?" 케빈이 물었다.

나는 고개를 저었다. "사실은 내가 등을 돌렸을 때…… 노예들에게 무슨 일이 일어날지만 걱정되는 게 아니야. 나에게 일어날 수 있는 일도 걱정이야."

"그 녀석과의 관계가 끝나겠지."

"나도 그 시대에서 죽을지도 몰라. 집에 돌아올 수 없을지도 몰라."

"당신이 집으로 돌아오는 건 그 녀석과 아무 관계도 없었어. 당신 목숨이 위험해지면 돌아오잖아."

"하지만 어떻게 돌아오는 걸까? 그 힘이 내 것일까, 아니면 루퍼스에게서 힘을 끌어내는 걸까? 어쨌든 이 모든 일이 그 애와 함께 시작됐어. 나에게 그 애가 필요한지 아닌지도 몰라. 그리고 그 애가 없어질 때까지는 알지 못하겠지."

3

7월 4일에는 케빈의 친구 몇 명이 들러서 불꽃놀이를 보러 로즈볼*에 같이 가자고 했다. 케빈은 가고 싶어했다. 무엇보다도 집에서 나가고 싶어서였으리라. 나는 케빈에게 가라고 했지만, 그는 나를 두고 가지 않으려 했다. 알고 보니 나에게는 어차피 나갈 기회가 없었다. 케빈의 친구들이 떠나자마자 현기증이 나기 시작했다.

비틀거리며 가방 쪽으로 걸어가다가 넘어졌다. 겨우 기어가서 가방을 붙잡았을 때 케빈은 친구들에게 작별 인사를 하고 들어오고 있었다.

케빈이 말하고 있었다. "다나, 이렇게 계속 일어나지도 않을 일을 기다리면서 집 안에 갇혀 있을 수는……."

그리고 그는 사라졌다.

나는 우리 집 거실 바닥이 아니라 햇빛이 내리쬐는 땅바닥에 엎드려 있었다. 커다란 개미집 거의 바로 위였다.

미처 일어서기 전에 누군가가 나를 차더니 내 위로 넘어졌다. 잠시 숨을 쉴 수 없었다.

"다나!" 루퍼스의 목소리였다. "여기서 뭘 하고 있는 거야?"

---

* 패서디나에 있는 미식축구 경기장.

올려다보니 넘어졌던 루퍼스가 기어서 내 위에서 비키고 있었다. 우리는 아마도 개미인 듯한 무엇인가가 나를 물기 시작할 때쯤 겨우 일어섰다. 나는 얼른 몸을 털어냈다.

"여기에서 뭘 하고 있냐니까!" 루퍼스는 화난 목소리였다. 마지막으로 보았을 때보다 나이 들어 보이지는 않았지만, 무엇인가가 잘못되기는 했다. 그는 초췌하고 지쳐 보였다. 마지막으로 잠을 잔 지 너무 오래된 듯했고, 다시 잘 수 있을 때까지는 더 오래 걸릴 듯한 몰골이었다.

"내가 여기에서 뭘 하고 있는지 나야 모르지, 루피. 너에게 무슨 일이 있는지 알기 전에는 절대로 몰라."

루퍼스는 한참 동안 나를 바라보았다. 눈은 붉게 충혈됐고 눈 밑은 시커멓다. 그는 마침내 내 팔을 잡더니 나를 끌고, 왔던 길을 돌아갔다. 우리는 집에서 멀지 않은 농장에 있었다. 아무것도 변하지 않은 듯했다. 땅바닥에서 레슬링을 하며 구르는 나이절의 두 아들이 보였다. 내가 가르쳤던 아이들이었고, 마지막으로 보았을 때보다 별로 크지 않았다.

"루피, 내가 사라진 지 얼마나 지났지?"

루퍼스는 대답하지 않았다. 그는 날 헛간 쪽으로 데려갔고, 보아하니 도착하기 전에는 아무것도 알아낼 수 없을 듯했다.

그는 헛간 문 앞에서 걸음을 멈추고 나를 안으로 밀어넣었다. 그는 따라 들어오지 않았다.

주위를 둘러보았다. 처음에는 희미한 빛에 적응하느라 보이는 것이 별로 없었다. 내가 묶여서 채찍질을 당했던 자리를 향해 몸을 돌렸다. 그리고 그 자리에 매달린 누군가를 보고 놀라서 펄쩍 뛰고 말았다. 손목이 아니라 목이 매달려 있었다. 여자였다.

앨리스였다.

믿을 수도 없고, 믿고 싶지도 않은 심정으로 앨리스를 바라보았다. 건드려 보니 살이 차갑고 딱딱했다. 죽어서 생명을 잃은 잿빛 얼굴은 한 번도 살아 있었던 적이 없는 것처럼 흉했다. 입은 벌어져 있었고, 눈도 뜬 채로 멍하니 앞을 보고 있었다. 수건을 쓰지 않고 풀어헤친 머리는 나처럼 짧았다. 앨리스는 다른 여자들처럼 머리 싸매기를 좋아한 적이 없었다. 그것이 우리가 더 닮아보이는 이유이기도 했다. 농장에서 계속 머리를 내놓고 다니는 단 두 명의 여자였으니까. 입고 있는 드레스는 진한 붉은색이었고 앞치마는 깨끗한 흰색이었다. 발에는 다른 노예들이 신는 거칠고 무거운 신발이나 장화가 아니라 루퍼스가 그녀를 위해 특별히 만들게 했던 신발을 신고 있었다. 마치 잘 차려입고 머리를 빗은 다음에…….

앨리스를 내려주고 싶었다.

주위를 둘러보니 대들보를 넘긴 밧줄이 벽에 박힌 못에 묶여 있었다. 나는 손톱을 부러뜨려 가면서 그 밧줄을 풀려고 애쓰다가 칼이 있었음을 기억해냈다. 가방에서 칼을 꺼내어 밧줄을 자르고 앨리스를 내렸다.

앨리스는 바닥에 부딪히면 부서져버릴 물건처럼 딱딱하게 떨어졌다. 그러나 부서지지 않았고, 나는 목에 감긴 밧줄을 풀고 눈을 감겨주었다. 그리고 잠시 동안 그녀의 머리를 안고 앉아서 소리 없이 울었다.

결국 루퍼스가 들어왔다. 내가 올려다보자 그는 시선을 피했다.

"스스로 이런 짓을 한 거야?" 내가 물었다.

"그래. 스스로."

"왜?"

그는 대답하지 않았다.

"루피?"

그는 천천히 고개를 가로저었다.

"아이들은 어디에 있어?"

그는 몸을 돌려 헛간 밖으로 걸어나갔다.

나는 앨리스의 몸과 드레스를 바로잡고, 덮어줄 것이 없나 주위를 둘러보았다. 아무것도 없었다.

헛간을 나서서 넓게 펼쳐진 풀밭을 지나 부엌채로 갔다. 세라가 특유의 조정력을 발휘하여 무서운 속도로 고기를 다지고 있었다. 언젠가 세라에게 손가락을 하나둘쯤 자를 것만 같다고 말한 적이 있는데, 그녀는 그 말을 듣고 큰 소리로 웃었다. 그녀의 손가락은 여전히 열 개 다 붙어 있었다.

"세라?" 이제는 우리의 나이 차이도 상당해서, 내 또래의 다른 사람들은 모두 그녀를 '세라 아줌마'라고 불렀다. 이 문화에서는 존경의 호칭임을 알고 있었고, 나 역시 그녀를 존경했다. 그래도 나는 '유모'라는 표현만큼이나 '아줌마'라는 말도 잘 나오지가 않았다. 어쨌든 그녀는 신경 쓰지 않는 듯했다.

세라가 고개를 들었다. "다나! 여기에서 뭘 하고 있어? 루퍼스 도련님이 무슨 짓을 했길래?"

"확실히는 모르겠어요. 그런데 세라, 앨리스가 죽었어요."

세라는 큰 칼을 내려놓고 식탁 옆 긴 의자에 주저앉았다. "주여. 가엾은 것. 결국 그놈이 앨리스를 죽이고 말았구나."

"난 모르겠어요." 나는 가서 세라 옆에 앉았다. "앨리스가 자살한 것 같아요. 목을 맸어요. 내가 방금 내려놨어요."

"그놈이 한 짓이야!" 세라는 노여워하는 소리를 냈다. "직접 밧줄을 걸지는 않았대도 그놈이 내몰았지. 앨리스의 아기들을 팔았으니!"

나는 얼굴을 찌푸렸다. 세라가 충분히 또렷하게, 충분히 큰 소리로 말했는데도 잠시 그 말을 이해하지 못했다. "조와 헤이거를? 자기 자식을요?"

"언제는 걔들에 대해 신경이나 쓰던?"

"하지만…… 신경 썼어요. 해방시켜주려고도 했는데…… 왜 그런 짓을 했죠?"

"앨리스가 도망쳤어." 세라는 나를 마주 보았다. "넌 분명히 도망칠 줄 알고 있었겠지. 너랑 앨리스는 자매 같았으니까."

굳이 기억을 되살릴 필요도 없었다. 나는 일어섰다. 움직이지 않으면, 정신을 다른 곳에 팔지 않으면 다시 울어버릴 것 같았다.

"너희는 꼭 자매처럼 싸웠지. 언제나 서로 불평을 해대고, 쿵쾅거리면서 떠났다가 돌아오고. 걘 네가 떠나고 나자 바로 너한테 달려들었던 밭 일꾼 여자애를 때려눕혔어."

앨리스가? 그랬으리라. 나를 모욕하는 것은 앨리스만의 특권이었다. 침해해서는 안 될 특권. 나는 식탁에서 아궁이로, 아궁이에서 작은 작업대로 걸어갔다가 세라에게 돌아갔다.

"다나, 걔는 어디 있어?"

"헛간에요."

"그놈은 개한테 거한 장례식을 치러주겠지." 세라는 고개를 절레절레 저었다. "웃기지. 이제 겨우 그놈하고 자리를 잡는 줄 알았는데. 이제는 그렇게까지 싫어하지 않는 줄 알았는데 말이야."

"그랬다면 자기 자신을 용서할 수 없었을 거예요."

세라는 어깨를 으쓱였다.

"앨리스가 도망쳤을 때…… 루퍼스가 때렸나요?"

"별로. 예전에 주인님이 널 채찍질했을 때 정도였지."

그래, 그 너그러운 체벌 말인가.

"채찍질은 대단한 문제가 아니었어. 하지만 아이들을 빼앗아갔을 때는, 그 자리에서 콱 죽어버리는 줄 알았지 뭐야. 비명을 지르고 울고불고 난리가 아니었지. 그러다가 병이 들었고, 내가 돌봐야 했어." 세라는 잠시 동안 말이 없었다. "나는 앨리스 옆에 가까이 가고 싶지도 않았어. 주인님이 내 아기들을 팔았을 때, 난 딱 누워서 그대로 죽어버리고 싶었거든. 앨리스의 그런 모습을 보니 그때 기분이 다 떠오르더라."

그때 얼굴이 눈물범벅이 된 캐리가 들어왔다. 캐리는 놀라지도 않고 다가와서 나를 끌어안았다.

"알아?" 내가 물었다.

캐리는 고개를 끄덕이고 백인을 뜻하는 손짓을 하더니 나를 문쪽으로 밀었다. 나는 떠밀려갔다.

루퍼스는 서재 책상에 앉아 권총을 만지작거리고 있었다.

그는 내가 막 다시 물러나려고 할 때 고개를 들고 나를 보았다. 갑자기 이것이 그가 나를 불렀을 때 향해가던 길이라는 확신이 들었다. 그렇다면 그의 무엇이 날 불러왔을까? 내가 권총 자살을 막아줬으면 하는 무의식적인 바람?

"들어와, 다나." 공허하고 죽은 사람 같은 목소리였다.

나는 늘 앉던 낡은 윈저의자를 책상 앞으로 끌어가서 앉았다. "어떻게 그럴 수 있어, 루피?"

그는 대답하지 않았다.

"네 아들과 딸을…… 어떻게 그 애들을 팔 수가 있어?"

"팔지 않았어."

그 말에 나는 딱 멈추고 말았다. 나는 다른 어떤 대답에라도, 아니면 아무 대답이 없는 경우에도 대비하고 있었다. 그러나 부정을 하다니…… "하지만, 하지만……."

"앨리스는 도망쳤어."

"알아."

"우린 잘 지내고 있었어. 당신도 알지. 당신도 여기에 있었으니까. 좋았어. 한번은, 당신이 가버린 다음에, 앨리스가 내 방으로 오기도 했어. 자기 발로 왔지."

"루피……?"

"모든 것이 다 좋았어. 내가 조를 계속 가르치기까지 했어. 내가! 두 아이 다 자유의 몸으로 만들어주겠다고도 했어."

"앨리스는 너를 믿지 않았어. 아무것도 글로 써주지는 않을 거라면서."

"썼을 거야."

나는 어깨를 으쓱였다. "아이들은 어디에 있어, 루피?"

"볼티모어에 우리 이모와 같이 있어."

"하지만…… 왜?"

"벌을 주려고, 겁을 주려고 했어. 앨리스가…… 앨리스가 나를 떠나려고 하면 무슨 일이 일어나는지 보여주려고 했지."

"하느님 맙소사! 앨리스가 앓아누웠을 때라도 다시 데려올 수 있었잖아."

"그랬으면 좋았을 텐데."

"왜 그러지 않았어?"

"나도 모르겠어."

나는 역겨운 마음에 그를 외면했다. "네가 앨리스를 죽였어. 그 총을 머리에 대고 쏜 것이나 다름없어."

그는 자기 손에 쥔 총을 보더니 얼른 내려놓았다.

"이제 어떻게 할 거야?"

"나이절이 관을 사러 갔어. 집에서 만든 나무상자 말고 품위 있는 물건으로. 그리고 내일 목사도 부를 거야."

"네 아들과 딸은 어떻게 할 거냐는 뜻이었어."

그는 무력하게 나를 쳐다보았다.

"자유 증서 두 장. 그 정도는 해줘야 해. 넌 그 애들에게서 어머니를 빼앗았어."

"망할, 다나! 그 말 좀 그만해! 내가 앨리스를 죽였다는 말은 그만하라고."

나는 루퍼스를 쳐다보기만 했다.

"왜 날 떠났어! 당신만 떠나지 않았어도 앨리스가 도망가지 않았을지도 모르는데!"

나는 샘을 팔지 말아달라고 애걸하다가 루퍼스에게 맞았던 얼굴을 문질렀다.

"갈 필요는 없었잖아!"

"너는 옆에 머물고 싶지 않은 존재가 되어가고 있었어."

정적.

"자유 증서 두 장이야, 루피. 모든 법적 수속을 마친 증서로. 그 애들을 자유민으로 길러. 최소한 그 정도는 해줘야 해."

4

다음 날에 야외 장례식이 열렸다. 모두 다 참석했다. 밭 일꾼들, 가내 하인들, 무관심한 에반 파울러까지.

굵고 낮은 목소리에 키가 크고 새까만 자유민 흑인 목사의 얼굴을 보자, 내가 제대로 알 만큼 크기도 전에 돌아가신 아버지의 사진이 떠올랐다. 목사는 글을 읽고 쓸 줄 알았다. 그는 커다란 손에 성경책을 들고 〈욥기〉와 〈전도서〉의 구절들을 참고 듣기 힘들 때까지 읽어나갔다. 외삼촌과 외숙모의 엄격한 침례교식 가르침을 떨쳐버린 지 벌써 몇 년이었다. 하지만 지금도, 아니 특히 지금은, 〈욥기〉의 쓸쓸하고 우울한 구절이 내 마음을 움직였다. "여인에게서 태어난 사람은 생애가 짧고 걱정이 가득하며, 그는 꽃과 같이 자라나서 시들며 그림자같이 지나가며 머물지 아니하거늘⋯⋯."*

나는 소리 없이 눈물을 닦고, 파리와 모기를 쫓고, 소곤거리는 소리들을 들으며 그럭저럭 조용히 버텨냈다.

"저년은 지옥에 갔어! 자살하는 사람은 죄다 지옥에 가는 거 몰라!"

"입 다물어! 주인님이 들었다간 너도 같이 지옥에 떨어졌으면 하게 만들어줄걸!"

정적.

그들은 그녀를 묻었다.

그 후에는 성대한 저녁식사가 있었다. 내 친척들도 장례식을 마치면 만찬을 들었다. 그런 관습이 얼마나 오래전으로 거슬러 올라가는지는 미처 생각해본 적이 없었다.

나는 조금 먹고 나서 혼자 있을 수 있고, 글을 쓸 수 있는 서재로 갔다. 때로 어떤 것을 말할 수 없을 때, 감정을 정리할 수 없을 때, 그러면서도 속에 억눌러놓을 수 없을 때 나는 글로 썼다. 그런 글은 쓰고 나서 반드시 파기해버렸다. 누구에게도

---

* 〈욥기〉 14장 1절. 개역 개정 번역본.

보여주지 않았다. 케빈에게조차도.

글을 거의 다 썼을 때 루퍼스가 들어오더니 책상으로 다가왔다. 자기 의자에 내가 앉아 있으니 그는 낡은 윈저의자에 앉아 고개를 떨어뜨렸다. 우리는 아무 말도 하지 않고 한동안 그렇게 같이 앉아 있었다.

다음 날, 그는 나를 시내로 데리고 나가서 벽돌로 지은 오래된 법원에 가더니 자기 아이들을 위한 자유 증서를 만드는 모습을 옆에서 지켜보게 했다.

집으로 돌아오는 길에 루퍼스가 말했다. "아이들을 다시 데려오면 돌봐주겠어?"

나는 고개를 저었다. "아이들에게 좋지 않을 거야, 루피. 여기는 내 집이 아니야. 나는 아이들이 익숙해지면 사라질 테니까 좋지 않아."

"그러면 누구에게 맡기지?"

"캐리. 세라가 도와줄 거야."

그는 내키지 않는 얼굴로 고개를 끄덕였다.

며칠이 지난 어느 이른 아침, 그는 볼티모어행 증기선을 타기 위해 이스턴포인트로 떠났다. 같이 가서 아이들 건사를 돕겠다고 제안했지만, 나에게 돌아온 것은 의심스러운 표정뿐이었다. 내가 이해할 수밖에 없는 표정이었다.

"루피, 너에게서 도망치기 위해 볼티모어에 갈 필요는 없어.

정말로 돕고 싶어서 그래."

"그냥 여기에 있어." 그는 말했다. 그리고 떠나기 전에 에번 파울러와 이야기하러 나갔다. 그는 지난번에 내가 어떻게 집에 돌아갔는지 알고 있었다. 직접 물어보았고 나는 대답했다.

그는 내 대답을 듣고 물었다. "하지만 왜? 그러다가 죽을 수도 있었어."

"죽는 것보다 더 나쁜 일도 있어."

나는 그렇게 대답했고, 그는 몸을 돌리고 가버렸다.

이제 그는 전보다 더 경계했다. 물론 나를 계속 감시할 수는 없었고, 나를 사슬에 매어둔다 해도 내가 정말 원한다면 어떻게든 자기 세계에서 빠져나가는 것을 막을 수도 없었다. 그는 나를 통제할 수 없었다. 그 사실은 확실히 그의 마음을 어지럽혔다.

루퍼스가 없는 동안, 에반 파울러는 필요 이상으로 집 안에 많이 머물렀다. 나에게는 거의 말을 하지 않았고, 아무 명령도 내리지 않았다. 그러나 그곳에 있었다. 나는 마거릿 와일린의 방으로 피신했고, 마거릿은 너무나 기뻐하며 끝없이 말을 늘어놓았다. 나도 모르게 웃었고, 마치 우리가 어리석은 장벽 없이 이야기를 나누는 외로운 두 사람에 불과하다는 듯이 정말로 그녀와 대화를 나눴다.

루퍼스가 돌아왔다. 피부색이 어두운 여자아이를 안고, 전보다 더 루퍼스와 비슷해진 남자아이를 데리고 집에 돌아왔다. 조는 복도에서 나를 보고 달려왔다.

"다나 아줌마, 다나 아줌마!" 조는 나를 끌어안고 말했다. "이젠 전보다 잘 읽을 수 있어요. 아빠가 가르쳐줬거든요. 들어볼래요?"

"듣고 싶고말고." 나는 루퍼스를 올려다보았다. 아빠라고?

그는 말도 꺼내지 말라는 듯 입술을 꾹 다물고 나를 노려보았다. 그러나 내가 하고 싶었던 말은 그저 이것뿐이었다. "왜 그렇게 오래 걸렸어?" 조는 그 짧은 인생 동안 자기 아버지를 '주인님'이라고 부르고 살았다. 글쎄, 이제는 조에게 어머니가 없으니 아버지라도 생길 때라고 생각했을까. 나는 루퍼스에게 미소를 지어 보였다. 진짜 미소였다. 루퍼스가 마침내 자기 아들을 아들로 인정했다는 사실에 대해 부끄러움을 느끼거나 방어적이 되게 만들고 싶지 않았다.

루퍼스는 마음이 놓이는지 마주 미소 지었다.

"내가 다시 수업을 맡으면 어떨까?"

그는 고개를 끄덕였다. "다른 아이들도 많이 잊어버리지는 않았을 거야."

실제로 그랬다. 알고 보니 나는 겨우 세 달밖에 떠나 있지 않았다. 아이들은 조금 이른 여름방학을 보낸 셈이었다. 이제 그 아이들은 학교로 돌아왔다. 그리고 나는 서서히, 교묘하게 루퍼스를 움직여서 노예를 몇 명 더 풀어주는 작업에 착수했다. 어쩌면 몇 명 더, 어쩌면 유언장에서 모두를 해방시키도록…… 그런 일을 한 노예주들에 대해 들은 적이 있었다. 남북전쟁까지는 아직 삼십 년이 남아 있었다. 어쩌면 성인 노예 중 몇 명은 아직 새로운 삶을 쌓아올릴 수 있을 만큼 젊을 때 자유의 몸으로 만들 수 있을지도 모른다. 결국에는 내가 모두에게 좋은 일을 할 수 있을지도 모른다. 어쨌든 나는 시도라도 해볼 만큼은 안전하다고, 이제는 나의 자유가 손 닿는 곳에 다가왔다고 느꼈다.

루퍼스는 나를 필요 이상으로 곁에 두었다. 공공연히 식사를 함께하자고 불렀고, 내가 노예들을 풀어주는 일에 대해 말하면 귀 기울여 듣는 것 같았다. 하지만 그는 아무 약속도 내놓지 않았다. 자기 나이에 유언장을 만드는 것은 어리석다고 생각하는지, 아니면 노예들을 더 풀어주는 일은 어리석다고 생각하는지 궁금했다. 그는 아무 말도 하지 않았고, 그래서 알 수 없었다.

그러나 결국 그는 내 의문에 대답했다. 알고 싶지 않은 부분까지 말했다. 나도 진작 알아야 했던 내용이었다.

루퍼스는 어느 날 오후에 서재에서 말했다. "다나, 내가 미치지 않고서야 이 사람들을 풀어주겠다는 유언장을 쓰고, 당신에게 그런 걸 썼다고 말할 수는 없지. 그런 미친 짓을 했다가는 젊은 나이에 죽을 수도 있잖아."

나는 진지하게 하는 말인지 알 수 없어서 루퍼스를 쳐다보았다. 그러나 그를 보자 더 혼란스러워졌다. 그는 미소 짓고 있었지만, 더없이 진지하다는 느낌이 들었다. 그는 내가 노예들을 풀어주기 위해 자기를 죽일 것이라고 믿었다. 이상하게도 나는 그런 생각을 하지 못했다. 순수하게 내놓은 제안이었다. 그러나 루퍼스의 말에도 일리가 있었다. 결국에는 내게도 그런 생각이 떠올랐을 것이다.

"당신에 대한 악몽을 꾸곤 했지. 어렸을 때부터, 커튼에 불을 붙인 직후부터였어. 그 불 기억해?"

"당연하지."

"나는 당신 꿈을 꾸고 식은땀에 젖어 깨어나곤 했어."

"꿈이라면…… 내가 널 죽이는 꿈?"

"그렇지는 않아." 그는 잠시 말을 멈추더니 한참 동안 나에게 뜻을 읽을 수 없는 눈빛을 던졌다. "당신이 나를 떠나는 꿈을 꿨어."

나는 얼굴을 찌푸렸다. 케빈이 들었다는 말과 비슷했다. 케빈의 의심을 일깨웠던 그 말. "나는 떠나." 나는 조심스럽게 말했다. "떠나야 해. 난 여기에 속한 사람이 아니야."

"아니, 여기 사람이야! 내가 아는 한 그래. 하지만 내 말은 그런 뜻이 아니야. 당신은 떠났다가, 언젠가는 다시 돌아오지.

하지만 악몽 속에서 당신은 나를 도와주지 않고 떠나. 나를 곤란한 처지에 내버려두고, 아픈 채로, 어쩌면 죽어가는 채로 두고 걸어가버려."

"오. 그런 꿈이 어렸을 때 시작된 건 확실해? 아이작과 싸운 후에 떠올랐을 법한 생각 같은데."

"그때 이후로 더 나빠졌지." 그는 시인했다. "하지만 시작은 불을 냈을 때였어. 당신이 원하는 대로 나를 도와줄 수도 있고 아닐 수도 있다는 사실을 깨닫고 나서부터. 나는 몇 년 동안 그런 악몽을 꿨어. 그러다가 잠시 앨리스가 여기에 살던 동안에는 악몽이 사라졌어. 이제는 다시 돌아왔고."

그는 말을 멈추고 무슨 말이라도 하기를 기대하는 눈으로 나를 바라보았다. 아마 나는 절대로 그런 짓을 하지 않는다는 다짐으로 안심시켜주기를 바라는 듯했다. 그러나 나는 그런 말을 할 수 없었다.

"알겠지?" 그는 조용히 말했다.

나는 의자에 앉은 채 불편하게 몸을 움직였다. "루피, 네가 나를 필요로 했던 일들 같은 문제를 한 번도 겪지 않고 노년기까지 사는 사람들이 얼마나 많은지 알아? 나를 믿지 않는다면 더 조심해야지."

"당신을 믿어도 된다고 말해봐."

더 불편해졌다. "너는 도저히 너를 믿을 수 없게 만드는 일을 계속 해. 믿음은 쌍방향이라는 사실을 알면서도 말이야."

그는 고개를 저었다. "나는 몰라. 나는 당신을 어떻게 대해야 할지 전혀 모르겠어. 당신은 모두를 혼란스럽게 해. 말투는 밭 일꾼들이 듣기에 너무 백인 같지. 배신자처럼 말이야."

"그 사람들이 무슨 생각을 하는지는 나도 알아."

"아빠는 당신이 백인의 방식을 너무 많이 알면서도 흑인이기 때문에 위험하다고 여겼어. 지나치게 흑인이라고, 그렇게 말했지. 지켜보고 생각하고 말썽을 일으키는 흑인. 내가 그 말을 했더니 앨리스는 웃음을 터뜨렸어. 앨리스는 가끔은 아빠가 나보다 더 판단력이 있다고 말했어. 당신에 대한 아빠의 판단은 옳다고, 나도 언젠가는 알게 될 거라고 했지."

나는 소스라치고 말았다. 앨리스가 정말로 그런 말을 했단 말인가?

루퍼스는 차분하게 말을 이었다. "그리고 어머니는 당신과 이야기를 할 때 눈을 감고 있으면 굳이 애쓰지 않아도 흑인이라는 사실을 잊을 수 있다고 하시지."

"나는 흑인이야." 나는 말했다. "그리고 나한테 말을 걸었다는 이유만으로 흑인 남자를 가족에게서 떼어내 팔아버렸으면서, 너에게 좋은 감정을 갖길 기대한다는 건 말이 안 돼."

그는 시선을 돌렸다. 우리는 샘에 대해 제대로 논의한 적이 없었다. 샘에 대해서는 변죽만 울리거나, 정확한 언급 없이 에

둘러 말했다.

"그놈은 당신을 원했어." 루퍼스는 퉁명스럽게 말했다.

나는 루퍼스를 응시하며, 이제야 왜 우리가 샘에 대해 이야기하지 않았는지 알았다. 너무 위험한 화제였다. 이 화제는 다른 문제들로 이어질 수 있었다. 지금 우리에게는, 루퍼스와 나에게는 안전한 화제가 필요했다. 옥수수 값이나 노예들에게 지급할 물건, 그런 이야기를 해야 했다.

"샘은 아무 짓도 하지 않았어. 넌 샘의 생각에 대한 짐작만으로 그를 팔아버렸어."

"그놈은 당신을 원했어." 루퍼스는 같은 말을 되풀이했다.

너도 그렇지. 나는 생각했다. 이제는 압력을 빼내줄 앨리스가 없었다. 집으로 가야 할 시간이었다. 나는 몸을 일으켰다.

"떠나지 마, 다나."

나는 움직임을 멈췄다. 서둘러 나가고 싶지 않았다. 도망치고 싶지 않았다. 손목에 새로 생긴 부드러운 흉터를 다시 열기 위해 다락방으로 올라간다는 암시를 주고 싶지 않았다. 나는 다시 주저앉았다. 그는 의자에 등을 기대고, 차라리 서둘러 나갈 기회를 잡았어야 했다는 생각이 들 때까지 날 바라보았다.

"이번에 당신이 집에 가고 나면 나는 어떻게 될까?" 루퍼스가 속삭였다.

"살아가겠지."

"왜 내가…… 애를 써야 하는지 모르겠는데."

"하다못해 네 자식들을 위해서라도 살아야지. 앨리스의 아이들이야. 앨리스가 너에게 남긴 전부야."

그는 눈을 감고 한 손으로 눈두덩을 문질렀다. "이제는 당신의 아이들이 되어야 해. 걔들에게 조금이라도 감정이 있다면, 여기에 남아."

아이들을 위해서? "그럴 수 없다는 거 알잖아."

"당신이 원한다면 남을 수 있어. 나는 당신을 해치지 않을 테고, 당신도 다시는…… 스스로 해칠 필요가 없어."

"네가 무슨 일엔가 좌절하고, 화가 나거나 질투가 나기 전까지는 날 해치지 않겠지. 누군가가 너를 해치기 전까지는 나를 해치지 않겠지. 루피, 나는 널 알아. 나는 여기에 머물 수 없어. 설령 나에게 돌아갈 집이 없다고 해도, 집에서 나를 기다리는 사람이 없다고 해도……."

"그놈의 케빈!"

"그래."

"그놈을 쏴버릴 걸 그랬어."

"그랬다면 너도 이미 죽어 있을걸."

그는 몸을 돌려 나를 정면으로 마주했다. "그게 무슨 의미나 있다는 듯이 말하는군."

나는 떠나려고 일어섰다. 더는 할 말이 없었다. 그는 내가 줄 수 없는 것을 알면서도 요청했고, 나는 이미 거절했다.

그는 부드럽게 말했다. "그거 알아, 다나? 당신이 처음 앨리스를 나에게 보냈을 때, 그리고 앨리스가 나를 얼마나 미워하는지 알았을 때, 난 그 옆에서 잠이 들면 나를 죽일 거라고 생각했어. 촛대로 나를 내리치겠지. 침대에 불을 지르겠지. 부엌에서 칼을 가져오겠지……."

"그런 생각을 다 하면서도 무섭지는 않았어. 앨리스가 날 죽인다면 죽는 거지. 달리 문제될 게 없었어. 그래도 내가 산다면 앨리스를 갖게 되는 거였고, 하느님께 맹세코 난 앨리스를 가져야 했어."

그는 일어서서 나에게 다가왔다. 나는 뒷걸음질을 쳤지만, 루퍼스가 내 팔을 잡았다. "당신은 앨리스와 너무 닮았어. 견디기가 힘들어."

"놔줘, 루피!"

"한 사람이었어. 당신과 앨리스는. 반쪽씩 둘이 합쳐서 하나였어."

그에게서 벗어나야 했다. "놔줘, 그러지 않으면 네 꿈을 현실로 만들고 말겠어!" 버린다는 것은 앨리스가 갖지 못한 단하나의 무기였다. 루퍼스는 죽음을 두려워하지 않는 듯했다. 지금은 비탄에 빠져서 죽음을 원하는 듯 보이기까지 했다. 그러나 그도 고독한 죽음은 두려워했고, 그토록 오랫동안 의지

했던 사람에게 버림받는 일은 두려워했다.

그는 어떻게 해야 할지 마음을 정하려는 듯이 내 팔을 잡고 서 있었다. 잠시 후에 손아귀 힘이 느슨해지는 것을 느낀 나는 몸을 뒤로 뺐다. 루퍼스가 두려움을 누르기 전에, 지금 가야 했다. 그는 두려움을 누를 수 있었다. 스스로를 닦아세워 무슨 일이든 할 수 있었다.

나는 서재를 떠나 큰 계단을 오르고, 다락방 계단을 올랐다. 내 가방, 내 칼을 향해…….

계단에서 발소리가 들렸다.

칼!

나는 주머니칼을 펼쳤다가, 멈칫하고는 칼날을 편 채로 다시 가방 속에 미끄러뜨렸다.

그는 문을 열고 들어오더니 크고 뜨겁고 텅 빈 방 안을 휘둘러보았다. 바로 나를 찾아냈지만, 그래도 주위를 둘러보았다. 우리만 있는지 확인하려고?

우리뿐이었다.

그는 다가와서 내 옆에 앉았다. "미안해, 다나."

미안하다고? 자기가 저지를 뻔한 짓에 대해서 말인가, 아니면 앞으로 저지를 짓에 대해서 말인가? 미안하다니. 그는 전에도 여러 가지 방법으로 여러 번 나에게 사과했지만, 그의 사과방식은 언제나 애매모호했다. "같이 식사하자, 다나. 세라가 특별식을 만들고 있어" 아니면 "자, 다나, 당신을 위해 시내에서 사온 새 책이야" 아니면 "이 옷감 가져가, 다나. 이걸로 뭔가 만들어 입을 수도 있겠네" 같이…….

물건들. 자기가 나에게 상처를 입혔거나 화나게 했다는 것을 알 때마다 준 선물들. 하지만 단 한 번도 "미안해, 다나" 하고 말한 적은 없었다. 나는 도무지 알 수 없는 기분으로 그를 보았다.

"살면서 이렇게 외로웠던 적이 없어."

다른 말은 나를 움직이지 못했겠지만 그 말은 내 마음을 건드렸다. 나는 외로움에 대해 알았다. 나도 모르게 케빈 없이 집으로 돌아갔던 때를 돌이켰다. 그때 느꼈던 외로움, 두려움, 때로는 무력감. 그러나 루퍼스에게는 무력감이 가끔 느끼는 감정이 아닐 터였다. 앨리스는 죽어서 묻혔다. 그에게는 아이들만 남았다. 그러나 아이들 중 적어도 하나는 앨리스를 사랑했다. 조는…….

"엄마는 어디 갔어요?" 조는 집에 온 첫날 그렇게 물었다.

"떠났다." 루퍼스는 그렇게 대답했다. "떠나버렸어."

"언제 돌아오는데요?"

"모르겠구나."

조는 나에게 다가왔다. "다나 아줌마, 우리 엄마는 어디 갔어요?"

"아가…… 네 엄마는 죽었어."

"죽어요?"

"그래. 늙은 메리 아줌마처럼." 메리가 마침내 안식을 향한 마지막 길로 떠내려간 후였다. 그녀는 여든 살이 넘게 살았다. 사람들은 그녀가 아프리카에서 건너왔다고 했다. 나이절이 관을 짰고 메리는 앨리스가 누운 자리 근처에 누웠다.

"하지만 엄마는 늙지 않았는데."

"그래, 엄마는 아팠어, 조."

"아빠는 엄마가 떠났댔어요."

"그래…… 하늘나라로 떠났지."

"아니야!"

조는 울었고 나는 그 아이를 달래려고 애썼다. 나는 어머니가 돌아가셨을 때의 아픔을 기억했다. 외삼촌의 집에서 내가 느꼈던 슬픔, 외로움, 불안…….

나는 조를 끌어안고 아직 아빠가 있지 않느냐고 했었다…… 신이시여 제발. 그리고 세라와 캐리와 나이절은 조를 사랑했다. 그들은 조에게 무슨 일이 일어나게 내버려두지 않을 것이다. 그러나 그들에게 조를 지킬 힘이 있던가. 아니 자기들을 지킬 힘이라도 있었던가.

나는 조가 어머니의 오두막에 가서 한동안 혼자 있게 했다. 조가 그러고 싶어했다. 그런 다음에는 루퍼스에게 내가 한 일을 이야기했다. 루퍼스는 나를 때려야 할지, 나에게 고마워 해야 할지 몰랐다. 그는 얼굴을 팽팽히 긴장시키고 나를 노려보았다. 그러다가 결국 긴장을 풀고 고개를 끄덕이더니 아들을 찾으러 나갔다.

지금, 그는 나와 같이 앉아 있었다. 미안해하고, 외로워하고, 내가 죽은 사람을 대신해주기를 바라면서.

"당신은 나를 미워한 적이 없어. 그렇지?" 루퍼스가 물었다.

"오랫동안 미워한 적은 없었지. 나도 이유를 모르겠어. 넌 내 미움을 사려고 참 열심이었는데 말이야, 루피."

"앨리스는 처음부터 나를 미워했어. 처음에 억지로 밀어붙였을 때부터."

"무리도 아니지."

"도망치기 직전까지는 미워했지. 도망칠 때는 나를 미워하지 않았어. 당신은 얼마나 걸릴까."

"무엇이?"

"미워하기를 그만둘 때까지."

오, 하느님. 나는 아직 가방 속에 감춰둔 주머니칼 손잡이를 꽉 쥐었다. 그는 두 손으로 내 반대쪽 손을 부드럽게 쥐었다. 내가 손을 빼려고 하기 전까지만 부드러울 게 분명했다.

"루피, 네 아이들⋯⋯."

"그 애들은 자유야."

"하지만 아직 어려. 그 애들의 자유를 지키려면 네가 꼭 필요해."

"그거야 당신에게 달린 일이지. 그렇지 않아?"

나는 갑자기 치솟은 분노에 손을 비틀어 빼내려 했다. 그러자마자 어루만지는 듯하던 손길이 구속하는 손길로 변했다. 칼을 쥔 내 오른손은 땀에 젖어 미끄러웠다.

"당신에게 달렸어." 루퍼스가 되풀이해서 말했다.

"아니, 빌어먹을, 그렇지 않아! 너를 살려두는 일은 너무 오랫동안 내 몫이었어! 왜 그때 네 머리를 쏘아버리지 않았어? 난 막지 않았을 텐데!"

"알아."

목소리가 너무 부드러워서 그를 올려다볼 수밖에 없었다.

"그러니 나에게 잃을 게 또 뭐가 있겠어?" 그는 물었다. 그는 나를 요 위에 밀어 눕혔고, 우리는 몇 분 동안 가만히 그 자리에 누워 있었다. 그는 무엇을 기다리고 있었을까? 나는 무엇을 기다리고 있었을까?

루퍼스는 내 어깨에 머리를 대고, 왼팔로 나를 안고, 오른손은 여전히 내 손을 붙잡은 채 누워 있었다. 나는 서서히 이대로 가만히 누워 있기가, 이 일마저 용서하기가 얼마나 쉬운지 깨달았다. 내가 했던 모든 말에도 불구하고 너무 쉬웠다. 반면 칼을 들어 올리기는, 그렇게 여러 번 구해준 몸에 칼을 박아넣기는 너무나 어려웠다. 그를 죽이기는 너무나 어려웠다…….

루퍼스는 나를 아프게 하지 않았고, 내가 그대로 누워 있기만 하면 계속 아프게 하지 않을 터였다. 그는 자기 아버지처럼 늙고 추하고 난폭하고 역겨운 남자가 아니었다. 최근에 목욕이라도 했는지 비누 냄새가 났다…… 혹시 나를 위해서일까? 단정하게 빗은 빨간 머리는 조금 젖어 있었다. 그에게 나는, 결코 그의 아버지에게 테스 같은 존재가 아니었다. 옥수수 껍질을 벗기면서 돌려 마시는 위스키병 같은, 그런 존재가 아니었다. 그는 나에게 그런 짓을 하지도 않을 테고 팔지도 않을 테고…….

아니다.

아직 땀으로 미끄러운 손에 잡힌 칼 손잡이를 느낄 수 있었다. 노예는 노예일 뿐이다. 노예에게는 무슨 짓이든 할 수 있었다. 그리고 루퍼스는 루퍼스였다. 그는 변덕스러웠고, 관대하다가 잔인해지기를 반복했다. 그를 나의 조상으로, 나의 남동생으로, 나의 친구로 받아들일 수는 있어도 나의 주인으로, 나의 연인으로 받아들일 수는 없었다. 예전에는 그도 그 점을 이해했었다.

나는 몸을 홱 비틀어 그에게서 빠져나왔다. 그는 나를 잡았지만, 상처 입히지는 않으려 했다. 심지어 내가 칼을 들어 올릴 때에도, 심지어 내가 그 칼을 옆구리에 꽂아넣을 때마저도 그는 나를 상처 입히지 않으려고 했다.

루퍼스는 비명을 질렀다. 그런 비명소리를 들어본 적이 없었다. 짐승의 소리였다. 그는 다시, 더 낮고 듣기 싫은 꾸르륵거리는 소리를 냈다.

그는 잠시 내 손을 놓쳤다가, 완전히 몸을 빼기 전에 내 팔을 잡았다. 그러더니 반대쪽 손으로 주먹을 쥐고 나를 한 번, 그리고 또 한 번 때렸다. 까마득히 오래전에 순찰대원이 때렸을 때처럼.

나는 어떻게인가 그의 몸에서 칼을 잡아 뽑았고, 칼을 들어올렸다가 다시 그의 등에 꽂았다.

이번에는 그르륵거리는 소리밖에 나지 않았다. 그는 아직 산 채로, 아직도 내 팔을 잡은 채로 내 몸 위로 엎어졌다.

나는 그 밑에 누워 있었다. 얻어맞은 충격으로 반쯤 정신이 나갔고 속이 메스꺼웠다. 배 속이 뒤틀리는 것 같았고, 나는 우리 두 사람의 몸에 대고 토했다.

"다나?"

목소리. 남자 목소리였다.

겨우 고개를 돌려 보니 나이절이 문간에 서 있었다.

"다나, 무슨……? 오 안 돼. 하느님, 안 돼!"

"나이절……." 루퍼스가 신음하더니 길고 떨리는 한숨을 내쉬었다. 내 몸 위로 그의 몸이 축 늘어졌다. 나는 루퍼스의 몸을 밀어냈다. 아직도 내 팔을 잡고 있는 손만 빼고 다 밀어낼 수 있었다. 그리고 나는 무시무시한 메스꺼움과 함께 몸이 뒤틀리는 발작을 일으켰다.

루퍼스의 손보다 단단하고 강력한 무엇인가가 내 팔을 꽉 쥐고 압박했다. 단단하게 굳으면서 그 속으로 내 팔을 빨아들이고 녹여넣었다. 처음에는 고통도 없었다. 팔이 기계에 빨려들어가는 것처럼 그 속으로, 차갑고 생명이 없는 무엇인가의 속으로 맞물려 들어갔다.

무엇인가…… 페인트, 회반죽, 나무…… 벽이었다. 우리 집 거실 벽이었다. 나는 집에 돌아와 있었다. 내 집, 내 시대에 돌아와 있었다. 그러나 여전히 붙들려 있었다. 벽에 붙어 있었다. 마치 내 팔이 벽에서 돋아나는 것처럼, 혹은 벽 속으로 들어가는 것처럼…… 왼팔 팔꿈치부터 손가락 끝까지가 벽의 일부가 되어버렸다. 살이 회반죽과 맞물리는 지점을, 이해하지 못하고 바라보았다. 루퍼스의 손가락이 붙들고 있던 바로 그 자리였다. 팔을 내 쪽으로 잡아당겼다. 세게 잡아당겼다.

갑자기 고통이 쇄도했다. 시뻘건, 믿기 힘든 고통이! 나는 비명을 지르고 또 질렀다.

우리는 내 팔이 충분히 낫자마자 메릴랜드로 날아갔다. 공항에서 차를 빌려서 볼티모어로 갔다가 이스턴으로 넘어갔다. 차는 마침내 다시 운전을 하게 된 케빈이 몰았다. 이제는 루퍼스가 이용한 증기선 대신 다리가 놓여 있었다. 그리고 드디어 나는 그토록 가까이 살았으면서도 잘 알지 못했던 도시를 제대로 볼 수 있었다. 우리는 법원과 오래된 교회, 그 밖에 시간이 마멸시키지 않은 다른 건물 몇 채를 찾아냈다. 그리고 버거킹과 홀리데이인과 텍사코, 흑인 아이들과 백인 아이들이 함께 다니는 학교들, 케빈과 나를 흘긋 보았다가 한 번 더 쳐다보는 어른들을 보았다.

우리는 아직 숲과 농장이 남아 있는 시골로 들어가서 오래된 집을 몇 채 찾아냈다. 그중 몇 채는 와일린 가일 수도 있었다. 보존이 잘 되어 있었고 더 균형이 잡히기는 했어도 기본적으로는 똑같이 붉은 벽돌로 지은 조지 왕조 식민지풍의 건물들이었다.

그러나 루퍼스의 집은 사라지고 없었다. 그 집이 있던 자리가 지금은 넓은 옥수수 밭에 뒤덮였다는 정도밖에 알 수 없다. 루퍼스처럼 그 집도 흙으로 돌아갔다.

그의 무덤을 찾아보아야 한다고 주장하고 농부에게 와일린가에 대해 물어본 사람은 나였다. 루퍼스도 그의 아버지와 마찬가지로, 늙은 메리와 앨리스와 마찬가지로 농장 안에 묻혔을 가능성이 높았기 때문이다.

그러나 그 농부는 아무것도 몰랐거나, 그게 아니라면 아무 말도 하지 않았다. 우리가 찾아낸 단서라고는 오래된 신문 기사뿐이었다. 사실은 단서 이상이었는데, 루퍼스 와일린 씨가 화재로 자택 일부가 무너질 때 사망했다는 내용이 실려 있었다. 그리고 이후 신문에는 루퍼스 와일린 씨 소유였던 노예들의 판매 공지가 실려 있었다. 노예들은 이름과 대략의 나이, 지닌 기술에 따라 열거되어 있었다. 나이절의 아들은 셋 다 올라가 있었지만 나이절과 캐리의 이름은 없었다. 세라는 올라가 있었지만 조와 헤이거는 없었다. 다른 사람은 전부 다 있었다. 전부 다.

나는 생각해보고 주어진 조각을 하나로 모아보았다. 예를 들어 화재가 있었다. 아마 내가 한 짓을 덮기 위해 나이절이 불을 질렀으리라. 그리고 그는 성공했다. 루퍼스는 화재로 죽었다고 추정된다. 불완전한 신문 기록 속에서 루퍼스가 살해 당했다거나, 화재가 방화였다는 암시는 조금도 찾을 수 없었다. 나이절이 잘해낸 게 분명했다. 나이절은 마거릿 와일린을 무사히 집 밖으로 데리고 나가는 데에도 성공했을 것이다. 마거릿의 죽음에 대한 언급은 없었다. 마거릿은 볼티모어에 친척이 있었다. 헤이거의 집도 볼티모어에 있었다.

케빈과 나는 볼티모어로 돌아가서 신문과 법적 기록을 살펴보고, 마거릿과 헤이거를 한데 엮을 수 있거나 그들을 언급할 가능성이 있는 것은 무엇이든 뒤졌다. 마거릿이 두 아이를 다 데리고 갔을 가능성이 있었다. 앨리스가 죽은 뒤에 그 아이들을 받아들였을 수도 있었다. 어쨌든 그들은 마거릿의 손주였고, 하나뿐인 아들이 남겨놓은 자식이었다. 마거릿도 그 아이들에게는 마음을 썼을 수 있다. 아니면 그 아이들을 노예로 길렀을 수도 있다. 그러나 설령 그랬다고 하더라도 최소한 헤이거만큼은 수정헌법 제 14조를 맞이하여 자유의 몸이 될 만큼 오래 살았다.

"그 녀석은 유언장을 남길 수도 있었어." 케빈은 우리가 뻔질나게 드나든 메릴랜드 역사협회를 나서면서 말했다. "적어도 자기한테 더 쓸모가 없어졌을 때는 풀어줄 수 있잖아."

"하지만 루퍼스의 어머니도 생각해야 해. 루퍼스는 겨우 스물다섯이었어. 유언장 만들 시간은 넉넉하다고 생각했을지도 몰라."

"그 녀석 변호는 그만해." 케빈이 중얼거렸다.

나는 멈칫했다가 고개를 저었다. "그런 게 아니야. 어쩌면 나 자신을 변호하고 있는지도 몰라. 사실 왜 루퍼스가 유언장을 만들지 않았는지 알거든. 물어봤고, 대답도 들었어."

"이유가 뭐야?"

"나 때문이야. 그런 유언장을 쓰면 내가 자기를 죽일까 봐 걱정하고 있었어."

"당신에게 알려줄 필요도 없는 일이잖아!"

"그래, 하지만 어떤 위험도 감수하지 않으려고 했을 거야."

"그 걱정은…… 옳았던 건가?"

"모르겠어."

"그렇지 않았으리라고 봐. 당신이 그 녀석을 어떻게 받아들였는지 생각하면…… 당신을 공격하지만 않았어도 그 녀석을 죽일 수 없었을 거야."

그때조차도 가까스로 죽였다고, 나는 생각했다. 케빈은 마지막 순간이 어땠는지 결코 알지 못하리라. 나는 사건을 간단하게만 이야기했고, 그는 질문을 거의 하지 않았다. 그 점은 고마웠다. 나는 간단히 말했다. "정당방위였어."

"그래." 케빈이 말했다.

"하지만 그 대가는…… 나이절의 아이들, 세라, 나머지 사람들 모두…….."

"끝난 일이야. 이제 와서 당신이 바꿀 수 있는 일은 없어."

"알아." 나는 숨을 깊이 들이마셨다. "아이들이 함께 있을 수나 있었을까 모르겠어. 세라라도 같이 있었다면 좋을 텐데."

"찾아봤잖아. 아무 기록도 찾지 못했어. 아마 영영 알 수 없을 거야."

나는 톰 와일린의 장화가 내 얼굴에 남긴 흉터를 만져보고, 텅 빈 왼쪽 소매를 건드렸다. "알아." 나는 그 말을 한 번 더 했다. "애초에 여기에는 왜 오고 싶어했을까. 당신은 이만하면 내가 과거에 충분히 매달렸다고 생각하겠지."

"당신도 나와 같은 이유로 이곳에 와봐야 했겠지." 케빈은 어깨를 으쓱였다. "이해해보려고. 그 사람들이 정말 존재했다는 확고한 증거를 만져보려고. 내가 제정신임을 확인하려고."

나는 역사협회가 자리한 벽돌 건물을 돌아보았다. 초기 식민지풍 저택을 개조한 건물이었다. "다른 사람에게 이 이야기를 한다면, 누구도 우리가 제정신이라고는 생각하지 않겠지."

"우리는 제정신이야." 케빈이 말했다. "그리고 그 녀석이 죽었으니 이제는 계속 제정신으로 살 가망이 생겼지."

KINDRED

어느 누구와도 달랐던 독보적인 SF작가

– 옥타비아 버틀러에 대한 비망록

박상준(서울SF아카이브 대표)

두 어린아이의 모습이 떠오른다. 서로 다른 시간, 장소이다.

첫 번째 아이는 도서관에 가서 사서에게 '스타'에 관한 책을 달라고 한다. (사서는 처음에 연예인에 관한 책을 꺼내주었다가 그게 아니라는 말을 듣고서야 천문학 책을 갖다준다.)

두 번째 아이는 모아둔 돈을 들고 서점으로 가서 천체(항성, 행성, 위성, 혜성 등등)에 관한 책을 산다.

각각 1940년대와 1950년대, 미국 동부와 서부 어딘가의 한 장면이다. 첫 번째 아이는 세계적인 천문학자이자 SF소설 《콘택트》의 작가가 되는 칼 세이건, 그리고 두 번째 아이는 열 살짜리 흑인 소녀 옥타비아 버틀러이다.

SF는 우리가 살고 있는 이 세계가 아닌 다른 시공간을 배경으로 벌어지는 일들을 스토리텔링으로 쓴 것이다. 나는 SF적 상상력의 원초적 동기는 우주의 별들을 향한, 인류가 오랜 옛날부터 품어온 끝없는 동경이라고 생각한다. 다른 세계, 다른 존재에 대한 꿈.

소년 세이건과 소녀 버틀러의 동경은 별로 다르지 않았을 것이다. 그러나 버틀러의 삶은 순수하게 우주만 바라보기 힘든 조건이었다. 발목을 잡고 마음을 아프게 후벼 파는 지상의 여러 제약들. 흑인이자 여성이어서 감내해야만 했던 나날.

그러나 옥타비아 버틀러는 이런 핸디캡을 온전히 떠안아 SF라는 장르 안에서 더할 나위 없이 훌륭하게 소화한, 사실상 최초의 작가이다. 버틀러 덕분에 세계의 독자들은 전혀 새로운 상상의 지평을 경험했고, 인간과 사회에 대해 더 깊고 넓은 통찰을 갖게 되었으며, 궁극적으로 훨씬 더 풍성한 상상력을 지닐 수 있게 되었다. 버틀러를 읽은 독자는 그렇지 않은 독자와 분명히 다르다. (물론 그렇다고 해서 '우주를 향한 동경'으로서의 SF에 가장 충실했던 아서 클라크나 칼 세이건 같은 백인 남성 작가들의 업적을 폄하하려는 것은 아니다.)

《킨》은 그런 버틀러의 대표작이다. SF에서 가장 대중적 갈래라 할 수 있는 타임슬립 이야기이다. 20세기 후반을 사는 주인공은 원치 않는 타임슬립을 당해 19세기에 떨어진다. 흑인 여성인 주인공에게 19세기 미국이 어떤 환경이겠는가? 마치 직접 가서 보고 쓴 듯한 생생한 묘사가 압도적이라 감정이입의 차원이 다르다.

이 작품은 외계의 지적 존재가 본다면 인간에 대해 상당 부분을 알 수 있을 법한 하나의 인류학 보고서 같은 소설이다. 노예 제도라는 역사의 치부만이 아니라 인간의 생태학에 대해, 인류 역사의 계몽과 진보에 대해, 그리고 무엇보다도 '애증'이라는 인간의 독특한 감정에 대해.

'애증'은 버틀러의 사실상 모든 작품을 관통하는 일관된 코드이다. 이 자기모순적 감정에 버틀러만큼 천착한 SF작가가 또 있을까. 인간을 이해하는 하나의 통찰로서 제시된 애증이라는 감정. 인류 역사의 부조리를 애증이라는 주제로 SF에 녹여낸 솜씨는 분명 버틀러만의 독보적인 경지이다.

《킨》과 함께 출간되는《블러드차일드》는 버틀러의 유일한 단편집이며 작가론을 담은 에세이까지 수록되어 있다. 국내에 소개되는 해외 SF작가의 저작 중에서 이처럼 한 작가의 성장과정을 한눈에 볼 수 있는 앤솔러지는 거의 없을 것이다. 한마디로《블러드차일드》는 '유니크한 작가의 탄생'을 고스란히 담은, 작가 지망생을 위한 훌륭한 참고서이기도 하다.

《블러드차일드》를 반기는 마음엔 개인적인 각별함도 있다. 필자는 이십삼 년 전에 옥타비아 버틀러를 국내에 처음으로 소개한 인연이 있는데, 당시 작품이 바로 단편 〈블러드차일드〉다. 이번에

〈블러드차일드〉의 작가 후기를 처음 읽고 의외의 내용에 놀랐다. 그간 당연히 노예제에 대한 레토릭으로, 그것도 매우 훌륭하고 세련된 SF적 접근으로 이해해왔으나, 정작 작가는 '노예 이야기가 아니다'라고 밝히고 있다. 그보다는 작품에 드러난 그대로, '남성 임신' 또는 '소년의 성장담', 아니면 외계 행성에 고립된 지구인 이민자 집단이 토착 외계인에게 치러야하는 '숙박료'에 대한 모티프를 언급했다.

아마 버틀러가 흑인 여성이었기에 필자가 위와 같은 역차별적 선입견을 갖고 있었는지도 모른다. 그의 모든 작품을 젠더와 인종적 배경의 맥락으로만 해석하려는 태도. 이제 생각해보면 소녀 시절 그가 우주를 동경했던 마음은 흑인 여성이라는 자각보다 더 크고 순수했을 것이다. 더 열린 마음으로 그의 작품을 읽는 것, 그게 버틀러에 대한 적절한 예의인 것 같다.

2006년 초 해외출장 중에 버틀러의 갑작스러운 부고를 접했다. (한 달 뒤에 《솔라리스》의 작가 스타니스와프 렘도 세상을 떠났기에 지금도 그즈음을 기억한다.) 당시만 해도 버틀러가 국내에 제대로 소개가 안 되어 무척 안타까웠는데, 늦게나마 작가의 대표작이 속속 출간되어 기쁘다. 상상력의 지평을 넓혀준 버틀러에게 깊이 감사하며, 부디 이 땅의 더 많은 독자들과 만나기를 진심으로 기원한다.

옮긴이 이수현

인류학을 공부했으며, 작가 겸 번역가로 활동하고 있다. 《빼앗긴 자들》을 비롯한 '헤인 연대기'와 《기프트》 등 어슐러 르 귄의 다수 작품, 로저 젤라즈니의 《고독한 시월의 밤》, 조지 R. R. 마틴의 《피버 드림》《왕좌의 게임》, 이외에도 《체체파리의 비법》《살인해드립니다》, '샌드맨' 시리즈, '퍼시 잭슨과 올림포스의 신' 시리즈 등을 우리말로 옮겼다.

킨

1판 1쇄 발행 2016년 5월 31일 **1판 11쇄 발행** 2023년 5월 1일

지은이 옥타비아 버틀러 **옮긴이** 이수현
펴낸이 고세규
편집 박정선 **디자인** 안희정

발행처 김영사
주소 경기도 파주시 문발로 197(문발동)
등록 1979년 5월 17일(제406-2003-036호)
구입 문의 전화 031)955-3100 **팩스** 031)955-3111
편집부 전화 02)3668-3291 **팩스** 02)745-4827 **전자우편** literature@gimmyoung.com
비채 블로그 blog.naver.com/viche_books **인스타그램** @drviche
트위터 @vichebook **페이스북** facebook.com/vichebook

ISBN 978-89-349-7426-0 04840 책값은 뒤표지에 있습니다.

이 도서의 국립중앙도서관 출판시도서목록(CIP)은 서지정보유통지원시스템 홈페이지(http://seoji. nl.go.kr)와 국가자료공동목록시스템(http://www.nl.go.kr/kolisnet)에서 이용하실 수 있습니다. (CIP제어번호: CIP2016012299)